Bettina Seidl

Sommermeisen

Berchtesgaden, 50er Jahre. Die junge Kölnerin Hanni ist eine »Sommermeise«, für eine Saison arbeitet sie als Zimmermädchen im weltberühmten Grandhotel Gruber. Prominenz und Geldadel logieren dort. So auch Cäcilie Jacoby, Frau eines Kölner Industriellen, die in den Bergen Erholung für ihre kranke Lunge und ihre verletzte Seele sucht. Noch ahnt sie nicht, dass dieser Aufenthalt ihr Leben umkrempeln wird. Anfangs fremdelt Hanni mit den eigenwilligen Bayern und ihrem Dialekt. Doch ihre fröhliche Zimmergenossin Annamirl nimmt sie an die Hand und mit in ihre bayerische Heimat. Und Hanni verliebt sich: in die Schönheit der Bergwelt – und in den Holzschnitzer Andreas. Doch der Weg ins Glück ist ein steiniger Aufstieg …

Bettina Seidl wuchs auf einem Bauernhof in den Berchtesgadener Bergen auf. Nach ihrem Studium der Kunstgeschichte in Regensburg ist sie heute in der Erwachsenenbildung tätig. Mit ihrer Familie lebt sie im Chiemgau. Doch am liebsten ist sie in den Bergen rund um den Königssee unterwegs, wo sie auch Inspiration zu ihren Geschichten findet.

BETTINA
SEIDL

Sommer
meisen

ROMAN

dtv

Von Bettina Seidl
sind bei dtv außerdem erschienen:
Die Dorflehrerin. Zwischen Liebe und Berufung
Die Dorflehrerin. Zwischen Stille und Sturm

MIX
Papier aus verantwortungsvollen Quellen
FSC® C019821

Originalausgabe 2024

Umschlaggestaltung: Hauptmann & Kompanie Werbeagentur, Zürich
Umschlagmotive: Hauptmann & Kompanie; shutterstock.com/
Nata K. Art, aksol, Kotkoa, detchana wangkheeree
Satz: C.H.Beck.Media.Solutions, Nördlingen
Gesetzt aus der Stempel Garamond
Druck und Bindung: Druckerei C.H.Beck, Nördlingen
Printed in Germany · ISBN 978-3-423-22057-6

Ein Bett im Grandhotel Gruber

Der Zug hatte Mühe, die steile Strecke zu bewältigen. Die Waggons ächzten, Metall quietschte, und der Pfiff der Lokomotive klang eher nach einem Hilferuf als nach einem Warnsignal. Seit die Waggons aus dem Bahnhof von Bad Reichenhall gerollt waren, saß Hanni Weller steif auf ihrem Platz. Die letzte Etappe ihrer Reise hatte begonnen. Ängstlich schielte sie zu den Koffern in den Netzen über den Sitzreihen. Einer war bedrohlich weit nach vorne gekippt, als es die steile Strecke zu bewältigen galt.

Der Wald reichte fast bis zu den Schienen heran. Die ausladenden Äste der Tannen und Kiefern schienen den Zug, der sich den Berg hochquälte, zurückhalten zu wollen. Ob die Lokomotive die Herausforderung bewältigen würde? Die Reisenden tauschten nervöse Blicke. Nur zwei Bäuerinnen, die zuletzt zugestiegen waren, blieben unbeeindruckt und unterhielten sich lautstark. Hanni verstand kaum ein Wort.

Ihre Mutter hatte sie vor dem bayerischen Dialekt gewarnt: »Mädchen, die Bayern wirst du nicht verstehen!« Doch in einer Welt, in der Hanni sowieso nichts mehr verstand, war das auch schon egal.

Die beiden Frauen mit ihren runden Gesichtern und den geröteten Wangen ließen sich vom Kampf der Maschine gegen die Natur nicht beeindrucken. Die eine hatte große Hände, denen man das lebenslange Zupacken auf dem Hof ansah. Die der anderen waren überraschend schmal und gepflegt und hatten sich um den geflochtenen Weidenkorb gelegt, der auf ihrem Schoß stand. Ein kariertes Tuch verdeckte die Einkäufe. Hanni meinte frisches Brot zu riechen, und sofort meldete sich ihr hungriger Magen. Beim Aufenthalt in München hatte sie ihre letzte Stulle gegessen, und die war nur dünn mit Butter bestrichen gewesen.

Eine der Bäuerinnen missdeutete Hannis Blick und nickte ihr aufmunternd zu. »Wir bleiben schon ned stehn. Des schaff ma scho.«

Hanni lächelte zurück.

Während sich der Zug langsam durch den Wald bewegte, stiegen Erinnerungen an eine albtraumhafte Bahnfahrt aus dem brennenden Köln in ihr hoch. Fliegeralarm und stundenlanges Warten auf offener Strecke. Dann die Ankunft in einem Dorf mitten in der Nacht, Menschen, die sie mitnahmen und auf einem Bauernhof einquartierten. Die Bäuerin hatte Hanni ihre Angst angemerkt und beruhigend auf sie eingeredet. Hanni war noch nie zuvor aus Köln herausgekommen. Anfangs hatte sie sich bei den Bauersleuten fremd gefühlt. Doch mit der Zeit hatte Hanni das Leben auf dem Land schätzen gelernt. Da war diese Ruhe, die sie schon als junges Mädchen beeindruckt hatte. Dazu das geregelte Leben auf dem Bauernhof. Alles hatte seinen Sinn und seine Zeit. Die Natur gab dem Leben der Menschen den Rhythmus vor.

Als es nach Kriegsende zurück nach Köln ging, war ihr der Abschied vom Land furchtbar schwergefallen. In der Stadt vermisste sie das Gefühl der Geborgenheit und das Leben im Einklang mit der Natur. Die Sehnsucht danach hatte sie schließlich in den Zug nach Berchtesgaden steigen lassen.

Kurz hinter München war am Horizont die Alpenkette

aufgetaucht. So hohe Berge hatte Hanni noch nie in ihrem Leben gesehen. Und selbst im Mai waren die Gipfel noch schneebedeckt! Sicher, auch in Köln fiel ab und zu Schnee, aber der war nur am ersten Tag weiß, am zweiten vom Ruß geschwärzt, und am dritten taute er weg. Hier strahlte er weiß von den Gipfeln, während unten im Tal Bäume und Wiesen schon grünten.

Nun fuhr sie mitten hinein in die Bergwelt, die im Lauf der letzten Stunde immer näher gekommen war. Rechts und links neben dem Gleis ragten steile Felswände auf. Ein Wachturm aus alten Zeiten war zu sehen, dessen massive Mauern alle Angriffe überstanden hatten. Der Zug hatte die Steigung hinter sich gelassen und fuhr, als wäre er selbst erleichtert, schneller dahin. Ein schmales Tal öffnete sich vor ihnen. Hanni entdeckte Bauernhäuser, die sich an einen Hang schmiegten. Eine Zeit lang folgten die Schienen dem Verlauf der Straße, dann beschrieb der Zug eine Kurve und tauchte in eine enge Schlucht ein. Ein reißender Bach wurde sein Begleiter. Irgendwann verlor sich der Bach zwischen Felsen und Wald.

»Jetzt samma glei in Berchtesgaden«, meinte eine der Bäuerinnen freundlich.

»Das ist schön«, antwortete Hanni etwas steif.

»Wo kemman S' denn her?«, fragte die andere.

Hanni sah sie etwas unsicher an. So ganz hatte sie den Satz nicht verstanden. Und wieder kamen ihr die Worte ihrer Mutter in den Sinn. »Das sind wilde Bergbauern!«, hatte sie behauptet. Doch Hanni wollte so weit wie möglich weg von Köln, weg von dem, was an jenem Abend passiert war. Auf der Landkarte schien ihr Berchtesgaden diese Vorgabe zu erfüllen. Darum hatte sie sich als Zimmermädchen im Grandhotel Gruber beworben.

»Wo kommen Sie denn her?«, versuchte sich die Frau nun in ihrem besten Hochdeutsch.

»Aus Köln«, antwortete Hanni.

»Mei, Dirndl, des is ja a richtige Weltreise. Aber glei bist du da.«

Tatsächlich: Hanni sah ein Ortsschild, auf dem *Berchtesgaden* stand. Die ersten Reisenden erhoben sich unruhig, fischten nach ihren Koffern, hievten sich Rucksäcke auf den Rücken und hatten es nach der langen Zugfahrt sehr eilig. Dann fuhr der Zug in den Bahnhof ein, und die Türen öffneten sich zischend. Hanni stand auf und machte Anstalten, ihr kleines Köfferchen herunterzuholen.

»Komm, Dirndl, lass dir helfen. Du bist ja gar so mager.«

»Danke, das geht schon. Er ist gar nicht schwer.« Ihr Koffer war aus lackierter Pappe gefertigt, und ihre wenigen Habseligkeiten hatten spielend darin Platz gefunden.

Mit einem freundlichen »Pfiat di!« verabschiedeten sich die beiden Frauen. »Einen schönen Urlaub hier bei uns.«

Hanni lächelte. Dass sie glaubten, sie könnte sich einen Urlaub in den Bergen leisten! Ihr Mantel hatte schon bessere Tage gesehen, vor dem Krieg. Wenigstens trug sie ihr neues Kleid, das sie sich noch genäht hatte. Richtig hübsch war es geworden. Rot mit weißen Punkten.

Hanni stieg aus, ihren Koffer und den kleinen Rucksack fest umklammernd, und sah sich auf dem Bahnsteig um. Einige Männer in kurzen Lederhosen und mit Hüten, auf denen gewaltige Gamsbärte wippten, nahmen die Koffer der Gäste an sich und wiesen ihnen mit unbeholfenem Respekt den Weg. Die beiden Bäuerinnen waren hinter einer schweren zweiflügligen Tür verschwunden. Hanni trat einen Schritt zurück, als ein stürmischer Junge fast in sie hineinrannte, und stieß dabei einen großen Lederkoffer um.

»Sie ungeschickte Person!«, herrschte eine Frau sie an, offensichtlich die Besitzerin des Koffers. »Passen Sie doch auf!«

Verdattert entschuldigte Hanni sich bei der Frau, die ein modisches Kostüm mit großen Knöpfen und breitem Kragen trug. Hanni erkannte sofort, dass es aus teurem Wollstoff genäht war. Als Tochter einer Schneiderin hatte sie einen Blick dafür. »Ich musste dem Jungen ausweichen, der auf einmal angerannt kam. Es war ein Versehen.« Sie bückte sich und stellte den großen Lederkoffer wieder auf.

Die Frau beachtete sie nicht weiter und sah ungeduldig auf ihre goldene Armbanduhr. »Wo bleibt denn der Fahrer vom Hotel? Man wollte mich pünktlich abholen.« Sie stieß ihren Regenschirm hart auf das Pflaster.

Hanni murmelte eine weitere Entschuldigung und machte sich auf den Weg nach draußen.

In der Bahnhofshalle blieb sie staunend stehen. Links und rechts an die hohen Wände der Halle waren Bilder gemalt. Auf dem einen wedelten Skifahrer durch tiefen Schnee, Eisstockschützen trugen einen Wettkampf aus, und zwei Pferde zogen einen Schlitten durch die Winterlandschaft. Hanni drehte sich um und betrachtete das Wandgemälde an der gegenüberliegenden Seite. Männer in Paradeuniformen standen vor einem Stolleneingang. *Besucht das Salzbergwerk Berchtesgaden* stand auf einem Schild neben ihnen. Eine andere Szene zeigte Kühe mit buntem Kopfputz. Als ob sie eine Krone aufhätten, fand Hanni. Frauen in Trachtenkleidern führten die Tiere über eine saftige Almwiese. Schön sah das aus und so friedlich. Das war ja auch ein Grund, warum sie hergekommen war. Um Ruhe zu haben in einer friedlichen Welt – ohne hinterrücks begrapscht zu werden.

Hanni warf einen Blick auf die Bahnhofsuhr mit ihren geschnitzten Tierkreiszeichen. Jetzt musste sie sich sputen. Im Hotel erwartete man sie. Morgen schon würde sie als neues Zimmermädchen im Grandhotel Gruber anfangen.

Durch eine breite Schwingtür verließ sie die Bahnhofshalle, blieb stehen und beobachtete das geschäftige Treiben auf dem Bahnhofsvorplatz. Auf einem Pferdewagen türmte sich Gepäck, und unter lustigen Zurufen marschierte eine Gruppe Gäste hinterdrein. Der Kutscher schnalzte mit den Zügeln, und der Tross verließ den Platz. Amüsiert blickte Hanni den fröhlichen Gästen nach. Dabei entdeckte sie einen dunkelgrünen Borgward Kombi mit der Aufschrift *Grandhotel Gruber* an der Seite. Davor stand ein junger Bursche, die Schiebermütze keck nach hinten geschoben. Als sie auf ihn zutrat, löste er sich langsam vom Auto und nahm Haltung an.

»Sind Sie vom Grandhotel Gruber?«, fragte Hanni.

»Das bin ich. Willkommen in Berchtesgaden.« Er nahm ihr den Koffer ab und verstaute ihn im Kofferraum, dann eilte er wieder zu ihr und öffnete ihr mit einer kleinen Verbeugung die Tür.

»Das ist sehr freundlich, danke. Ich wusste gar nicht, dass ich abgeholt werde.«

»Das ist ein Service unseres Hauses. Unsere Gäste sollen sich gleich im Urlaub fühlen.«

Da lachte Hanni. »Ich bin nicht im Urlaub. Ich bin Hanni Weller, das neue Zimmermädchen.«

Augenblicklich vernachlässigte er seine stramme Haltung. »Sag das doch gleich. Und ich buckle hier herum.«

»Ich wollte dich nur nach dem Weg zum Hotel fragen. Aber wenn du mich mitnimmst …«

»Nix da, Personal darf ich nur in Ausnahmefällen transportieren«, erklärte der junge Mann. »Übrigens, ich bin Peter! Fahrer, Fremdenführer und Mädchen für alles im Hotel Gruber.«

»Na, wie ein Mädchen siehst du gar nicht aus.«

»Dafür bist du optisch eine Bereicherung unseres Personals.« Er zwinkerte ihr übermütig zu.

»Na, na, nicht frech werden, junger Mann.«

»Niemals«, flachste er zurück und schaute sie gespielt unschuldig an.

»Und wie komme ich nun zum Hotel?«

Peter erklärte ihr den Weg. Weit war es nicht und schwer zu finden ebenfalls nicht. Das würde sie schaffen.

»Übrigens, auf dem Bahnsteig stand eine junge Frau herum wie bestellt und nicht abgeholt. Vielleicht ist das der Gast, auf den du wartest.«

»Mensch, warum sagst du das nicht gleich? Wartende Gäste geben kein Trinkgeld.« Peter flitzte los. Hanni sah ihn im Bahnhof verschwinden und wandte sich zum Gehen.

Ihr Weg führte sie zunächst über eine Brücke. Dort blieb sie stehen und sah hinunter auf die Gleise und zu dem Zug, mit dem sie aus Köln gekommen war. Endlich war sie am Ziel. Also fast, gestand sie sich ein und marschierte weiter, nach der langen Fahrt froh, den Koffer, mochte er auch noch so leicht sein, nicht tragen zu müssen.

Sie folgte der Straße und hielt immer wieder inne. Nicht weil es so anstrengend war, sondern weil sie das Panorama bewunderte. Die gewaltigen Berge schienen zum Greifen nah. Solche Felswände hatte sie noch nie in ihrem Leben gesehen. Gleichzeitig wirkte das Tal mit seinen Bauernhäusern geradezu lieblich, und Hanni musste an die Frau mit den Kühen auf dem Bild im Bahnhof denken.

Eine Viertelstunde später stieß sie auf eine Hinweistafel mit dem Hotelnamen. Dort stand sie staunend vor dem imposanten Gebäude. Als Erstes fielen ihr die grün gestrichenen Fensterläden auf. Dann die Holzornamente an den Balkonen, die gestreiften Markisen, die vereinzelt ausgefahren waren, und die vielen Erker und Gauben, die aus dem Dach herauswuchsen. Das Hotel sah elegant aus, durchaus einschüchternd und sehr nobel.

Rechts daneben befand sich ein weiteres Gebäude, über dessen Eingang groß *Grandhotel Gruber* stand. Das musste die »Dependance« sein, wie Hanni in der Beschreibung des Hotels gelesen hatte, und sie selbst stand vor dem Haupthaus. Unwillkürlich wandte sie den Blick. Über der anderen Talseite erhob sich der Watzmann mit seiner charakteristischen Form. Sie verstand, warum das Hotel genau an dieser Stelle erbaut worden war. Das Panorama war einmalig.

»Kann man Ihnen helfen, junges Fräulein?«

Hanni riss sich von dem Ausblick los und drehte sich um. Ein älterer Herr in Portiersuniform stand ihr gegenüber. Seine grauen Haare waren kurz geschnitten, die buschigen grauen Augenbrauen beschatteten zwei hellblaue Augen, die sie aufmerksam beobachteten.

»Ich bin Hannelore Weller und fange morgen als Zimmermädchen an.«

»Na, wunderbar. Ich bin Hermann Rieber, der Portier. Dann gehen Sie mal schleunigst zum Personaleingang. Es ist Anreisetag, und da darf vom Personal hier niemand im Weg herumstehen.« Der Portier wies mit dem Kopf nach hinten.

Hanni ging zwischen den beiden Gebäuden hindurch. Dort parkte auch bereits der Borgward. Sie spähte in den Kofferraum, und zu ihrer Erleichterung entdeckte sie ihren Koffer.

An der Rückseite des Hauptgebäudes befand sich ein Anbau, den man von vorne gar nicht sah. Hier war der Personaleingang, worauf ein Schild verwies. Aus den Fenstern drang Küchenlärm – Pfannen und Töpfe, die auf dem Herd herumgeschoben wurden, Topfdeckel, die schepperten, und ein Schneebesen, der heftig geschlagen wurde. Eine Männerstimme erteilte knappe Befehle.

Die Tür war im selben Dunkelgrün gestrichen wie die Fensterläden der beiden Häuser, und da sie offen stand, trat Hanni zögerlich ein. Ihr Herz schlug schnell, so als hätte sie die Grenze zu einem fremden Land überschritten. Nun gab es endgültig kein Zurück mehr.

Vor ihr lag ein Flur, von dem verschiedene Türen abgingen. Eine davon führte den Geräuschen nach in die Küche. Die im Befehlston gehaltenen Anweisungen drangen deutlich an Hannis Ohr.

»Die Soße besser aufschlagen, sonst stockt das Eigelb. Himmelherrgott noch mal, muss man euch denn alles zweimal sagen?« Hanni warf einen Blick durch die Küchentür. Geschäftig eilten drei Köche hin und her, während der Chefkoch in der Mitte stand und seine Anweisungen herausbellte. Als er Hanni entdeckte, sah er ihr mit zusammengekniffenen Augen direkt ins Gesicht. Sie nickte zur Begrüßung und ging rasch weiter. Schon jetzt hatte sie einen Heidenrespekt vor dem Mann und seinem Tonfall.

»Fräulein Weller, nehme ich an?« Am anderen Ende des Flurs tauchte eine Frau in einem dunkelblauen Kleid mit einem schmalen weißen Kragen auf. »Ich bin Elfriede Schreiber, die Hausdame im Grandhotel Gruber und für die Zimmer und die Zimmermädchen und damit auch für Sie, Fräulein Hannelore, zuständig.«

Mit ihren streng zurückgekämmten Haaren, die in einem festen Knoten endeten, erinnerte Fräulein Schreiber Hanni an die Rektorin der Mädchenschule, die sie besucht hatte.

Hoffentlich war der Dutt das Einzige, worin Fräulein Schreiber ihrer früheren Rektorin ähnelte!

»Kommen Sie, Fräulein Hannelore. Ich zeige Ihnen zuerst Ihr Zimmer.« Die Hausdame drehte sich um, und Hanni hatte Mühe, Fräulein Schreibers Stechschritt aufzunehmen, noch dazu mit ihrem Koffer, der ihr bei dem Tempo unangenehm gegen die Beine schlug. Sie hetzte hinter ihr her, ohne auf den Weg zu achten, sodass sie schon bald befürchtete, aus dem Labyrinth an Gängen und Treppen nie wieder herauszufinden. Da ihr Blick fest auf den Rücken der Hausdame gerichtet war, wäre sie an der schmalen Treppe, die in das Dachgeschoss führte, beinahe ins Stolpern geraten.

»Hier ist Ihr Zimmer«, sagte Fräulein Schreiber, als sie oben angekommen waren. »Sie teilen es sich mit Anna-Maria.« Fräulein Schreiber öffnete eine niedrige Tür, und weil sie groß gewachsen war, musste sie den Kopf leicht einziehen, um sich nicht am Türrahmen zu stoßen. Hanni hingegen hatte keine Schwierigkeiten. Aufrecht betrat sie das Zimmer.

An der Wand standen zwei kunstvoll bemalte Holzbetten, eine Kommode rechts daneben und ein Schrank auf der gegenüberliegenden Seite.

»Sie können nun in aller Ruhe auspacken.« Ein flüchtiger Blick streifte den Koffer, und Fräulein Schreibers Gesicht war abzulesen, dass auch sie ahnte, dass das Auspacken nicht allzu viel Zeit in Anspruch nehmen würde. »Um halb sechs gibt es für das Personal das Nachtmahl. Bitte seien Sie pünktlich.« Sie schaute sich noch einmal im Zimmer um. »Wir legen großen Wert auf Sauberkeit und Ordnung. Nicht nur in den Gästezimmern, sondern auch in denen des Personals.« Fräulein Schreiber wies mit dem rechten Zeigefinger nach unten. »Ein Stockwerk tiefer wohnen die männlichen Hotelangestellten. Dass Sie dort unten und diese hier oben nichts verloren haben, wird Ihnen klar sein. Eine Zuwiderhandlung zieht die sofortige Kündigung nach sich.« Sie sah auf ihre Uhr. »Die anderen Hausregeln und Ihre Arbeitszeiten erfahren Sie dann später.«

Damit wandte sie sich zum Gehen und drehte sich an der Tür noch einmal zu Hanni um. »Ich wünsche Ihnen eine gute Zeit im Grandhotel Gruber.«

Als hätte sie bereits zu viel gesagt, ging Fräulein Schreiber eilig davon. Dann war das Knarzen der Treppe zu hören, und danach war es ruhig.

Die Ruhe war für Hanni sehr besonders. Kein Baulärm, der in Köln Tag und Nacht zu hören war, keine bimmelnden Straßenbahnen und keine Alltagsgeräusche der Nachbarn, die durch die dünnen Wände in die kleine Wohnung drangen, in der sie mit ihrer Mutter lebte. Die Ruhe tat ihr nach dem langen Tag wirklich gut.

Sie schlüpfte aus ihrem Mantel und legte ihn auf einen der beiden Stühle. Die Einrichtung passte nicht zusammen, womöglich waren es ausrangierte Möbel aus den Gästezimmern. Auf dem Waschtisch neben der Kommode sah Hanni Toilettenartikel und einen Steinkrug, in den jemand etwas achtlos drei Tulpen gesteckt hatte. Hanni gab den Blumen frisches Wasser und arrangierte sie neu.

Als Nächstes inspizierte sie das Bett. Frische Bettwäsche lag am Fußende. Dass sie keine Suite bewohnen würde, war Hanni klar gewesen. Aber dieses Holzbett mit der dreiteiligen Matratze wirkte sehr klapprig, und als sie sich daraufsetzte, gab es in der Mitte tatsächlich bedrohlich nach. Wenigstens machten die Bettdecke und das Federkissen einen ganz manierlichen Eindruck. Hanni bezog beides mit der weißen Bettwäsche und betrachtete zufrieden ihr Werk. Gut, dass sie nicht so groß war wie Fräulein Schreiber, denn die hätte in dem kurzen Bett nur zusammengeklappt schlafen können. Die Bauernmalerei an den Betten zeigte ineinander verschlungene Blumen und Herzen, und Hanni strich mit den Fingern darüber. Die Farbe war an manchen Stellen verblasst, aber das schöne Muster war noch zu erkennen.

Im Schrank hatte ihre Mitbewohnerin freundlicherweise Platz gemacht. Ein paar Kleiderbügel aus gebogenem Draht hingen an der Kleiderstange. Gewissenhaft fing Hanni an, ihren Koffer auszupacken, und hängte ihre Blusen und den Mantel in den Schrank. Einen Moment lang drückte sie die warme Wolljacke, die ihre Mutter an sie abgetreten hatte, an ihr Gesicht und roch daran. Hatte sie Heimweh? Sie lauschte in sich hinein, aber sie empfand gerade wirklich keine Sehnsucht nach Köln. Hunger, Müdigkeit und Aufregung drängten alles andere in den Hintergrund.

In der Kommode hatte diese Anna-Maria die unteren beiden Schubläden leergeräumt. Sie waren mit Zeitungspapier ausgelegt. *Berchtesgadener Anzeiger* stand darauf, und Hanni fing neugierig an zu lesen. Am Bahnhof waren neue Parkplätze für die Automobile geschaffen worden, der Berchtesgadener Künstlerbund veranstaltete eine Sommerausstellung in der Königlichen Villa, und die Weihnachtsschützen hatten ihre Jahreshauptversammlung abgehalten. Auf einem Foto sah man einen Holzschnitzer bei der Arbeit. Er war von der Handwerkskammer in München für seine Leistung ausgezeichnet worden, so stand es unter dem Foto. Mit großer Ernsthaftigkeit schien er an einer Madonnenfigur zu schnitzen.

Das war wirklich eine andere Welt hier, und Hanni spürte Neugierde und Vorfreude in sich aufsteigen. Darum war sie schließlich hergekommen.

In diesem Moment wurde die Tür aufgerissen, und eine

junge Frau stürmte ins Zimmer. Hanni fuhr zusammen und fühlte sich ertappt, wie sie vor der Kommode kniete. »Ich dachte, das wären meine Schubladen«, stotterte sie eilig.

»Klar, das sind deine Schubladen«, wurde sie sogleich beruhigt. »Nur die Zeitungen müssen wir dringend erneuern. Die sind von anno dazumal.« Sie trat auf Hanni zu und streckte ihr die Hand hin. »Du musst die Neue sein. Hannelore, richtig?«

»Eigentlich nennt mich jeder nur Hanni. Und du bist Anna-Maria?«

Die junge Frau lachte. »Außer dem Fräulein Schreiber und meiner alten Lehrerin hat mich noch nie jemand Anna-Maria genannt. Für alle anderen bin ich nur das Annamirl. Selbst für den Herrn Gruber.«

»Sogar für den Chef?«, wunderte sich Hanni. »Wie ist der denn so?«

»Ganz in Ordnung. Aber wir Zimmermädchen haben nicht viel mit dem zu schaffen. Dafür umso mehr mit Fräulein Schreiber.«

»Die wirkte etwas …«, Hanni zögerte, »… kühl.«

Annamirl grinste über das ganze Gesicht. »Kühl ist sehr vorsichtig ausgedrückt. Sie kann richtig frostig werden, wenn man seine Arbeit schlampig macht. Ansonsten ist sie eigentlich ganz umgänglich. Sie hält nur gerne Distanz.« Annamirl setzte sich auf ihr Bett und streifte die Schuhe ab. »Nur vor Albert Heinrich, unserem Chefkoch, solltest du dich in Acht nehmen. Der ist ein richtiger Grantler vor dem Herrn.«

»Den habe ich schon in der Küche gehört, und das klang nicht sehr einladend.« Hanni fing an, ihre Wäsche in die Kommode zu räumen. In der tiefen Schublade sahen ihre wenigen Besitztümer recht verloren aus. Dann wandte sie sich wieder an Annamirl. »Die Tulpen sind schön.«

»Die sind aus unserem Garten. Mutter hat die Zwiebeln noch gesetzt.« Annamirl schluckte.

Hanni war versucht nachzufragen, ließ es aber lieber bleiben. »Sie machen ein Zimmer gleich viel freundlicher. In Köln hatten wir nur Eisblumen am Fenster.«

»Warte nur«, lachte Annamirl und zeigte auf das Dachfenster, »im Winter wirst du hier die schönsten Eisblumen deines Lebens sehen. Solche Prachtexemplare habt ihr in Köln sicher nicht!«

»Mal sehen, ob ich so lange hier bin. Vorerst soll ich nur bis zum Herbst bleiben.«

»Dann bist du wohl eine unserer Sommermeisen, die sich einen Sommer lang hier satt fressen und dann weiterziehen«, neckte Annamirl und sprang von ihrem Bett auf. »Apropos satt fressen, ich habe mächtig Hunger. Schauen wir mal, ob es für uns arme Zimmermädchen schon etwas zu essen gibt.« Annamirl hakte sich bei Hanni unter und zog sie aus dem Zimmer. Auf dem Flur schlug sie sich auf die Stirn. »Das Wichtigste habe ich dir noch gar nicht gezeigt.« Sie öffnete eine Tür. »Hier ist das Klo und gleich daneben unser Bad. Wir haben sogar eine Badewanne.« Sie öffnete die nächste Tür und präsentierte nicht ohne Stolz das Badezimmer.

»Ich sehe gar keinen Ofen, um das Badewasser zu heizen.«

»Meine Gute, du vergisst, wir wohnen in einem Hotel. Zwar nicht in den besten Zimmern, aber trotzdem haben wir hier oben fließend warmes und kaltes Wasser. Auch wenn es nicht mehr ganz so heiß ist, wenn es endlich hier oben ankommt, aber wärmer als unser Wasser zu Hause im Trog ist es auf jeden Fall. Für mich ist das der reine Luxus.«

Auch wenn Hanni keine Ahnung hatte, was ein Trog war, so konnte sie nur zustimmen, dass fließend warmes Wasser eine wunderbare Annehmlichkeit war. »Wo gibt es denn jetzt das Essen? Ich habe nämlich auch riesigen Hunger.«

»Komm, dann wollen wir mal – wie sagt man bei euch im Norden – Essen fassen?«

»Genau, lass uns Essen fassen!«

Als sie nach unten gingen, versuchte Hanni sich den Weg einzuprägen. »Das ist ganz schön verwirrend hier«, meinte sie.

»Es ist eigentlich recht einfach«, widersprach Annamirl. »Wir sind im Anbau mit der Küche unten und den schlichten Personalzimmern ganz oben. Im Haupthaus befinden sich die Rezeption, der Speisesaal und die guten Gästezimmer mit der besten Aussicht.« Annamirl führte Hanni zu einem Fenster. »Schau, auf der anderen Seite des Hofs steht die Dependance mit dem großen Saal für Veranstaltungen. Dort finden auch die Heimatabende statt.«

»Ob ich mich hier je zurechtfinden werde?« Hanni spähte durch das Fenster auf das Gebäude, das sie bei ihrer Ankunft so bewundert hatte.

»Ach, Quatsch, du bist als Großstadtmädchen doch ganz anderes gewöhnt!«

»Köln ist am Ende auch nur ein Dorf«, meinte Hanni und hakte sich fester bei Annamirl unter. Auf halbem Weg kam ihnen Fräulein Schreiber mit einem Stapel Wäsche entgegen. »Fräulein Hannelore, das ist Ihre Arbeitskleidung. Bitte geben Sie gut darauf Acht.« Sie händigte Hanni drei weiße Blusen und zwei der grün karierten Dirndl aus, wie auch Annamirl eines trug. Auf dem Kleiderstapel lagen obendrauf zwei steif gebügelte Schürzen. »Tadelloses Äußeres ist eine Selbstverständlichkeit. Gepflegte kurze Fingernägel, die natürlich nicht bemalt sind wie bei einer Bardame. Genauso wenig dulden wir irgendwelche Farbe im Gesicht.« Die Hausdame blickte Hanni streng an. »Das gilt auch für jemanden, der aus einer Großstadt kommt!«

»Natürlich, Fräulein Schreiber«, beeilte sich Hanni zu versichern.

»Bring die Sachen am besten gleich nach oben«, schlug Annamirl vor. »Wir treffen uns dann unten im Aufenthaltsraum für das Personal, gleich neben der Küche. Ich reserviere uns schon mal die besten Plätze.«

Dummerweise nahm Hanni im ersten Stock eine falsche Abzweigung und wäre beinahe in einen Gast gerannt, der aus seinem Zimmer getreten war.

»So passen Sie doch auf!« Die Frau schaute Hanni eindringlich an, und Hanni erkannte in ihr die Dame vom Bahnsteig wieder. Auch das noch, dachte Hanni, entschuldigte sich aber schnell. Ausgerechnet einem Gast vom Grandhotel Gruber hatte sie den Koffer umgestoßen! Jetzt erst bemerkte sie, dass die Frau in ihrem Alter war. Stark geschminkt wie sie war, wirkte sie viel älter, stellte Hanni fest. Die Frau drehte sich unvermittelt um und ließ Hanni mit einem abfälligen »Machen Sie gefälligst Ihre Augen auf!« stehen.

Hanni bekam einen hochroten Kopf und eilte jetzt die richtige Treppe hinauf. Im Zimmer legte sie die Arbeitskleidung auf ihr Bett und strich über den grün karierten Kattunstoff. Plötzlich konnte sie der Versuchung nicht widerstehen. Sie hielt eines der Dirndlkleider vor sich hin und betrachtete sich, so gut es ging, in dem Spiegel über dem Waschbecken. Ein ganz klein wenig fühlte sie sich schon wie die Frau auf dem Wandbild. Zufrieden legte sie das Dirndl zurück. Jetzt nur schnell hinunter. Der Hunger trieb sie an, und diesmal schaffte sie es bis in den Aufenthaltsraum, ohne jemanden über den Haufen zu rennen.

An drei Seiten waren Bänke platziert. Es gab einen Tisch für die Frauen und einen für die Männer.

An dem Männertisch saß nur Peter, der von der Zeitung aufblickte, in der er gelesen hatte. »Ach, da ist ja unser bezaubernder Neuzugang aus Köln. Willkommen im Irrenhaus Gruber.« Er grinste breit.

»Der einzige Irre bist du!«, gab Annamirl zurück und zog Hanni zu sich auf die Bank. »Beachte ihn gar nicht, irgendwann hört er von ganz allein auf.«

»Das habe ich gehört«, protestierte Peter.

»Das solltest du auch hören. Und jetzt lies weiter, wenn du überhaupt lesen kannst.«

Peter grummelte etwas vor sich hin und vertiefte sich tatsächlich wieder in die Zeitung. Das Klappern der Töpfe hatte zugenommen, scheinbar näherte sich das Geschehen in der Küche seinem Höhepunkt.

»Der Heinrich hat es mal wieder nötig heute.« Annamirl verdrehte die Augen. Dann wandte sie sich an die drei anderen Frauen, die sich an den Tisch gesetzt hatten. »Meine Damen, darf ich euch unsere neue Sommermeise vorstellen: Das ist Hanni aus Köln.« Sie legte ihren Arm um ihre Zimmergenossin. »Hanni, das sind unsere werten Kolleginnen Ricarda, Leo und Mechthild.«

Hanni stand auf und reichte den dreien nacheinander die Hand.

»Ricarda und Leo sind Sommermeisen wie du. Eine Saison lang gutes Geld verdienen, und dann wieder weg.«

»Länger hält man es in diesem öden Bergdorf auch nicht aus«, maulte die Frau, die Annamirl als Ricarda vorgestellt hatte. »Nur Berge und sonst nichts!« Ihr großer Mund verzog sich abschätzig. »Ich hoffe, du rauchst wenigstens, oder bist du so brav, wie du ausschaust?«

Von der Frage überrumpelt wusste Hanni nichts zu antworten. Zu ihrer Erleichterung meldete sich die andere der Sommermeisen, Leo, zu Wort.

»Ganz so schlimm ist es nicht. Ein wenig gewöhnungsbedürftig, zugegeben, aber nach ein paar Wochen hat man sich an die Berge gewöhnt.« Leo hatte ihr stumpfes Haar zu einem Pferdeschwanz gebunden, der unruhig hin und her hüpfte. Die ganze Person schien ständig in Bewegung zu sein. Auf dem Sitz rutschte sie hin und her, beugte sich über den Tisch, um sich gleich darauf wieder zurückzulehnen. Etwas irritiert beobachtete Hanni sie.

»Sei froh, kölsches Mädche, dass du nicht schon zum Karneval hier warst. Der ist hier ein richtiges Trauerspiel.« Ricarda saß vornübergebeugt da, ihre Bewegungen waren schwerfällig. »Allerdings wie ein Funkenmariechen schaust du nun auch nicht gerade aus.«

Diese Ricarda ist ja ganz eine Freundliche, dachte Hanni. Vor ihr musste man bestimmt auf der Hut sein.

»Ricarda kommt aus Hannover und ich aus Gelsenkirchen«, erklärte Leo fröhlich.

»Mechthild, wo kommst du gleich wieder her?«, fragte Annamirl die ältere Frau, die bislang schweigend dagesessen hatte.

»Breslau«, antwortete diese einsilbig und machte nicht den Eindruck, als wollte sie das Thema vertiefen.

Dann kam einer der Jungköche herein und stellte einen Suppentopf auf den Männertisch. »Iss aber den Fräuleins nicht alles weg, Peter.«

»Kommt auf die Suppe an. Wenn du sie gekocht hast, verspüre ich jetzt schon Magengrimmen.«

»Bei den Mengen, die du verdrückst, würde ich auch Magengrimmen bekommen.« Der Koch wollte noch ein wenig länger mit Peter scherzen, aber schon zitierte sein Chef ihn lautstark in die Küche zurück.

Nachdem sich Peter genommen hatte, holte Leo den Topf zum Frauentisch und gab aus. Die Suppe duftete lecker, und Hanni aß mit großem Appetit. Ein Korb mit dick geschnittenem Brot stand auf dem Tisch, ein ganzes Stück Butter und mehrere Scheiben Käse, appetitlich auf einem Teller angerichtet. Der Anblick ließ Hannis Herz und vor allem ihren Magen vor Freude hüpfen. Zu Hause wurde das Brot dünn geschnitten und die blasse Butter unter dem strengen Blick ihrer Mutter mehr daraufgekratzt als gestrichen.

Die Karottensuppe war cremig, und Hanni löffelte sie genüsslich aus, bekam noch eine Portion und tunkte das Brot hinein. Zum ersten Mal seit langer Zeit hatte sie das Gefühl, richtig satt zu sein. Auch die anderen Zimmermädchen langten tüchtig zu.

Satt und müde blieben sie alle nach dem Essen noch ein wenig sitzen. Ricarda und Leo rauchten eine Zigarette, und das Gespräch plätscherte dahin. Sie diskutierten, ob Maria Schell oder Romy Schneider hübscher war, und alle entschieden sich für *Sissi*. Während die Frauen munter weiterredeten, merkte Hanni, dass ihr die Augen immer wieder zufallen wollten.

»Dann wollen wir die Sommermeise mal in ihr Nest bringen!« Annamirl zog Hanni auf die Beine. Der lange Tag steckte Hanni in den Knochen, und die Treppe hinauf in ihr Zimmer schien kein Ende zu nehmen. Sie putzte sich schnell die Zähne, und auch ihr Haar musste heute mit weniger als den üblichen hundert Bürstenstrichen auskommen. Nur beim Waschen ließ sie sich Zeit und genoss das warme Wasser aus dem Hahn, das in das weiße Porzellanwaschbecken plätscherte.

»Veranstaltest du Berchtesgadener Wasserspiele?«, fragte Annamirl. »Andere Leute wollen sich auch waschen.«

Hanni beeilte sich, fertig zu werden, und legte sich dann in ihr Bett.

»Aus den Gästezimmern wurden sie ausrangiert, aber für uns Zimmermädchen sind die Matratzen wohl gut genug«, meinte Annamirl. »Wir werden meinen Bruder nach einem Brett fragen, das wir zusätzlich unter die Matratze schieben.«

»Das wäre toll. Im Augenblick habe ich Angst, bei der kleinsten Bewegung durchzukrachen.«

»Das möchte ich dir wirklich ersparen.« Annamirl kicherte. »Gute Nacht und schlaf gut!«

Morgen, dachte Hanni, fange ich als Zimmermädchen im Grandhotel Gruber an. Hoffentlich kam sie mit allem klar.

Die Bergluft tief einatmen

Als der Zug hielt, schloss sie fest die Augen und drückte sich tief in den weichen Sitz der ersten Klasse. Hier war sie nun und wollte im Grunde doch nirgends ankommen. Ihretwegen hätte der Zug noch stundenlang weiterfahren können, weiter und weiter, ohne jemals ein Ziel zu erreichen. Doch Cäcilie Jacoby wusste, dass es von Berchtesgaden nur noch weiter in die Berge ging, bis hinauf zu den Gipfeln und von dort aus in den Himmel hinein. Cäcilie seufzte. Ihr blieb nichts anderes übrig, sie musste aufstehen, ihr Gepäck nehmen und aus dem Abteil aussteigen, sonst würde sie wieder zurück nach Köln fahren, und das war das Letzte, was sie wollte. Lieber ging sie auf die Spitze des Watzmanns und blieb für immer dort oben, dem Himmel so nah.

Sei nicht so töricht, schalt sie sich dann, und reiß dich zusammen! Sie wartete trotzdem, bis die Abteile sich geleert hatten. Sie wollte niemanden sehen, wollte vor allem nicht mit jener Frau zusammentreffen, die schon am Bahnsteig stand, hochnäsig und mit abfälligem Blick auf die Natur. Dabei war es genau diese wunderbare Landschaft und die gute Bergluft, die für Cäcilie Jacoby seit vielen Jahren der Grund waren, die Sommermonate in Berchtesgaden zu verbringen. In der dünnen Höhenluft arbeitete ihre Lunge so viel besser, und darum war sie wieder einmal hergekommen – um zu atmen. Nur atmen und all das vergessen, was hinter ihr lag. Einatmen, ausatmen.

Cäcilie blickte aus dem Fenster. Diese unmögliche Person stand immer noch da. Sie wusste, dass es zwecklos war, sich vor ihr zu verstecken, sie würden sich unweigerlich über den Weg laufen.

Cäcilie erhob sich und sah in dem Moment, wie eine junge Frau über den Koffer dieser schrecklichen Gabriele von Hartenstein stolperte. Erschrocken hielt sie den Atem an, und wenn sie auch die harschen Worte nicht hören konnte, so tat ihr die Frau doch leid, denn in ihrem Blick zeigte sich der Schreck über die Zurechtweisung, die sie gerade bekommen hatte.

Ein weiteres Mal seufzte Cäcilie, griff schließlich nach ihrem Lederkoffer und begab sich zum Ausgang. Die Schrankkoffer waren schon Tage zuvor auf den Weg gebracht worden, immerhin blieb Cäcilie den ganzen Sommer in Berchtesgaden und konnte nicht wissen, mit welchem Wetter zu rechnen war. Sonnenschein, heftige Regenstürme und sogar Schneefall hatte sie bei ihren vorherigen Aufenthalten in den Alpen erlebt.

Sich in das Unvermeidbare fügen, so lautete ihr Lebensmotto. Mit diesem Gefühl der Resignation stieg sie über die schmalen Stufen des Waggons hinunter auf den Bahnsteig.

»Cäcilie!«, rief Gabriele von Hartenstein ihr entgegen.

Jetzt gab es kein Zurück mehr. Cäcilie setzte ein Lächeln auf und winkte ihr zu.

»Dachte ich mir doch, dass du auch im Zug bist. In welchem Abteil hast du dich denn versteckt? Im Speisewagen zumindest hast du dich nicht gezeigt. Verpasst hast du allerdings nichts, der Service der Bahn lässt immer mehr zu wünschen übrig, und der Ober hatte einen großen Fleck an der Livree. Furchtbar, was man sich heute alles bieten lassen muss.«

Die beiden Frauen begrüßten sich, indem sie sich die behandschuhten Hände reichten und einen Wangenkuss andeuteten. Cäcilie überlegte, wer von ihnen beiden gerade die bessere Theatervorstellung gab.

»Ich habe gehört, dass du im Krankenhaus warst. Das ist ja grässlich. Wieder die Lunge?«

»Ja, wieder die Lunge. Die hat sich mal wieder nicht zu benehmen gewusst.« Es war auch kein Wunder bei dem, was Gerhard ihr angetan hatte.

»Ich hätte dich so gerne besucht, aber du weißt ja, das neue Geschäft in Köln, und dann diese ständige Fahrerei aus Düsseldorf. Darum hat Vater auch den Wagen mit dem Chauffeur in Düsseldorf behalten, und ich musste mit dem Zug kommen. Das war das letzte Mal, das sage ich dir. Apropos Chauffeur, wo bleibt denn der Fahrer vom Hotel? Ich stehe hier schon seit einer Ewigkeit. Mein Urlaub fängt ja wirklich gut an.«

»Da kommt Peter schon gelaufen!«, rief Cäcilie, froh, einen Grund zu haben, Gabriele von Hartensteins Redeschwall zu unterbrechen. Dass ihre Familie nun auch in Köln ein Modegeschäft eröffnet hatte, war keine gute Nachricht. Bestimmt würde Gabriele nun noch öfter nach Köln kommen, und man würde sich zwangsläufig im Theater oder beim Souper bei gemeinsamen Freunden treffen. Eine grauenhafte Vorstellung! Lieber blieb sie oben auf dem Watzmann.

Sie brauchte keine Begegnung mehr mit Menschen, die sie nicht leiden konnte, nicht mit Gerhard und erst recht nicht mit seiner seltsam blonden Sekretärin.

»Frau Jacoby, Frau von Hartenstein!« Peter machte seinen tiefsten Diener.

»Peter, wie schön, Sie wiederzusehen!« Cäcilie freute sich

aufrichtig, den fröhlichen und gewitzten Pagen des Grandhotels zu sehen.

»Wo waren Sie denn? Wir warten hier seit Ewigkeiten. Und Sie trödeln einfach herum!« Gabriele zeigte auf ihre beiden Koffer. Eilfertig kam Peter seiner Pflicht nach. Er wollte auch nach Cäcilies Koffer greifen, doch die winkte ab.

»Das kleine Köfferchen nehme ich selbst. Mein großes Gepäck ist schon vor Ort, hoffe ich?« Aus den Augenwinkeln heraus bemerkte sie, wie Gabrieles Gesicht versteinerte. Auf die Idee, ihr Gepäck vorab zu verschicken, war sie offenbar nicht gekommen. Cäcilie empfand ein klein wenig Genugtuung. »Natürlich, Frau Jacoby, es ist alles da, und Fräulein Schreiber hat schon ausgepackt.«

»Sehr schön, dann sollten wir losfahren, damit auch alle anderen noch vor dem Abendessen auspacken können.« Diesen Seitenhieb konnte sie sich nicht verkneifen. Wer den lustigen Peter so anfuhr, hatte es nicht anders verdient.

Als Cäcilie aus dem Bahnhofsgebäude trat, war sie wie jedes Mal vom Anblick der Berge überrascht. Was für ein Glück, wieder hier zu sein, ihren geliebten Bergen so nah. Schon ihr Vater hatte diesen Ausblick gemocht.

»Passen Sie auf, dass meine Koffer keine Kratzer abbekommen«, wies Gabriele Peter zurecht und rückte ihren Lederkoffer von dem ärmlichen Pappkoffer weg, der schon im Kofferraum stand.

Es ist glücklicherweise nur eine kurze Fahrt, dachte Cäcilie, lächelte Peter zu und stieg in den Fond des Borgward, in dem Gabriele schon kerzengerade saß und ungeduldig wartete.

Das musste man Hermann Rieber lassen, er war ein Meister seines Fachs, wenn nicht gar ein Zauberer. Cäcilie bewunderte den Portier dafür, dass er Gabriele und ihr das gleiche Maß an Aufmerksamkeit und Zuvorkommenheit zuteilwerden ließ. Im Nu waren die Anmeldeformalitäten erledigt, und schon tauchte der Hoteldirektor auf und begrüßte die beiden Damen mit Handkuss. Seine Freude schien echt, wie Cäcilie gerührt bemerkte. Auch Gabrieles gestrenger Blick verwandelte sich beim Anblick von Gregor Gruber, der in einem perfekt sitzenden grauen Lodenanzug mit grünem Gilet steckte, in ein freudiges Lächeln.

»Meine Damen, liebe Frau Jacoby, liebes Fräulein von Hartenstein. Ich hoffe, Sie hatten eine angenehme Reise?«

»Die Bahn, die Bahn, mehr muss ich ja wohl nicht sagen«, seufzte Gabriele und legte mit einer theatralischen Geste ihren Handrücken an die Stirn, als wäre sie Sarah Bernhardt.

Das erzielte die gewünschte Reaktion. Der Direktor griff nach Gabrieles Hand und tätschelte sie aufmunternd. »Aber jetzt sind Sie, gnädiges Fräulein, hier bei uns, und Sie werden sehen, alles wird gut.«

»Das will ich hoffen.« Gabriele von Hartenstein lächelte den Hoteldirektor, der von eher kleiner Statur war, von oben herab an und ging zur Treppe.

Zu Cäcilies Erleichterung kam in diesem Moment Fräulein Schreiber auf sie zu. Die Hausdame begrüßte Cäcilie freundlich, und als wüsste sie, wie es um Cäcilies Nerven stand, begleitete sie den Gast, ohne weiter Konversation zu machen, hinauf zum Zimmer.

»Gnädige Frau, ich kann Ihnen versichern, dass ich alles persönlich eingeräumt habe. Auf der Anrichte steht eine Flasche Mineralwasser. Nach der langen Reise ist man doch etwas durstig.«

»Vielen Dank, Fräulein Schreiber, das ist alles wunderbar. Da fühle ich mich gleich in der Sommerfrische.«

Mit einem Nicken zog sich die Hausdame zurück. Auch den Balkon hatte sie für Cäcilie hergerichtet. Auf der Rattanliege lagen zwei Decken und Kissen in Grün und Beige, den Farben des Hotels. Daneben stand ein kleines Tischchen mit einer Vase, in der drei Rosen mit etwas Schleierkraut hübsch arrangiert waren. Fräulein Schreiber wusste, dass Cäcilie hier auf ihrem Balkon die meiste Zeit verbringen würde. Spaziergänge waren ihr zwar gestattet, aber von großer körperlicher Anstrengung hatten ihr die Ärzte dringend abgeraten. Cäcilie trat hinaus und sog mit der Luft gleichsam das ganze Bergpanorama in sich auf. Die Frühlingssonne stand schon tief und würde gleich hinter dem Steinernen Meer verschwinden. Wie sie diesen Ausdruck liebte: Steinernes Meer. Ohne jemals dort gewesen zu sein, wusste sie, wie beeindruckend sich die Hochebene ausbreitete. Manchmal erzählte ein begeisterter Gast abends im Kaminzimmer von seiner Wanderung.

Verzückt sah Cäcilie sich um. Wolken zogen über den Himmel, legten mal den einen, mal den anderen Gipfel in ihren Schatten. Markant traten dann die Felsenrinnen und die steilen Anhänge hervor. Es war wie ein Schauspiel, das die Natur aufführte.

Cäcilie setzte sich auf einen der Stühle, deren Holz von der Sonne noch gewärmt war. Sie spürte, wie sehr die Reise sie erschöpft hatte. Trotzdem hatte sie kein einziges Mal gehustet, seit sie die bayerische Grenze überquert hatte. Das war natürlich bloß Einbildung. Aber wie dem auch sein mochte – kein Husten in Bayern, dabei blieb sie.

In diesem Augenblick verschwand die Sonne hinter dem Steinernen Meer, und mit der aufkommenden Kühle kehrte auch jene Stimmung zurück, die Cäcilie so fürchtete. All die Geschehnisse der letzten Wochen traten ihr wieder vor Augen und machten die kleine Hoffnung zunichte, die sie gehegt hatte: dass sie mit dem Ortswechsel die Sorgen und die Verzweiflung los wäre. Sollten diese, eingesperrt in die Villa Jacoby, doch dort durch die großen Räume geistern, während Cäcilie in den Bergen in Sicherheit war. Aber alles war mitgereist: die Wut, die Trauer, der Zweifel und letztendlich die Angst. Cäcilie erhob sich, trat in ihr Zimmer und schloss die Balkontür.

Nach einer kurzen Toilette – zu mehr hatten ihre Kräfte nicht gereicht – zog sich Cäcilie um und sprühte großzügig Farina 4711 auf das Wollkleid, das sie aus dem Schrank genommen hatte. Für eines der längeren Cocktailkleider war es ihr zu kalt, und für wen hätte sie sich schon schick machen sollen? Das überließ sie den Jüngeren, allen voran Gabriele, die gerne die neuesten Kreationen aus den elterlichen Modegeschäften ausführte.

Der Speisesaal leuchtete in warmen Farbtönen. Die Wandlampen mit den gehämmerten Messingschirmen brachen das gedimmte Licht und schufen zusammen mit den Möbeln jene Eleganz, für die das Hotel international berühmt war. Schon vor dem Krieg hatte Cäcilie mit ihren Eltern das Gruber besucht. Ihr Vater liebte die Berge und das bayerische Bier. Zärtlich dachte sie an ihn und wünschte, sie hätte mehr von seiner Lebensfreude geerbt. Die schlechte Konstitution stammte von ihrer Mutter, die gern kränkelte. Vielleicht auch nur, um sich vor den vielen sportlichen Aktivitäten ihres Mannes zu drücken, vermutete Cäcilie. Selbst in den ersten Kriegsjahren verbrachte sie mit Gerhard die Sommermonate hier. Aber weder an Gerhard noch an diese Zeit wollte sie heute denken.

Als sie den Speisesaal betrat, schwankte sie kurz, als wäre

sie auf einem Schiff inmitten des stürmischen Meeres und nicht in den Bergen, wo es nur ein Meer aus Steinen gab. Ein junger Ober sprang eilig herbei und stützte sie vorsichtig am Arm.

»Danke, ich bin wohl umgeknickt«, erklärte Cäcilie, während er sie an ihren gewohnten Platz am Fenster brachte. Doch ihre ganze Welt hatte zu schwanken begonnen, und ob der Boden in Berchtesgaden tragfähig genug war, musste sich erst noch zeigen.

Der Tisch war nicht der schönste Platz im Restaurant, aber schon ihr Vater hatte es vorgezogen, hier zu speisen, weil man den Saal gut überblicken konnte und seinerseits nicht wie auf dem Präsentierteller saß.

Gerhard hatte bei ihren Aufenthalten stets mit dem Rücken zum Fenster gesessen. »Dann hast du beim Frühstück die schöne Aussicht, mein Schatz«, hatte seine Begründung gelautet. Das war nicht von der Hand zu weisen, aber vor allem ging es ihm darum, die weiblichen Gäste sowie die jungen Serviermädchen im Blick zu haben.

Obwohl Cäcilie nun allein speisen würde, wählte sie den gewohnten Tisch und bat den Ober, das Gedeck umzulegen, sodass sie mit dem Rücken zum Fenster saß.

»Der Mensch ist ein Gewohnheitstier«, meinte sie.

»Sehr wohl, Frau Jacoby.« Eilig räumte er das Platzdeckchen, die Gläser und das Besteck auf die andere Seite und rückte mit seiner weiß behandschuhten Hand zuletzt das Wasserglas in die vorgeschriebene Position. Cäcilie bedankte sich, bat um ein Mineralwasser und war dann mit sich und ihren Gedanken vorerst allein.

Ihr Ehemann Gerhard hatte sie betrogen. Das war der eine Gedanke, der sie seit fast zwei Wochen tagtäglich quälte, und zwar mit seiner neuen Sekretärin, die er ihr flüchtig in der

Firma vorgestellt hatte. Und nun, Cäcilie wollte diesen Gedanken gar nicht zu Ende denken, war diese noch dazu schwanger. Cäcilies Hand zitterte. Rasch legte sie sie auf ihren Schoß. Sie fühlte sich so unglaublich verletzt. Gleichzeitig nagte ein weiterer Gedanke an ihr: dass sie vielleicht selbst schuld daran war. Hatte sie als Ehefrau und, was viel schlimmer war, als Frau versagt? Wie vernichtend wäre das! In jungen Jahren hatte sie sich eine Ehe überhaupt nicht für sich vorstellen können. Aber auf dem Hamburger Mädchenpensionat war sie auf genau dieses Leben vorbereitet worden. Zudem hatte ihre Mutter gute Vorarbeit geleistet. Cäcilie hatte andere Wünsche an ihr Leben gehabt, und der Gedanke, als Ehefrau und Mutter zu enden, hatte sie damals viele schlaflose Nächte gekostet. Die Vorstellung glich einem Gefängnis, an dessen Fenster hübsche Rosen rankten. Dann lernte sie Gerhard kennen, und plötzlich war die Angst vor der Ehe wie weggeblasen. Es war Liebe gewesen und eine passende noch dazu.

»Das Menü, Frau Jacoby.« Der junge Ober musste schon einen Moment neben ihr gestanden haben. Cäcilie schaute auf und griff nach der in Leder eingeschlagenen Menükarte.

»Entschuldigung, ich war ganz in Gedanken versunken.« Die Wasserflasche stand auch schon da, bemerkte sie und überflog die Karte, froh, ihren Kopf mit etwas anderem zu beschäftigen.

Ein paar interessante Neuerungen hatte Küchenchef Heinrich für diese Saison eingeführt: Rehrücken mit filetierten Orangenschnitzen, und zu einigen Gerichten gab es Pommes frites. Selbst das Bananensplit hatte seinen Weg in die bayerischen Berge gefunden. In Köln war es sehr angesagt, und danach trank man einen Underberg.

»Ich nehme die Consommé und danach ein Wiener Schnitzel, aber sagen Sie Herrn Heinrich bitte, nur ein ganz kleines.«

Der Kellner nahm ihr die Karte ab, schenkte etwas Wasser nach und fragte, ob er einen Wein zur Hauptspeise servieren dürfe.

»Heute nicht. Nach der langen Anreise brummt mir noch ein wenig der Schädel.«

»Sehr wohl, Frau Jacoby, dann bringe ich besser noch eine Flasche Wasser.«

Cäcilie nickte dankbar.

Gerhard hatte sie betrogen. Da war er wieder, der Gedanke. Er hatte es nicht einmal abgestritten, als sie ihn damit konfrontierte. Dass sie es von jemandem aus der Firma erfahren hatte, beschämte sie noch mehr. Denn dann wussten es wahrscheinlich alle, die Gerüchteküche funktionierte in einer Firma bestens, selbst in einer so großen. Und wenn der Chef seine Sekretärin zu mehr als nur dem Diktat bat, dann bekamen das die anderen Angestellten normalerweise mit. Alle hatten es gewusst – nur sie nicht. Das war abgeschmackt. Wie triumphierend er ihr entgegengeschleudert hatte, dass die andere schwanger war. Als hätte er einen Wettkampf gewonnen. Und genau das, musste sich Cäcilie schmerzlich eingestehen, hatte er ja tatsächlich.

Ungewollt heftig stellte sie ihr Glas zurück auf den Tisch, sodass Wasser überschwappte und einen Fleck auf der steif gebügelten Tischdecke hinterließ. Überflüssigerweise tupfte Cäcilie mit ihrer Serviette daran herum, als handelte es sich um ebenjenen Schandfleck in ihrem Leben, der nie wieder verschwinden würde. Ein Hustenreiz stieg in ihr auf, der in einen nicht enden wollenden Hustenanfall zu münden drohte. Sie knäulte die Serviette zusammen und zwang sich, ruhig ein- und auszuatmen. Ganz so, wie es die junge Ärztin ihr erklärt hatte.

»Das machen doch alle. In Köln laufen genug Bälger herum. Manche Frauen werden halt schwanger und andere nicht«, hatte Gerhard mit einem abschätzigen Schulterzucken erklärt, woraufhin sie einen Asthmaanfall erlitten hatte und ins Krankenhaus musste. Machten das tatsächlich alle? War sie die einzige Verrückte unter lauter Normalen, oder verhielt es sich genau umgekehrt?

Lautes Lachen ließ Cäcilie aufblicken, und selbst in der unscharfen Spiegelung im Fenster erkannte sie Gabriele, die in Begleitung anderer Gäste den Speisesaal betrat. Ihr rotes Cocktailkleid entstammte sicher der neuesten Frühjahrskollektion, und Gabriele verstand sich nur zu gern als Mannequin und Botschafterin des väterlichen Betriebs. Eine Aufgabe, die sie sehr gut erledigte, denn ihre zahlreichen kaufkräftigen Freunde und Bekannten ließen viel Geld in seinen schicken Geschäften. Cäcilie legte den Kopf ein wenig schief und stellte fest, dass die Röcke dieses Frühjahr offensichtlich noch kürzer geworden waren.

Als ihr Schnitzel kam, hätte sie am liebsten ein kleines Bier bestellt, wagte es aber nicht. Gerhard hatte sie immer bei sich mittrinken lassen. Schon wieder war sie bei Gerhard. Selbst beim Essen ließ er sie nicht los. Er hingegen würde nicht einen Gedanken an sie verschwenden, dachte sie bitter und zwang sich, das herrlich gebratene Wiener Schnitzel zu genießen. Die Panade wölbte sich nach allen Regeln der Kochkunst nach oben, und als Cäcilie hineinstach, gab es ein köstlich knuspriges Geräusch. Auf das Bananensplit verzichtete sie, ebenso auf den Underberg. Stattdessen erhob sie sich, um sich zurückzuziehen. Sie nickte einzelnen Gästen zu, die sie vom Sehen kannte, hob die Hand, um die Runde um

Gabriele zu grüßen, und war froh, als sie schließlich wieder allein in ihrem Zimmer war. Schnell entkleidete sie sich und schlüpfte in ihrem Flanellnachthemd unter die weiche Bettdecke. Ein paar Minuten später spürte sie, wie sich ihr Körper entspannte. Die kräftige Bergluft tat ihr wohltuendes Werk. Mit einem letzten verworrenen Gedanken an den turbulenten Tag ihrer Anreise schlief sie ein.

Zweikampf mit dem *Progress*

»Mädchen, Zimmer zwölf und vierzehn sind Abreisen, und die Zweiundzwanzig muss frisch bezogen werden.« Fräulein Schreiber stand mit einem Klemmbrett in der Hand im Personalzimmer und gab die morgendlichen Anweisungen. »Hannelore, Sie begleiten Fräulein Anna-Maria und übernehmen die Bäder. Ich komme anschließend zur Kontrolle.«

Hanni nickte. Sie war nicht wenig aufgeregt vor ihrem ersten Arbeitstag im Grandhotel und zupfte nervös an der weißen Schürze, die sich steif wie Papier anfühlte. Das Dirndl war ihr um die Taille zu weit. Heute Abend wollte sie es mit zwei Abnähern enger nähen. Richtig störend und albern fand sie nur das weiße Häubchen, das Annamirl mit fünf Haarnadeln auf Hannis dunkelblondem Haar festgesteckt hatte. Bei Leo führte das Häubchen ein Eigenleben und hüpfte bei jeder Bewegung herum.

Mit dem Generalschlüssel, der Passpat genannt wurde, öffnete Annamirl das erste Zimmer. Hanni, mit Putzeimer und Lappen bewaffnet, trat ein und blieb verblüfft in der Tür stehen. Solch einen vornehm ausgestatteten Raum hatte sie noch nie gesehen. Vor den bodentiefen Fenstern standen zwei dick gepolsterte Sessel, die mit einem Stoff bezogen waren, der die Farben des Hotels aufnahm. An der hinteren Wand stand das Bett, das eines Königs würdig gewesen wäre. Der Rahmen des weißen Kopfteils war mit vergoldeten Blüten verziert, das Kopfteil selbst mit einem passenden Blumenstoff bespannt. Der gleiche Stoff fand sich auch auf den Paradekissen, die achtlos auf den Boden geworfen worden waren.

Annamirl hob sie auf und machte sich mit geübten Handgriffen daran, die Bettdecken aufzuschütteln und die vier Kopfkissen exakt auszurichten. Zwei Kopfkissen für jeden, dachte Hanni, das ist reiner Luxus. Eine weiß gestrichene Tür, deren Füllungen am Rand grün abgesetzt waren, führte zum Badezimmer. Hanni schluckte. Der vom Boden bis auf halbe Höhe schön geflieste Raum war mit einer riesigen Badewanne, einem großen Waschbecken und einem Wasserklosett ausgestattet.

Annamirl erklärte Hanni, was sie zu tun hatte. Das Waschbecken und die Badewanne mussten jeden Tag geputzt werden, ebenso die Ablagekonsole aus Glas sowie der Spiegel. »Die Wandfliesen putzt du nach Bedarf. Meistens reicht es, die am Waschbecken zu wischen.«

»Wie sieht es mit den Handtüchern aus?«

»Wenn sie ordentlich auf der Stange hängen, dann lässt du sie dort, ansonsten wechselst du sie aus. Lieber einmal zu oft wechseln als zu wenig, lautet Fräulein Schreibers Devise.«

Handtücher, die täglich gewechselt wurden – auch so ein Luxus, an den sich Hanni erst gewöhnen musste. Sie tauchte den Lappen in das heiße Wasser und legte los.

Als Fräulein Schreiber später kam, um ihre Arbeit zu kontrollieren, stand Hanni verlegen im Badezimmer und wischte an einem nicht existierenden Fleck herum.

»Fräulein Hannelore, die großen Handtücher legen wir anders zusammen. Warten Sie, ich zeige es Ihnen. Einmal in der Mitte falten und dann dritteln.« Frau Schreiber demonstrierte die richtige Vorgehensweise und reichte das Handtuch dann wortlos an Hanni. Die spürte, wie ihr Gesicht rot wurde, doch als sie es selbst probierte, gelang es ihr ohne Weiteres. Mit einem letzten Blick auf das Bad gab die Hausdame Annamirl noch ein paar Anweisungen und verschwand so leise, wie sie gekommen war.

Da bin ich ja noch einmal glimpflich davongekommen, fand Hanni, und mit frisch gewonnener Zuversicht wischte sie über den schwarz-weiß gemusterten Fliesenboden.

Zimmer für Zimmer arbeiteten sich die beiden vor. Bei den Zimmern, die für neue Gäste hergerichtet werden mussten, half Hanni Annamirl beim Beziehen der Betten mit frischen Leintüchern.

»Probier mal, das sind herrlich weiche Matratzen!« Mit einem Plumps ließ sich Annamirl auf das noch ungemachte Bett fallen. »Hier schläft man bestimmt wie im Himmel.«

Hanni setzte sich vorsichtig auf den Bettrand und hüpfte probehalber ein wenig auf und ab.

»Los, du musst dich ganz reinlegen.« Annamirl packte Hanni am Arm und zog sie aufs Bett. »Herrlich, oder? Das ist schon eine andere Hausnummer als unsere durchgelegenen Matratzen oben!« Sie wälzte sich genüsslich von einer Seite auf die andere. »Daheim haben wir nur einfache Strohmatratzen, auf denen schläft man aber gar nicht so schlecht. Und frisch gefüllt duften sie wie eine Sommerwiese.«

»Haben deine Eltern einen Bauernhof?«

Annamirl richtete sich auf. »Ja, das Wiesenlehen in Königssee gehört meinem Vater. Dort bin ich aufgewachsen.« Sie blickte angestrengt zur Balkontür hinaus. »Meine Mutter ist vor zwei Jahren gestorben.«

Hanni stützte sich auf ihren Arm. »Das tut mir leid. Mein Vater ist auch schon tot. Er ist im Krieg gefallen, als ich acht Jahre alt war.«

Annamirl sah Hanni ins Gesicht. »Wir beide sind also Halbwaisen.« Dann lachte sie ihr Annamirl-Lachen. »Aber der Tag ist viel zu schön, um trübe Gedanken zu haben. Pass auf: Heute Nachmittag zeige ich dir unser Wiesenlehen, und von meinem Bruder Andreas lassen wir uns ein Brett zurechtschneiden, damit du besser schlafen kannst.«

Ein Geräusch auf dem Flur ließ die beiden jungen Frauen zusammenfahren und eilig aus dem Bett springen. Als kurz darauf Fräulein Schreiber den Kopf durch die Tür steckte, strafften die beiden eifrig das Leintuch.

»Keine Falten«, wurden sie ermahnt.

»Irgendwann einmal möchte ich ein Bett mit so einer Matratze besitzen«, sagte Annamirl verträumt, als sie das fertig geputzte Zimmer abschloss. Und Hanni wollte einmal in einem duftenden Strohbett schlafen. Doch sie sagte es nicht laut, sonst hielt Annamirl sie noch für verrückt.

Und jetzt mussten sie sich sputen. Hannis Häubchen hatte inzwischen eine gefährliche Schieflage bekommen. Wie Leos Häubchen weigerte es sich, wie vorgeschrieben oben auf dem Kopf zu bleiben. Ricarda und Leo trafen sie ab und zu, wenn sie frisches Putzwasser holten oder am großen aus dunklem Holz gearbeiteten Wäscheschrank, der in einem der Flure stand.

»Wie kommst du zurecht?«, erkundigte sich Leo bei Hanni.

»Ganz gut. Nur, so große Badezimmer habe ich in meinem Leben noch nicht gesehen.« Hanni stellte den Metalleimer mit dem heißen Putzwasser ab. »Zu Hause waschen wir uns in der Küche, und Klo und Bad sind im Treppenhaus.«

»Das ist bei uns genauso«, bestätigte Leo.

»Wir hatten früher sogar zwei Badezimmer mit fließend Wasser«, schaltete sich Ricarda in das Gespräch ein. »Aber die haben uns die Engländer weggebombt. Und nun muss ich hier die Kloschüsseln putzen. Eigentlich bin ich Besseres gewohnt.«

»Ach so«, meinte Hanni, um nur irgendetwas zu sagen, und packte ihren Putzeimer, der im Lauf des Tages immer schwerer zu werden schien. Sie merkte, dass sie müde und hungrig war, und dachte an das dick geschnittene Brot, das es zum Abendbrot und zum Frühstück gegeben hatte. Sie würde ihrer Mutter davon schreiben und von der herrlichen Marmelade, die in einem Glasschälchen neben Honig, Käse und Wurst auf dem Frühstückstisch gestanden hatte. Obwohl ihr das alles schon fürstlich vorkam, konnte es dem Vergleich mit den Köstlichkeiten nicht standhalten, die den Gästen serviert wurden. Neben vielem anderen bereiteten die Köche verschiedene Eierspeisen zu, deren Namen Hanni noch nie gehört hatte. Was, bitte, war denn ein Ei Benedict?

»Unter der Soße ist ein pochiertes Ei«, hatte ihr Annamirl nach dem Frühstück erklärt, »und das liegt auf einer gerösteten halben Semmel.« Das klang kompliziert und war es anscheinend auch, denn die Köche fluchten, wenn das Ei im siedenden Essigwasser auslief.

»He, Hanni, nicht träumen!«, riss Annamirl sie aus ihren Gedanken.

»Ich komm ja schon! Es ist nur schwer zu glauben, dass ich gestern noch in Köln saß und heute im Grandhotel Gruber den Putzlappen schwinge.«

»Und ich kann nicht glauben, dass ich immer noch in Berchtesgaden hocke, die Betten fremder Leute mache und nie einen Schritt aus dem Tal herausgekommen bin.«

»Aber hier ist es so schön!«

Annamirl blieb stehen. »Das ist es auch. Trotzdem würde ich gern mehr von der Welt sehen als nur den Hohen Göll und den Königssee.« Sie schloss das nächste Zimmer auf. »Irgendwann reise ich in ferne Länder, das habe ich mir fest vorgenommen.«

»Das wirst du«, bekräftigte Hanni. Sie selbst hatte keine Sehnsucht nach der weiten Welt. Sie wünschte sich vielmehr einen Ort, an dem sie sich zu Hause und geborgen fühlen konnte.

»Hier schaut es wüst aus!«, rief Annamirl, als sie in das Zimmer trat. Die Bettdecke war auf den Boden gerutscht, die Kleidungsstücke aus dem Koffer, der aufgeklappt auf dem Boden lag, waren im ganzen Zimmer verstreut. »Pass auf, im Bad wird es nicht anders aussehen.«

Annamirls Voraussage bestätigte sich. Hanni blickte in ein völlig verdrecktes Badezimmer. Zahnpastaflecken waren quer über den Spiegel gesprenkelt, in der Badewanne lief ein teures Badeöl aus, und die Handtücher lagen zerknüllt in einer Ecke auf dem Boden. Die Toilette wies unschöne Spuren auf, und über allem hing der Duft eines schweren Parfüms. Als Erstes riss Hanni das Fenster auf und atmete die hereinströmende frische Luft tief ein, bevor sie sich daranmachte, Ordnung zu schaffen. Wie konnte man so ein schönes Zimmer nur derart verunstalten?

»Ach, du liebe Zeit!«, stöhnte Annamirl, als sie kurz ins Bad schaute. »Weiß der Himmel, was in das Waschbecken geschmiert wurde.«

»Das muss Maquillage sein«, antwortete Hanni.

»Oh, das ist die Dame von Welt, die kennt sich damit aus«, flötete Annamirl, und beide lachten. »Solch eine Unordnung kann nur eine Frau anrichten«, stellte Annamirl fachmännisch fest.

»Das kann ich zwar gar nicht glauben, aber wer sonst nimmt braune Maquillage?« Wieder ließ Hanni das Wort über die Lippen perlen und brachte Annamirl damit zum Grinsen. Frauen waren ordentlich und zur Sauberkeit erzogen. Das hatte ihr die Mutter stets gepredigt.

»Für eine Großstadtpflanze lebst du ganz schön hinterm Mond!« Annamirl sah Hanni mitleidig an. »Keine Ahnung vom Leben, die Kleine. Aber pass auf, als Zimmermädchen bekommt man allerhand zu sehen. In Hotelzimmern zeigen die meisten Menschen ihr wahres Gesicht.«

Während Hanni weiter putzte und großzügig Scheuermilch in der Badewanne verteilte, hallten Annamirls Worte von der Großstadtpflanze in ihr nach. Meistens hatte es ihr und ihrer Mutter am Geld gefehlt, um die vielen verlockenden Angebote, die in den letzten Jahren überall in der Stadt feilgeboten worden waren, genießen zu können. Vor allem nach dem Tod ihres Vaters war die Mutter übervorsichtig geworden. Hanni konnte die Sorgen verstehen, doch als junge Frau von zweiundzwanzig Jahren wollte sie ihr Leben genießen. Das war ein weiterer Grund gewesen, die Stelle im Grandhotel anzunehmen. Einen Augenblick lang verharrte Hanni mitten in der Bewegung und wartete, bis sich das Gefühl, ihre Mutter im Stich gelassen zu haben, verflüchtigt hatte. »Jetzt bin ich hier!«, sprach sie sich selbst Mut zu und schrubbte weiter.

»Hast du was gesagt?«, rief ihr Annamirl zu.

»Nein, ich meinte nur, dass ich gleich fertig bin.«

Als im Putzeimer eine dunkle Brühe schwappte und die neuen Handtücher ordentlich auf der Stange über der Badewanne und neben dem Waschbecken hingen, sah das Bad wieder einladend und frisch aus. Hanni ahnte, dass es morgen erneut einen chaotischen Anblick bieten würde.

Die Balkontür stand offen, und Hanni trat hinaus. Die Sonne brachte das Holz zum Duften. Die grün-weiß gestreifte Markise war ausgefahren, denn die Maisonne hatte einiges an Kraft gewonnen. Zwei Rattansessel, ausgestattet mit grünen Wolldecken für kühlere Momente, luden zum Verweilen ein. Doch was Hanni am meisten anzog, war der Blick über das Tal hinweg auf die Berge. Der Schnee reflektierte die Sonne, und Hanni musste die Augen zusammenkneifen. Am liebsten hätte sie sich in einen der Stühle gesetzt, um dieses Panorama zu genießen.

»Hanni, wo steckst du denn?« Annamirl scheuchte sie weiter. »Der Watzmann läuft dir nicht weg. Warte nur, im Herbst erscheint er dir ganz nah. Jeder Stein, jeder Felsen zeichnet sich scharf ab.« Annamirl betrachtete jetzt genauso fasziniert wie Hanni den Berg, als hätte sie ihn nicht von Kindesbeinen an jeden Tag gesehen. »Genug geglotzt, meine Liebe. Es gibt noch ein bisschen was für uns zu tun.«

Irgendwann wusste Hanni nicht mehr, wie viele Bäder sie seit dem Morgen schon geputzt hatte. Arbeiten war sie gewöhnt, doch es waren die neue Umgebung, die neue Aufgabe und die vielen neuen Menschen, die ihr einiges abverlangten. Wenigstens lernte sie so langsam das Hotel kennen.

Am späten Vormittag trafen sie Ricarda am Wäscheschrank, die mit der ihr eigenen Langsamkeit ein frisches Leintuch herausnahm.

»Frau Jacoby habe ich schon gemacht«, meinte sie.

»Da kannst du auf einmal schnell sein!«, erwiderte Annamirl in leicht schnippischem Tonfall, den Hanni noch nicht bei ihr gehört hatte. Als sie beide im nächsten Zimmer standen, klärte Annamirl sie auf. »Frau Jacoby ist ein sehr netter Stammgast. Wegen ihrer kranken Lunge liegt sie meistens nur auf dem Balkon. Mit ihrem Zimmer hat man keine Mühe. Das muss ihr jemand gesteckt haben. Also genau richtig für unsere Ricarda.«

Nachdem alle Zimmer geputzt waren, drückte Annamirl Hanni einen Stiel in die Hand. Vorne war eine Düse angebracht, am anderen Ende kringelte sich ein Schlauch, an dem ein rot glänzendes Metallgehäuse hing, das wie ein Schlitten auf silbrigen Kufen befestigt war. Das Ganze entpuppte sich als modernster Staubsauger. Hanni bewunderte ihn ehrfürchtig. Ihre Aufgabe war es, alle Teppichläufer und Treppen zu saugen.

»Wenn du damit fertig bist, kommst du runter zu uns in den Speisesaal.«

Hanni nickte Annamirl zu und schaltete vorsichtig den Staubsauger an. In der *Constanze*, der Frauenzeitung für die Dame mit Niveau, hatte sie über dieses Modell gelesen. Das Gerät gab ein heulendes Geräusch von sich, und sogleich sog sich die Düse am Teppich fest. Eifrig legte Hanni los. Sie kam sich vor wie eine jener Hausfrauen aus der Werbung, die mühelos den Haushalt für den Göttergatten führten, und das im Cocktailkleid. Wie aufwendig und anstrengend war es, den Wohnzimmerteppich auf der Klopfstange im Hof mit dem Teppichklopfer zu bearbeiten. Wie leicht lief dagegen der Staubsauger über den Teppich.

Konzentriert arbeitete Hanni und erschrak gehörig, als plötzlich ein eleganter Damenschuh ihrer Düse den Weg verstellte. Sie blickte auf. Vor ihr stand jene Frau, über deren Koffer sie in der Bahnhofshalle gestolpert war. Die schmale Nase und die seitlich spitz zulaufende Brille erkannte Hanni sofort.

»Fräulein, haben Sie heute mein Bad …«, die Frau machte eine theatralische Pause, »… geputzt?« Das verhieß nichts Gutes.

»Ist etwas nicht in Ordnung?«, fragte Hanni überrascht.

»Kommen Sie gleich mal mit.« Die Frau drehte sich um, und Hanni eilte ihr hinterher.

»Sehen Sie, das ist doch ganz verschmiert.« Die Frau zeigte auf das blitzblanke Waschbecken. »Das müssen Sie noch einmal machen, das geht so nicht! Ich werde mich bei der Hausdame über diese Nachlässigkeit beschweren.«

Hanni schaute angestrengt ins Waschbecken und konnte beim besten Willen nichts erkennen. »Ich bringe das sofort in Ordnung«, versicherte sie. »Ich hole nur mein Putzzeug.« Eilig rannte sie den Flur entlang. Das war ja wirklich ärgerlich. Die ungerechtfertigte Beschwerde machte sie wütend. Aber es war ihr erster Tag, und der Gast war König. Da es nichts zu putzen gab, wischte Hanni einmal durch das Waschbecken, hängte die Handtücher wieder ordentlich zurecht, und als sie sah, dass die Frau rauchend auf dem Balkon stand, verließ sie das Zimmer.

So eine blöde Kuh, dachte Hanni. Die fühlt sich offensichtlich als etwas Besseres. Aber sie wusste, dass man in einem Grandhotel mit solchen Menschen rechnen musste. Trotzdem wurmte es sie, von der Frau wie ein Schulkind behandelt worden zu sein.

»Wo warst du denn so lange? Am ersten Tag schon gleich schlappmachen!«, fuhr Ricarda sie zu allem Überfluss noch an, als sie unten im Speisesaal ankam.

»Jetzt bin ich ja da!«, gab Hanni zurück.

»Dann kannst du den Boden wienern.« Ricarda drückte ihr das Bohnergerät in die Hand. Das silberne Ungetüm wirkte auf Hanni nicht so vertrauenerweckend wie der Staubsauger. Zudem verhieß Leos besorgter Blick nichts Gutes.

Sofort merkte Hanni, warum. Der Bohnerapparat rumpelte los. Die schnell sich drehende Polierscheibe besaß sehr deutlich einen eigenen Willen. Sie weigerte sich, dort zu bohnern, wo es Hanni sinnvoll erschien, nämlich auf den freien Bodenflächen zwischen den Tischen. Nein, das Höllending zog es immer wieder zwischen die Tisch- und Stuhlbeine. Mit ganzer Kraft stemmte sich Hanni dagegen. Zu viel, wie sich herausstellte, denn der Apparat stieß mit voller Wucht gegen ein zierliches Tischchen mit elegant geschwungenen Beinen. Die Kristallvase darauf begann zu kippen, und nur weil Annamirl, die hereingestürzt kam, sie rechtzeitig auffing, wurde Schlimmeres verhindert.

»Mensch, Ricarda«, schimpfte Annamirl los, »am ersten Tag muss Hanni nicht gleich das Monster bedienen.«

»Irgendwann muss die Neue es lernen. Besser gleich als später«, erwiderte Ricarda kühl, zog ein Päckchen Zigaretten unter ihrer Schürze hervor und verzog sich auf die Terrasse.

Von einem *Progress* ließ Hanni sich nicht so schnell entmutigen. Entschlossen schaltete sie ihn in sicherem Abstand zu allen Möbelstücken an.

»Du darfst nur ganz kleine Bewegungen machen«, riet Annamirl ihr.

»Ich habe heute noch Angst vor ihm«, gestand Leo.

Annamirls Rat half. Je weniger Druck Hanni ausübte, umso leichter folgte ihr das Bohnergerät. Außerdem bemerkte sie, dass man es absolut gerade halten musste. So langsam bekam sie den Dreh raus.

Kaum war sie mit Bohnern fertig, erschien der Oberkellner und scheuchte die Mädchen aus dem Speisesaal. »Die Mittagsgäste kommen gleich. Nichts wie raus mit euch!« Er zog sich weiße Baumwollhandschuhe über, was Hanni verwunderte, und begann, das Besteck auf die Plätze zu legen, wobei er jedes Teil noch einmal einem prüfenden Blick unterzog. Hanni blieb nicht viel Zeit, diese Prozedur zu beobachten, denn Annamirl zog sie ins Dienstbotenzimmer zum Mittagessen. Wenigstens kannte Hanni nun den Zweck der

Handschuhe. Er wollte keine Fingerabdrücke auf dem Silberbesteck hinterlassen. Grandhotel eben, dachte sie.

Das Mittagessen, zu dem auch die schweigsame Mechthild aus der Dependance herübergekommen war, bestand aus einer kräftigen Brühe, danach gab es Bratkartoffeln mit einer Scheibe Leberkäse, die Hanni mit großem Appetit verschlang. Auch Leo schmeckte es, und sie aß sogar die Hälfte von Ricardas Portion, die gerade eine Diät machte.

»Dieselbe Diät machen auch die Hollywoodstars«, verriet sie. Darüber habe sie in der *Frau im Spiegel* gelesen.

»Ob die Stars auch nur einen halben Leberkäs essen, würde mich mal interessieren«, neckte Annamirl ihre Kollegin.

»Pff«, gab Ricarda von sich und zündete sich eine Zigarette an.

Nach der Mittagspause ging es in das Waschhaus, das ein Stück vom Hotel entfernt lag. Doch Fräulein Schreiber fing Hanni ab und berichtete, dass Frau von Hartenstein sich über sie beschwert habe.

Hanni setzte an, sich zu verteidigen, doch die Hausdame unterbrach sie mit strengem Blick.

»Ich habe das Bad kontrolliert, nachdem Sie es geputzt hatten, und es für sauber erachtet. Aber um unseren Gästen einen angenehmen Aufenthalt zu verschaffen, tun wir unser Möglichstes.« Mit diesen etwas kryptischen Worten entließ sie Hanni, die verdattert aus dem Haus trat. Wenigstens keine Standpauke und keine Rüge von Fräulein Schreiber. Aus den Worten der Hausdame schloss sie, dass diese ihre Arbeit für gut befunden hatte. Das war gar nicht schlecht für den ersten Tag.

Das Waschhaus sah für Hanni eher aus wie eine Almhütte. Umso überraschter war sie, als sie die modernen elektrischen Waschmaschinen im Inneren erblickte. Franzi, die Wäscherin, hatte schon einen großen Teil der Tageswäsche gewaschen. Hanni betrachtete das Ungetüm argwöhnisch. Nach ihrer Bekanntschaft mit dem Bohnerapparat war sie auf der Hut, was die Maschinen im Hotel anbelangte.

»Wohl noch nie 'ne Waschmaschine gesehen?« Ricarda rempelte Hanni wie aus Versehen im Vorbeigehen an.

Hanni lag eine Erwiderung auf den Lippen, sie schluckte sie aber hinunter. Sie wollte sich nicht an ihrem ersten Tag mit jemandem anlegen.

Lieber wandte sie sich ihrer Arbeit zu. Die Zimmermädchen mussten nämlich beim Aufhängen der Wäsche helfen. Da diese triefnass aus der Waschmaschine kam, wurde sie anschließend geschleudert. Bei der höchsten Stufe fing die Schleuder an zu tanzen. Mit aller Kraft hieß es, sich dagegenzustemmen. Danach wurde alles auf langen Wäscheleinen aufgehängt, die hinter dem Waschhaus zwischen Metallstangen gespannt waren. Leo, die kleiner als Hanni war, musste sich jedes Mal auf die Zehenspitzen stellen, um die Leine zu erreichen, was ihr aber nichts auszumachen schien.

»Fertig!«, rief sie, nachdem das letzte Stück an der Leine hing, und klatschte in die Hände.

»Meine Damen, damit ist unser Tagwerk vollbracht«, verkündete Ricarda und nestelte ihr Zigarettenpäckchen hervor. »Wer will sich noch ein wenig mit mir in die Sonne setzen? Hinter der Waschküche scheint sie ganz wunderbar.«

»Ich will auf jeden Fall in die Sonne. Die Frau von heute ist gebräunt.« Leo hüpfte hinaus, wobei ihr das Häubchen endgültig vom Kopf rutschte.

Hanni wollte den beiden folgen, doch Annamirl hielt sie zurück. »Wir wollten doch ein Brett für dein Bett besorgen.

Sollen wir das nicht heute machen, wo die Sonne so schön scheint?« Sie sah Hanni fragend an. »Es sei denn, du bist zu müde von der Arbeit, dann gehen wir ein anderes Mal.«

»Ach was«, meinte Hanni, die die Gesellschaft von Annamirl eindeutig der von Ricarda vorzog. »Das Brett wäre schon wichtig. Außerdem möchte ich zu gern sehen, wo du herkommst.«

Eine Holzdiebin

Es war beschlossene Sache: Hanni und Annamirl würden zusammen zum Wiesenlehen fahren. Schnell zogen sie sich auf ihrem Zimmer um. Unsicher schielte Hanni zu Annamirl hinüber. Als sie deren einfaches Dirndl aus Blümchenstoff sah, entschied sie sich für den hellblauen Rock und eine Bluse mit einem spitzenbesetzten Ausschnitt und kurzen Ärmeln.

»Die Bluse gefällt mir«, sagte Annamirl bewundernd.

»Die habe ich mir selbst genäht. Weißt du, meine Mutter ist Schneiderin, und die letzten Jahre habe ich immer mehr bei ihr in der Schneiderei gearbeitet.«

»Aber warum wirst du dann nicht auch Schneiderin? Wer so sauber nähen kann, sollte doch ganz leicht eine Ausbildungsstelle bekommen.«

»Der Chef der Schneiderei, Herr Volkert, hat mir jedes Jahr von Neuem versprochen, dass ich bald einen Ausbildungsvertrag bekomme. Doch er hat mich nur hingehalten, weil ich als Hilfskraft viel billiger war.«

»Das ist ja unverschämt«, entrüstete sich Annamirl. »Da bekommt er eine eins a Schneiderin für fast kein Geld!«

»Dafür konnte ich meiner Mutter immer helfen, das hatte auch sein Gutes. Aber dann …«, Hanni zögerte. »Na ja«, fügte sie dann hinzu, »es ist alles anders gekommen, und ich wollte was von der Welt sehen und nicht immer nur den Kölner Dom.«

»Was von der Welt sehen ist gut! Da kommst du ausgerechnet nach Berchtesgaden? Also, das versteh ich nicht.« Annamirl sah Hanni ungläubig an.

Hanni lachte. »Dein Dirndl gefällt mir.« Sie fühlte fachmännisch den Stoff. »So eins möchte ich auch haben. Irgendwann werde ich es mir nähen. Vielleicht würde ich es ein klein wenig kürzer machen, dann schwingt es schöner.«

»Könntest du das denn?« Annamirl war hellhörig geworden. »Bitte, bitte, näh es mir kürzer. Ich bin eine Niete im Umgang mit Nadel und Faden. Meine Handarbeitslehrerin ist schier an mir und meinem fehlenden Können verzweifelt. Ich besorge dir auch Nähzeug. Daheim habe ich noch alles von meiner Mutter.« Sie begann sich zu drehen und zu wenden und raffte dabei das Kleid ein wenig. »So lang?«, fragte sie und hob den Saum übers das Knie. »Oder so kurz?« Sie ließ ihre Oberschenkel sehen.

»Diese Länge steht dir ausgezeichnet. Damit wärst du nicht nur in Berchtesgaden der absolute Hingucker«, lachte Hanni. »Aber so kurz werden Röcke sicher im Leben nie werden. Das wäre wirklich zu komisch.«

Annamirl ließ den Kleidersaum wieder ein wenig nach unten. »Das fände ich eine gute Länge. In der *Constanze*, die ein Gast letzte Woche hat liegen lassen, war ein Rock mit genau dieser Länge abgebildet. Ich zeige ihn dir später. Das Heft ist bei Ricarda, die lernt die Frauenzeitschriften auswendig, damit sie weiß, was die elegante Frau von heute trägt oder welche Diät man machen muss.«

»Die Halbe-Leberkäs-Diät ist gerade richtig beliebt bei den Hollywoodstars«, sagte Hanni todernst. Das brachte Annamirl zum Lachen.

»Genau! Damit werd ich morgen Ricarda aufziehen.«

Dann drängte Annamirl zum Aufbruch, und kurz darauf

traten die beiden durch den Personaleingang ins Freie. Mit schnellen Schritten eilten sie über die Bahnhofsbrücke und die Treppen hinunter, um dann den Bahnhofsvorplatz zu überqueren. Hanni sollte erfahren, warum Annamirl es plötzlich so eilig hatte.

»Wir fahren mit dem Zug nach Königssee, das leisten wir uns heute«, erklärte Annamirl. »Hast du etwas Geld dabei?«

Hanni nickte und schob ihre Hand in die Rocktasche, in der ihr rotes Portemonnaie steckte. Hoffentlich wurde die Fahrt nicht zu teuer, denn sie hatte sich fest vorgenommen, so viel Geld wie möglich zu sparen. Mit einem Polster schläft es sich besser, das war auch so ein ewiger Spruch ihrer Mutter.

Anstatt jedoch die Bahnhofshalle zu betreten, wie Hanni es erwartet hatte, strebte Annamirl auf ein kleineres Gebäude auf der anderen Seite eines reißenden Bachs zu. Auf der Brücke blieb Hanni stehen und sah hinunter. Kein Vergleich zum träge dahinfließenden Rhein zu Hause.

»Das ist die Ramsauer Ache«, erklärte Annamirl und zog Hanni weiter. »Komm, ins Wasser kannst du ein anderes Mal starren.«

Das gelb gestrichene Haus entpuppte sich als kleiner Bahnhof, von dem ein Zug mit drei Waggons gleich abfahren sollte. Schnell erstanden sie am Schalter ihre Fahrkarte. Erleichtert stellte Hanni fest, dass die Fahrt nur siebzig Pfennige kostete. Schwungvoll riss Annamirl eine der Waggontüren auf, und die beiden ließen sich auf die Holzbank plumpsen.

»Wieso hat Berchtesgaden zwei Bahnhöfe?«, wunderte sich Hanni. »So groß ist es doch gar nicht.«

»Hier fahren die Züge nach Königssee ab«, erklärte Annamirl im selben Augenblick, als der Zug sich in Bewegung setzte. »Unser Wiesenlehen liegt im Dorf Königssee, und am schönsten gelangt man mit dem Zug dorthin. Es geht auch ein Linienbus, aber wir spielen heute einmal Sommerfrischler.«

Der Zug nahm Fahrt auf, und Annamirl nannte die Namen all der Berge, die auf der Strecke zu sehen waren. Sie waren so ungewöhnlich, dass Hanni sich keinen einzigen merken konnte. Als der Watzmann ins Blickfeld kam, erzählte ihr Annamirl die Sage von dem grausamen König Watzmann, der als Strafe für seine Missetaten in Stein verwandelt wurde.

»Die kleinere Spitze ist seine Frau, und dazwischen sind ihre sieben Kinder.«

»Die sind auch zu Stein verwandelt worden?«

»Klar, sie waren so richtige Rotzbengel, die ihre Mitschüler an den Haaren gezogen und das Tintenfass ausgeschüttet haben.«

»Jetzt nimmst du mich auf den Arm, oder?«

Annamirls Lachen war Antwort genug.

Nach gut zwanzig Minuten waren sie am Ziel.

»Wo ist denn der Königssee?«, fragte Hanni neugierig, weil sie ihn nicht entdeckte, in welche Richtung sie auch sah.

»Gleich dort unten. Aber wir gehen ein andermal hin. Komm, jetzt müssen wir bergauf.«

Die beiden jungen Frauen liefen eine geschotterte Straße entlang, von der nach einer Weile ein schmalerer Weg abzweigte. Dieser führte über eine große Wiese.

»Das ist unser Feld«, sagte Annamirl.

Hanni wunderte sich. Auf einem Feld wuchs doch Getreide und kein Gras. Diese Bayern!

Mitten auf der Wiese stand ein Bauernhaus. Das Erdgeschoss war gemauert. Das Stockwerk darüber bestand aus dunklen Holzbalken. An der Wetterseite glänzten sie silbrig.

»Darf ich vorstellen, das Wiesenlehen der Familie Aschauer.«

»Das sieht richtig hübsch aus«, stellte Hanni fest. »Und sehr gemütlich.« Ihr gefielen die hellgrünen Fensterläden, die von einem weißen Querbalken offen gehalten wurden. Auf den Fenstersimsen standen Blumenkästen aus Holz. Die Geranien darin zeigten zaghaft erste hellgrüne Blättchen, als würden sie den wärmenden Sonnenstrahlen noch nicht ganz trauen. Neben der Haustür mit dem kleinen Guckfenster stand eine Bank, auf der sich eine graue Katze sonnte.

»Das ist Murle«, erklärte Annamirl und streichelte das Tier zur Begrüßung. »Ein großer Mäusefänger ist er nicht mehr, lieber schläft er den ganzen Tag.« Der Kater ließ sich nicht stören. Huldvoll schnurrend nahm er die Streicheleinheiten entgegen, streckte sich und döste dann weiter. Hanni trat hinter Annamirl ins Haus. Nach dem hellen Sonnenlicht draußen mussten sich ihre Augen erst an die Dunkelheit im Inneren gewöhnen. Linker Hand führte eine Treppe nach oben, darunter stand ein bunt bemalter Bauernschrank.

»Papa?«, rief Annamirl fragend ins Haus, doch niemand antwortete. Die Tür rechts führte in die Bauernstube. Annamirl stieß sie mit Schwung auf. Benutztes Geschirr auf dem Tisch zeigte, dass jemand zu Mittag gegessen hatte.

»Das ist wieder typisch!«, seufzte Annamirl. »Männer und Haushalt, das passt einfach nicht zusammen.« Sie sammelte die Teller und Gläser ein und trug sie hinüber zur Spülschüssel. »Und das Feuer haben sie auch ausgehen lassen.« Annamirl seufzte wieder. Sie öffnete die Ofentür, stocherte mit dem Schürhaken vergeblich in der Asche, in der kein Fünkchen Glut mehr steckte. Ihr Gesicht verdüsterte sich. »Mutter fehlt einfach überall. Wenn sie nur damals nicht diese schreckliche Lungenentzündung bekommen hätte.«

Hanni trat auf Annamirl zu, um sie zu trösten, doch Annamirl kam ihr zuvor. Sie richtete sich auf und legte ihren Arm um Hanni, als wollte sie sagen, dass sie sich nicht sorgen musste.

»Ich werden meinen Herren schnell etwas zu Abend kochen«, wechselte sie geschäftig das Thema. »Aber zuerst schaffe ich ein wenig Ordnung.« Sie griff zum Holzkorb, in dem nichts außer einer zusammengeknüllten Zeitungsseite und ein paar Holzspänen lagen. »Noch nicht einmal Holz holen sie herein. Hanni, würdest du vom Holzstoß hinterm Haus ein paar Scheite hereinholen? Dann kann ich in den anderen Zimmern schnell nach dem Rechten sehen.«

»Natürlich!« Hanni packte den Korb, der aus breiten Holzstreifen geflochten war, an den Henkeln.

»Entschuldige, als Gast wird man ja eigentlich nicht zum Arbeiten eingespannt, aber so ein Männerhaushalt ist eine einzige Katastrophe.«

»Also hör mal«, widersprach Hanni, »ich kann mich doch nicht einfach hinsetzen und bedienen lassen, das wäre ja noch schöner.« Außerdem gefiel es ihr, eine Aufgabe zu haben, und wenn es nur darum ging, Holz zu holen.

Annamirl flitzte die Treppe hinauf, und das heftige Knarzen des Holzbodens ließ darauf schließen, dass sie eifrig herumfegte und Ordnung schaffte.

Hanni, mit nicht mehr als einer groben Richtungsanweisung ausgestattet, dachte, dass es nicht so schwer sein konnte, den Holzstoß zu finden. Sie trat aus der Haustür, warf einen Blick auf Murle, der sich nicht von der Stelle bewegt hatte, und ging auf der schmalen Terrasse, die sich, von einem Mäuerchen begrenzt, um das Haus zog, nach hinten. Ihr Blick wanderte über die grünen Wiesen mit den vielen Wildblumen und hinüber zu den Bergen. Die Sonne stand inzwischen schon tief, warf lange Schatten. Ein empfindlich kühler Wind erinnerte daran, dass der Sommer noch auf sich warten ließ. Jetzt war Hanni um ihre Strickjacke froh, die sie in letzter Sekunde noch mitgenommen hatte.

Wenn ich noch länger hier herumstehe, schalt sich Hanni im Stillen, dann wird es in der Stube nicht mehr warm werden und erst recht kein heißes Wasser für den Kaffee geben.

Der Holzstapel fand sich auf der Rückseite des Bauernhauses. Er war nicht mehr allzu groß, der Winter hatte ihn gierig zusammengefressen. Bestimmt hatte er im Herbst die gesamte Länge der Rückseite ausgemacht. Rasch füllte Hanni den Korb. Die trockenen Holzscheite rochen nach Wärme, und sie freute sich schon auf das Feuer im Ofen.

»Wer klaut denn da unser Holz?«

Eine warme dunkle Stimme ließ Hanni zusammenfahren. Vor Schreck ließ sie einen der Henkel los, und die Scheite polterten auf den Boden.

»Ich, ich …«, stotterte Hanni und drehte sich um, als wäre sie tatsächlich auf frischer Tat ertappt worden. Die braunen Augen waren das Erste, was sie von dem Mann wahrnahm, der vor ihr stand. Dann fiel ihr Blick auf seine ebenfalls braunen Haare, die sich wild auf seinem Kopf lockten. Erst dann sah sie in sein Gesicht mit der fein geschwungenen Nase, dem breiten Kinn und dem lächelnden Mund.

»Ich …«, begann Hanni einen erneuten Erklärungsversuch, brachte aber keinen vernünftigen Satz zustande.

»Entschuldigen Sie, ich wollte Sie nicht erschrecken, aber wenn Sie hier ganz ungeniert unser Holz stehlen, dann muss ich doch nachfragen.«

»Ja, klar, das dürfen Sie natürlich.« Hanni hatte sich gefangen und nahm den Korb wieder auf.

Der Mann bückte sich, hob die herausgefallenen Holzscheite auf und legte sie in den Korb.

»Annamirl hat mich geschickt.« Endlich fand Hanni die richtigen Worte. »Sie will Feuer machen und etwas kochen. Ich bin übrigens Hanni, die neue Kollegin und Zimmergenossin von Annamirl.« Sie wollte die Hand zur Begrüßung ausstrecken. Und erneut entglitt ihr der Korb.

Reflexartig griff der Mann danach. Seine Hand streifte Hannis. Sie spürte die Berührung wie einen heißen Blitz. Der Mann sah sie an, als hätte er die zufällige Berührung ebenfalls wahrgenommen. Einen Moment lang standen sie sich schweigend gegenüber.

»Dann bringen wir Annamirl besser das Holz. Ein warmes Essen kann ich gut vertragen.«

»Annamirl wollte vorher noch die Zimmer aufräumen«, erklärte Hanni. Sie war gebannt von dem Augenblick und hatte keine Eile, ihn aufzulösen.

»Hoffentlich geht sie nicht in mein Zimmer. Da wird sie nämlich der Schlag treffen. Vor lauter Arbeit bin ich nicht zum Aufräumen gekommen.«

Hanni musste insgeheim schmunzeln. »Na, wenn Sie Feuerholz bringen, wird sie das schon versöhnlich stimmen.« Gemeinsam gingen sie ins Haus.

»Bruderherz!«, rief Annamirl erfreut und flog fast die Treppe herunter, als sie die beiden hereinkommen sah. Sie umarmte den Mann stürmisch, wenngleich der Holzkorb ein wenig im Weg war. »Eigentlich sollte ich schimpfen, denn hier herrscht ja der reinste Saustall.«

»Wer wird denn zwei Männern solche Vorhaltungen machen? Vater und ich tun unser Bestes.«

Annamirl ging nicht darauf ein. »Hanni hast du ja inzwischen kennengelernt.«

»Die dreiste Holzdiebin, die ich auf frischer Tat ertappt habe?«

»Was? Du beschuldigst meine Freundin des Diebstahls und stellst dich nicht einmal vor? Was sind denn das für Manieren?« Annamirl stemmte ihre Hände in die Hüften.

»Entschuldigen Sie, wertes Fräulein Hanni.« Der Mann deutete eine kleine Verbeugung an. »Ich bin Andreas, der arme Bruder, der gehörig unter der Fuchtel seiner Schwester Annamirl steht.«

Er streckte Hanni seine Hand entgegen. Hanni schüttelte sie, nahm die Wärme wahr. Dann machte Andreas sich eifrig daran, das Feuer im Ofen zu entfachen.

»Wo ist denn der Papa?«, fragte Annamirl.

Dass er droben im Wald sei, erzählte Andreas, und dann brachten sich die Geschwister auf den neuesten Stand, wechselten schnell die Themen und lachten manchmal kurz auf.

Hanni verstand nicht viel, zu ungewohnt war der Dialekt. Sie hatte sich an den Tisch gesetzt und beobachtete Andreas, der mit routinierten Handgriffen das Holz in den Ofen schlichtete. Ihr gefiel seine Bedachtsamkeit, mit der er das Streichholz anzündete und damit zuerst die Zeitung und dann die Späne zum Brennen brachte. Wie er da vor dem Ofen hockte und das aufflackernde Feuer sein Gesicht von der Seite beschien, hatte Hanni den Eindruck, das Gesicht schon einmal gesehen zu haben. Einen Moment lang musste sie überlegen, dann fiel ihr die Zeitungsseite wieder ein, mit der ihre Kommodenschublade ausgelegt war. War auf dem Foto nicht Andreas zu sehen? Sie nahm sich vor, später nachzuschauen.

Zuerst aber würden sie gemeinsam die Bratkartoffeln essen, die Annamirl in einer großen Eisenpfanne zubereitete. Der würzige Duft zog appetitlich durch die Küche und vermischte sich mit dem rauchigen Geruch des Feuers. Genussvoll sog Hanni die Luft ein, als schnupperte sie an einem teuren Parfüm.

Schließlich setzten sich die beiden Frauen nebeneinander auf die Bank in der Stube. Andreas nahm am Tischende Platz.

»Das ist genau das Richtige für den leeren Magen eines Holzschnitzers.«

»Bratkartoffeln sind meine Lieblingsspeise«, fügte Hanni hinzu.

»Da sind wir ja schon zwei Bratkartoffelleibgerichtesser«, scherzte Andreas und sah Hanni lächelnd an. Verlegen drehte Hanni an ihrem Teller, bis Annamirl lachend meinte: »Das sind halt einfach Bratkartoffeln.«

»Uns schmecken sie auf jeden Fall vorzüglich«, erwiderte Andreas.

Hanni nickte. »Richtig lecker. Du hast aber auch ordentlich Butter dazugegeben.« Hier in Berchtesgaden schien Butter keine Mangelware zu sein.

»Das ist der Vorteil, wenn man ein paar Milchkühe im Stall hat«, erklärte Annamirl und machte sich daran, die inzwischen geleerten Teller in die Spülschüssel zu stellen.

»Schwesterherz, wenn du schon da bist, hätte ich noch eine Bitte. Ich habe mir ein ordentliches Loch in meine Jacke gerissen.« Andreas hob den Ärmel seines Leinenjankers hoch.

Annamirl besah sich das Malheur genauer. »Manchmal glaube ich, du tollst herum wie ein Schulbub auf dem Pausenhof. So oft, wie du dir deine Kleidung zerreißt.«

Hanni musterte Andreas unauffällig. Als Schulbub würde er zwar nicht mehr durchgehen, aber etwas Jungenhaftes hatte er durchaus im Gesicht. Ihr gefiel diese Mischung aus Ernst und spitzbübischem Schalk, der ihm ganz offensichtlich im Nacken saß.

»Du weißt doch, dass ich eine Niete bin, wenn es um Näharbeiten geht. Aber«, Annamirl sah zu Hanni hinüber, »hier haben wir die Tochter einer Schneiderin sitzen. Bitte, bitte, Hanni, könntest du ihm das flicken?«

»Klar. Ich bräuchte nur Nadel und einen passenden Faden.«

»Daran soll's nicht scheitern. Ich hole schnell Mutters Nähkorb.« Andreas erhob sich und ging in den Flur hinaus.

Kurz darauf kehrte er zurück. »Da müsstest du alles finden. Mutter hatte immer eine große Auswahl an Stopfgarn. Vater ist nämlich keinen Deut besser als ich. Ständig musste sie unsere Kleidung flicken.«

Zögernd, fast ehrfurchtsvoll öffnete Hanni den Korb. Eigentlich hatte sie ein penibel geordnetes Inneres erwartet, doch es herrschte völliges Chaos. Garne, Nadeln aller Art, Wollknäule und Borten lagen durcheinander.

»Wie gesagt, mit Handarbeit habe ich es nicht.« Entschuldigend hob Annamirl die Schultern. »Jedes Mal, wenn ich den Korb aufmache, hat das Chaos zugenommen.«

»Das ist kein Problem.« Hanni wühlte sich vorsichtig durch die Garnrollen.

Inzwischen war Andreas aus dem Janker geschlüpft und hatte ihn auf den Tisch vor Hanni gelegt.

»Ein bisschen unangenehm ist es mir schon, dass du gleich meine Jacke flicken musst. Aber ich wäre wirklich heilfroh darüber. Ich mag schon gar nicht mehr unter die Leute.«

»Als ob du unter die Leute gehen würdest. Du verkriechst dich doch am liebsten in deiner Werkstatt, und zwar Tag und Nacht.«

»Da ist was Wahres dran.« Andreas lächelte verlegen, wie Hanni verzückt feststellte.

»Das dürfte von der Farbe passen.« Hanni wickelte das

dunkelgrüne Garn ab, nahm eine Stickschere, die im Deckel des Korbs steckte, schnitt ihn ab und fädelte ihn ein. Zuerst drehte sie den Ärmel um, strich die Stelle glatt und begann zu nähen. Neugierig beugte sich Andreas nach einiger Zeit zu ihr herüber. Ein Duft wie warmes Holz stieg Hanni in die Nase. Sie musste sich konzentrieren, um keinen Fehler zu machen.

»Das wird ja richtig schön und so gleichmäßig. Bei Annamirl geht es kreuz und quer, und am Ende hält es dann doch nicht.«

»Das ist ein Hexenstich. Damit kann man einen Riss am besten zunähen. Die Naht hält fest, bleibt dabei aber elastisch. Gerade bei einem Ärmel, der viel bewegt wird, ist das von Vorteil«, erklärte Hanni.

»Erstaunlich!«, meinte Andreas, und Bewunderung schwang in seiner Stimme. »Ich hatte ja keine Ahnung, wie sauber man das nähen kann. Annamirl, das solltest du dir anschauen.«

Annamirl trat zu ihnen und beugte sich über Hannis Schulter. »Das ist famos. So sauber hat es nicht einmal Mutter hinbekommen. Ich würde das nie und nimmer schaffen. Was bin ich froh, dass du meine neue Zimmergenossin bist.«

»So, fertig«, rief Hanni nach einer Weile, sicherte den Faden, schnitt ihn ab und drehte den Ärmel wieder auf rechts. »Bitteschön!« Wie ein Präsent überreichte sie Andreas seine Jacke.

»Vielen Dank. Man sieht ja kaum, dass da einmal ein Riss war. Du bist genial, Hanni.« Andreas drehte den Ärmel noch einmal um. »Von der Innenseite gefällt er mir mindestens genauso gut. Da kann man nämlich deine Arbeit bewundern.« Andreas schaute Hanni an. Sie spürte, wie ihr Gesicht heiß wurde. Verlegen räumte sie den Nähkorb wieder ein.

In diesem Moment hörten sie Schritte auf dem Flur. Die Tür ging auf, und ein großer Mann trat ein. Inzwischen war es dämmrig geworden, und Hanni konnte ihn nur schemenhaft erkennen. Doch sie bemerkte sofort, dass er die gleichen gelockten Haare wie Andreas hatte, nur dass sie weiß und kurz geschnitten waren.

»Papa!«, rief Annamirl und sprang freudig auf.

»Grüß dich, mein Kind! Ich sehe, du hast Besuch mitgebracht.«

Hanni stellte sich vor und begrüßte den Mann höflich.

»Du brauchst mich nicht siezen. Wir sind nicht so vornehm. Ich bin der Wasti, Annamirls Vater.« Er streckte Hanni seine große Hand hin. Hanni befürchtete schon, sie würde wie ein Schraubstock zudrücken. Wasti aber nahm ihre Hand vorsichtig in die seine, als hätte er ihre Sorge gespürt.

Aus der Nähe entdeckte Hanni noch mehr Ähnlichkeiten zwischen Vater und Sohn, seine Gesichtszüge und die Art, wie er sich bewegte, stimmten verblüffend überein.

Wasti erkundigte sich nach Hannis Ergehen und wollte wissen, woher sie kam und was sie nach Berchtesgaden verschlagen hätte. Dabei aß er mit Appetit die Bratkartoffeln, die seine Tochter ihm gleich auf den Tisch gestellt hatte.

»Ich wollte, Annamirl, du würdest wieder bei uns wohnen. Dann bekäme ich jeden Tag ein solches Essen. Dein Bruder ist nicht gerade ein begnadeter Koch.«

»Ich gebe mir alle Mühe«, rechtfertigte sich Andreas. »Aber Kochen ist schon eine komplizierte Angelegenheit.«

Alle verfielen in Schweigen, und Hanni spürte, dass die drei an die Mutter und Ehefrau dachten, die sie schmerzlich vermissten. Sicher hatte sie stets für alle gut gekocht. Das Feuer knisterte, und die Wärme in der Stube machte am Ende des Tages alle müde.

»Himmel!«, rief Annamirl plötzlich aus. »Wir haben den letzten Zug verpasst, jetzt müssen wir zum Hotel laufen.«

»Schlaft doch heute Nacht hier«, schlug Andreas vor.

»Das dürfen wir nicht. Wir hätten uns bei Fräulein Schreiber abmelden müssen.«

»Du fährst sie mit dem Pferdewagen hinaus zum Hotel«, bestimmte Wasti.

Andreas nickte. »Ich spanne Susi ein, und dann kann es losgehen.«

»Bruderherz, das wäre richtig nett von dir!«, freute sich Annamirl. »So kenne ich dich gar nicht.«

»Das mache ich auch nicht für dich, sondern für unsere Holzdiebin als Entschuldigung dafür, dass ich sie so erschreckt habe, und als Dank für ihre Nähkünste.« Andreas zwinkerte Hanni zu. Nur weil es schon so dämmrig war, merkte niemand, dass Hanni rot wurde.

Andreas ging nach draußen, um die Haflingerstute einzuspannen. Wasti Aschauer erhob sich langsam, stand für einen Augenblick unschlüssig auf seine Stuhllehne gestützt da. »Hanni«, sagte er schließlich, »ich freue mich, dass du die neue Zimmergenossin von meinem Annamirl bist. Ich hoffe, ihr gebt gut aufeinander acht. Du bist im Wiesenlehen immer willkommen.«

»Vielen Dank«, antwortete Hanni, die ebenfalls aufgestanden war und ein wenig unsicher an ihrer Jacke zupfte.

»Papa, du gehst jetzt gleich ins Bett, es war ein langer Tag.« Annamirl schob ihren Vater in Richtung Tür. Besorgt schaute sie ihm nach, wie er die Treppe hinaufstieg. »Seit dem Tod von Mutter ist er nicht mehr derselbe«, sagte sie und klang besorgt.

»Das tut mir leid.« Hanni sah Annamirl an und nahm sie in den Arm. Kurz schmiegte sich Annamirl an sie wie ein

Kätzchen. Die sonst so fröhliche und ein wenig vorlaute junge Frau wirkte auf einmal sehr verletzlich.

Als von draußen Pferdeschnauben zu hören war, hakten sie einander unter und traten vor das Haus. Andreas saß auf dem Kutschbock des Wagens, mit dem sonst Heu und anderes transportiert wurde.

»Bitte die Damen, aufzusteigen!« Er lüpfte seinen Filzhut und zeigte auf die Decken, die er vorsorglich auf den Kutschbock gelegt hatte. »Damit es euch nicht zu kalt wird.«

Die beiden Frauen kletterten hinauf und legten dankbar die Decken um die Schultern. Auf die abendliche Kühle hatten sie sich nicht eingestellt. Wohlig eingehüllt ließen sie sich durch die Nacht kutschieren. Keiner sagte etwas, jeder hing seinen Gedanken nach. Hin und wieder wanderte der Blick zum klaren Nachthimmel hinauf. Unzählig viele Pünktchen funkelten dort oben. So viele Sterne hatte Hanni noch nie gesehen. Gemächlich zog Susi den Wagen, und die drei wurden leicht hin- und hergeschaukelt. Schon lange hatte sich Hanni nicht so geborgen gefühlt wie jetzt zwischen Andreas und Annamirl.

Schließlich bog das Gespann auf die Königsseer Straße ein, auf der ihnen ein VW-Käfer entgegenkam.

»Ein Auto wäre schon praktisch«, schwärmte Andreas. »Da würden uns gleich mehr als zwanzig Pferde ziehen.«

Annamirl verteidigte Susi, die der Familie Aschauer stets treue Dienste geleistet hatte. »Außerdem hätten wir in einem Auto nicht diesen herrlichen Blick in den Himmel.«

Und ich könnte nicht so nah neben Andreas sitzen, dachte Hanni, deren Herz seltsam pochte, seit sie neben ihm Platz genommen hatte.

Die Berge hoben sich tiefschwarz vor dem Nachthimmel ab. Das Gespann näherte sich den ersten Häusern von Berchtesgaden. Jedes Mal, wenn Andreas sich in einer Kurve ein wenig nach rechts neigte und sie berührte, hielt Hanni die Luft an. Es war ein wunderbares Gefühl, und Hanni wünschte sich plötzlich, die Fahrt würde nie zu Ende gehen.

Auf dem Bahnhofsvorplatz brachte Andreas das Gespann schließlich zum Stehen. Die Frauen sprangen ab und bedankten sich. Mit einem »Gute Nacht allerseits«, verabschiedete sich Andreas. »Und vielen Dank der Holzdiebin für ihre Nähkünste«, rief er den beiden noch nach. Susi hinterließ ein Paar Pferdeäpfel als Gruß, und dann waren nur noch die Hufe zu hören, die auf den Asphalt schlugen.

Annamirl und Hanni eilten nach Hause. Am Personaleingang standen die beiden Kochlehrlinge und rauchten.

»Na, ihr zwei Hübschen, so spät noch unterwegs?«, frotzelten sie.

»Für uns ist es nicht zu spät, aber eure Mutti wartet schon auf euch«, gab Annamirl zurück.

»Das Gute-Nacht-Lied hat sie schon angestimmt«, ergänzte Hanni, und die beiden Frauen schlüpften lachend ins Haus.

»Ach, du meine Güte, wir haben das Brett für dein Bett ganz vergessen!«, rief Annamirl und schlug sich mit einer Hand an die Stirn. »Dann müssen wir Andreas beim nächsten Mal darum bitten. Das machen wir bald.«

»Unbedingt«, erwiderte Hanni mit Nachdruck. Es gab mehr als einen guten Grund, bald wieder zum Wiesenlehen zu fahren.

Der Zeitungsausschnitt in der Schublade

Das Bad von Gabriele von Hartenstein sah am nächsten Tag keinen Deut besser aus. Hanni schrubbte und wischte und wusste doch, dass Frau von Hartenstein sicher wieder etwas zum Meckern finden würde. Aber sie hatte nach dem gestrigen Gespräch das Gefühl, dass Fräulein Schreiber sehr wohl wusste, wie sauber sie, Hanni, geputzt hatte. Darum wischte sie den Boden ein weiteres Mal nach und achtete darauf, dass die Handtücher exakt über der Stange hingen. Es war eher Zufall, dass sie nach dem Handtuch griff, das noch frisch aussah. Innen war es ganz nass. Diese Mistbiene hatte es offenbar genau so hingehängt, damit sie sich hinterher über das nachlässige Zimmermädchen würde beschweren können.

»Das ist ja eine fiese Nummer«, fand auch Annamirl.

Sorgfältig putzte Hanni ein Bad nach dem anderen, trotzdem erschrak sie, als Fräulein Schreiber am Vormittag zu ihr kam und sie bat, mit zum Herrn Direktor zu kommen. Zwar war sie sich keiner Schuld bewusst, aber sie fühlte sich sofort wie ein kleines Schulmädchen.

Der Direktor hatte sein Büro hinter der Rezeption. Fräulein Schreiber klopfte an, und Hanni strich nervös ihre Schürze glatt und richtete ihr Häubchen. Als ein gedämpftes »Herein!« zu hören war, öffnete Fräulein Schreiber die Tür und trat, dicht gefolgt von Hanni, ein.

»Herr Direktor, das ist unser neues Zimmermädchen, Hannelore Weller aus Köln.«

Hinter dem Schreibstich saß ein grau melierter Herr mit einem feinen Schnauzbart und tadellos sitzendem Janker mit Hirschhornknöpfen. Hanni knickste und stand dann vor dem Schreibstisch, auf dem eine grüne Schreibunterlage lag sowie eine Stifteablage und verschiedene Ordner. Sie musterte Direktor Gruber unauffällig, wie er eine Unterschrift schwungvoll auf ein Papier setzte und sie dann unverwandt ansah. Mit wachen Augen erwiderte Hanni den Blick. Sie wollte keinen verschüchterten Eindruck geben.

»Junges Fräulein, ich freue mich, Sie in unserem Grandhotel Gruber als Mitarbeiterin begrüßen zu dürfen. Wir sind ein Hotel mit internationalen und prominenten Gästen. Wir erwarten von unseren Angestellten Diskretion, Fleiß und Sauberkeit. Sind die Gäste zufrieden, dann bin ich zufrieden, und dann können auch Sie zufrieden sein. So einfach ist das.«

»Ich werde mich bemühen, den Ansprüchen gerecht zu werden.«

Der Direktor sah sie daraufhin neugierig an. »Dann hoffe ich, dass Sie mich nicht enttäuschen. Eines noch, denken Sie bitte auch außerhalb des Hotels daran, dass Sie stets das Grandhotel Gruber repräsentieren. Ein tadelloses Benehmen erwarte ich also auch in Ihrer Freizeit von Ihnen. Damit hatte sich Ihre Vorgängerin schwergetan.« Mit diesem Hinweis entließ er sie und nahm sich das nächste Papier vor.

»Der Gruber ist schon in Ordnung«, meinte Leo, als sie später wieder zusammen die Wäsche aufhängten. »Der will nur, dass alles rundläuft und jeder seine Arbeit macht.«

»Er erwähnte meine Vorgängerin, da muss etwas vorgefallen sein«, fragte Hanni vorsichtig nach.

»Das war eine ungute Geschichte. Sie hieß Bernadette und musste gehen, weil sie was mit einem Einheimischen angefangen hatte, und dann …«, Leo ließ den Rest des Satzes in der Luft hängen.

»Einen Braten hat sie sich in die Röhre schieben lassen«, kam es von der Tür. Ricarda hielt einen Korb mit der restlichen Wäsche in den Händen. »Das war's! Schwupps, war die kleine Bernadette abgeschoben, zurück nach Recklinghausen.«

Ricarda stellte den Korb ab, und Leo und Hanni nahmen ein Leintuch heraus und zogen es straff, während Ricarda die Geschichte erzählte. »Wir wissen nicht, wer der Mann war, das hat sie uns nie verraten. Er muss aber aus einer angesehenen Familie aus Berchtesgaden stammen, denn sie hatte von denen gutes Geld bekommen, bevor sie Hals über Kopf in den Zug heimwärts gepackt wurde. Hat sich geschickt angestellt, die kleine Bernadette.«

»Ich weiß nicht, mir hat sie leidgetan«, fand Leo.

»Mir nicht. Sie hatte ihren Spaß, und den hat sie sich am Ende auch noch versilbern lassen.« Mehr hatte Ricarda zu der Geschichte nicht zu sagen.

Hanni bekümmerte, was sie gerade gehört hatte. Sie fühlte sich schlecht, dass sie die Stelle im Grandhotel Gruber nur bekommen hatte, weil einer anderen Frau dieses Schicksal widerfahren war. Wie hatte sie sich wohl auf der Heimfahrt im Zug gefühlt, im Stich gelassen und ohne Arbeit? Wie hatten ihre Eltern reagiert, als sie schwanger vor der Tür stand? Furchtbar, die arme Bernadette einfach wegzuschicken.

»He, Hanni, du schläfst mitten unterm Wäscheaufhängen ein!«, beschwerte sich Leo.

»Entschuldige, ich habe nur nachgedacht.«

»Geschlafen hast du. Ihr seid gestern ganz schön spät nach

Hause gekommen. Wo wart ihr denn so lange?«, bohrte Leo neugierig nach.

»Wir haben ein Brett für mein Bett gesucht«, antwortete Hanni vage. Leo warf ihr einen Blick zu, als hätte Hanni den Verstand verloren. »Mein Bett hängt ganz furchtbar durch«, ergänzte Hanni und fand, das musste als Erklärung reichen.

Offenbar hatte sie damit das richtige Thema gefunden, denn Leo fing an, sich ausführlich über ihr Bett auszulassen, in dem sie unmöglich schlafen konnte. Ihre Schimpftirade gipfelte in der Feststellung, dass ihre Matratze eine Zumutung sei und sie nicht eine Nacht länger darin schlafen wolle.

»Unsere Dienstboten hatten nicht solche Matratzen.« Ricarda hieb in die gleiche Kerbe.

Hanni wunderte sich, was für eine Lawine sie losgetreten hatte. Sie sollten froh sein, ein festes Dach über dem Kopf, eine feste Arbeitsstelle und vor allem die üppigen Mahlzeiten zu haben. Das war keine Selbstverständlichkeit, fand Hanni, die schon bereute, das Thema überhaupt angesprochen zu haben. In Köln hausten immer noch Menschen in Ruinen, die notdürftig wetterfest gemacht worden waren. Sicher, in der Innenstadt wurde gebaut, was das Zeug hielt, und rund um den Dom sah es schon wieder ganz ordentlich aus. Aber nicht alle konnten das Wirtschaftswunder genießen. Lieber eine durchgelegene Matratze in Friedenszeiten als noch eine angstvolle Nacht im kalten Luftschutzbunker, sagte sich Hanni und nahm sich vor, sich über ihr Bett nicht mehr zu beklagen.

Nach Dienstschluss verzogen sich die vier Frauen in ihre Zimmer. Annamirl hatte beschlossen, ein Bad zu nehmen. Sie hatte sich ein feines Cremebad geleistet, das seidige Haut und einen angenehmen Duft versprach. Froh, einen Moment allein zu sein, nahm Hanni ihre Schürze ab und legte sie ordentlich zusammen. Sie würde sie am nächsten Tag noch einmal tragen. Dann setzte sie sich auf ihr Bett, streifte ihre Schuhe ab und streckte erleichtert die Zehen in die Luft. Einen Moment blieb sie noch sitzen, dann machte sie sich daran, ihr Vorhaben für heute umzusetzen. Denn ihr Zimmer benötigte dringend eine Reinigung. So sauber Annamirl in den Gästezimmern arbeitete, hier oben nahm sie es nicht so genau. Darum hatte Hanni Putzzeug mit heraufgenommen. Sie fing an, ihr Reich auf Vordermann zu bringen. Zuerst wischte sie den Schrank ab, dann die Kommode, und zuletzt schrubbte sie den Holzboden. Dank der Schmierseife im Putzwasser glänzte er wieder. Zufrieden sah sich Hanni in dem Zimmer um. Weil sie gerade in Schwung war, nahm sie sich Annamirls Dirndlkleid vor. Wie versprochen, begann sie es zu kürzen. Erst hatte sie die passende Länge abgesteckt, dann nähte sie den Saum mit einer verdeckten Naht hoch. Während sie nähte, hörte sie ungewöhnliche Geräusche aus dem Badezimmer. Gerade so, als hätte Annamirl ein Radio angeschaltet. Tatsächlich, die Radiomusik kam von dort. Eine Frauenstimme trällerte die *Wasserratten-Polka*. Aber das war nicht die kleine Cornelia Froboess, sondern die Stimme von Annamirl. Fasziniert lauschte Hanni, wie Annamirl von den kleinen Wasserratten sang, die fröhlich in den See sprangen. Dann brach der Gesang plötzlich ab. Stattdessen war das Gurgeln des abfließenden Wassers zu hören. Dass in Annamirl ein solches Talent steckte, hatte sie nicht gewusst.

Talent – das war das Stichwort. Hanni fiel der Zeitungsartikel wieder ein. Rasch zog sie die Schublade auf, schob ihre Strümpfe zur Seite und holte die vergilbte Seite hervor. Auf dem Bild war tatsächlich Andreas abgebildet. Unverkennbar mit seinem markanten Gesicht und den wilden

Locken. Er hatte ein Schnitzeisen in der Hand und die Holzfigur einer Madonna vor sich. Andreas Aschauer sei, so hieß es in dem Artikel, von der Regierung von Oberbayern in München für sein besonderes Können ausgezeichnet worden. Hanni betrachtete das Foto eingehend, dann legte sie die Zeitung in die Schublade zurück.

»Oh, wie toll!«, rief Annamirl, die in diesem Moment ins Zimmer trat. »Du hast es ja richtig hübsch gemacht bei uns.«

»Ich habe nur schnell durchgewischt«, wiegelte Hanni ab, freute sich aber, dass Annamirl ihr Tun sogleich bemerkt hatte.

Wie einen Turban hatte Annamirl sich ein Handtuch um den Kopf gewickelt, ein großes Badetuch bedeckte ihren Körper. In einem Grandhotel fehlte es nicht an weichen Handtüchern, und die Zimmermädchen sorgten schon dafür, dass immer ein ausreichender Vorrat in ihrem Badezimmer landete. Nur Fräulein Schreiber durfte davon nichts mitbekommen.

»Probier doch gleich dein Dirndl an, ob die Länge passt.« Hanni hielt Annamirl den Kleiderbügel mit dem Dirndl entgegen.

»Das hast du auch schon gemacht?!« Annamirl riss sich das Badetuch vom Körper und schlüpfte ohne Unterwäsche in das Kleid.

»Hanni, du bist 'ne Wucht!«, rief sie erfreut und begann sich zu drehen. Das Kleid schwang wie eine Glocke um ihre schlanken Beine. Hanni lachte vergnügt über so viel Begeisterung. »Es ist ja noch gar nicht fertig. Ich muss noch das letzte Stück nähen.«

Annamirl drehte sich ein letztes Mal. »Wie schön der Rock schwingt, Hanni! Vielen Dank!« Vom vielen Drehen hatte sich ihr Turban gelöst und hing wie ein Cape über ihrer Schulter.

»Du musst dir die Haare ausbürsten, sonst verfilzen sie total«, rief Hanni ihre Freundin zur Ordnung. Offenbar galt es, das überschäumende Temperament manchmal in Schach zu halten. »Aber sag mal, Annamirl, hast du im Bad gesungen?«

Diese kicherte. »Ich kann mir leider, leider kein Radio leisten. Darum muss ich selber singen.«

»Das klang richtig gut!«

Annamirl strahlte über das ganze Gesicht. »Ich freu mich, dass es dir gefallen hat.« Wie aus dem Nichts begann sie zu jodeln, als stünde sie mitten auf einer Almwiese. Mit einem lang gezogenen Juhee beendete sie ihren Spontanjodler. Hanni klatschte begeistert Beifall.

»Ich liebe es, zu singen. Warte nur, bis du mich bei den Heimatabenden auf der Bühne jodeln hörst.«

»Das macht auf der Bühne sicher Eindruck. Da freu ich mich sehr auf die Heimatabende, was auch immer das ist.«

»Freu dich nicht zu früh. Wenn an den Abenden der Saal drüben in der Dependance voll ist, müssen die Zimmermädchen in die Küche und beim Spülen aushelfen.«

»Aber wenn du singst, dann schleiche ich mich davon. Ich will dich unbedingt sehen.«

Annamirls fröhliche Stimmung legte sich schnell, als sie anfing, ihre Haare zu kämmen.

»Ich habe dir doch gesagt, du sollst sie gleich ausbürsten.«

»Bist du etwa eine Rechthaberin? Schau du lieber, dass du ins Bad kommst, sonst schnappt es dir Leo oder Ricarda weg, und dann kommst du heute nicht mehr in die Badewanne.«

Das ließ sich Hanni nicht zweimal sagen. Auf ein heißes

Bad, bei dem sie nur den Wasserhahn aufzudrehen hatte, freute sie sich wirklich. Kein lästiges Aufheizen des Badewassers mit einem Feuer im Boiler, der das kochend heiße Wasser ausspie, das mit kaltem Wasser so lange gemischt werden musste, bis die Badetemperatur stimmte.

Hanni hatte Glück, das Bad gehört ihr. Sie drehte das Wasser auf und regelte die Temperatur. Einen schäumenden Badezusatz besaß sie zwar nicht, und sie war sich auch nicht sicher, ob sie ihren Lohn in so etwas investieren sollte. Für heute aber genügte die gute alte Speick. Hanni nahm die Seife aus ihrem Toilettentäschchen, das sie selbst aus einem geblümten Polsterstoff genäht hatte. Der feste Stoff war mit Rosen bedruckt, durch die sich grüne Bänder zogen. Hanni fand, dass er gut in das Grandhotel passte. Sicher, das Dienstbotenbad war bei Weitem nicht so komfortabel wie die Hotelbäder, aber im Gegensatz zu daheim war es der pure Luxus. Nur den Flickenteppich auf dem Boden würde sie gern morgen einmal in die Waschmaschine schmuggeln.

Hanni zog sich aus, legte ihre Kleider ordentlich auf den Holzstuhl, der neben der Wanne stand, tauchte ihre rechte große Zehe ins Wasser. Fast ein wenig zu heiß, aber sie wollte sich nicht beklagen. Hanni stieg mit dem zweiten Fuß hinein und ließ sich dann ins Wasser gleiten. Die aufsteigende Wärme nahm ihr kurz den Atem. Mit einem Schuss kaltem Wasser schaffte sie Abhilfe. Sie begann sich von oben bis unten einzuseifen und genoss den Duft, der sich breitmachte. Hanni tauchte ganz unter und fühlte sich wie eine Meerjungfrau. Prustend tauchte sie auf und schnappte nach Luft. War das herrlich! Sie lehnte sich zurück und schloss die Augen. Alle Anspannung vom Eingewöhnen in die neue Umgebung fiel von ihr ab.

Ein solches Badevergnügen hatten sie daheim in Köln

nicht. Sogleich meldete sich ihr schlechtes Gewissen. Sie hatte ihrer Mutter noch keine Karte geschrieben. Bestimmt wartete sie schon ungeduldig darauf. Unten an der Rezeption gab es bunte Ansichtskarten vom Hotel, die könnte ihre Mutter dann ihren Freundinnen zeigen. Hanni schlug mit der Hand aufs Wasser, dass es nur so spritzte, als wolle sie damit die Gedanken an Köln vertreiben. Sie konzentrierte sich auf ihr neues Zuhause. Bis jetzt machte ihr die Arbeit Spaß und Annamirl war eine wunderbare Kollegin. Sie teilte das Zimmer gern mit ihr. Auch Leo gefiel ihr gut, nur vor der spitzen Zunge von Ricarda wollte sie sich in Acht nehmen. Fräulein Schreiber kam ihr in den Sinn, die immer so kühl wirkte, aber sehr gerecht zu sein schien, und der Hoteldirektor, über den sie bislang kein böses Wort gehört hatte. Gut, dass sie mit dem Chefkoch kaum etwas zu tun hatte. In der Küche herrschte ein rauer Befehlston, und die Köche und die beiden Lehrlinge hatten ordentlichen Respekt vor ihrem Chef. Als Hanni an Bernadette dachte, deren Platz sie eingenommen hatte, befiel sie wieder das ungute Gefühl. Aber sie konnte wirklich gar nichts dafür, dass sie wegen dieser unglückseligen Geschichte die Arbeitsstelle bekommen hatte. Die Annonce im *Kölner Stadt-Anzeiger* – »Zimmermädchen für Grandhotel in den bayerischen Bergen gesucht« – war ihr damals gleich ins Auge gefallen.

Schließlich kamen Hanni auch noch der Ausflug zum Wiesenlehen und Andreas in den Sinn. Immer wieder musste sie daran denken, wie er sie beim Holzholen überrascht und wie er sich beim Nähen zu ihr gebeugt hatte, und sie erinnerte sich an seinen wohligen Geruch und seine ruhigen Handgriffe. Es war schön gewesen, zusammen mit ihm auf dem Kutschbock durch den Abend zu fahren. Was ihre Mutter dazu zu sagen hätte, konnte sich Hanni denken: Ich glaube, du hast zu heiß gebadet! Hanni lachte, denn genau das tat sie gerade. Wieder ließ sie heißes Wasser nachlaufen.

In diesem Moment klopfte Ricarda ungeduldig an die Tür. Entschlossen schäumte sich Hanni die Haare ein, spülte ordentlich aus und stieg schließlich mit einem wehmütigen Gefühl aus der Wanne. Im Raum hing Wasserdampf, und der runde Spiegel war völlig beschlagen. Doch sie konnte sich auch so vorstellen, dass ihr Gesicht rot wie ein gekochter Hummer war. Sie wickelte sich in eines der riesigen Badetücher und nahm sich ein kleineres für ihren Kopf. Allerdings gelang es ihr nicht, sich damit einen Turban zu binden. Sie öffnete die Tür, um Annamirl nach dem Trick zu fragen, und stieß dabei auf Ricarda.

»Na endlich! Andere Leute sind auch mal dran«, raunzte diese und nahm das Bad augenblicklich in Beschlag.

»Entschuldige, ich habe die Zeit vergessen«, rief Hanni. Sie war wirklich ganz schön lange abgetaucht gewesen.

Annamirl zeigte ihr, wie man sich das Handtuch vornübergebeugt über den Kopf legte, die Haare nach vorne fallen ließ, die Handtuchenden zusammendrehte und mit Schwung alles nach hinten warf.

»Ein Hotelgast hat mir das einmal gezeigt, sonst wüsste ich das auch nicht«, gestand sie. »So große Handtücher haben wir zu Hause nicht. Wir haben nicht einmal ein Badezimmer.«

»Unser Etagenbad ist auch nicht gerade Luxus. Meistens muss man es erst mal ordentlich putzen, wenn man hineinwill. Es gibt da so richtige Saubären.«

»Baden da auch Männer drin?«

»Alle, von Groß bis Klein.«

»Ihh«, verzog Annamirl das Gesicht.

Während Hanni sich auf ihrem Bett sitzend die Haare ausbürstete, schwatzten die beiden munter weiter.

»Ich hätte gerne einen Kurzhaarschnitt«, erzählte Annamirl. »Das wäre so praktisch. Aber Vater würde so etwas Modernes nie erlauben.«

»Bei mir ist es genau umgekehrt. Meine Mutter will immer, dass ich mir die Haare abschneiden lasse, aber ich will nicht. Ich mag meine Haare, wenn nur das Kämmen nicht wäre.« Sie war auf eine verfilzte Stelle gestoßen, die sie mühselig mit ihrem Kamm bearbeitete.

In diesem Moment rutschte die mittlere Matratze durch die Latten auf den Boden. Hanni lag rücklings auf ihr wie ein hilfloser Käfer.

Annamirl prustete los. Vor lauter Lachen konnte sie Hanni erst gar nicht helfen. Mit vereinten Kräften, ziehend die eine, stemmend die andere, kam Hanni schließlich wieder hoch.

»Da fehlt ganz entschieden ein Brett«, stellte Annamirl fest. »Zu blöd, dass wir es gestern vergessen haben.«

Aber Hanni war gar nicht unglücklich. Im Gegenteil, insgeheim freute sie sich auf ihren nächsten Besuch im Wiesenlehen. Doch sogleich meldete sich die Stimme ihrer Mutter: Du bist nicht nach Berchtesgaden gegangen, um dein Herz zu verlieren.

Am Morgen Blumen und am Abend Schnee

»Die Blumen sind da!« Ein aufgeregter Ruf hallte durchs Treppenhaus. Hanni ließ erstaunt das Tuch sinken, mit dem sie gerade einen Spiegel poliert hatte. Normalerweise lief alles im Hotel Gruber gedämpft ab. Lautes Scheppern oder gar Rufen war verpönt. Nichts sollte das Ruhebedürfnis der Gäste stören. Das Personal war angehalten, die Arbeit leise und so unauffällig wie möglich zu verrichten. Erst neulich war Hanni das Missgeschick passiert, den zum Glück leeren Putzeimer fallen zu lassen. Sogleich war Fräulein Schreiber aufgetaucht. »So dämpfen Sie sich«, hatte sie Hanni ermahnt.

»Die Blumen!«, hörte sie noch einmal. Neugierig trat sie aus dem Zimmer. Eine ungewohnte Aufregung ging durch das ganze Haus. Türen wurden aufgerissen und wieder geschlossen, eilende Schritte, die selbst die dicken Teppiche nicht gänzlich zu schlucken vermochten, drangen durch das Treppenhaus.

»Was ist denn los?«, erkundigte sich Hanni bei Leo, die den Flur entlangsauste, wobei ihr Häubchen mehr als sonst hin und her hüpfte.

»Die Blumen sind da!«, rief Leo und war schon um die Ecke verschwunden. Warum diese Nachricht einen solchen Aufruhr erzeugte, verstand Hanni nicht. Schnell sperrte sie die Vier auf, die auf den Vorplatz hinausging. Vorsichtig trat

Hanni ans Fenster und schaute hinunter. Sie wollte nicht zu neugierig erscheinen. Was sie im Hof erblickte, zauberte ihr ein Lächeln ins Gesicht. Unten stand ein Traktor samt Anhänger, der Blumenkästen mit Geranien geladen hatte. Viele der Blumen zeigten erste rote Blüten. Einige der Gäste zückten ihre Kamera und fotografierten den Blumenwagen vor der Bergkulisse.

»Da steckst du.« Annamirl war an der offenen Zimmertür vorbeigelaufen und hatte Hanni entdeckt. »Komm mit hinunter. Die Blumen sind da«, sagte sie.

»Das habe selbst ich inzwischen mitbekommen«, lachte Hanni, sperrte gewissenhaft das Zimmer zu und folgte Annamirl. Fast alle Angestellten und die Gäste umringten den Wagen. Selbst Direktor Gruber war hinausgetreten und plauderte munter mit den Gästen.

»Mädchen, nur kurz schauen.« Fräulein Schreiber trat zu den Zimmermädchen, die sich ein wenig im Hintergrund aufgereiht hatten. »Das ist mal wieder typisch! Niemand gibt mir Bescheid, dass heute die Balkonblumen geliefert werden.« Das brachte ihren Tagesplan durcheinander. Hanni wusste inzwischen, wie gerne die Hausdame an ihrem Plan festhielt. »Das bringt uns alles durcheinander.« Ihre Entrüstung war echt.

Annamirl stupste Hanni an. »Dämpfen Sie sich, Fräulein Schreiber!«, flüsterte sie. Hanni musste sich gehörig zusammenreißen, um nicht laut loszuprusten.

»Mädchen«, wies die Hausdame sie jetzt an, »Sie folgen den Gärtnern, sobald einer mit einem Blumenkasten ins Haus kommt. Sollte er auch nur einen Krümel Erde verlieren, putzen Sie ihn augenblicklich weg. Die Erde darf nicht in den Teppich getreten werden.«

Hanni folgte dem schmächtigeren der beiden Gärtner,

während Annamirl von Fräulein Schreiber zurück zur Reinigung der Zimmer geschickt wurde.

»Über die Blumen dürfen wir unsere normale Arbeit nicht vernachlässigen. Da müssen wir uns heute sputen.« Sie klatschte aufmunternd in die Hände.

Hanni hob aufmerksam jedes heruntergefallene Blatt und jede Knospe auf. Sie wollte sich nichts zuschulden kommen lassen. Eine Arbeitsstelle, bei der es eine Badewanne mit fließend heißem Wasser gab und jeden Morgen ein herzhaftes Frühstück, wollte sie nicht leichtfertig aufs Spiel setzen. Hanni öffnete ein Zimmer für den jungen Mann, und zusammen setzten sie den Blumenkasten in die beiden mit geschmiedeten Blättern verzierten Metallhalterungen.

»Müssen wir sie gleich gießen?«, fragte sie.

»Nein, wartet noch ein paar Tage. Die Geranien sind noch klein, und ihre Wurzeln können nicht so viel Wasser aufnehmen. Werden sie zu viel gegossen, fangen sie womöglich das Faulen an, und dann heißt es, die Gärtnerei Herbst hätte schlechte Qualität geliefert.« Hanni drückte ihren Zeigefinger in die Erde. Sie war feucht, aber nicht nass.

»Ich verstehe. Ich bin übrigens Hanni.«

»Und ich bin der Robert, Gärtner im dritten Lehrjahr.«

»Ich bin Zimmermädchen in der ersten Woche.«

»Na, dann wünsche ich dir einen guten Anfang. In meiner ersten Woche in der Gärtnerei musste ich alle Beete umgraben. Meine Hände waren voller Blasen.«

»Meine sind von Putzwasser ganz rau!«

»Dann schmier sie über Nacht mit etwas Öl ein. Das macht sie bis zum Morgen weich und zart.«

»Danke für den Hinweis, das werde ich ausprobieren. Ich habe noch nie von einem Mann Kosmetiktipps bekommen.« Beide lachten.

»Jetzt aber weiter. Die Blumenkästen tragen sich nicht von selbst hinauf«, sagte Robert und klatschte in die Hände, als müsste er sich selbst antreiben. Hanni schloss die Tür ab und folgte ihm die Treppe hinunter. Der zweite Gärtner kam ihnen zusammen mit Ricarda entgegen.

»Na, das ist mal ein ungewohnter Anblick«, rief der Blonde und schlug seinem Kollegen hart auf die Schulter. »Dass dir ein Mädchen folgt, kommt auch nicht oft vor.« Er drehte sich zu Hanni um. »Und so ein Prachtexemplar noch dazu.« Ehe Hanni wusste, wie ihr geschah, hatte er sie in die Wange gezwickt.

»Heinzi, komm!«, drängte Ricarda. »Die Blumen warten.« Dabei zwinkerte sie ihm ungewohnt lebhaft zu. Schau an, dachte Hanni, wenn es um einen Mann geht, kommt auf einmal Leben in die sonst so schläfrige Ricarda.

In einem der letzten Zimmer saß Cäcilie Jacoby auf dem Balkon, dick in Decken eingehüllt. Hanni und Robert hatten sie nicht bemerkt und erschraken, als sie den Blumenkasten in die Halterung setzten. Beinahe wäre er ihnen über die Brüstung gefallen. Im letzten Moment bekam Robert den Kasten zu fassen.

»Entschuldigen Sie, ich wollte Sie wirklich nicht erschrecken.« Betroffen schaute Frau Jacoby die beiden an.

»Ist ja nichts passiert«, meinte Robert und hängte den Kasten in die Halterung. Hanni bemerkte, dass ein paar der Geranien nicht mehr ordentlich in der dunklen Erde saßen. Behutsam setzte sie eine Pflanze nach der anderen wieder fest hinein.

»Ich muss eingenickt sein«, entschuldigte sich Frau Jacoby erneut und erhob sich. »Noch sind es so kleine Pflänzchen. Im Spätsommer blühen sie über und über und hängen weit über die Brüstung hinunter.«

»Das kann man sich noch gar nicht vorstellen.« Nachdenklich betrachtete Hanni die Blumen.

»Sie sind neu im Hotel«, stellte Frau Jacoby fest.

»Ja, seit einer Woche bin ich hier.«

»Wie heißen Sie, wenn ich fragen darf?«

»Hanni!« Hanni lächelte verlegen. Sie wusste gar nicht, ob sie mit einem Gast einfach so plaudern durfte.

»Woher kommen Sie denn? Ich höre gar kein Bayerisch, wenn Sie reden.«

»Aus Köln.«

»Ach, das nenn ich einen Zufall. Ich stamme selbst aus Köln.« Frau Jacoby sah Hanni freundlich an. »Dann haben wir ja etwas gemeinsam«, meinte die Frau. »Übrigens, ich bin Cäcilie Jacoby.«

Hanni machte artig einen Knicks und wollte schon gehen, da fragte Frau Jacoby: »Was hat denn eine Kölnerin in die bayerischen Berge verschlagen?«

»Ich habe eine Annonce im *Stadt-Anzeiger* gelesen und mich um die Stelle beworben. Ich denke, es schadet nicht, etwas von der Welt zu sehen.«

»Das ist eine gute Einstellung. Dann sind Sie eine von den, na, wie sagt man hier zu den Mädchen, die nur für die Saison herkommen?«

»Sommermeisen«, antwortete Hanni und musste unwillkürlich lachen. »Ja, ich bin eine Sommermeise.«

»Das ist ein schöner Ausdruck, finde ich. Er passt wunderbar. Sommermeisen sind frei und ungebunden. Sie fliegen dorthin, wo es ihnen gut geht. Und wenn es ihnen irgendwo nicht gefällt, sind sie schnell auch wieder weggeflattert.« Cäcilie Jacobys Blick schweifte in die Ferne. Hanni wusste nicht, ob sie bleiben oder gehen sollte.

»Wie gefällt es Ihnen im Grandhotel Gruber? Werden Sie

bleiben oder davonflattern?«, erkundigte sich Frau Jacoby dann.

»Es gefällt mir sehr gut«, beeilte sich Hanni zu versichern. »Es ist eine gute Arbeit. Fräulein Schreiber ist sehr genau, aber auch gerecht. Sie erklärt mir geduldig, wie ich alles machen soll. Auch die anderen Zimmermädchen sind alle freundlich. Mit dem Annamirl teile ich das Zimmer, sie ist mir fast schon eine Freundin.« Hanni hielt in ihrem Redestrom inne. So viel plauderte sie sonst nicht. Frau Jacoby musste sie für eine furchtbare Quasseltante halten.

»Es freut mich zu hören, dass Sie eine angenehme Zimmergenossin haben. Annamirl ist die Lustige vom Königssee mit der wunderbaren Stimme, oder? Mit ihr ist sicher gut Freundschaft zu halten.« Wieder blickte sie sinnierend in die Berge.

»Fräulein Hanni, hier sind Sie ja.« Fräulein Schreiber trat auf den Balkon. »Frau Jacoby, guten Morgen. Entschuldigen Sie die Störung. Ich habe nur nach meinem Zimmermädchen gesucht. Das war mir abhandengekommen.«

Hanni errötete sofort. Also hätte sie doch besser nicht mit dem Gast geredet. Frau Jacoby schien Hannis Stimmungsumschwung zu bemerken und versicherte Fräulein Schreiber, dass sie das Zimmermädchen neugierig ausgehorcht hätte.

»Wir kommen beide aus Köln, haben wir gerade festgestellt. Fräulein Hanni wollte schon längst gehen, und ich habe sie aufgehalten. Bitte sehen Sie es ihr nach.«

»Natürlich, Frau Jacoby. Fräulein Hanni ist nur neu bei uns, und da muss ich ein wenig ein Auge auf sie haben.«

»Sie macht einen sehr tüchtigen Eindruck!«, betonte Frau Jacoby.

Über das Lob musste Hanni schmunzeln. Außer ein paar Erdkrumen zusammenzukehren hatte sie nichts gemacht.

Normalerweise drängelte sich Ricarda beim Zimmermachen vor, wohl wegen des Trinkgeldes. Das behauptete wenigstens Annamirl.

»Das freut mich zu hören, Frau Jacoby.« Fräulein Schreiber deutete eine kleine Verbeugung an. »Doch jetzt brauche Hanni in den Zimmern. Sonst werden wir heute nie fertig. Die Blumenlieferung hat alles durcheinandergebracht.«

Hanni verabschiedete sich mit einem Knicks und eilte hinaus, direkt in die Arme von Ricarda, die sie unverhohlen musterte.

»Was machst du bei der Jacoby?«, fragte sie barsch.

»Ich habe nur Erde zusammengekehrt«, versicherte Hanni und hielt wie zum Beweis Kehrschaufel und Besen hoch. Mit der Erklärung offenbar zufrieden zog Ricarda wortlos ab.

Hanni fand Annamirl in einem der oberen Zimmer.

»Mensch, wo hast du denn gesteckt?«, empfing diese ihre Zimmergenossin.

»Ich musste Erde aufkehren«, erklärte Hanni. Die tun alle so, als wäre ich drei Tage verschollen gewesen, wunderte sie sich. Mit Eifer machte sie sich im Bad zu schaffen. Da sie heute später dran waren, kamen schon die ersten Gäste zurück auf ihre Zimmer und überraschten Hanni, die verschwitzt den Boden wischte.

»Ich bin gleich fertig«, rief sie und hätte beinahe den Putzeimer umgeschmissen. Jetzt verstand sie: Fräulein Schreiber schickte die Mädchen immer in jene Zimmer, deren Bewohner entweder beim Frühstück saßen oder schon für den Tag aufgebrochen waren. Der Gast sollte in einem Hotel wie dem Gruber so wenig wie möglich vom Personal mitbekommen.

»Es soll den Gästen so vorkommen, als würden die Zimmer wie von Zauberhand gereinigt«, erklärte Annamirl.

Später als sonst trugen sie zu zweit die Waschkörbe zur Waschküche hinunter. Die Wäscherin war Hanni ein wenig unheimlich. Sie redete nicht viel, und wenn, dann zusammenhangloses Zeug. Annamirl hatte Hanni erzählt, dass Franzi ein wenig sonderbar wäre.

»Sie kann nicht lesen und schreiben, aber beim Bügeln macht ihr niemand so schnell etwas vor.«

»Die Franzi ist zurückgeblieben. Sie ist ein dummes Ding!«, meinte Ricarda in ihrer gewohnt unverblümten Art.

»Nicht jeder kann so schlau sein wie du«, entgegnete Annamirl.

Bevor die beiden aber mal wieder aufeinander losgingen, wechselte Hanni rasch das Thema und fragte Ricarda nach dem neuesten Film, der in den Kurlichtspielen lief. Hanni hatte mitbekommen, dass es zwischen Ricarda und Annamirl schnell einmal krachte. Beide waren nicht auf den Mund gefallen. Ein Wort ergab das andere, und die beiden hackten dann aufeinander ein. Hanni und Leo saßen dann zwischen den Stühlen und fühlten sich unbehaglich. Immerhin war Leo mit Ricarda befreundet und Hanni und Annamirl teilten sich ein Zimmer. Ihre Zimmergenossin als beste Freundin zu bezeichnen, wagte Hanni noch nicht. Dazu kannten sie sich nicht lange genug. Aber ihre wenige Freizeit verbrachte sie lieber mit der lustigen Annamirl als mit Ricarda und Leo oder gar der schweigsamen Mechthild.

»Hanni, leg einen Zahn zu, sonst werden wir nass.« Annamirl schaute prüfend in den Himmel und schritt schneller weiter. Hanni hatte Schwierigkeiten, bei dem Tempo mit dem schweren Weidenkorb nicht ins Straucheln zu kommen.

»Ich sehe keine Wolke am Himmel.«

»Oh Hanni, du unwissende Großstadtpflanze. Bei uns kann sich das Wetter sehr schnell ändern.«

Als alle Körbe im Waschhaus waren, hatte Hanni das Gefühl, als wären ihre Arme um ein paar Zentimeter länger geworden.

»Franzi, entschuldige, wir sind spät dran. Die Blumen sind gekommen, und da ging es drunter und drüber.« Annamirl plapperte munter drauflos, obwohl keine Reaktion von Franzi kam.

»Die Blumen sehen schön aus, Franzi. Die musst du dir ansehen!« Die Wäscherin packte die ersten Bettbezüge und stopfte sie in die große Waschmaschine. Hanni war jedes Mal fasziniert, wie einfach es ging, Wäsche mit so einer Maschine zu waschen. Wenn sie da an den Waschtag zu Hause dachte! Schon in aller Früh musste der Zuber angeheizt werden, um die Wäsche auszukochen. Mit dem Wäschestampfer wurden die Kleidungsstücke in der heißen Waschlauge bearbeitet. Das war schweißtreibend. Dann mussten die Wäschestücke durch die Mangel gedreht werden, bevor man sie aufhängen konnte. Wie viel leichter war die ganze Prozedur mit einer Waschmaschine und einer Schleuder.

Die beiden Zimmermädchen halfen der Wäscherin, die Wäschestücke zu sortieren und auf links zu drehen. Anschließend nahmen sie die trockene Wäsche ab, schlugen sie aus und legten sie zusammen. Morgen würden zwei Frauen kommen, um Franzi beim Bügeln zu helfen.

Hanni war von der Menge an Garnituren beeindruckt. Neben den großen Schränken in den Fluren, in denen für den täglichen Bedarf die Wäsche aufbewahrt wurde, gab es eine Wäschekammer, zu der nur Fräulein Schreiber einen Schlüssel hatte. Die Zimmermädchen mussten sie stets fragen, wenn sie einen Kopfkissenbezug oder einen neuen Putzlappen brauchten.

»Als ob es ihre eigenen Bettbezüge wären«, maulte Ricarda, als sie einmal eine Rüge bekommen hatte, weil sie ein Handtuch zu viel mitgenommen hatte.

»Die Leintücher sind aus ägyptischer Baumwolle«, entgegnete Leo. »Die kosten ein Vermögen. Ägyptische Baumwolle«, wiederholte sie, als würde sie an einer süßen Praline lutschen.

»Kommt das wirklich aus Ägypten?«, wunderte sich Hanni und hielt Annamirl ein Leintuch vors Gesicht.

»Also, Königsseer Baumwolle ist es sicher nicht. Machen wir schnell fertig. Mir fallen langsam die Arme ab.« Sie schrie fast, denn die Schleuder verursachte einen gehörigen Lärm. Im nächsten Brief an ihre Mutter würde sie von dem Waschhaus schreiben, nahm sich Hanni vor, und von dem Wunder der modernen Waschmaschinen. Gestern war ein Brief von ihrer Mutter gekommen, und zwischen den Zeilen hatte Hanni gelesen, dass die Mutter sich freuen würde, von ihrer Tochter zu hören. Außer der Postkarte hatte sie tatsächlich noch nichts geschrieben. Sie war viel zu sehr damit beschäftigt, sich an das Leben als Zimmermädchen im Grandhotel Gruber einzugewöhnen. Das war ein ganz anderes Leben als in Köln. Hanni wusste, dass die Mutter sich wünschte, sie wäre bei ihr geblieben. Doch nach dieser schrecklichen Geschichte … Hanni wollte gar nicht daran denken und konzentrierte sich lieber darauf, die Leintücher ordentlich aufzuhängen.

»Fertig!«, rief Annamirl.

Hanni richtete sich auf und straffte die Schultern. »Das war ein anstrengender Tag.«

»Oh, ist das Fräulein aus der Großstadt müde?«, neckte Annamirl sie.

»Nach so einem Arbeitstag wird das Fräulein vom Lande wieder ganz herzhaft schnarchen«, gab Hanni zurück.

»Ich schnarche nicht!«

»Du hörst dich nicht«, entgegnete Hanni. »Du schläfst ja.«

»Nicht wirklich, oder?«

Hanni freute sich diebisch über das entsetzte Gesicht ihrer Zimmergenossin.

»Wer weiß? Aber dein Geheimnis ist bei mir sicher. Ich schweige wie ein Grab. Deinem zukünftigen Ehemann allerdings muss ich es vor der Hochzeit erzählen. Damit er weiß, was auf ihn zukommt.«

»Na warte!« Annamirl schnappte sich ein Handtuch und schlug nach Hanni. Die lief lachend aus der Waschküche hinaus.

»Kalt ist es geworden«, stellte Hanni einen Moment später überrascht fest.

»Und es nieselt. Ganz wie ich es vorhergesagt habe.« Annamirl legte die Stirn kraus und schaute in den Himmel.

»Lass uns ins Haus gehen.« Hanni zog Annamirl am Ärmel. »Wir sind ganz verschwitzt, und ich habe keine Lust, mir eine Erkältung zu holen.«

»Warte!« Annamirl hielt sie zurück. Die Dämmerung hatte eingesetzt, und vereinzelt brannte in den Fenstern der Hotelzimmer Licht. Sie sahen Peter, den Pagen, mit hochgezogenen Schultern aus dem Eingang zu einem Auto eilen, um es vorzufahren.

»Worauf warten wir?«, fragte Hanni.

»Darauf!« Annamirl zeigte in den Himmel. Hanni folgte dem ausgestreckten Finger und sah, wie sich dicke Schneeflocken unter die Regentropfen mischten. »Am Morgen Blumen und am Abend Schnee, das gibt es nur bei uns in den Bergen.« Annamirl freute sich über Hannis erstauntes Gesicht. Sie sahen fasziniert den fallenden Schneeflocken zu, und als es ihnen schließlich wirklich zu kalt wurde, rannten sie zum Dienstboteneingang. Wie üblich hörten sie das Geklapper der Kochtöpfe und die harschen Anweisungen vom Küchenchef, liefen schnell an der Küchentür vorbei und etwas gesitteter die Treppe hinauf in ihr Zimmer.

»Wir sind zu spät«, stellte Hanni fest. »Ricarda liegt schon in der Badewanne. Wir werden es nicht schaffen, uns vor dem Essen zu waschen.«

»Dann rubbeln wir uns einfach die Haare trocken und wärmen uns im Bett auf.«

Wenig später lagen beide in ihren Betten. Sie hatten das Licht gelöscht. Schneeflocken fielen auf das Dachfenster und schmolzen zu Wasser. Hanni spürte, wie müde sie war. In Gedanken ging sie den Tag durch.

»Dieser Heinzi, der war mir ganz schön unsympathisch«, sagte sie.

»Mein Fall ist er auch nicht,« stimmte Annamirl zu.

»Was für ein Mann wäre denn dein Fall?«

»Ach, ich weiß nicht«, sagte Annamirl leichthin. »Die meisten Männer sind irgendwie langweilig oder so aufgeblasen wie dieser Heinzi.«

»Der Robert, den fand ich nett.«

»Der ist auch nett. Der war mit mir in der Schule. Er redet wirklich nicht viel. Ist mehr so der Einzelgänger.«

Ein wenig befürchtete Hanni, das Annamirl sie ausfragen könnte, für welchen Typ Mann sie sich interessierte. Ehrlicherweise hätte Hanni dann gestehen müssen, dass Andreas ihr gefiel. Darum wechselte sie rasch das Thema: »Ich finde es gut, dass du mit der Franzi ganz normal geplaudert hast.«

»Das habe ich mir von Direktor Gruber abgeschaut. Der redet mit der Franzi so wie mit dir oder mir, und das hat mir imponiert.«

Die beiden schwiegen eine Weile und merkten nicht, wie ihnen die Augen zufielen. Sie wachten erst auf, als Ricarda ungestüm die Zimmertür öffnete und ihren Kopf hereinstreckte, um sie zum Abendessen zu holen.

»Na, ihr seid mir ja Schnarchnasen«, meinte Leo, die hinter Ricarda ins Zimmer drängte.

»Wir haben heute einiges geleistet«, rechtfertigte Annamirl sich und sprang aus dem Bett. Hanni hatte es ebenfalls eilig, sich anzuziehen. Ihr hungriger Magen freute sich auf das Essen. Einfach hinunterzugehen und eine Mahlzeit zu bekommen, daran hatte sich Hanni noch immer nicht gewöhnt. Jeden Tag genoss sie es aufs Neue. Im Treppenhaus blickte sie aus einem Fenster. Schnee lag auf den Geranien. Solche Schneeblumen gab es wirklich nur in den Bergen.

Hanni wird gewünscht

Hatte sie geschlafen? Cäcilie Jacoby schaute auf ihre goldene Armbanduhr. Die Mittagszeit vor vorbei. Das war nicht weiter schlimm. Sie verspürte ohnehin wenig Lust, mit den anderen Gästen zusammenzutreffen. Später würde sie Fräulein Schreiber um ein Omelette bitten, das würde ihr reichen. Ihr Appetit war noch nie groß gewesen, und in ihrer Kindheit hatte ihre Mutter deswegen etliche Ärzte konsultiert. Danach musste sie jahrelang jeden Tag einen Esslöffel Lebertran einnehmen. Es schüttelte sie noch heute bei dem bloßen Gedanken daran. Im Krieg dann war ihre Appetitlosigkeit bei den mageren Portionen von Vorteil gewesen. Trotzdem hatte Gerhard mit seinen Beziehungen oft etwas Essbares mit nach Hause gebracht, im Winter 1944 sogar einmal eine Dose Kaviar. Weiß der Teufel, woher er das alles organisiert hatte und in welchen dunklen Kanälen ihr Mann gefischt hatte und immer noch fischte. Cäcilie wollte nicht an Gerhard denken, und trotzdem tat sie den ganzen Tag nichts anderes. Sie saß da, atmete die Bergluft und dachte an Gerhard und seine Sekretärin. Cäcilie spürte, wie sich ihre Lunge verkrampfte. Schnell an etwas anderes denken!

Das freundliche Zimmermädchen fiel ihr ein und der nette Plausch, den sie geführt hatten. Hanni hieß sie, erinnerte sich Cäcilie. Hanni aus Köln. Wie liebevoll sie sich um die Geranien gekümmert hatte, wie ungezwungen sie beide miteinander geredet hatten. Daran zu denken, tat Cäcilie gut. Der

Atem floss wieder leichter. Aufmerksam beobachtete sie den Himmel. »Ein trügerisches Blau« hätte ihr Vater gesagt, der ihr stets ausgiebig von seinen Wandertouren erzählt hatte. Mutter hatte sich dafür nicht interessiert. Sie wäre lieber an die Ostsee gefahren, das erschien ihr vornehmer als die bayerischen Berge. Es gab die schönen weißen Villen, und auf der Promenade konnte man elegant auf und ab spazieren und kam nicht so ins Schwitzen wie in den Bergen. Ihre Mutter, dachte Cäcilie. Selten war sie mit Vater einer Meinung gewesen, und trotzdem hatten sie es miteinander stets gut ausgehalten. Bis zu ihrem viel zu frühen Tod. Gleich nach Kriegsende erkrankte erst Mutter, dann Vater an einer Lungenentzündung. Jeden Bombenangriff hatten sie überstanden, doch dieser eiskalte erste Friedenswinter war für beide, wie für so viele andere, einfach zu viel gewesen. Dieser vermaledeite Krieg, dachte Cäcilie. Warum waren die Menschen nur so dumm und glaubten alles, was ihnen großartig versprochen wurde? Das durfte wirklich nie wieder passieren.

Später, als Fräulein Schreiber das Omelett brachte, zogen sich die Wolken zusammen und die gerade noch strahlende Sonne hatte Mühe, durch die Wolkenlücken zu blicken.

»Dass es Ihnen nicht zu kalt wird, Frau Jacoby«, sagte Fräulein Schreiber besorgt. »Wollen Sie noch eine Decke?«

»Haben Sie vielen Dank. Ich bleibe noch einen Moment hier und gehe dann zum Essen hinein.«

»Soll ich Ihnen für heute Abend einen Tisch reservieren lassen, oder soll Peter Ihnen das Essen heraufbringen?«

»Das wäre mir sehr recht. Ich habe leichte Kopfschmerzen.«

»Daran ist der Wetterumschwung schuld.« Fräulein

Schreiber deutete in den Himmel. »Ich habe mich auch immer noch nicht daran gewöhnt, wie schnell sich das Wetter hier ändern kann. Ich befürchte, bald wird es regnen.«

Unruhig knetete sie ihre Hände, als wollte sie noch etwas sagen. Cäcilie wartete ab. Sie spürte, dass die Hausdame etwas belastete. Beide schwiegen.

»Rufen Sie einfach Herrn Rieber an der Rezeption an«, sagte Fräulein Schreiber schließlich, »wenn Sie noch etwas wünschen. Und ich beauftrage Peter damit, das Essen um neunzehn Uhr heraufzubringen.«

»Das wäre sehr passend. Haben Sie vielen Dank. Was wäre das Gruber nur ohne Sie?«

»Oder andersherum. Was wäre ich ohne das Hotel?«

Ein interessanter Gedanke, dachte Cäcilie. Fräulein Schreiber hatte sich bereits zum Gehen gewandt, da sagte Cäcilie: »Eine Bitte hätte ich noch. Wären Sie so lieb, mir morgen, wenn möglich, das Fräulein Hanni ins Zimmer zu schicken? Das Mädchen scheint mir ein wenig schneller zu sein als Ricarda.«

»Natürlich gerne, Frau Jacoby. Ich werde es veranlassen«, versicherte Fräulein Schreiber und wandte sich zum Gehen.

»Danke. Wenn man so untätig ist wie ich, da hat man gern jemanden um sich, der so flott und patent ist.«

»Ja, mit Hanni sind wir sehr zufrieden. Sie hat sich schnell eingefunden.«

Erleichtert dankte Cäcilie ihr. Bei dieser Ricarda war sie versucht, selbst zum Putzlappen zu greifen, damit es voranging. Eigentlich war es absurd, dachte Cäcilie. Sie hatte alle Zeit der Welt und wollte, dass ihr Zimmer rasch geputzt wurde? Mein ganzes Leben ist absurd. Ich bin zu nichts zu gebrauchen. Selbst das, was man gemeinhin mit ehelichen Pflichten umschrieb, hatte ihr die Sekretärin abgenommen, die nun auch noch schwanger war. Etwas, das ihr selbst nicht vergönnt gewesen war. Das war, was in Wirklichkeit an ihr nagte, und weniger der Seitensprung ihres Ehemannes. Dass die Frau ein Kind bekam. Etliche Ärzte hatte Cäcilie deswegen konsultiert, sie war regelmäßig zu Kuren gegangen und hatte sogar eine spezielle Gymnastik absolviert, die ihr zur täglichen Durchführung empfohlen worden war. All das hatte nichts genützt, und kaum verlustierte sich ihr Mann mit seiner Sekretärin, wurde diese schwanger. Dieser Tatsache musste Cäcilie ins Auge blicken. Gerhard konnte ihr im Grunde völlig egal sein. Es war das Kind, um das sie die Sekretärin beneidete. Komischerweise fühlte sich der Gedanke, dass es ihr nicht um Gerhard ging, mit einem Male befreiend an. Und sie nahm sich vor, dem Kind von Herzen alles Gute zu wünschen. Kinder konnten nichts für ihre Eltern. Kinder sollten von allen geliebt werden, sie waren das Wertvollste auf der ganzen Welt. Cäcilie starrte in den Regen hinaus. Ja, an der Erkenntnis wollte sie festhalten, dass man manches nicht beeinflussen konnte. Auch das Wetter in den Bergen nicht, setzte sie mit einem Lächeln nach, als sie die ersten Schneeflocken entdeckte. Fasziniert schaute Cäcilie ihnen zu. Nach einiger Zeit stand sie auf und trat an die Balkonbrüstung. Der Schnee lag schwer auf den noch kleinen Pflanzen. Mit den Fingerspitzen stupste sie ihn weg. Die zarten Blätter richteten sich wieder auf. Trotz der Kälte fühlte sich Cäcilie plötzlich gestärkt.

Abendliche Holzlieferung

Kawumms. Mit einem lauten Knall krachte das Bett unter der schlafenden Hanni zusammen. Erschrocken fuhr sie hoch. Ihre Schlafstätte hatte endgültig ihren Geist aufgegeben. Annamirl saß aufrecht im Bett.

»Mir reicht's! So unsanft aus dem Schlaf gerissen zu werden, verträgt mein junges Herz nicht. Heute noch fahren wir zu uns nach Hause. Andreas soll passende Bretter herrichten«, entschied Annamirl.

Inzwischen rappelte sich Hanni hoch und warf einen entsetzten Blick auf das Bettgestell. In dem Augenblick schrillte der Wecker.

Annamirl sprang aus dem Bett, und die beiden huschten ins Bad. Während sie sich die Zähne putzte, freute sich Hanni im Stillen auf den Besuch im Wiesenlehen. Je mehr sie an Andreas dachte, umso stärker pochte ihr Herz. Fahrig spülte sie sich den Mund aus und stieß dabei Annamirls Zahnputzglas um, das auf dem Fliesenboden zersprang.

»Was ist denn los mit dir?«, wunderte sich Annamirl. »Erst das Bett, nun mein Glas, was soll das nur für ein Tag werden?«

»Scherben bringen Glück«, lachte Hanni und beeilte sich, die Scherben aufzusammeln. Dass sie dabei Andreas' Gesicht vor Augen hatte, behielt sie lieber für sich. Annamirl hätte für derartige Gedanken wahrscheinlich kein Verständnis.

»Hanni!« Fräulein Schreiber rief nach dem Frühstück das Zimmermädchen zu sich. Die anderen gingen inzwischen nach oben, um sich mit den Putzsachen zu bewaffnen.

Hanni hoffte, dass Fräulein Schreiber ihr keine Rüge erteilen wollte. Hatte sich etwa diese Frau Jacoby doch noch über das schwatzhafte Zimmermädchen beschwert? Es war genau das Gegenteil, wie sich sogleich herausstellte. »Gehen Sie bitte zuerst in das Zimmer von Frau Jacoby. Sie ist früh auf und nimmt ihr Frühstück meist auf ihrem Zimmer ein.«

»Sehr wohl.« Hanni nickte. Ein wenig wunderte sie sich über die Anweisung. Zimmer achtzehn war eigentlich Ricardas Bereich.

»Eines noch, Hanni«, rief ihr die Hausdame nach. »Lassen Sie sich ruhig Zeit bei Frau Jacoby. Sie hat den Tag über nur wenig Ansprache. Das gehört im Grandhotel Gruber zum Service dazu.«

»In Ordnung. Soll ich ihr auch das Frühstück hochbringen?«

»Das ist ein guter Vorschlag. Peter ist zu Besorgungen in Berchtesgaden, und alle anderen sind beschäftigt. Wir haben einige Abreisen heute.«

Mit einem guten Gefühl eilte Hanni nach oben. Frau Jacoby hatte gestern einen sehr netten Eindruck bei ihr hinterlassen. Die Scherben vorhin im Bad hatten ihr also jetzt schon Glück gebracht. Und außerdem stand noch der Besuch im Wiesenlehen auf der Tagesordnung. Das würde ein guter Tag werden!

»Was machst du da?« Ricarda hielt Hanni von hinten an der Schulter fest, die gerade die Tür vom Zimmer Nummer achtzehn öffnen wollte.

»Fräulein Schreiber hat mir aufgetragen, heute zuerst zu Frau Jacoby zu gehen.«

»Das ist mein Zimmer!«, entrüstete sich Ricarda und versuchte, sich vor Hanni durch die Tür zu drängeln. Dabei gab sie Hanni einen ordentlichen Schubs. Der brachte den Putzeimer zum Wackeln, und ein Schwall heißes Wasser ergoss sich über Hannis Schürze.

»Aua!«, rief sie überrascht aus.

»Was ist denn hier für ein Tumult?« Frau Jacoby stand plötzlich in der offenen Tür und schaute in die betretenen Gesichter der beiden Zimmermädchen. »Ricarda, gut, dass ich Sie sehe«, fuhr sie fort. »Ich habe Fräulein Schreiber gebeten, Hanni mein Zimmer machen zu lassen. Sie kommt wie ich aus Köln, und dann können wir etwas Kölsch schnaken.« Dabei steckte sie Ricarda einen Zehnmarkschein zu. Hui, das war eine ordentliche Abfindung. Derart besänftigt zog Ricarda ab. Zurück blieb Hanni mit dem unguten Gefühl, dass das letzte Wort in der Angelegenheit noch nicht gesprochen war. Ricarda war von der nachtragenden Sorte.

»Guten Morgen, Hanni«, sagte Frau Jacoby mit einem freundlichen Lächeln im Gesicht und öffnete die Zimmertür weit. Hanni grüßte zurück und trat ein. Im Grunde gab es nicht viel zu tun. Frau Jacoby war ein sehr ordentlicher Gast, und auch das Bad war schnell durchgewischt. Während Hanni putzte, legte sich Frau Jacoby auf den Balkon.

»Soll ich Ihnen das Frühstück bringen?«, fragte Hanni, als sie fertig war.

»Ich habe so gar keinen Appetit«, meinte Cäcilie Jacoby.

»Das Frühstück ist die wichtigste Mahlzeit, das sagte meine Großmutter immer«, meinte Hanni. »Nur hatte sie wahrscheinlich in ihrem ganzen Leben nicht so ein gutes Frühstück wie ich heute Morgen im Hotel Gruber.«

»Bekommt das Personal genug zu essen?«, fragte Cäcilie nach.

»Oh ja!«, schwärmte Hanni und zählte auf, was es alles gab.

Cäcilie musste lächeln. »Dann bin ich beruhigt. Sonst hätte ich mit Direktor Gruber ein ernstes Wörtchen reden müssen.«

»Mir reicht es dicke. Nur Peter, der Page, beschwert sich. Der isst wie ein Scheunendrescher. Peter verdrückt unglaubliche Mengen, und trotzdem ist er dünn wie eine Bohnenstange.«

»Meines Wissens ist eine Bohnenstange sehr groß«, scherzte Cäcilie und spielte darauf an, dass der Page eher klein war.

Hanni lachte. »Darum behauptet er immer, er müsse so viel essen, weil er noch im Wachstum sei.«

»Na, da kann er noch viel essen.« Cäcilie dachte an die vielen Jahre, in denen es keinen reich gedeckten Frühstückstisch gegeben hatte. Umso mehr sollte man jetzt eine reichhaltige Mahlzeit genießen, entschied sie. »Wissen Sie was, Hanni, das viele Gerede über Pagen, die Essen in sich hineinschaufeln, hat mich tatsächlich hungrig gemacht. Wären Sie bitte so lieb, mir ein Frühstück hochzubringen?«

Sofort lief Hanni los.

»Schinken auch noch?«, wunderte sich Fräulein Schreiber, als sie das voll beladene Tablett sah, das Hanni nach oben bringen wollte.

»So hat es Frau Jacoby mir aufgetragen.«

»Na, dann ist gut. Schön, dass sie ihren Appetit wiedergefunden hat.«

»Das ist Peters Verdienst«, meinte Hanni und ließ eine verdutzt dreinblickende Hausdame zurück.

»Ich setze mich hinein«, sagte Cäcilie und schloss die Balkontür. Hanni stellte das Tablett auf den Couchtisch und blickte wie Cäcilie aus dem Fenster. Wolken umhüllten die Berge. Ab und zu spitzten die frisch verschneiten Gipfel heraus.

»Hoffentlich haben die Balkonblumen die Kälte gut überstanden«, sagte Hanni.

»Geranien sind hart im Nehmen«, versicherte Cäcilie. »In Bayern ist halt alles ein wenig anders. Selbst das Wetter macht, was es will.«

»Die Bayern, die ich bisher kennengelernt habe, sind alle sehr nett«, stellte Hanni klar.

»Genau aus diesem Grund verbringe ich gerne meine Urlaube hier.« Cäcilie setzte sich an den Tisch.

»Guten Appetit und einen schönen Tag noch«, wünschte Hanni und eilte zu Annamirl, die schon auf sie wartete.

»Es freut mich, dass du bei Frau Jacoby zum Sonderdienst eingeteilt bist. Aber ich brauche dich auch an meiner Seite.«

»Jetzt bin ich ja da«, sagte Hanni beruhigend und schnappte sich den Putzeimer und wischte im Eiltempo durch das Bad.

Die Bahnhofsuhr zeigte kurz nach vier, als Hanni und Annamirl in den Bus stiegen, der sie nach Dorf Königssee brachte.

»Fahren wir heute nicht mit der Bahn?«, wunderte sich Hanni.

»Mit dem Bus geht es schneller, und es ist billiger«, erklärte Annamirl. »Außerdem bist du inzwischen fast eine Einheimische und keine Touristin mehr. Da tut es der Bus genauso.«

Nur wenige wollten bei diesem Wetter zum Königssee, und außer ein paar Oberschülern, die in der hinteren Bank lümmelten, und einer Bäuerin, die ihren Korb mit Einkäufen auf dem Schoß stehen hatte, war der Bus leer. Annamirl wechselte mit dem Busfahrer ein paar Worte über den ungewöhnlich späten Wintereinbruch.

»Du kennst den Busfahrer?«, wunderte sich Hanni, die sich auf einem Fensterplatz niedergelassen hatte. In Köln wäre sie nie auf den Gedanken gekommen, mit dem Fahrer über das Wetter zu reden.

»Das ist Martin, der Vater einer Schulfreundin von mir«, erklärte Annamirl. »Außerdem kennt man sich in Berchtesgaden. So viele Menschen leben hier nicht.«

Das leuchtete Hanni ein. Als sie sich beim Aussteigen wie Annamirl mit einem »Servus« von dem Fahrer verabschiedete, stutzte dieser ein wenig.

»An der Aussprache müssen wir noch ein wenig feilen«, bemerkte Annamirl. »Immerhin hast du nicht ›Tschüss‹ gesagt. Das mag bei uns keiner hören.«

»Gut zu wissen. Hoffentlich rutscht es mir nicht irgendwann mal einfach raus.«

»Und sag lieber ›Grüß Gott‹ als ›Guten Tag‹«, riet Annamirl ihr schnell noch, bevor sie durch die Haustür des Wiesenlehens traten. Den Hinweis hätte sie sich sparen können. Im Haus war niemand. Dieses Mal sah es aufgeräumter aus. Trotzdem begann Annamirl geschäftig hin und her zu laufen.

»Holz muss ich heute nicht holen.« Hanni zeigte auf den vollen Holzkorb, der beim Ofen stand.

»Aber du könntest in der Werkstatt nach Andreas schauen. Sag ihm, dass wir ein Brett für dein Bett brauchen.« Annamirl band sich eine Schürze um und holte einen Eimer aus der Kammer. »Eine Bearbeitung mit dem Schrubber würde dem Boden guttun«, meinte sie.

»Und ich kümmere mich um das Brett«, sagte Hanni und

hoffte, Annamirl würde die Aufregung in ihrer Stimme nicht bemerken.

Den Weg zur Werkstatt, die an den Stall angebaut worden war, kannte Hanni ja schon. Rauch stieg aus dem Schornstein, also war Andreas da. Ein regelmäßiges Geräusch drang aus dem Inneren. Hanni trat ans Fenster und hielt die Luft an. Das Zeitungsfoto zu betrachten war das eine, Andreas nun durch die Scheibe direkt vor sich zu sehen, etwas ganz anderes. Ihre Wangen brannten. Andreas schnitzte konzentriert an einer Holzfigur. Am liebsten hätte sie sich sofort bemerkbar gemacht. Gleichzeitig war sie wie gelähmt. Und es war so schön, Andreas zuzusehen. Schließlich klopfte sie an das Glas. Andreas hielt in der Bewegung inne und schaute mit zusammengekniffenen Augen zum Fenster. Als er Hanni erkannte, glättete sich seine Stirn. Mit einem breiten Lächeln bat er Hanni herein.

In der Werkstatt roch es nach Holz, und ein Kanonenofen bullerte. Wärme umfing Hanni wie eine weiche Decke. Sofort fühlte sich Hanni wohl und geborgen. Was für ein heimeliger Ort!

»Wie schön, dich zu sehen.« Andreas legte sein Schnitzeisen und den hölzernen Klüpfel auf die Werkbank. Die Hemdsärmel hatte er hochgekrempelt, in seinen Locken hatten sich Holzspäne verfangen. Hanni verschlug es die Sprache.

»Also … Mein Bett ist heute früh durchgekracht, darum … darum bräuchte ich ein Brett«, stotterte sie schließlich. »Annamirl hat gemeint, du könntest mir damit aushelfen.«

»Bretter haben wir genug. Das dürfte kein Problem sein. Sag mal, ist meine Schwester auch gekommen?«

»Ja, sie ist im Haus und traktiert den armen Boden mit einem Schrubber.«

Fast wie ein kleiner Junge, der etwas angestellt hatte, biss Andreas sich schuldbewusst auf die Unterlippe. Wie lieb er dabei aussah!

»Annamirl findet immer etwas zum Putzen. Ich glaube, es ist ihre Art zu zeigen, dass sie sich um euch sorgt.«

»So ist es wahrscheinlich. Trotzdem habe ich ein schlechtes Gewissen, dass Vater und ich uns so wenig um den Haushalt kümmern.«

Hanni unterdrückte den Impuls, ihm die Holzspäne aus den Haaren zu zupfen, und trat stattdessen interessiert an den Schnitzbock.

»Es ist noch gar nicht fertig«, erklärte Andreas.

»Ist das eine Mutter mit ihrem Kind?«

»Genau. Aber ich will die Formen nur andeuten.«

»Und deswegen haben sie keine Nasen und keine Münder oder Ohren«, stellte Hanni fest.

»Genau.«

Die Maserung des Holzes aber verlieh beiden Figuren dennoch ein Gesicht. Die Mutter umfing ihr Kind mit einem weiten Umhang.

»Bestimmt fühlt sich das Kind bei seiner Mutter sicher und wohl.« Vorsichtig strich Hanni über die Figur.

Korpus und Kopf hatte Andreas schon glatt geschliffen. Die Form schmiegte sich in ihre Hand. Nach unten hin steckte die Figur noch im rohen Holz, aus dem sie geschnitzt war.

Hanni lächelte ihn an. »Sie ist wunderschön!«

Andreas lächelte warm zurück. »Es freut mich, dass sie dir gefällt. Auf dieses Stück werde ich besonders stolz sein.« Sanft strich auch er über das Holz. Dabei berührten sich ihre Hände. Für einen Moment schien die Welt stillzustehen. Wie gebannt sahen sie einander an. Ungläubig schüttelte Hanni dann den Kopf. Sie räusperte sich und trat einen Schritt zurück. Verlegen sah sie sich in der Werkstatt um. Ihr Blick fiel auf die vielen geschnitzten Figuren an einer Wand.

»Hast du die gemacht?«, fragte sie mit belegter Stimme. Es war ein buntes Sammelsurium an Schnitzarbeiten. Manche Stücke waren bunt bemalt, bei anderen sah man noch die grob behauene Oberfläche.

»Ja. Und die hier, die sind ganz neu.« Andreas nahm ein paar kleine Holzfiguren von einem Brett an der Wand. »Ich wollte eine Figur in verschiedenen Bewegungen ausprobieren.«

»Die sitzt, die läuft, und die hier geht Stufen hoch.« Hanni kam aus dem Staunen nicht mehr heraus. So winzig die Figuren waren, so eindeutig war zu erkennen, was sie gerade taten. Eine hielt sogar eine klitzekleine geschnitzte Zeitung in den Händen.

Hannis Blick wanderte weiter. Auf einer Hobelbank lagen die verschiedenen Schnitzeisen. Hanni nahm eines in die Hand.

»Pass auf«, warnte Andreas sie, »die sind sehr scharf.«

»Manche sehen richtig alt aus«, stellte Hanni fest.

»Mein Großvater war Holzschnitzer. Von dem habe ich sie geerbt. Der heilige Martin dort oben, der stammt von ihm.« Andreas zeigte auf einen geschnitzten Reiter, der mit seinem Schwert einen roten Mantel durchtrennte. Daneben kniete der Bettler mit erhobenen Händen.

Doch Hanni war von einem anderen Werk angezogen. Es war ein Kreuz, an dem eine Jesusfigur hing. So einen Jesus hatte sie noch nie gesehen. Ihre Mutter war nicht religiös, und Hanni hatte, außer im Religionsunterricht in der Schule, nicht viel von kirchlichen Dingen mitbekommen.

»Der ist auch von dir?«, fragte Hanni.

»Ja, das ist mein Jesus.«

»Schön ist er nicht«, stellte Hanni spontan fest.

»Das soll er auch nicht sein. Ich wollte ihn so darstellen, wie er sich wirklich gefühlt haben muss am Kreuz. Schön war das sicher nicht.«

Hanni spürte, dass dies eine ganz besondere Arbeit war und dass viel von Andreas selbst darin steckte. Doch in Worte hätte sie es nicht fassen können.

»Du hast eine feine Werkstatt«, stellte sie schließlich fest.

»Es ist für mich der schönste Ort auf der Welt.« Andreas sah sich um, gerade so, als würde er die Werkstatt das erste Mal sehen.

»Habt ihr ein Brett gefunden?« In diesem Moment kam Annamirl durch die Tür gestürmt. Hanni und Andreas schraken zusammen.

»Warum hast du es denn gar so eilig?«, grinste Andreas, als er sich wieder gefasst hatte.

»Ich habe ganz vergessen, dass heute Probe für den Heimatabend ist. Wenn ich mich nicht sofort auf die Socken mache, komme ich zu spät, und das mag unser Kapellmeister ganz und gar nicht. Andreas, Hanni braucht ein Brett, und grüß Vater von mir.« Und schon war sie wieder weg.

»Sie ist echt ein Wirbelwind«, sagte Andreas, und die liebevolle Bewunderung für seine lebhafte Schwester war deutlich zu spüren. »Dann werden wir also ein Brett heraussuchen.«

Andreas ließ sich von Hanni die Maße ihres Bettes nennen. Wie selbstverständlich nahm er sie an der Hand und führte sie in den Schuppen hinter der Werkstatt. Hanni hatte nichts dagegen. Sie wollte Andreas am liebsten gar nicht mehr loslassen.

Im Schuppen suchte Andreas ein wenig herum, hob Bretter auf und maß die Länge mit dem Zollstock. Dazu musste er jedes Mal ein Streichholz anzünden, um das Maß ablesen zu können. Einen Moment lang beleuchtete die Flamme auch sein Gesicht, die markanten Züge, die vollen Lippen und die braunen Augen. Hanni war hingerissen.

»Das ist genau das passende Brett für dich«, meinte Andreas schließlich

»Das ist ja viel zu lang«, lachte Hanni, als sie in die beleuchtetet Werkstatt zurückkamen. »Ich habe doch kein Bett wie eine Königin.«

»Auch wenn du es verdient hättest«, er zwinkerte ihr neckisch zu, »werde ich es etwas kürzen.« Rasch legte er die Säge an.

»So, bitte schön, damit dürfte das Problem behoben sein. Außerdem ist es aus Zirbenholz, das duftet besonders gut und sorgt für einen angenehmen Schlaf und schöne Träume.«

»Vielen Dank«, sagte Hanni und hob dann zögernd die Augenbrauen.

»Keine Sorge«, kam Andreas ihr zuvor. »Ware von den Aschauers wird selbstverständlich geliefert. Außerdem ist der letzte Bus gerade abgefahren.«

»Oh, ist es schon so spät?« Hanni hatte jegliches Zeitgefühl verloren.

»Ich bringe dich ins Hotel zurück. Vater müsste gleich mit Susi zurück sein, er war beim Nachbarn Heu holen. Der lange Winter hat unsere Vorräte zusammenschrumpfen lassen.«

Hanni war glücklich, noch bei Andreas in der Werkstatt bleiben zu dürfen. Sie setzte sich auf die Hobelbank und sah zu, wie Andreas an seiner Figur schnitzte. Ab und zu fegte er die Holzspäne zusammen und warf sie in den Ofen.

»Das ist praktisch, dass man als Holzschnitzer sein eigenes Brennholz macht«, stellte Hanni fest.

»Das hat meine Holzdiebin schlau bemerkt«, gab Andreas zurück. »Deswegen bin ich auch Schnitzer geworden. Da hat man es in den langen Wintermonaten stets warm.«

Danach schwiegen sie. Hanni schaute fasziniert zu, mit welcher Sicherheit Andreas sein Handwerk beherrschte.

Schließlich waren draußen Geräusche zu hören.

»Das wird Vater sein«, vermutete Andreas und legte das Schnitzeisen zur Seite. Hanni sprang von der Hobelbank. Sie wollte vor Annamirls Vater nicht den Eindruck erwecken, sie würde einfach ein Brett abstauben und ansonsten faul herumsitzen. Draußen begrüßten sie Wasti, der gerade das Pferd abschirren wollte.

»Warte, Vater! Ich bringe Hanni noch ins Gruber. Annamirl ist schon zurückgefahren, weil sie Probe hat.«

»Ach so, fängt die Gaudi wieder an!«, murrte Wasti. Besser gelaunt fuhr er fort: »Hanni, schön, dich zu sehen. Geht es dir gut? Schon eingewöhnt bei uns?«

»Das habe ich. Annamirl hilft mir sehr, mich im Hotel und in Berchtesgaden zurechtzufinden.«

»Das freut mich zu hören.« Wasti lächelte. »Aber bevor ihr fahrt, müsst ihr mir noch helfen, das Heu abzuladen.«

Zu dritt schoben sie den Karren zum Stall, in dem die vier Kälber der Aschauers standen, und warfen das duftende Heu in den Verschlag. Hanni war froh, dass sie wenigsten bei etwas helfen konnte.

»Ob das reichen wird?«, meinte Andreas.

»Das wird schon reichen. Der lange Winter macht allen Bauern zu schaffen. Viel Heu gibt es im ganzen Tal nicht mehr. Aber bald wird es wärmer, dann treiben wir die Kühe auf die Weide.«

»Und später dann hinauf auf unsere Alm«, klärte Andreas Hanni auf.

»Jetzt könnt ihr los!« Wasti strich Susi über die Kruppe, bis diese schnaubte. Andreas hievte das Brett auf den Karren, half Hanni auf den Kutschbock, legte ihr, wie beim letzten Mal, eine Decke um die Schulter und nahm die Zügel auf. Hanni verabschiedete sich herzlich von Wasti, bekam einen lieben Gruß für Annamirl mit auf den Weg, und dann trabte Susi los. Dieses Mal funkelten keine Sterne über ihnen. Trotzdem war es für Hanni eine besondere Fahrt. Andreas erzählte von seiner Lehre an der Schnitzschule in Berchtesgaden.

»Wir haben auch viel Blödsinn gemacht, und unser armer Meister tut mir heute noch leid. Dabei haben wir viel von ihm gelernt. Das hat mich auf die Meisterschule in München gebracht. Das war eine harte Zeit. Fürs Leben hat das Geld gerade so gereicht, und zu Hause war Mutter schon die meiste Zeit krank. Ich war froh, als ich meinen Meisterbrief endlich in den Händen hielt und zurück ins Wiesenlehen ziehen konnte.«

»Du bist gern dort?«

»Und wie. In die Stadt bringen mich keine zehn Pferde mehr. In der Früh aufstehen und in die Berge blicken, da geht mir das Herz auf.«

»Dann war das heute ein trauriger Morgen für dich. Es waren keine Berge zu sehen«, neckte ihn Hanni.

Andreas knuffte sie sanft in die Seite. Gemächlich zuckelten sie am Bahnhof vorbei. Auch die Steigung zum Markt hinauf meisterte Susi langsam. Hanni machte das gar nichts aus. Auf diese Weise konnte sie länger neben Andreas sitzen.

»Am Anfang habe ich Annamirl nicht verstanden, wenn sie vom Markt gesprochen hat. Ich dachte immer, sie meint einen Grünmarkt mit Buden und Ständen«, erzählte Hanni. »Bis sie mir erklärt hat, dass damit ganz Berchtesgaden gemeint ist.«

»Berchtesgaden ist kein Dorf, aber auch keine Stadt. Sondern eben eine Marktgemeinde. Für mich hat Berchtesgaden genau die richtige Größe.«

Sie kutschierten durch den Ort und am anderen Ende wieder hinaus in Richtung Grandhotel.

»Du kannst mich hier absetzen«, schlug Hanni vor. »Du musst ja den ganzen Weg wieder zurückfahren.«

»Das kommt gar nicht infrage. Wie gesagt, wir Aschauers liefern unsere Ware bis vor die Haustür!« Er ließ Susi abbiegen und die kleine Steigung hinauf zum Hotel nehmen.

»Hoffentlich sieht uns keiner«, meinte Hanni ängstlich. Sie konnte nicht einschätzen, wie Direktor Gruber reagieren würde, wenn eine seiner Sommermeisen mit einem Pferdekarren vorgefahren kam.

»Die Gäste sitzen um diese Uhrzeit alle beim Essen im Speisesaal«, beruhigte Andreas sie. Und um noch eines draufzusetzen, ließ er Susi bis vor den Haupteingang traben. Als er Hannis erschrockenes Gesicht sah, dirigierte er Susi schnell um die Ecke zum Personaleingang.

»Lieferung erfolgt!« Andreas reichte ihr das Brett.

»Lieferung dankend angenommen.« Sie sah Andreas in die Augen. Da war es wieder, dieses wild schlagende Herz, das ganz aus dem Takt kam.

»Du hast ein wenig Holz im Haar«. Wie von selbst waren Hanni die Worte über die Lippen gekommen.

»Oh, vielen Dank.« Ein wenig erschrocken lachten sie beide. »Und gute Nacht!«, fuhr Andreas rasch fort, während er auf den Kutschbock stieg und Susi mit einem Zungenschnalzer das Zeichen gab, dass es nun heimwärts ging. Er drehte sich noch einmal zu Hanni um und lüpfte zum Abschied lächelnd seinen Hut.

»Was haben Sie denn mit dem Brett vor?«

Hanni machte vor Schreck einen Satz zur Seite. Neben ihr war Frau von Hartenstein aufgetaucht, eine Zigarettenspitze in der Hand. Abschätzig musterte sie Hanni von oben bis unten.

»Wer war das?«, fragte sie in forderndem Ton.

»Das war Andreas Aschauer, der Holzschnitzer vom Königssee«, antwortete Hanni ziemlich überrumpelt.

»Ah, von dem habe ich schon gehört.« Gabriele von Hartenstein sah Andreas nach, der gerade auf die Straße einbog. Jetzt ärgerte sich Hanni, dass sie so bereitwillig Auskunft gegeben hatte. Was ging es die Frau an, wer sie heimgebracht hatte?

»Na, dann bringen Sie Ihr Brett sicher nach Hause.«

Der sarkastische Tonfall ärgerte Hanni noch mehr. Beim nächsten Mal wäre sie zurückhaltender, nahm sie sich vor.

ANNAMIRLS GROSSER AUFTRITT

Mit einem schönen Gefährt sind Sie gestern nach Hause gekommen.« Cäcilie saß im Morgenmantel in ihrem Bett, während Hanni im Zimmer den nicht vorhandenen Staub wischte und die Sessel hin und her rückte. Im Grunde trödelte sie herum, um mit Frau Jacoby zu plaudern.

»Das war der Bruder von Annamirl. Der hat mich hergebracht.« Sie berichtete von dem Problem mit ihrem Bett und davon, wie Andreas ihr zu Hilfe gekommen war.

»Ich hatte nach dem Abendessen noch ein wenig Luft geschnappt, und da sah ich Sie auf dem Pferdewagen.« Cäcilie Jacoby beobachtete Hanni, wie sie über die Fensterbank wischte. Fast hätte sie gesagt, welch schönes Paar die beiden auf dem Kutschbock abgegeben haben. Das geht mich nichts an, dachte sie dann. Junge Frauen hatten manchmal ganz eigene Vorstellungen davon, wer gut zu ihnen passte. Sie selbst war das beste Beispiel dafür.

Bei ihr war es damals Gerhard gewesen, den sie unbedingt hatte haben wollen. »Sonst gehe ich ins Kloster!«, hatte sie ihre Mutter angeschrien. Was natürlich Blödsinn gewesen war, denn ihre Familie war schon immer evangelisch und somit gab es das Kloster als letzte Zuflucht nicht. Ihre Mutter hatte schließlich nachgegeben und sie nur ein letztes Mal noch gewarnt, Gerhard sei der falsche Mann. Das war am Tag ihrer Hochzeit gewesen. Cäcilie stand im Brautkleid im Boudoir ihrer Mutter, die ihr die Perlenkette der Großmutter umlegte. »Noch kannst du zurück«, hatte sie zu ihrer Tochter gesagt. »Du bist verrückt!«, war Cäcilies Antwort gewesen, nur um eine Stunde später in Sankt Lorenz Gerhard Jacoby das Jawort zu geben. In Liebesdingen war sie also die Letzte, die irgendjemandem Ratschläge erteilen sollte.

»Soll ich Ihnen das Frühstück heraufbringen?«

»Danke, Hanni. Ich will heute einmal hinuntergehen. Diese Nacht habe ich so gut geschlafen wie schon lange nicht mehr. Die frische Bergluft beginnt ihre Wirkung zu entfalten.«

Das freute Hanni zu hören. Und gleichzeitig musste sie sich unbedingt merken, dass man in einem Hotel ständig unter Beobachtung stand. Nicht nur Fräulein Schreiber hatte ihre Augen überall, auch die Gäste. Wer weiß, wer noch alles ihre Ankunft mit dem Pferdewagen mitbekommen hatte. Der spitze Ton von Gabriele von Hartenstein hatte ihr gereicht. Eigentlich hatte sie Annamirl gleich davon erzählen wollen, doch die war ganz aufgeregt, weil sie beim heutigen Heimatabend an einer Stelle ganz allein jodeln durfte.

Hanni verließ das Zimmer und wollte auf die Suche nach Annamirl gehen, da wies Fräulein Schreiber sie an, Zimmer Nummer zweiundzwanzig herzurichten. Ein Gast hätte kurzfristig gebucht und würde bald ankommen. Hanni musste nur das Bett des Einzelzimmers beziehen und das Bad kontrollieren. Ein kleines Handtuch fehlte, das holte sie schnell. Dann schloss sie das Fenster wieder, das sie zum Lüften geöffnet hatte. Der Blick ging auf den Hang hinter dem Hotel und auf eine Gruppe Bäume, deren frisches Grün Hanni besonders gefiel. Es musste nicht immer der grandiose Bergblick sein, fand sie. Mir würde ein solches Hotelzimmer mehr als genügen. Sie setzte sich in den Sessel und sah hinaus. Ihre Gedanken wanderten zum gestrigen Abend und zu Andreas.

»Da versteckst du dich!« Ricarda stand in der Tür und schaute Hanni vorwurfsvoll an, die eilig aufsprang.

»Während wir anderen schuften, fläzt du faul im Sessel!«

Dass ausgerechnet Ricarda sie erwischt hatte, ärgerte Hanni. Statt den anderen zu helfen, hatte sie erst Zeit bei Frau Jacoby vertrödelt und anschließend hier.

»Du hast vollkommen recht, Ricarda«, gab Hanni zu. »Ich wollte nur einmal ausprobieren, wie es sich anfühlt, in so einem Sessel zu sitzen«, erklärte Hanni. Sie hoffte, Ricarda mit Ehrlichkeit besänftigen zu können.

»Ich habe gute Lust, Fräulein Schreiber eine Meldung über dein Benehmen zu machen.« Mit der Bemerkung ging sie davon.

Hanni, Hanni, schalt sie sich. Du bist nicht bei der Sache, Kind! Das hatte Mutter oft genug zu ihr gesagt. Wo hast du nur wieder deinen Kopp?

Aber Hanni war nicht die Einzige, die unaufmerksam war.

»Annamirl, du hast in einem Zimmer den Aschenbecher nicht ausgeleert und im anderen die Handtücher vergessen«, stellte Hanni fest. »Was ist denn heute los mit dir?«

Annamirl schaute Hanni erstaunt an. »Was hast du gesagt?«

»Na ja«, warf Leo ein, die das Gespräch mitangehört hatte. »Annamirl hat doch heute ihren großen Auftritt. Da wäre ich auch völlig durch den Wind. Puh, auf einer Bühne stehen, das wäre nichts für mich.«

Hanni war überrascht, dass Annamirl, sonst so selbstsicher, tatsächlich Lampenfieber hatte.

»Oh doch«, gab diese unumwunden zu und sperrte, wie zum Beweis dafür, aus Versehen das falsche Zimmer auf. Hanni und Leo lachten herzlich.

Mit unfreundlicher Miene gesellte sich Ricarda zu ihnen.

»Ihr führt euch auf wie ein paar Mädchen auf dem Pausenhof. Habt ihr nichts zu tun?«

Als Peter mit einem Gast die Treppe heraufkam, warf er den Zimmermädchen einen mahnenden Blick zu. Eilig traten die Mädchen zur Seite.

»Hier entlang bitte.« Peter wies dem Gast den Weg. Es war ein hochgewachsener junger Mann in einem modischen Anzug. Den Mantel hatte er sich lässig um die Schultern gelegt.

»Ich bringe Ihnen sogleich die Koffer herauf, Herr Moser.« Peter schloss die Tür des Zimmers auf, das Hanni zuvor hergerichtet hatte.

Annamirl schnupperte in der Luft. »Hatte der Parfüm drauf?«, fragte sie ungläubig.

»Ein richtiger Mann scheint mir das dann nicht zu sein. Ich weigere mich, ihm morgen das Bett zu machen«, ließ Ricarda wissen.

»Dein Heinzi muss ja nicht gleich Parfüm benutzen, aber einmal ordentlich waschen würde ihm nicht schaden«, gab Annamirl spitz zurück.

Aber bevor die beiden sich richtig in die Haare bekamen, sagte Peter: »Meine Damen, bin ich heute der Einzige, der arbeitet?«

»Das nennst du arbeiten?«, gab ihm Annamirl schlagfertig zurück.

»Wenn ich ihm all seine schweren Koffer gleich hochtrage, ist es wirklich Arbeit. Wie kann ein Mann nur so viel Gepäck haben?«

»Peter!«, rief eine Stimme, und Gabriele von Hartenstein kam herbeigeeilt. »Wo haben Sie Herrn Moser untergebracht? In seinem üblichen Zimmer?«

»Jawohl. Wie immer die Nummer zweiundzwanzig.«

Frau von Hartenstein öffnete besagte Zimmertür, und laute Ausrufe eines freudigen Wiedersehens drangen heraus.

»Meinetwegen könnte sie bleiben, wo der Pfeffer wächst«, stellte Hanni leise fest.

Gegen Mittag fuhr erneut der Lieferwagen der Gärtnerei in den Hof. Diesmal brachte er den Blumenschmuck für den Heimatabend, sogar zwei mit blau-weißen Schleifen geschmückte Lorbeerbäumchen waren dabei. Robert lud alles ab und trug es in den Festsaal in der Dependance. Auf ihrem Weg zum Waschhaus schauten Hanni und Annamirl neugierig in den Saal. Robert platzierte einen üppig bepflanzten Blumenkasten vorne an der Bühne, links und rechts standen die beiden Bäumchen.

»Ich freu mich so auf heute Abend.« Annamirl wurde ganz aufgeregt angesichts der blumengeschmückten Bühne.

»Stehen die Blumen in der Mitte?«, fragte Robert, der die beiden am Eingang entdeckt hatte.

»Das passt!« Annamirl ging vor zur Bühne, um alles zu inspizieren. Hanni war vorher noch nie in dem Festsaal gewesen. Annamirl hatte ihr erzählt, dass neben den Heimatabenden Hochzeitsfeiern und Tanzvergnügungen stattfanden. Wie es wohl war, wenn man hier seine Hochzeit feierte?, überlegte Hanni. Vor ihrem geistigen Auge sah sie sich in einem weißen Kleid mit ihrem Ehemann den Eröffnungswalzer tanzen. Ihre Mutter wäre begeistert.

»Da sitzt die Kapelle, hier an dem Tisch der Ansager, und wir anderen Sängerinnen und Sänger sitzen ganz am Rand auf den Stühlen.«

»Schön, dass die Heimatabende wieder beginnen. Ein Zeichen, dass Berchtesgaden endlich aus seinem Winterschlaf erwacht«, stellte Robert fest.

»Detlef, schau nur, die Bäumchen!« Gabriele von Hartenstein kam zusammen mit dem neuen Gast in den Saal.

»Die sind allerliebst«, rief der aus und besah sich die Lorbeerbäumchen genauer. »Alles ist hier so urig bayerisch.«

Die sind heute auch überall anzutreffen, dachte Hanni. Annamirl schien ihre Gedanken erraten zu haben, denn sie zog Hanni hinter die Bühne. »Soll Robert mit denen reden«, flüsterte Annamirl und zog Hanni durch den Hintereingang hinaus. Dort trafen sie auf Mechthild, die einen Korb mit Wäsche trug.

»Wirst du heute singen?«, fragte sie Annamirl.

»Das werde ich. Und Jodeln werde ich auch.«

»Das muss ich mir anhören.« Mechthild lächelte sie an. »Aus dir wird noch eine richtige Sängerin.«

»Das wäre so schön. Ein Zimmermädchen möchte ich nicht mein Leben lang bleiben. Sängerin hingegen, das wäre mein Traum.«

»Wart nur ab«, meinte Mechthild ungewöhnlich gesprächig, »du wirst noch entdeckt werden. Es sind lauter hohe Damen und Herren im Hotel. Da wird mal ein Produzent mit dabei sein. Der macht gleich 'ne Platte mit dir.«

Annamirls Augen begannen zu leuchten.

»Moment, nicht so schnell«, schaltete sich Hanni ein. »Du bleibst schön im Hotel Gruber. Wenigstens solange ich da bin!«

»Na, keine Angst. So schnell geht es mit der Weltkarriere auch nicht. Außerdem liebe ich unsere bayerischen Lieder. Und die passen halt nur nach Bayern.«

»Woanders werdet ihr ja auch gar nicht verstanden!«

»Da redet gerade die Richtige«, lachte Annamirl. »Du, Mechthild, verwendest oft die tollsten Wörter. Wie heißt ein belegtes Brot bei euch gleich noch mal?«

»Schnittl«, antwortete Mechthild, und alle drei lachten.

Annamirl verabschiedete sich früher aus der Waschküche als sonst, damit ihr genug Zeit blieb, sich für den Abend herzurichten. Eine der anderen Sängerinnen würde ihr die Haare flechten und zu den sogenannten Gretelzöpfen hochstecken, wie sie Hanni erklärt hatte.

»Das Mädel hat eine tolle Stimme«. Mechthild befüllte die Wäscheschleuder. »Mit der wird sie nicht lange Zimmermädchen bleiben«, prophezeite sie.

»Setz ihr bloß nicht solche Flausen in den Kopf.«

»Es hat noch nie geschadet, Träume zu haben«, entgegnete Mechthild.

»Was hast du denn für Träume?«, fragte Hanni, von ihrer eigenen Direktheit überrascht.

»Ich bin zu alt zum Träumen.« Mechthild lachte bitter. Sie schloss den Deckel der Schleuder und schaltete sie an. Hanni war froh, dass Mechthild die Schleuder festhielt. Sie war um einiges größer und gewichtiger als Hanni. Die hatte jedes Mal Angst, von der vibrierenden Schleuder herumgewirbelt zu werden. Mit der wollte sie keinen Walzer tanzen.

»Ich bin zufrieden, so wie es ist«, griff Mechthild das Thema wieder auf. »Ich habe eine gute Arbeitsstelle, ein Dach über dem Kopf, sogar ein eigenes Zimmer, und genug zu essen habe ich auch. Das ist das Wichtigste. Endlich keinen Hunger mehr zu haben. Gab es vorher schon wenig zu essen, in den Transportwagen gab es gar nichts mehr.«

»Du bist aus Breslau?«, fragte Hanni nach.

»Ja, mitten aus Breslau. War eine schöne Stadt. Das Alte Rathaus, die Jahrhunderthalle, der Dom und die Häuser am Großen Ring …« Mechthild hielt in der Aufzählung inne und starrte ins Leere. Die Schleuder stoppte mit einem Ruck.

Mechthild öffnete die Trommel und nahm die Wäsche heraus.

»Nun bin ich hier in den Bergen und bin froh darüber.«

Hanni wusste nicht, was sie dazu sagen sollte. Jeder hatte im Krieg seine Geschichte erlebt, die nur nie erzählt wurde.

Gemeinsam hängten sie die Wäsche auf. Nebenan aus dem Bügelzimmer hörten sie Franzi werkeln.

»Wovon Franzi wohl träumt?«, überlegte Mechthild. Jedes Mal, wenn Franzi das heiße Bügeleisen auf den feuchten Stoff drückte, zischte es.

»Vielleicht von einem dieser neuen Bügeleisen?«, meinte Hanni.

»Davon würde ich auch träumen. Von AEG gibt es jetzt eines mit Edelstahlsohle. Das gleitet nur so über die Wäsche.«

»Dann fang schon mal das Sparen an. In der Schneiderei meiner Mutter gab es auch so eines. Die sind richtig teuer«, meinte Hanni. »Dafür geht das Bügeln praktisch wie von selbst.«

Mechthild lachte. »Du hörst dich an wie eine Bügeleisenverkäuferin.«

Gemeinsam, jede mit einem Stapel frischer Handtücher in Händen, verließen sie die Waschküche.

Aus dem Saal klang Stimmengewirr, und jemand blies ein paar schiefe Töne in eine Trompete. Die Musikanten kamen mit ihren Instrumenten ausgerüstet den Weg herauf. Alle trugen die Berchtesgadener Tracht. Sehr festlich sahen sie aus. Die Dirndlkleider der Frauen mit den Seidenschürzen gefielen Hanni besonders gut. Sie bewunderte, was die Schneiderinnen zustande brachten, und konnte nur ahnen, wie viele Arbeitsstunden dafür notwendig waren. Vor allem die Mieder verlangten Geduld und Konzentration. Die

Steppnähte herzustellen war große Handwerkskunst. Bei Gelegenheit muss ich mir so eine Tracht genauer anschauen, nahm sich Hanni vor.

Sie räumten die Handtücher in die großen Schränke, die auf jedem Stockwerk standen.

»Einen Traum habe ich doch«, sagte Mechthild unvermittelt. »Ich möchte so gerne wieder nach Hause, nach Breslau. Und meine Eltern sollen mich dort mit Kaffee und Kuchen erwarten.« Ihre Stimme brach, und Hanni sah, dass Mechthild schwer schluckte. »Aber auf diesen Traum kann ich nicht sparen.« Tränen stiegen ihr in die Augen. Rasch drehte sie sich um und lief nach oben.

Hanni stand eine ganze Weile still an den Schrank gelehnt. Und wovon träume ich eigentlich?, überlegte sie. So vieles schwirrte in ihrem Kopf herum. Genug zu essen zu haben und ein Badezimmer mit fließendem Wasser, damit war schon ein Traum in Erfüllung gegangen. Da musste sie Mechthild zustimmen. Es war gut, dass die Zeiten von Hunger und Kälte vorbei waren und dass sie die Angst der Mutter nicht mehr spüren musste. Wie gut sie sich noch an den Krieg erinnerte. Hanni schauderte. Das alles nicht mehr erleben zu müssen, war wirklich ein Traum.

Hanni sah den Hotelflur mit den weichen Teppichen entlang. Ich habe sehr wohl Träume, dachte Hanni, nur vom Grandhotel Gruber mit seinen ganzen Annehmlichkeiten, von Annamirl und dem Wiesenlehen konnte ich ja nichts ahnen. Und dann war da noch Andreas. Dass es ihn gab, war ein einziger wunderbarer Traum. Noch nie hatte sie sich einem anderen Menschen so verbunden gefühlt. Neben ihm zu stehen, seine Nähe zu spüren, seine Freundlichkeit zu erleben, erfüllte sie mit Sehnsucht. Was sie für Andreas empfand, war in seiner Stärke und Tiefe neu für sie. Als würde ihr ganzer Körper nur aus Ziehen und Sehnen bestehen. Zu gerne hätte sie Annamirl davon erzählt. Aber die war mit ihren Gedanken gerade ganz woanders …

»Drück mir die Daumen.« Annamirl stand in ihrem besten Dirndl im Zimmer. Stolz drehte sie sich vor ihrer Zimmergenossin, und der Rock wirbelte um ihre Beine. »Deinen Nähkünsten habe ich es zu verdanken, dass der Rock viel besser schwingt.«

Hanni konnte nicht anders und drückte sie heftig. »Toi, toi, toi. Ich bin schon gespannt und richtig aufgeregt.«

»Nach der Pause bin ich dran.« Annamirl fasste Hannis Hände. »Das Personal darf von hinten in den Saal schauen. Da musst du unbedingt dabei sein.«

»Ich werde mir doch deinen Solojodler nicht entgehen lassen.«

»Heute Abend heißt es alle Hände an Deck.« Hoteldirektor Gruber stand vor dem Personalzimmer und schaute erwartungsvoll in die Runde.

»Jawohl, Herr Direktor«, schallte es ihm vielstimmig entgegen. Eine ungewohnte Aufregung hatte das Hotel erfasst. Selbst Ricarda wirkte aufgekratzt und beugte sich zu Hanni hinüber: »Der erste Heimatabend und der letzte einer jeden Saison ist etwas Besonderes.«

»Beim ersten freuen sich alle, dass die Saison anfängt«, klärte Leo Hanni auf, »und beim letzten, dass die Saison wieder vorüber ist. Denn so ein langer Sommer ist ganz schön anstrengend. Noch ist das Hotel nicht voll. Aber warte mal ab. Ab nächster Woche geht es richtig rund«, prophezeite Leo.

Die Zimmermädchen wurden in die Spülküche geschickt. Dort bekamen sie von Hans, einem der Köche, Schürzen aus grobem Stoff. Das Hotel Gruber verfügte zwar über viel Geschirr, aber an einem solchen Abend wurde es selbst für das Hotel knapp. Darum mussten die Gläser und Seidel, wie man die Bierkrüge hier nannte, abgewaschen werden.

Hanni hatte zum ersten Mal in der Küche zu tun. Bisher hatte sie nur gelegentlich benutztes Geschirr abgestellt oder an der Ausgabe das Tablett für Frau Jacoby in Empfang genommen.

Albert Heinrich, der Chefkoch, herrschte auch über die Spülküche, wenngleich er sich dort nur selten blicken ließ.

»Hoffentlich kommt er nicht zu uns her«, flüsterte Leo Hanni zu. »Ich habe direkt Angst vor ihm.«

»Wer hat die nicht?«, flüsterte Hanni zurück.

Selbst Ricarda, die sonst vor niemandem wirklich Respekt hatte, verhielt sich zurückhaltend.

»Er ist ein grober Klotz.« Mechthild verzog den Mund abfällig.

Noch gab es nichts zum Abspülen. Der Heimatabend hatte noch nicht begonnen. Aus dem Ort strömten die Besucher heran. Das sah Hanni, als sie wagte, noch rasch zur Toilette zu laufen. Kaum war sie zurück, fing der Chefkoch sie ab, drückte ihr ein großes Messer in die Hand und schubste sie zu einem Schneidebrett, auf dem ein riesiges Bündel Schnittlauch lag.

»In zwei Millimeter lange Stücke schneiden«, wies er sie an. »Aber ordentlich!«

»Jawohl«, stotterte Hanni. Mit zittrigen Händen begann sie, die Schnittlauchröllchen zu schneiden. In der Küche war es heiß und stickig. Dampf stieg aus den Töpfen, Fettschwaden aus den Pfannen, und hin und wieder gab es sogar eine Stichflamme, wenn das spritzende Fett dem Feuer auf dem Gasherd zu nahe kam. Hanni hatte den Eindruck, die Köche machten das absichtlich, denn jedes Mal schrien ihre Kolleginnen hinten am Spülbecken erschrocken auf. Sie selbst erschrak genauso und hätte sich mehrfach schon fast in den Finger geschnitten.

Zwischendurch warf sie immer wieder einmal einen Blick zu ihren Kolleginnen. Die hatten inzwischen alle Hände voll zu tun, tauchten bis zu den Ellbogen ins Spülwasser ein. Viele Gäste hatten das Abendessen vorgezogen, um dann pünktlich um halb acht hinüber in den Festsaal zu gehen.

Allmählich gewann sie einen Überblick. Auf den ersten Blick hatte es so auf sie gewirkt, als würde es in der Küche drunter und drüber gehen. Fasziniert stellte sie dann fest, dass alles seine Ordnung und seinen geregelten Ablauf hatte. Heinrich gab knappe Befehle, und alle gehorchten. Vermutlich gelang es nur so, dass alles wie am Schnürchen lief. Für lange Erklärungen fehlte die Zeit.

Die Bedienungen kamen gemessenen Schrittes aus dem Speisesaal, der durch eine Schwingtür von der Küche getrennt war, liefen dann eilig zum Ausgabetresen, um dann würdevoll wieder hinauszugehen. Für Hanni war es fast wie im Theater. Sie standen hinter der Bühne, und draußen wurde ein Stück aufgeführt.

»Gut gemacht«, bellte der Chefkoch ihr in diesem Moment ins Ohr. »Nicht so gschlampert wie bei der anderen. Aber jetzt hilfst du beim Abspülen!«

Hanni wusch sich rasch die Hände und wandte sich zum Gehen.

»Trocken oder nass?«, fragte Leo, die abtrocknete. Bei ihrer Größe musste sie sich auf die Zehenspitzen stellen, um aus den Tiefen des Abwaschbeckens das Besteck herauszufischen.

»Sie soll abwaschen, meine Hände sind schon ruiniert«, fuhr Ricarda dazwischen und warf Hanni den nassen Spüllappen zu. Er klatschte auf Hannis Brust und hinterließ einen unangenehmen feuchten Fleck. Ricarda sah ihre Rivalin angriffslustig an. Doch Hanni hatte keine Lust, ausgerechnet in der Küche einen Streit vom Zaun zu brechen, und drehte sich demonstrativ zum Abwaschbecken.

»Was für eine dreckige Brühe«, stellte sie angewidert fest.

»Ich glaube, die Essteller sind alle gewaschen.« Mechthild deutete auf einen Stapel weißer Porzellanteller mit Goldrand und einem goldenen G, das von einem grünen Wappen umrahmt wurde. »Das waren die letzten.«

»Dann lass uns frisches Wasser einfüllen, im Saal drüben haben sie hauptsächlich Gläser. Die bekommen wir in dem Wasser nicht sauber.«

Hanni sollte recht behalten, denn der Heimatabend hatte begonnen, und die beiden Bedienungen, die an diesem Abend aushalfen, schleppten reihenweise Gläser heran. Es waren zwei junge Berchtesgadenerinnen, Maria und Simone.

»Gleich ist Pause«, warnte Maria die Spülerinnen vor.

»Da wollen alle auf einmal was zu trinken bestellen«, erklärte Mechthild und ließ noch etwas heißes Wasser nachlaufen.

Hannis Hände waren ganz schrumpelig. Sich darüber allerdings zu beklagen, würde nichts nützen, denn schon brachten Maria und Simone große Tabletts voller Gläser. Hanni und Mechthild mussten sich sputen, all die Bierkrüge und Weingläser abzuspülen.

»Ihr müsst schneller abtrocknen«, forderte Hanni Leo und Ricarda auf. Sie hielt zwei frisch gespülte Gläser hoch, weil sie keinen Platz fand, sie abzustellen.

»Gespült ist schnell mal, wenn man es schlampig macht«, maulte Ricarda.

»Dann lass uns tauschen«, bot Hanni an. Ein Angebot, das Ricarda ausschlug und lieber drei Gläser auf einmal hochnahm, um Platz zu schaffen.

Enttäuscht dachte Hanni, dass sie vom Heimatabend wohl nichts mitbekommen würde. Zu ihrer Freude kam in diesem Moment Fräulein Schreiber in die Küche und schickte die Zimmermädchen in den Saal.

»Anna-Maria singt jetzt«, sagte sie. »Das wollen wir unbedingt hören. Herr Heinrich, Ihre Spülerinnen kommen gleich zurück.«

Aufgeregt drängten sich die Zimmermädchen an der Saaltür. Peter, der die Eintrittskarten verkauft hatte und am Eingang saß, lotste sie in die hintere Reihe. Angestrengt schaute Hanni auf die Bühne. Da entdeckte sie Annamirl. Vor lauter Aufregung kniff sie Leo in den Arm.

Noch mehr Hotelpersonal kam in den Saal. Die Köche mit ihren weißen Hauben und die Ober mit den weißen Handschuhen schlüpften rasch noch durch die Tür. Ob Direktor Gruber auch gekommen war?, überlegte Hanni. Wer würde sich so einen Abend entgehen lassen?

Die Musik setzte mit einer schmissigen Polka ein, und sofort stieg die Stimmung im Saal. Danach stand Annamirl von ihrem Platz auf und stellte sich in die Mitte der Bühne, direkt hinter den Blumenkasten, den Robert heute Morgen platziert hatte. Hanni hielt vor Aufregung den Atem an, denn jetzt setzte die Musik ein. Annamirl holte tief Luft und begann zu singen. Für Hanni blieb die Zeit stehen. Sie erkannte ihre Zimmergenossin nicht wieder. Wie selbstbewusst Annamirl auf der Bühne stand. Sie sang klar und schön und meisterte auch die hohen Töne ohne Probleme. Hanni klatschte begeistert Applaus, nachdem Annamirl geendet hatte. Etliche Rufe nach einer Zugabe wurden laut. Hanni schielte nach links und sah, dass selbst Ricarda sich von der Stimmung hatte anstecken lassen und begeistert in den Beifall einfiel. Nach einem Instrumentalstück sang Annamirl noch einmal. Erwartungsvolle Stille machte sich breit. Hanni wusste, mit dieser Stimme gehörte Annamirl auf eine Bühne. Jetzt erst verstand sie, was Mechthild gemeint hatte. In dieser jungen Frau steckte sehr viel mehr, als auf den ersten Blick zu sehen war.

Nach Annamirl tanzten noch einmal die jungen Mädchen und Burschen vom Trachtenverein, und alle klatschten dabei lautstark im Rhythmus mit. Hanni wusste, wie ausgelassen in Köln zur Karnevalszeit gefeiert wurde, doch dass die Bayern dies genauso gut konnten, hätte sie nicht gedacht. Plötzlich blickte sie sich ängstlich um. Müssten sie nicht schon längst wieder beim Abspülen sein? Sie entdeckte Fräulein Schreiber neben dem Chefkoch, wie sie sich zur Musik bewegte. Albert Heinrich jedoch stand mit versteinertem Gesicht da, als wollte er zum Ausdruck bringen, dass ein derartiger Aufruhr unter seiner Würde war.

Die Mädchen auf der Bühne ließen ihre bunten Röcke fliegen, und der letzte Akkord ging im tosenden Beifall unter. Es dauerte seine Zeit, bis sich alle wieder beruhigt hatten. Der Ansager stand wie in sich gekehrt schweigend auf der Bühne. Das steigerte die Spannung. Er schaute ins Publikum, und Hanni hatte das Gefühl, er würde den Menschen direkt in die Augen blicken. Ein Kribbeln kroch ihr den Nacken hinauf.

»Fräulein Annamirl mit dem Erzherzog-Johann-Jodler«, kündigte er mit gewichtiger Stimme an. Es war Hanni, als hielten alle im Saal den Atem an. Annamirl trat an den Bühnenrand. Hannis Herz schlug, als stünde sie selbst dort, Hunderte von Augenpaaren auf sie gerichtet. Der Zitherspieler begann mit der Melodie.

Mit einer unglaublichen Leichtigkeit erfüllte Annamirls Stimme jede Ecke und jeden Winkel des Saals. So etwas Schönes hatte Hanni in ihrem Leben noch nicht gehört. Nach der ersten Strophe hob Annamirl zum Jodeln an. Es klang, als würde sie auf einem der hohen Gipfel stehen und in die Weiten des Himmels hinein singen. Dann war das Lied aus.

Stille. Keiner rührte sich. Da nahm Hanni eine Bewegung am Seitengang wahr. Ein Mann war hinter einem Pfeiler hervorgetreten. Andreas! Hanni stockte das Herz. Das Bühnenlicht erhellte sein Gesicht. In diesem Augenblick wusste Hanni mit jeder Faser ihres Körpers und tief in ihrer Seele, dass sie ihn liebte. Das war nicht die Verliebtheit eines Backfischs. Mit fast schmerzhafter Klarheit spürte sie, dass es richtige und echte Liebe war. Berührt und aufgewühlt konnte sie sich diesem Gefühl, konnte sie sich Andreas nur hingeben. Hanni bekam den tosenden Applaus nicht mit, der eine Sekunde später einsetzte. Erst als Mechthild sie in die Rippen stieß, begann auch sie, begeistert zu klatschen.

»Das war famos!« Leo nahm das Geschirrtuch und wartete auf die ersten abgespülten Gläser.

»So eine begnadete Stimme«, schwärmte Mechthild, und Ricarda gab zu, dass Annamirl wirklich was konnte.

Hanni aber schwieg. Sie beugte sich tief über das Waschbecken und spülte die Gläser, die von den beiden Bedienungen tablettweise hereingebracht wurden.

Nach dem Auftritt von Annamirl hatten Fräulein Schreiber und Albert Heinrich das Personal wieder zurück an die

Arbeit gescheucht. Hanni war den anderen Zimmermädchen in die Küche gefolgt, ohne ihre Umgebung wirklich wahrzunehmen. Überbordende Gefühle brachten sie fast um den Verstand. Da war die schöne Musik, von Annamirl so zauberhaft vorgetragen, dass Hanni Gänsehaut bekommen hatte. Und da war der Blick auf Andreas und die Erkenntnis, dass sie sich in ihn verliebt hatte. Mehr noch, dass sie ihn wirklich liebte.

Während die anderen unaufhörlich redeten, wusste Hanni auf einmal ganz genau, was ihr Traum war. Sie wollte mit Andreas den Rest ihres Lebens verbringen. Glasklar stand es ihr vor Augen. Diese Gewissheit fühlte sich tief und echt an. Was das alles für sie bedeutete, darüber wollte sie an diesem Abend nicht nachdenken. Ihre Gefühle hatten sie überwältigt, und trotz des heißen Wassers zitterte Hanni vor Aufregung.

Die Gläser nahmen kein Ende. Frisch gespült wurden sie gleich wieder gefüllt und in den Saal getragen. Es musste sogar ein neues Bierfass angezapft werden.

»Annamirl singt den Jodler noch einmal als Zugabe«, berichtete Maria, als sie den Spülerinnen einen Schwung Gläser hinstellte. Alle hielten in der Bewegung inne und lauschten. »Pst, pst«, raunte es durch die Küche, als einer der Köche einen Topf zu laut absetzte.

Maria hatte versprochen, die Saaltür offen zu lassen, und so konnte man Annamirls Stimme bis in die Küche hinein hören. Erneut brandete Applaus auf.

Und wenig später kam Annamirl in die Küche. Mit großem Hallo wurde sie empfangen. Hanni umarmte sie, hielt dabei ihre tropfnassen Hände in die Höhe, um das Dirndl nicht schmutzig zu machen.

»Das war phänomenal!«

»Ich habe es so genossen, auf der Bühne zu stehen. Und das Singen, ach, das ist doch keine große Sache.« Annamirl lachte.

»Meine Damen, wenn Sie weiter so tratschen, stehen wir morgen noch zwischen dem Geschirr«, mahnte Fräulein Schreiber. »Ich für meinen Teil würde gerne schlafen gehen.«

Das wollten alle anderen natürlich auch, und wie zum Beweis gähnte Leo ausgiebig.

»Hanni«, bat Fräulein Schreiber, »bringen Sie bitte die schmutzigen Geschirrtücher noch in die Waschküche. Franzi muss sie morgen als Erstes waschen, sonst können wir nicht eine Gabel abtrocknen.«

Hanni sammelte die Geschirrtücher ein, und bald hatte sie einen ganzen Arm voller nasser Tücher. Ich hätte besser einen Korb nehmen sollen, dachte sie. Doch die Schürze und ihr Kleid darunter waren vom Abspülen durchnässt, und da war es eh schon egal. Sie spürte die kalte Nachtluft auf ihrer Haut, als sie hinaustrat. Vereinzelt standen noch Besucher auf dem Vorplatz. Eine Gruppe von Musikern kam lachend mit ihren Instrumentenkoffern aus dem Saal. Was für ein Abend, dachte Hanni.

»Schau an, meine Holzdiebin.«

Überrascht wandte Hanni den Kopf. Andreas kam auf sie zu. »Diesmal sind es Geschirrtücher, wie ich sehe.«

Hanni errötete. Verschwitzt und nass, wie sie war, bot sie bestimmt keinen schönen Anblick. Andererseits freute sie sich so sehr, dass ihr fast schwindelig wurde vor Glück.

»Die sind auf dem Schwarzmarkt ein Vermögen wert. Nasse Geschirrtücher werden hoch gehandelt«, erwiderte sie, ohne nachzudenken. Vor lauter Aufregung spürte sie die Kälte nicht mehr.

»Gehst du ins Waschhaus? Darf ich dich begleiten?«

»Natürlich!«

Auf dem Weg unterhielten sie sich über den tollen Auftritt von Annamirl.

»Sie ist so unglaublich talentiert. War euer Vater auch da?«

»Nein, Vater ist nicht begeistert, dass Annamirl singt. Er will nicht, dass seine geliebte Tochter auf der Bühne von allen angeschaut wird. Seit dem Tod von Mutter ist er noch ängstlicher geworden. Aber er weiß natürlich, wie viel Freude ihr diese Abende machen, und da sie ihn ganz lieb darum gebeten hat, konnte er nicht Nein sagen.«

Langsam schlenderten sie die lange Einfahrt zum Waschhaus hinunter.

»Wie schläft es sich mit dem Brett im Bett?«

»Sehr gut. Ich bin nicht einmal mehr durchgekracht, und der Duft von Zirbenholz sorgt für wunderbare Träume.« Und du natürlich auch, ergänzte Hanni im Stillen, und sofort war da wieder diese sie durchflutende Wärme.

»Das freut mich zu hören.« Andreas blieb vor dem Waschhaus stehen. »Hanni, du zitterst ja.« Er legte seine Hand auf ihren Arm.

»Ach, mir ist nicht kalt«, behauptete sie, doch ihre Zähne klapperten fast. Sie wollte nicht, dass er sich verabschiedete, dass dieser Moment vorüberging. Sanft strich Andreas über Hannis Arm. In diesem Moment kamen zwei Männer laut redend den Weg herunter. Andreas trat einen Schritt zurück, und Hanni wandte sich zur Tür der Waschküche. Sie warteten, bis die beiden vorbeigegangen waren. Hanni wollte nicht so mit Andreas gesehen werden. Dieser Augenblick sollte nur ihnen gehören.

»Geh schnell zurück ins Hotel. Sonst erkältest du dich noch«, sagte Andreas schließlich besorgt.

»Das mache ich. Gute Nacht, Andreas.« Hanni blieb stehen.

»Gute Nacht, meine kleine Holzdiebin.« Andreas machte seinerseits keine Anstalten zu gehen.

Sie sahen sich noch einmal tief in die Augen, dann drehte sich Andreas um und lief den Weg zur Straße hinunter. Hanni sah ihm nach. Alle paar Meter drehte er sich um und winkte ihr zu, bis er in der Dunkelheit verschwunden war.

Dass Andreas sie ausgerechnet so verschwitzt nach einem langen Arbeitstag hatte sehen müssen. Hanni zitterte noch immer. Ich sollte meine nasse Fracht endlich loswerden. Sie öffnete die Tür vom Waschhaus und tastete in der Dunkelheit nach dem Lichtschalter. Sie fand ihn und knipste ihn an. Grelles Licht blendete Hanni. Im selben Moment ließ ein erschreckter Aufschrei sie zusammenfahren. An die Waschmaschine gelehnt standen zwei Männer. Erst als ihre Augen sich an die Helligkeit gewöhnt hatten, erkannte sie den Gast, der heute erst angereist war, und Robert. Der Mann hatte den Arm um Robert gelegt, ihre Hemden waren aufgeknöpft.

»Entschuldigung!«, rief Hanni, warf die Geschirrtücher auf den Boden und drehte sich um. Dabei stieß sie mit Ricarda zusammen, die die Schürzen der Köche zum Waschen brachte.

»Was ist denn hier los?«, fragte sie neugierig und stierte die beiden Männer an.

»Gib schon her!« Hanni entriss ihr die Wäsche, warf sie ebenfalls auf den Haufen, löschte das Licht und zog die Tür hinter sich zu.

»Solche Schweine!«, ereiferte sich Ricarda. »Die müsste man anzeigen.«

Hanni verspürte keinerlei Lust, mit Ricarda über das gerade Gesehene zu reden, und lief, die Arme fest vor ihrer nassen Brust verschränkt, zurück zum Hotel. Es waren nicht die beiden Männer, die sie beschäftigten. Als Mädchen aus Köln hatte sie Derartiges schon des Öfteren gesehen. Nein, es war Andreas und wie er ihren Arm gestreichelt hatte. Ein ungeahntes, gänzlich neues Empfinden war in ihr erwacht. Etwas in ihr fühlte sich stark und mächtig an. Als hätte jemand eine Tür geöffnet, um dieser unbändigen Lust alle Freiheit zu schenken.

Schuhplattler und schwingende Röcke

Vielleicht war es keine gute Idee gewesen, zum Heimatabend zu gehen, hatte Cäcilie zunächst gedacht. Wider Erwarten aber war sie sehr zufrieden gewesen. Jetzt, am nächsten Morgen nach dem Frühstück, ließ sie den Abend noch einmal Revue passieren.

Sie hatte unruhig auf ihrem Stuhl in der zweiten Reihe gesessen. Gerhard liebte diese Abende, und Cäcilie war all die Jahre nur seinetwegen mitgegangen. Sie fühlte sich nicht besonders wohl mit all den aufgekratzten Menschen um sich herum. Außerdem saß das Abenddirndl etwas eng, und das Mieder nahm ihr die Luft. Nervös hatte sie die Seidenschürze glatt gestrichen. Der handbedruckte Stoff stammte aus Bad Aussee, und Cäcilie liebte das schöne Muster. Viele der Besucherinnen trugen Dirndl. Das waren die Einheimischen. Die Damen, die zu Besuch in Berchtesgaden waren, trugen eher Cocktailkleider und freuten sich schon auf den anschließenden Tanz.

Eine der beiden Bedienungen reichte ihr ein Glas Wasser. War das nicht die junge Frau, der Gerhard letztes Jahr, betrunken wie er war, an so einem Heimatabend in den Allerwertesten gekniffen hatte? Hoffentlich erkennt sie mich nicht, hatte Cäcilie gedacht. Sie schämte sich für ihren Mann. Hätte ich nur auf meine Mutter gehört. Der Satz ging ihr so oft durch den Kopf, dass sie manchmal schon den Eindruck hatte, sie würde daran verrückt werden. Die Bedienung hatte keinerlei Anzeichen des Wiedererkennens gezeigt. Erleichtert hatte sich Cäcilie in ihrem Stuhl zurückgelehnt.

Der Saal war proppenvoll gewesen. Kurz vor Beginn zwängte sich Gabriele von Hartenstein mit ihrem Begleiter durch die Reihen. Der Ansager, der mit Lederhose und Wadenstrümpfen auf die Bühne kam, begrüßte die Gäste. Gutgelaunt führte er durch das Programm. Drei Männer sangen von der Jagd, zwei Frauen von den Almwiesen, die nach dem langen Winter das erste Grün zeigten. Nicht alles konnte Cäcilie verstehen. Der bayerische Dialekt klang jedoch warm und freundlich. Begleitet wurden die Sängerinnen und Sänger von der Berchtesgadener Stubenmusi, wie die Gruppe bestehend aus Gitarre, Geige und Hackbrett genannt wurde. Der Ansager erzählte zwischendurch lustige Geschichten, sodass selbst Cäcilie lachen musste. Dann kamen als Höhepunkt des ersten Teils die Schuhplattler. Mit aller Wucht klatschten sich die schneidigen Burschen auf Lederhosen und Schuhsohlen. Dann kamen die jungen Mädchen auf die Bühne und drehten sich im Kreis. Das Publikum johlte und klatschte wie verrückt. Als Abschluss vor der Pause wirbelten die Paare zu einem Zwiefachen über die Bühne und wurden schließlich mit dem begeisterten Gejubel des Publikums belohnt. Selbst Cäcilie musste zugeben, dass es eine gelungene Aufführung war.

Das Saallicht ging an, und alle wollten gleichzeitig etwas Frisches zu trinken haben. Cäcilie hörte, wie Gabriele und ihr Begleiter nach einem Glas Sekt verlangten. Gerne hätte sie noch ein Wasser gehabt, nur taten ihr die beiden Bedienungen leid, die eilig hin und her liefen. Der Sekt für Gabriele von Hartenstein kam, und Cäcilie beobachtete, wie ihr Sitznachbar mit einer hektischen Bewegung das Glas umstieß. Sekt schwappte über Gabrieles Cocktailkleid, und sie schrie auf. Nicht ohne eine gewisse Schadenfreude beobachtete Cäcilie die kleine Szene.

Fenster wurden aufgerissen, um etwas frische Luft in den stickigen Saal strömen zu lassen. Es ging zu wie auf dem Jahrmarkt, und Cäcilie musste zugeben, dass der Abend einiges an Ablenkung mit sich brachte.

Nach der Pause hatte Cäcilie das lustige Zimmermädchen Annamirl auf der Bühne entdeckt. Sie hatte neben den Musikanten auf der Bühne Aufstellung genommen. Cäcilie war gespannt und nun doch froh, nicht mit ihren trüben Gedanken allein auf ihrem Zimmer zu sitzen. Aufmerksam richtete sie sich auf und lauschte dem Gesang.

Was für eine Stimme das Mädchen hat, dachte Cäcilie bewundernd. Dabei hatte sie keinerlei Gesangsunterricht genossen. Das Zimmermädchen hatte es ihr selbst gesagt. Cäcilie klatschte begeistert, blieb aber sitzen, als die meisten Menschen um sie herum aufsprangen, um der Sängerin zuzujubeln. Welch ein besonderes Erlebnis, und Cäcilie rührte es zu sehen, dass der jungen Frau offensichtlich noch gar nicht ganz bewusst war, was für eine Begabung sie hatte. Hoffentlich würde sie sich diese naive Unschuld noch lange bewahren. Denn über kurz oder lang, war sich Cäcilie sicher, würde man auf dieses Talent aufmerksam werden.

Mit dem Kopf in den Wolken

Die nächsten Tage lief Hanni unkonzentriert durch das Hotel, ließ ihren Putzeimer einfach irgendwo stehen, und einmal wurde sie von einem Ehepaar freundlich aufgefordert, bitte ihren im Bad zurückgelassenen Putzlappen zu holen. Fräulein Schreiber musste sie ermahnen, die Wäscheschränke aufzufüllen, und einmal vergaß Hanni sogar ihr Häubchen und musste in ihr Zimmer zurücklaufen, um es zu holen. Sie wollte sich beeilen, denn gerade heute gab es ausnahmsweise Brötchen und kein Brot wie sonst, weil zu viele bestellt worden waren. Dabei nahm sie die Kurve zu eng und fegte an der Essenausgabe einen Teller herunter.

»Der Chefkoch war nicht gerade begeistert«, berichtete sie Cäcilie Jacoby später. »Ich bin so ein Schussel die letzten Tage.«

Cäcilie Jacoby lächelte. »Kann es sein, dass ein gewisser Kutscher dafür verantwortlich ist?«

Hanni errötete. »Ist das so offensichtlich?«

»Nun, wenn Putzeimer vergessen werden und Teller durch die Luft fliegen, steckt meistens ein Mann dahinter.« Cäcilie sah Hanni lächelnd an. »Ob Sie es glauben oder nicht, ich habe einmal unseren Hund angeleint vor der Tür von Tietz, dem Haushaltwarengeschäft, vergessen. Dort hatte ich mir ein Zahnputzglas gekauft, mein altes hatte ich an dem Morgen vor lauter Schusseligkeit auf den Boden fallen lassen. Erst als sich unser Hausmädchen nach Nero erkundigt hat, ist es mir aufgefallen. Der Arme.«

»Und an wen haben sie damals gedacht? An Ihren Mann?«

»Gott bewahre, nein. Da war ich siebzehn, und es war die Zeit der Tanzstunde. Er hieß Felix und sah, wie ich fand, einfach umwerfend aus.« Cäcilie lehnte sich zurück und tauchte für einen Moment in die Erinnerungen ein. »Letztes Jahr habe ich diesen Felix auf einem Empfang zufällig getroffen. Zuerst habe ich ihn nicht wiedererkannt. Seine Zigarre war mindestens so dick wie sein Bauch. Nun ja, er hatte über fünfzehn Jahre Zeit, sich einen Bauch anzuessen und das Haar schütter werden zu lassen. An mich und den Tanzkurs hatte er keinerlei Erinnerungen mehr, wie ich feststellen musste. Ich habe also keinen bleibenden Eindruck bei ihm hinterlassen. Was ich an ihm damals gefunden habe, kann ich mir heute beim besten Willen nicht mehr erklären.«

»Woran erkennt man, ob man bei einem Mann einen bleibenden Eindruck hinterlassen hat?«

»Meine Liebe, darüber müssen Sie sich den Kopf nicht zerbrechen. Bei Ihrem hübschen Aussehen vergisst Sie bestimmt kein Mann. Es muss doch von Verehrern um Sie herum nur so wimmeln!«

»Davon habe ich bisher nichts mitbekommen. Aber mir würde es reichen, wenn der eine sich an mich erinnern würde«, gestand Hanni freimütig.

»Sagen wir es einmal so: Wenn ich eine junge Frau samt Brett nach Hause fahren würde, würde ich sie nicht so schnell vergessen«, lachte Cäcilie.

Hanni lächelte erleichtert zurück.

Bevor Hanni ging, bat Cäcilie sie um einen Gefallen. »Ich habe mir ein Buch in der Vonderthann'schen Buchhandlung zurücklegen lassen. Wären Sie so nett, es mir bei Gelegenheit zu holen?« Cäcilie nahm einen Zehnmarkschein aus ihrem Portemonnaie und gab ihn Hanni. »Den Rest behalten Sie und gehen in diese neue Milchbar im Ort. Ich habe gehört, man soll dort ganz famos Milchreis essen können. Und nehmen Sie Annamirl mit. Sie beide sind so dünn, da schadet eine zusätzliche warme Mahlzeit gar nicht.«

»Das mache ich gern. Dann können Annamirl und ich einmal durch Berchtesgaden schlendern. Heute ist unser freier Nachmittag.«

»Das passt ja wunderbar.«

Kaum draußen vor der Tür drehte Hanni sich noch einmal um. »Ich habe den Staublappen vergessen«, erklärte sie. »Mein Kopf scheint heute wirklich nicht zu funktionieren.«

Dafür war ihr Herz wach und vergnügt.

In der Espresso-Milchbar

Für ein Sommerkleid ist es noch zu früh, oder?« Hanni stand vor dem Kleiderschrank und überlegte, was sie für ihren Ausflug anziehen sollte. Ausflug war ein wenig hoch gegriffen, das wusste Hanni. Sie gingen nur die Hauptstraße hinunter in den Ort. Trotzdem machte es gleich mehr Spaß, mit Annamirl von einem Ausflug zu sprechen.

»Solange noch Schnee auf den Bergen liegt, bläst der Wind kalt herab. Ich würde eher den Rock mit der gepunkteten Bluse anziehen«, riet die Freundin ihr.

»Ich bin froh und dankbar, dass du deinen freien Nachmittag opferst, um mit mir loszuziehen.«

»Gell, ich bin ein sehr netter Mensch.«

»Gib zu, du hättest dich ansonsten furchtbar gelangweilt.« Hanni schlüpfte in ihren Rock und zog über die Bluse ihren Pullover.

»Außerdem kann ich dich doch nicht allein durch Berchtesgaden spazieren lassen. Am Ende verläufst du dich noch.«

»Na, na, es gibt doch nur zwei Straßen.«

»Drei Straßen, bitte schön.« Annamirl sprang vom Bett und band ihre Haare zu einem Pferdeschwanz zusammen. »Also los!«, rief sie. Bevor sie das Zimmer verließen, lauschte sie an der Tür. Die beiden hatten keine Lust, Ricarda oder Leo mitzunehmen. Mechthild hatte in der Waschküche Dienst und unternahm eher selten etwas mit den anderen Zimmermädchen.

»Die Luft ist rein!« Vorsichtig öffnete sie die Tür, steckte ihren Kopf hinaus, schaute rechts und links auf den Flur und eilte zusammen mit Hanni zur Treppe. Sie nahmen die Abkürzung durch den Garten und kamen ungesehen zur Hauptstraße.

»Dieser Blick ist einmalig.« Hanni war stehen geblieben und schaute zu den Bergen hinüber.

»Das ist er«, pflichtete ihr Annamirl bei, um Hanni gleich darauf ungeduldig zum Weitergehen zu drängen. »Der läuft uns schon nicht weg. Du kannst ihn jeden Tag haben, also komm jetzt.«

Die Hauptstraße mündete in die Maximilianstraße. Am Ortseingang stand ein großes Hotel. Doch Hanni gefiel das Grandhotel Gruber mit seinen Holzornamenten, den grün-weiß gestreiften Markisen und der freundlichen gelben Farbe viel besser.

»Unser Hotel«, sagte Annamirl nicht ohne Stolz, »ist eines der besten in ganz Deutschland.«

»Es hat auf jeden Fall die besten Zimmermädchen«, ergänzte Hanni.

Die beiden Frauen hakten sich ein und schlenderten an den ersten Schaufenstern vorbei. An einem Souvenirladen blieben sie stehen, und Hanni kaufte eine kleine geschnitzte Kuh, die sie ihrer Mutter schicken wollte.

»Oder nimm einen Stocknagel mit dem Watzmann darauf«, schlug Annamirl vor.

»Meine Mutter verwendet doch keinen Stock. So alt ist sie nicht.«

»Ich würde mich darüber freuen. Der schaut doch hübsch aus.«

»Gut zu wissen. Wann hast du gleich wieder Geburtstag?«, neckte Hanni ihre Freundin.

»Untersteh dich!«

Das Café Rottenhöfer, in dem es den besten Kuchen gab, ließen sie links liegen, sie wollten ja in die Milchbar gehen. Aber zuerst suchten sie die Vonderthann'sche Buchhandlung auf. Die Verkäuferin brauchte ein wenig, bis sie das gewünschte Buch fand, und die beiden Frauen sahen sich inzwischen um.

»Ich bin nicht so die Leseratte«, raunte Annamirl Hanni zu.

»Kannst du überhaupt lesen?«, fragte Hanni todernst.

»Ich kann wenigstens singen«, gab Annamirl schlagfertig zurück.

Hanni las gerne und überlegte, sich vielleicht einen neuen Roman zu kaufen. Unschlüssig sah sie sich um. Dann aber beschloss sie, ihr Geld doch lieber zu sparen. Außerdem war sie abends so müde, dass ihr bestimmt die Augen zufielen. Sie bezahlte das Büchlein von Frau Jacoby, das die Buchhändlerin endlich gefunden hatte. Es war eine Zusammenstellung verschiedener Sommergedichte. Auf dem Einband waren grüne Zweige mit bunten Vögeln abgebildet. Hanni stellte fest, dass das übrige Geld für mehr als einen Milchreis in der Milchbar reichen würde.

Die Espresso-Milchbar Anneliese, wie sie mit vollem Namen hieß, war in aller Munde. Die Hilfsköche waren schon dort gewesen und hatten begeistert davon erzählt.

»Endlich etwas Modernes in Berchtesgaden«, lautete ihr Urteil. »Dort fühlt man sich wie in Amerika.«

Dieses Erlebnis wollten sich Hanni und Annamirl nicht entgehen lassen. Zumal sie dafür eine großzügige finanzielle Unterstützung bekommen hatten. Von außen sah die Milchbar enttäuschend normal aus. Wie derzeit an den meisten Geschäften und Lokalen hing am Eingang ein Schild. Es wurde dringend Personal gesucht. Ihre Enttäuschung verwandelte sich in Erstaunen, als sie eintraten. Jetzt wussten sie sofort, was die Köche gemeint hatten.

Aus einer Musikbox kam *Tea for Two*, der so beliebte Cha-Cha-Cha. Annamirl begann sogleich im Takt zu wippen.

»Lass uns einen freien Platz suchen, bevor du hier das Tanzen anfängst.« Hanni blickte sich suchend um.

Alle niedrigen weißen Tischchen waren besetzt. Aber weiter hinten im Lokal entdeckte sie zwei freie Plätze. Schnell setzten sie sich, weil schon die nächsten Gäste durch die Tür drängten. Annamirl grüßte ein paar Bekannte, und Hanni entdeckte Hans, den Jungkoch, der mit Maria, der Aushilfsbedienung, zusammensaß. Ein paar junge Männer bevölkerten die Bar und schauten von ihren hohen Barhockern immer wieder zu Hanni und Annamirl herüber.

»Dass Männer immer so glotzen müssen!« Annamirl drehte sich demonstrativ von ihnen weg.

»Solange sie nur glotzen«, sagte Hanni mit einem bitteren Tonfall.

»Was darf ich euch zwei Hübschen bringen?« Anneliese, die Wirtin, war an ihren Tisch getreten.

»Zweimal Milchreis bitte und zwei Tassen Kaffee.« Hanni freute sich, Annamirl einladen zu können.

»Kommt sofort.«

»Nicht schlecht hier«, stellte Hanni fest, als die Wirtin wieder verschwunden war. »Ich weiß nicht, ob wir in Köln so eine schicke Bar haben.« Und wenn, dann hätte Mutter mich nie hingehen lassen, fügte sie im Stillen hinzu.

Hanni lehnte sich in ihrem Stuhl zurück. Es kam ihr tatsächlich ein wenig vor, als wäre sie in Amerika und nicht in den bayerischen Bergen! »One, two, three o'clock, four o'clock, rock«, schallte es aus der Musikbox. Hanni summte munter mit.

Da beugte sich Annamirl ein wenig in ihre Richtung. »Was hast du gerade damit gemeint, solange sie nur glotzen?«, fragte sie mit ernstem Gesicht.

Hanni rutschte auf ihrem Stuhl hin und her.

»Ich kenne dich inzwischen«, hakte Annamirl nach. »So etwas sagst du nicht nur dahin.«

Erst wich Hanni aus, als sie aber in das ernste Gesicht von Annamirl blickte, überlegte sie es sich anders. Schließlich war diese ganze Geschichte der Grund, warum sie nach Berchtesgaden gegangen war.

»Es war der Sohn vom Chef«, begann Hanni stockend ihren Bericht. »Wie du weißt, habe ich bei meiner Mutter in der Schneiderei gearbeitet. Der Chef, der Herr Volkert, hat einen Sohn, den Siegfried, und der ist ein verwöhntes Bürschchen.«

Annamirl nickte ihr aufmunternd zu, und schließlich erzählte Hanni die ganze Geschichte. Wie Siegfried sie schon länger mit dummen Sprüchen angemacht hatte, dass er sie immer wieder betatschte, wenn sie in der Schneiderei half, und wie er ihr vor gut zwei Monaten abends aufgelauert hatte.

»Ich war an dem Tag länger in der Schneiderei.« Hanni zögerte. »Ich musste noch einen Saum nähen, denn der Rock sollte am nächsten Tag abgeholt werden. Alle anderen waren schon gegangen. Als ich fertig war, löschte ich die Lichter und machte mich auf den Heimweg.« Mit leiser Stimme erzählte Hanni, wie Siegfried ihr im dunklen Gang aufgelauert, sie gepackt und zu Boden gedrückt hatte. Hanni schluckte schwer, und Annamirl legte ihre Hand auf Hannis Arm.

»Hat er wirklich …?«, fragte Annamirl entsetzt.

»Nein, ich konnte ihm gerade noch entkommen. Er hatte seine Hose schon heruntergelassen, und als ich ihn geschubst habe, fiel er der Länge nach hin.«

»Nur gut, dass er so voreilig war«, stellte Annamirl fest.

»In die Schneiderei habe ich keinen Fuß mehr gesetzt.« Hanni war erleichtert, Annamirl die Geschichte anvertraut zu haben.

»Und was hat deine Mutter gesagt?«

»Ich habe ihr nichts davon erzählt. Ich denke aber, sie ahnt, warum ich mir eine Stelle in Berchtesgaden gesucht habe. Hier bin ich weit genug weg von diesem Kerl.«

»Zwei Milchreis, bitte, und der Kaffee kommt gleich, ich hab ihn frisch für euch aufgesetzt.« Anneliese stellte die Teller auf den Tisch.

»Weißt du was«, sagte Hanni und nahm den Löffel. »Ich könnte mir gerade nicht vorstellen, etwas Passenderes zu essen als warmen Milchreis.«

Auf dem Milchreis türmte sich ein Berg Schlagsahne, auf dem eine eingelegte Kirsche thronte.

»Mmm, die schmeckt nach Schnaps«, stellte Annamirl fest.

Hanni kicherte, und mit einem Appetit, als hätten sie seit Tagen nichts mehr gegessen, machten sie sich über ihre Portion her.

»In dem Obstsalat sind sogar Dosenmandarinen.« Hanni hatte zum Beweis eine der orangenen Spalten auf ihrem Löffel platziert. Ehe sie es sich versah, hatte sich die Freundin das Mandarinenstück stibitzt. Hannis Protest ging im gemeinsamen Gelächter unter.

»Puh, jetzt bin ich satt.« Hanni lehnte sich zurück. Der Milchreis wärmte sie und auch ein wenig ihre Seele.

»Der Milchreis war klasse, aber jetzt brauche ich Bewegung«, meinte Annamirl.

Hanni zahlte und gab ein großzügiges Trinkgeld, und untergehakt verließen sie zusammen die Milchbar.

Wie gut, dachte Hanni, so eine Freundin zu haben, die noch dazu Andreas zum Bruder hatte. Die Erinnerungen an die ungute Geschichte mit Siegfried rückte in Vergessenheit. Wenigstens für den Moment. Hanni wusste, dass dieses Gefühl der Ohnmacht, das sie in dem dunklen Gang gespürt hatte, der Schrecken und die Angst, die sie erst hinterher erfassten, als sie die Treppe hinunter und aus dem Haus gestürzt war, sie immer wieder überkommen würde.

»Alles in Ordnung?«, fragte Annamirl, denn Hanni war gedankenverloren stehen geblieben.

»Ich habe nur darüber nachgedacht, wie richtig es gewesen war, hierherzukommen.«

»Daran hast du gezweifelt? Berchtesgaden ist der beste Ort der Welt.« Jetzt war es Annamirl, die stehen blieb. »Trotzdem möchte ich noch so viel mehr von der Welt sehen. Wie gesagt, die Berge laufen nicht weg.«

Sie schlenderten weiter und betrachteten die Schaufenster der Geschäfte ausgiebig. Beim Modehaus Seiberl gab es die neuen Sommerkleider, und Hanni erklärte Annamirl, dass sie deutlich denen von einem gewissen Herrn Dior aus Paris ähnelten.

»In der *Madame* waren erst kürzlich Kleider von ihm abgebildet. Oben ganz schmal geschnitten, und unten schwingt der Rock wunderbar weit. Da braucht man leicht zwei Meter Stoff für so ein Kleid«, fachsimpelten Hanni.

Schließlich fiel ihnen im Schaukasten der Kur-Lichtspiele ein Plakat ins Auge. Darauf wurde für den Film ›Sissi, die junge Kaiserin‹ geworben. Eine mit Juwelen geschmückte junge Frau sah ihnen entgegen.

»Das ist der Film, von dem Leo und alle anderen derzeit so

schwärmen«, sagte Hanni und schaute sich das Plakat näher an. Romy Schneider spielte die Hauptrolle.

»Sie ist die Tochter von Magda Schneider. Das hat Ricarda in einer ihrer Zeitschriften gelesen«, wusste Hanni zu berichten.

»Weißt du, dass die Magda Schneider bei uns hier im Talkessel wohnt? In Schönau hat sie ein Haus«, trumpfte Annamirl auf. »Komm, lass uns ins Kino gehen.« Annamirl zeigte auf die Turmuhr. »Die Nachmittagsvorstellung beginnt gleich.«

»Na, von mir aus. Wenn alle von dem Film so begeistert sind, wird er schon nicht ganz verkehrt sein.«

An der Kasse lösten sie zwei Karten. Die Lichter im Kinosaal waren bereits gelöscht, und die Wochenschau lief schon. Es dauerte ein wenig, bis sich ihre Augen an die Dunkelheit gewöhnt hatten. Schließlich begann der Hauptfilm. Fasziniert schauten Hanni und Annamirl zu, wie Romy Schneider als Liesl von Possenhofen nach allerlei Irrungen und Wirrungen endlich den jungen Kaiser Franz Joseph in einer glanzvollen Hochzeitszeremonie heiraten konnte.

»Na, ich weiß nicht, ob ich gern mit Sissi tauschen würde«, fasste Hanni ihre Überlegungen beim Hinausgehen zusammen.

»Für mich wäre das absolut nichts.« Annamirl hakte sich bei Hanni unter, und zusammen spazierten sie die Maximilianstraße entlang. »Dieses ganze Handgeküsse und Hofgeknickse, das wäre mir einfach zu blöd.«

»Gott bewahre«, stimmte Hanni zu. »Und ständig sind die Hofdamen um dich herum. Ich kann gut verstehen, dass die Kaiserin sich wünschte, wenigstens eine Stunde am Tag allein zu sein.«

Selbst als einfaches Zimmermädchen im Hotel Gruber

war sie nur allein, wenn sie in der heißen Badewanne lag. Darum war ihr diese Zeit sehr wertvoll geworden.

»Unerhört«, fuhr Hanni fort, den Film zu beurteilen, »wie die Kaiserinmutter versucht hat, ihren Sohn mit Sissis großer Schwester zu verkuppeln, und Sissis Mutter hat dabei fröhlich mitgemacht. «

»Na, wenigstens hatten der Kaiser und Sissi noch ihre Mütter«, stellte Annamirl fest.

Erschrocken sah Hanni ihre Freundin an. »Entschuldige, das habe ich so unbedacht dahingesagt.«

»Schon in Ordnung. Nur, bei solchen Gelegenheiten fällt es mir wieder ein, dass Mutter tot ist.«

Schweigend nahmen sie den Weg über die Sonnenpromenade, wo sie, an ein Geländer gelehnt, stehen blieben. Die Sonne war schon hinter dem Watzmann verschwunden. Hanni konnte sich nicht so recht daran gewöhnen, dass die Berge am Morgen und am Abend der Sonne im Weg waren. Sonnenuntergänge gab es irgendwie gar nicht. Kein glutroter Ball, der dramatisch am Horizont verschwand. Dafür war das Bergpanorama vor dem dunkler werdenden Himmel spektakulär.

»Schön ist es hier!«, rief Hanni spontan.

»Da hast du recht«, pflichtete Annamirl bei. »Schön hatte es auch Sissi in Possenhofen. Und trotzdem wollte sie am Ende nichts sehnlicher als diesen gelackten Kaiser heiraten.«

»Nun ja, ihr ganzes Leben hätte sie ohnehin nicht durch den Schlossgarten toben können. Irgendwann wird jeder erwachsen. Selbst eine bayerische Prinzessin.«

»Aber muss man unbedingt gleich heiraten? Das kann nicht das Einzige im Leben sein. Selbst wenn der Zukünftige ein Kaiser ist.«

»Willst du überhaupt einmal heiraten?«, fragte Hanni nach.

Von einem Schwarm hatte ihr Annamirl noch nie erzählt.

»Irgendwann schon. Aber das hat noch Zeit. Da muss schon der Richtige daherkommen. Und in Berchtesgaden werde ich sicher nicht fündig werden.«

»Wieso nicht?«, fragte Hanni entrüstet nach, denn sie dachte natürlich an Andreas.

»Die Berchtesgadener Männer bringen ihren Mund nicht auf, sind unhöfliche und ungehobelte Bauern. Nein, danke! Außerdem plane ich eine Karriere als Sängerin, da steht mir ein Berchtesgadener Mann nur im Weg. Der will dann, dass ich dableibe, und das habe ich definitiv nicht vor!« Annamirl hörte sich fest entschlossen an. Das gefiel Hanni.

»Das wirst du, Annamirl. Ich glaube fest daran. In Zukunft wird Ricarda von dir und deinen Erfolgen aus der *Frau im Spiegel* vorlesen.«

»Na, nun übertreib mal nicht.« Annamirl tätschelte Hannis Arm wie eine lebenserfahrene Großtante. »Einen Schritt nach dem anderen kommt man den Berg hinauf, sagt man bei uns.«

Sie schickten sich an, weiterzugehen. »Begleitest du mich noch zum Bahnhof?«, fragte Annamirl. Sie wollte ihren Vater besuchen und die Nacht im Wiesenlehen verbringen.

»Aber dein Bruder ist kein typischer Berchtesgadener.« Hanni fühlte sich verpflichtet, Andreas zu verteidigen.

»Nein, der nicht. Der ist ja auch mein Bruder. Der hat eine ganz besondere Frau verdient.«

»Hat er denn eine Freundin?« Hanni wollte nicht zu neugierig klingen.

»Nein, der ist doch mit dem Holz und seiner Werkstatt verheiratet. Wenn man tagein, tagaus nur in der Werkstatt steht, kann man niemanden kennenlernen.«

Oh doch, wollte Hanni am liebsten ausrufen. Immerhin hatte sie in Erfahrung gebracht, was sie wissen wollte, und das waren gute Neuigkeiten.

»Also lass dir von mir, einer weisen Frau, den gut gemeinten Rat geben: Lass die Finger von so einem Berchtesgadener Bauern. Auch wenn du nicht die erste Sommermeise wärst, die bei uns hängen bleibt.«

»Den Rat solltest du lieber Ricarda geben. Dieser grobe Heinzi hat es ihr offensichtlich angetan«, lenkte Hanni von sich und den Berchtesgadener Männern ab.

»Die passen doch famos zusammen. Beide sind richtig unsympathisch.«

»Das ist nicht sehr romantisch.«

»Ich bin nur realistisch. So wie Sissi sich auf den ersten Blick in ihren Franzl verliebt, das passiert doch nur im Film.« Annamirl verschränkte die Arme vor der Brust.

Na, manchmal reicht es eben, beim Holzholen vom richtigen Mann überrascht zu werden, dachte Hanni.

»Ich will singen, und wenn eines Tages der richtige Mann dazupasst, dann soll es mir recht sein«, entschied Annamirl. »Und du passt auf, dass du dein Herz nicht an einen Berchtesgadener verlierst.«

»Da kommt dein Bus.« Hanni war froh, dass sie nicht darauf antworten musste, denn dieser Hinweis kam zu spät.

»Ich habe Fräulein Schreiber Bescheid gegeben, dass ich heute nicht im Hotel schlafe«, sagte Annamirl und nahm ihre Geldbörse aus der Tasche. »Solltest du sie sehen, sag ihr bitte noch mal, dass ich morgen pünktlich mit dem ersten Bus komme.«

»Das mach ich. Und grüß mir alle im Wiesenlehen«, rief Hanni Annamirl nach, als die in den Bus einstieg. Am liebsten wäre sie mitgefahren und hätte den ganzen Abend in der gemütlichen Stube der Aschauers gesessen. Die Sehnsucht nach Andreas wuchs mit jeder Stunde. Es gefiel ihr, dass er nichts Unnützes tat, sondern alles abwog und durchdachte, so kam es Hanni zumindest vor. Diese Sicherheit, die er ihr vermittelte, ließ ihr das Herz aufgehen. Und natürlich mochte sie sein lockiges Haar, gestand sich Hanni ein.

Der Bus fuhr los, und die beiden Freundinnen winkten sich so herzlich zu, als ginge Annamirl auf Weltreise. Eines Tages, dachte Hanni, wirst du als Sängerin hinaus in die Welt ziehen. Sie hingegen freute sich erst einmal darauf, nach Hause zu kommen. Hanni beschleunigte ihre Schritte. Hoffentlich schaffe ich es noch rechtzeitig zum Abendessen. Eilig lief sie los. Plötzlich hörte sie aus dem Gebüsch abseits des Wegs ein seltsames Geräusch. War das ein Tier?, überlegte sie verunsichert. Nein, da stöhnte jemand vor Schmerzen. In der Dämmerung sah sie zuerst nichts. Sie trat näher heran und entdeckte einen Mann, der zusammengekrümmt zwischen den Büschen lag.

»Kann ich Ihnen helfen?«, fragte sie.

Der Mann hob den Kopf, und Hanni erschrak. Es war Robert. Sein Gesicht sah fürchterlich aus. Über dem Wangenknochen klaffte eine Wunde, aus der Blut rann. Jemand hatte ihn zusammengeschlagen.

»Robert!«, rief Hanni entsetzt aus und beugte sich über den jungen Gärtner. »Was ist denn mit dir passiert? Wer hat dich so zugerichtet?«

Hanni setzte sich neben ihn und zog seinen Kopf auf ihren Schoß. Mit ihrem Taschentuch begann sie, das Blut abzutupfen. Statt einer Antwort begann Robert zu weinen. Die Tränen liefen in seine blutige Wunde, und Hanni wischte sie ihm schweigend ab. Nach einiger Zeit wurde sein Atem ruhiger.

Robert räusperte sich. »Für so einen wie mich ist kein Platz in dieser Welt«, sagte er schließlich mit belegter Stimme.

»Nein, Robert, das darfst du nicht sagen.«

»Heinzi hat es mir gerade sehr deutlich und schmerzhaft gezeigt!«

Dieser Widerling von Heinzi also! Wütend dachte Hanni an Ricarda, die ihrem Freund das, was sie in der Waschküche gesehen hatte, brühwarm weitererzählt haben musste. Na warte, schwor sich Hanni. Das würde sie ihr nie verzeihen. Doch für Rachegedanken war gerade keine Zeit. Sie musste Robert wieder auf die Beine bringen.

»Du bist nicht der Erste, der mir über den Weg läuft …«, sie zögerte, »der deine Neigung hat. Meine Mutter ist Schneiderin, und da gibt es unter den Kollegen so manchen, der …«, wieder dieses Zögern. Sie nahm ihren Mut zusammen und sprach das aus, was sonst nur hinter vorgehaltener Hand geraunt wurde, »homosexuell ist.«

»Nicht hier bei uns. Und das nächste Mal ist es nicht Heinzi, sondern jemand anderes, und dann liege ich wieder im Graben, und es kommt vielleicht kein Engel vorbei so wie heute. So kann ich nicht mehr leben.« Seine Stimme war kaum mehr zu hören.

»Nein!«, rief Hanni entsetzt aus und strich Robert über den Arm. »So etwas darfst du nicht sagen. Nicht alle Menschen denken so schlecht. Ich denke nicht so schlecht.«

»Aber solange es so Mistkerle wie den Heinzi gibt …«

Hanni schwieg. Das stimmte leider. Fieberhaft überlegte sie. »Du musst Heinzi unbedingt aus dem Weg gehen. Kennst du einen Arzt, den du aufsuchen kannst?«

»Das trau ich mich nicht. Wenn rauskommt, warum Heinzi zugeschlagen hat, dann sitze ich ganz schnell im Gefängnis.«

Ratlos sah Hanni Robert an. »Deine Wunden müssen versorgt werden. Habt ihr Verbandszeug zu Hause?«

»Ich kann so nicht nach Hause gehen. Vaters Hand sitzt locker, und das Gerücht hat sicher schon die Runde gemacht, dass ich vom anderen Ufer bin. Dafür hat Heinzi gewiss gesorgt.«

Mit fleißiger Unterstützung von Ricarda, vermutete Hanni.

»Es muss sich jemand um dich kümmern.« Hanni überlegte, ihn im Hotel zu verstecken.

»Ich geh zur Oma. Die hat immer zu mir gehalten.« Mühsam rappelte sich Robert ein wenig auf.

Zweifelnd sah ihn Hanni an. »Schaffst du das? Warte, ich helfe dir.«

Robert stöhnte. Langsam kroch er aus dem Gebüsch hervor und zog sich an Hanni hoch. Dann fand er Halt am Holzgeländer

»Es geht schon«, presste er zwischen den Zähnen hervor. Die Schmerzen waren ihm anzusehen.

»Ich begleite dich zu deiner Oma. Wo wohnt sie denn?«

»Eh nicht weit von hier. Im Nonntal unten. Das schaffe ich schon.«

Hanni sah ihn besorgt an. »Mir wäre es lieber, ich würde dich begleiten.«

»Nein, nein!«, wehrte er ab. »Du hast genug für mich getan. Dass du nicht gleich angewidert weitergegangen bist, dafür bin ich dir schon dankbar.«

»Nicht der Rede wert. Das sollte eigentlich das Normalste der Welt sein. Wir sind, wie wir sind, und keiner sollte uns dafür verurteilen. Jeder sollte so leben dürfen, wie er möchte.«

»Ich befürchte, das wird nie so sein.« Robert war noch wacklig auf den Beinen. Langsam humpelte er den Weg entlang. »Vielen Dank noch mal!«

»Es wird doch überall Personal gesucht. Vorhin erst habe ich einen Anschlag in der Milchbar gesehen. Du findest sicher eine bessere Anstellung. Geh nur diesem furchtbaren Menschen aus dem Weg.«

»Das werd ich machen, das kannst du mir glauben.« Robert lächelte Hanni tapfer an. Er ging weiter, hielt sich dabei im Schatten der Alleebäume.

Warum können Menschen wie Robert nicht in Frieden leben? Wo kam nur dieser Hass her?

»Behüt dich Gott«, sagte Hanni spontan. Eigentlich war sie nicht besonders religiös. Ihre Mutter hatte sich gänzlich von der Kirche abgewandt, seit ihr Vater im Krieg geblieben war, irgendwo vor Stalingrad. Für Hanni aber fühlte sich die Bitte um göttlichen Beistand in diesem Augenblick richtig an.

Langsam ging Hanni weiter. Fürs Abendessen war sie inzwischen sowieso zu spät dran. Die Kühle des Abends, aber auch die Brutalität, mit der Heinzi Robert malträtiert hatte, ließen Hanni frösteln. Sollte sie zur Polizei gehen? Sie wusste allerdings, dass es nichts nützen würde, wie Robert gesagt hatte.

Warum war so viel Hass in der Welt? Hatten die Menschen aus dem letzten Krieg nicht gelernt, wohin Hass führte? Hanni dachte an die bonbonfarbenen Kleider im Film. Wie schön alles auf der Leinwand war. Stets gab es ein glückliches Ende und alle Sorgen lösten sich auf. Die Wirklichkeit sah anders aus. Fast schämte sich Hanni, den Film gesehen zu haben. Schämte sich, dass sie abgetaucht war in eine unerreichbare Welt, in der ein junges Mädchen den Mann heiratete, den es liebte, und Kaiserin wurde, während Robert draußen, in der wirklichen Welt, zusammengeschlagen wurde. Das passte nicht zusammen. Nichts im Leben passte zusammen. Hanni wollte plötzlich so schnell wie möglich in ihr Bett. Wollte von den Sorgen und Nöten nichts mehr wissen. Eilig lief sie weiter.

Endlich kam das erleuchtete Hotel in den Blick. Warm strahlte das Licht aus den großen Fenstern des Speisesaals. Das im noblen Grün gehaltene Hotelschild wurde von zwei Scheinwerfern angestrahlt, und Hanni war froh, hier ein Zuhause gefunden zu haben, auch wenn es nur vorübergehend war. Rasch lief sie zum Personaleingang, bog um die Hausecke und blieb abrupt stehen. Ein Mann und eine Frau standen da und schienen zu streiten. Leise und beschwörend sprach die Frau, barsch und verärgert antwortete der Mann. Es waren Albert Heinrich und Fräulein Schreiber, wie Hanni einen Moment später feststellte. Sollte sie an den beiden vorbei hineingehen? Unwillkürlich drückte sich Hanni an die Hauswand. Besser, jetzt nicht gesehen zu werden, dachte sie.

Die Auseinandersetzung zwischen den beiden wurde heftiger, jedoch nicht lauter. Fräulein Schreiber fasste den Chefkoch am Arm, der schüttelte sie ab, hob die Hand und schlug Fräulein Schreiber unvermittelt ins Gesicht. Hanni hielt sich vor Schreck den Mund zu und hoffe, dass man ihren überraschten Aufschrei nicht gehört hatte.

Heinrich drehte sich wortlos um und ging schnellen Schrittes ins Hotel. Fräulein Schreiber blieb noch kurz stehen und stürzte ihm hinterher. Hannis Herz schlug ihr bis zum Hals. Sie zitterte am ganzen Körper und brauchte einen Moment, bis sie sich von der Wand abstoßen konnte, um mit wackligen Beinen hineinzugehen. Der Flur lag leer vor ihr. Schnell huschte sie an der offenen Küchentür vorbei. Hanni hoffte, niemandem zu begegnen, vor allem nicht dem Chefkoch. Leise stieg sie die Treppe hinauf. Ein Schwindel erfasste Hanni. Sie ging in die Hocke, lehnte sich gegen den wuchtigen Wäscheschrank. Ich schaffe keinen Schritt weiter, dachte sie, und Tränen stiegen ihr in die Augen. Sie konnte sich ihrer nicht erwehren. Zu groß war das Gefühl von Erschöpfung und Verzweiflung. Auf dem Stockwerk fürs Personal ging das Licht an, und Hanni wollte sich schon verstecken, da kam Mechthild die Treppe herunter. Sie entdeckte Hanni, wie sie zusammengekauert dasaß.

»Hanni!«, rief sie überrascht aus. »Was ist denn los?« Mit schnellen Schritten kann Mechthild auf ihre Kollegin zu und legte ihren Arm um sie. »Sch, sch«, beruhigte Mechthild die weinende Hanni. »Ist es das Heimweh?«, fragte sie.

Hanni nickte stumm. Er war Heimweh, zwar nicht nach Köln, sondern nach einer friedlichen Welt. Nach Geborgenheit und Sicherheit. Danach sehnte sie sich. Anscheinend gab es das weder in Köln noch in Berchtesgaden. Wie sollte sie Mechthild erklären, dass es den Ort, nach dem sie sich sehnte, höchstens in einem bunten Film gab, nur sicher nicht im wirklichen Leben?

»Ich kenne das. Mit Heimweh kenne ich mich aus. Das habe ich jeden Tag.« Mechthild strich Hanni über den Rücken.

»Vermisst du Breslau?«, fragte Hanni noch immer unter Tränen.

»Ich vermisse mein Zuhause, meine Eltern, meine Familie.«

»Sind sie noch in Breslau? Ich dachte, ihr wärt geflüchtet.«

»Nein … Ja. Ja, wir sind geflüchtet. Mutter und ich. Vater ist im Krieg gefallen, und dann …«, jetzt war es Mechthild, die heftig schluckte, »dann ist Mutter auf dem Transport krank geworden. Sie hatte Typhus. Im Viehwagen ist sie gestorben. Ich saß die ganze Zeit neben ihr und hab ihre Hand gehalten.«

Nun weinte Mechthild, und Hanni nahm sie in den Arm.

»Beide meine Eltern konnte ich nicht begraben. Das ist einfach furchtbar«, fügte sie schluchzend hinzu.

»Immerhin gibt es hier Menschen, die dich mögen«, versuchte Hanni zu trösten. »Hier hast du Arbeit, Essen und ein Bad mit heißem Wasser. Das ist zumindest etwas.«

Mechthild lächelte. »Du bist lieb, Hanni. Eigentlich wollte ich dich trösten, und jetzt tröstest du mich.«

Im Flur wurde eine Tür geöffnet. Rasch liefen die beiden Frauen nach oben zu den Personalzimmern. Sie wünschten sich eine gute Nacht, nahmen sich noch einmal fest in den Arm, und dann verschwanden sie in ihren Zimmern.

Zum Glück habe ich heute unser Zimmer für mich allein, dachte Hanni, als sie sich auszog und bettfertig machte. Habe ich ein Glück, dass keine Kammerzofe um mich herumscharwenzelt, so wie bei Sissi. Diese Romy Schneider war wirklich süß. Hanni seufzte. So viel Schreckliches war im Krieg und danach passiert, da war niemand mehr so unbedarft geblieben. Alle haben ihre Verletzungen abbekommen. Äußere und innere. Vielleicht sahen sich die Menschen deswegen diese Filme an.

Hanni dachte an Robert, an Mechthild und an Annamirl. Und dann kam ihr natürlich auch Andreas in den Sinn. Sie öffnete die Schublade und nahm den Zeitungsausschnitt heraus. Gedankenverloren betrachtete sie sein Gesicht, und dabei war ihr, als würde sie seine Wärme spüren, als würde ihr sein feiner Geruch in die Nase steigen. Behutsam legte sie die Zeitung zurück.

Ein Hauch von Zauberberg

Cäcilie hatte schlecht geschlafen. Ihre Glieder schmerzten, die Migräne schien ihr den Schädel zu zertrümmern, und die sonst so tröstliche Aussicht von ihrem Hotelzimmer hinaus in die Natur war durch einen dichten Wolkenvorhang getrübt. Selbst das Zimmermädchen Hanni verrichtete ihre Arbeit schweigsam und war gar nicht so gesprächig wie sonst. Ihre Augen waren gerötet, als hätte sie geweint. Cäcilie unterdrückte ihren Impuls, sie nach dem Grund zu fragen. Sie wollte nicht aufdringlich erscheinen.

Der Tag begann nicht gut.

Cäcilie nahm eine der Wolldecken und trat hinaus auf den Balkon, um sich zum Luftschnappen, wie sie es nannte, hinzulegen. Aber dann warf sie die Decke schlecht gelaunt auf den Stuhl. Ich kann heute nicht, dachte sie. Fluchtartig verließ sie ihr Zimmer. Ich kann nicht mehr ruhig auf dem Balkon liegen. Da werde ich wahnsinnig! Wie viele Stunden ihres nichtsnutzigen Lebens hatte sie mit Liegen und Ruhegeben verbracht? Sie konnte nicht mehr. Sie wollte nicht länger Luftschnappen. Die frische Bergluft war ihr heute egal. Sie musste raus. Als wäre der Kragen ihrer Bluse plötzlich zu eng geworden, zerrte sie so heftig daran, dass der Knopf absprang. Die Zimmertür fiel knallend zu. Ein Gast musterte sie verwundert, wie sie hektisch nach unten eilte. Menschen, dachte Cäcilie, ich brauche Menschen, und wenn es diese grässliche Gabriele ist. In der Lobby mäßigte Cäcilie ihren

Schritt, grüßte zum Portier Rieber hinüber und betrat zuerst das etwas abseits gelegene Biedermeierzimmer, wie es genannt wurde. Hier wartete sie, bis sich ihr Puls beruhigt und sie ihr Haar gerichtet hatte. Die Möbel aus rötlichem Kirschholz gefielen ihr. Sie zeigten sich solide und verlässlich. Eigenschaften, die das Hotel Gruber auszeichneten. Kurz setzte sie sich auf einen der Sessel, strich mit der Hand über das Tischchen, das penibel sauber war. Als müsse sie sich vergewissern, dass sie wach war, dass es tatsächlich ihr Leben war, in dem sie sich befand. Allerdings ein Leben, von dem sie wusste, dass es nicht zu ihr passte. Was sollte sie tun? Erst einmal frühstücken, gab sie sich selbst zur Antwort. Ich darf mich nicht mehr unter den vielen Decken auf meinem Balkon verstecken. Entschlossen erhob sie sich und betrat den Frühstücksraum.

»Cäcilie«, rief Gabriele ihr sofort zu, »du musst dich zu uns setzen. Es ist schön, dich hier unten einmal zu sehen. Du verkriechst dich ja sonst immer auf deinem Balkon.«

Cäcilie lächelte. Ich muss wirklich etwas gegen diese Klausur unternehmen, dachte sie, wenn schon Gabriele sie darauf ansprach. Der Mann neben Gabriele war aufgesprungen und hatte Cäcilie einen Platz angeboten. Sie meinte, ihn letztes Jahr als Gast schon einmal gesehen zu haben.

»Ich glaube, ihr kennt euch noch nicht«, stellte Gabriele von Hartenstein fest. »Detlef ist meistens etwas später dran mit Urlaub als wir. Er ist in seiner Firma unabkömmlich, das behauptet er wenigstens. Ich glaube ja, dass er da maßlos übertreibt.« Gabriele von Hartenstein tätschelte vertraut seinen Arm. »Cäcilie, das ist Detlef Moser aus Bonn. Ein langjähriger Freund. Vor einer Ewigkeit haben wir gemeinsam die Schulbank gedrückt. Er macht irgendetwas mit Werbung«, sagte sie mit gespielter Gleichgültigkeit und lachte ihren Begleiter herausfordernd an. Detlef Moser verbeugte sich förmlich.

»Sehr angenehm«, sagte er mit leicht näselnder Stimme, als hätte er eine Wäscheklammer auf der Nase sitzen. Er erinnert mich an Theo Lingen, dachte Cäcilie und musste wieder lächeln.

»Cäcilie Jacoby aus Köln«, stellte Gabriele von Hartenstein Cäcilie vor. Cäcilie streckte ihre Hand aus, und Detlef Moser verabreichte ihr einen förmlichen Handkuss.

»Ist das nicht inzwischen aus der Mode gekommen?«, meinte sie.

»Manche Dinge sollten nicht aus der Mode kommen«, entgegnete Detlef Moser und setzte sich wieder.

Nachdem sie nun offiziell miteinander bekannt gemacht waren, begann Gabriele all ihre geplanten Ferienaktivitäten aufzuzählen. Detlef Moser sekundierte, ergänzte und gab Stichworte, wie es eben bei zwei Freunden war, die sich gut kannten. Cäcilie nickte höflich, warf ab und an ein »Ach, das ist aber nett« in die Runde und hörte sonst nur mit halbem Ohr zu. Sie konzentrierte sich auf das schmackhafte Frühstück und ließ das Gespräch angenehm im Hintergrund vor sich hin plätschern.

»Gestern waren wir in Salzburg. Eine solch zauberhafte Stadt. Wir sind durch die Getreidegasse spaziert mit all den reizvollen Geschäften. Als wir im Café Tomaselli einen Kaffee zu uns nahmen, wollte ich draußen sitzen, doch Detlef bestand darauf, dass wir uns trotz Sonnenschein hineinsetzen. Nur die Touristen säßen auf der Terrasse, hast du behauptet.«

»Und genau so war es auch.«

»Stell dir vor«, Gabriele beugte sich vertraulich zu Cäcilie hinüber, »gleich uns gegenüber saß Josef Meinrad.«

Triumphierend blickte sie Cäcilie an, die sich angemessen beeindruckt zeigte.

»Der Schauspieler hätte sich nie auf die Terrasse hinausgesetzt wie ein x-beliebiger Tourist«, stellte sie fest und zwinkerte Detlef Moser zu.

»Meine Worte«, sagte er mit einer theatralischen Geste.

Dann kamen sie auf die neuesten Filme zu sprechen, und Gabriele prahlte damit, welche Schauspieler sie auf welcher Premiere getroffen hätte. »Der Meinrad spielt ebenfalls in diesem Sissi-Film mit. Cäcilie, den musst du dir anschauen. Diese Romy Schneider ist einfach zu drollig.«

Hatte nicht Hanni heute Morgen erst von dem Film erzählt? So einsilbig, dass Cäcilie den Eindruck gewann, dass ihr der Film nicht so recht gefallen hätte.

»Ich habe Gabriele mit aller mir zur Verfügung stehenden Kraft davon abhalten müssen, von Herrn Meinrad ein Autogramm zu erbitten. Frau Jacoby, da müssen Sie mir recht geben, das machen nur junge Mädchen.«

»Und ich bin kein junges Mädchen mehr?«, rief Gabriele von Hartenstein kokett dazwischen.

Cäcilie konnte sich des Eindrucks nicht erwehren, als wohnte sie gerade einer Theateraufführung bei. Immerhin hatten die beiden ihr eine gute Idee geliefert. Ein Ausflug nach Salzburg klang wunderbar, vielleicht würde Hanni sie begleiten. Das würde sie und das Zimmermädchen auf andere Gedanken bringen. Die Aussicht gefiel ihr, und entgegen ihrer Gewohnheit griff sie in den Brotkorb und nahm sich ein zweites Brötchen.

Hoteldirektor Gruber kam herein und machte Honneurs. Mit seiner stets freundlichen Art war er ein Gentleman der alten Schule, und damit trug er wesentlich zum Flair in seinem Hotel bei. Er behandelte seine Angestellten gut, in all den Jahren waren Cäcilie niemals irgendwelche Beschwerden über ihn zu Ohren gekommen. Wie hieß es so schön: Wie der Herr, so das G'scherr. Auf das Hotel Gruber passte das Sprichwort gut.

Einen Moment lang dachte Cäcilie an ihren Mann. Für einen Chef, wie Gerhard ihn abgab, würde sie nicht arbeiten wollen. Aber gerade rechtzeitig, bevor sie in eine dumpfe Stimmung abglitt, wie immer, wenn sie an Gerhard dachte, trat Direktor Gruber an ihren Tisch. Seine grüne Krawatte saß perfekt, und sein grauer Trachtenjanker passte zu ihm und zu dem ganzen Hotel.

»Wie ich mich freue, Sie hier zu sehen.« Gruber deutete eine kleine Verbeugung an und küsste Cäcilie die Hand.

»Ich muss ab und zu unter die Leute«, erklärte Cäcilie.

»Unsere liebe Freundin sitzt normalerweise wie ein Adler in seinem hohen Horst auf ihrem Balkon. Wie eine der Frauen in diesem grässlichen Roman«, erklärte Gabriele von Hartenstein.

»Du meinst hoffentlich nicht den ›Zauberberg‹ von Thomas Mann?«, fragte Detlef Moser mit gespieltem Entsetzen. Wie geziert er seine Finger spreizte, stellte Cäcilie amüsiert fest. Irgendwie war dieser Moser unterhaltsam. Mit ihm wurde selbst Gabriele erträglich.

»Der große Literat hat einmal einige Wochen in unserem Haus verbracht«, merkte der Hoteldirektor an.

»Nicht möglich!«, rief Detlef Moser wie elektrisiert aus.

Gabriele von Hartenstein und Cäcilie kannten die Geschichte längst, die Direktor Gruber nicht ohne Stolz gerne erzählte. »Der Nobelpreisträger hat im Zimmer von Frau Jacoby genächtigt.«

»Wo sie nun lungenkrank die Bergluft atmet.« Detlef Moser fasste sich vor Erregung an die Brust.

»Nun, ich bin nicht lungenkrank, sondern habe leichtes Asthma«, bemerkte Cäcilie lachend, »aber vielleicht hat Thomas Mann auf meinem Balkon, Pardon«, sie wandte sich mit einem leichten Nicken an den Hoteldirektor, »auf Ihrem Balkon natürlich, die Inspiration zu seinem Zauberberg gefunden.«

Aufgeregt rutschte Detlef Moser hin und her. »Ich dachte, das Sanatorium in Davos, in dem er seine Frau besuchte, sei die Inspirationsquelle gewesen. Aber wenn es stimmt, dass er hier …« Moser blickte sich überrascht um, als würde er das Hotel mit ganz neuen Augen sehen.

»Wer weiß? Mit der Inspiration ist das ja so eine Sache«, stellte Cäcilie fest.

In diesem Augenblick ließ eine junge Dame die Tür des Speisesaals mit einem lauten Knall zufallen. Detlef Moser erbleichte. »Wie im Roman!«

»Sie können gerne einmal auf meinem Balkon Probeliegen und sich wie Thomas Mann fühlen«, lud ihn Cäcilie ein.

»Genug von solchen Wälzern. Ich bin nicht über die ersten zehn Seiten hinausgekommen. Ein dickes Buch voller kranker Menschen. Wer will denn so was lesen!«, stöhnte Gabriele von Hartenstein.

»Dann bleib du lieber bei deinem Curt Götz.« Detlef Moser tätschelte ihre Hand väterlich.

»Ich hoffe«, sagte Direktor Gruber, bevor er weiterging, »ich darf Sie heute beim Heimatabend begrüßen?«

»Natürlich. Bitte reservieren Sie uns drei gute Plätze.«

»Vier«, korrigierte Detlef Moser.

»Wer kommt denn noch?«, fragte Gabriele neugierig.

»Konrad Meister, der Produzent, von dem ich dir erzählt habe. Er hat gerade in München zu tun und kommt extra zum Heimatabend hierher. Ich habe ihm so davon vorgeschwärmt, wie gut mir die Heimatabende letztes Jahr gefallen haben. Er ist immer auf der Suche nach neuen Talenten.«

»Das hört sich spannend an. Ich könnte mir gut vorstellen, dass er hier fündig wird. Die Berchtesgadener Musiker sind ganz hervorragend. Und Annamirl, das singende Zimmermädchen, wird ihn sicher begeistern.« Cäcilie hatte nicht vorgehabt, heute noch einmal den Heimatabend zu besuchen. Doch nun war es entschieden, und ein wenig neugierig war sie doch, was ein professioneller Musikproduzent zu den Aufführungen sagen würde. Sie selbst war rundweg begeistert gewesen von der dargebotenen Qualität.

»Ich könnte mir gut vorstellen, dass ein solcher Heimatabend auch in Düsseldorf oder Hamburg auf Interesse stoßen würde«, ließ Cäcilie verlauten. Ihr gefiel der Gedanke, dass die Berchtesgadener Musikerinnen und Musiker ihre wunderbare Tradition an anderen Orten zeigen könnten.

»Genau das dachte ich mir auch.« Detlef Moser wandte sich an Gabriele. »Meine Liebe, wer hätte das gedacht. Dieses Berchtesgaden steckt voller Überraschungen.« Dabei zwinkerte er ihr auffällig zu.

Nach dem Frühstück beschlossen Detlef und Gabriele, in den Ort zu spazieren. Cäcilie schlug das Angebot, mitzukommen, aus.

»Ich bin so langsam unterwegs, da wäre ich euch nur hinderlich. Mit dem Atmen fällt es mir die Tage nicht leicht. Außerdem muss ich ein paar überfällige Briefe schreiben.« Dazu zog sie sich in das Biedermeierzimmer zurück, in dem in einer ledernen Kassette stets Briefpapier lag, mit dem Signet des Grandhotels in grüner Prägeschrift. An ein paar Freundinnen schrieb sie die üblichen Grüße und wie beeindruckend die Bergwelt wieder einmal war.

Der eigentliche Grund dafür, warum sie sich zurückgezogen hatte, war, weil sie ihren Ausflug nach Salzburg vorbereiten wollte. Portier Rieber brachte auf ihre Bitte hin einen Reiseführer für die benachbarte Stadt. Cäcilie machte es sich auf dem Sofa bequem und begann zu lesen.

Der Berg ruft!

Hast du schlecht geschlafen?«, fragte Annamirl. »Du hast eine ganz miese Laune. Ich bin dir wohl abgegangen.«

»Haha! Endlich habe ich mal in Ruhe schlafen können«, antwortete Hanni patzig. Schweigend verzog sie sich zum Putzen ins Badezimmer. Nach einiger Zeit stand Annamirl in der Tür.

»Jetzt ohne Quatsch, was ist denn los mit dir? Gestern war doch noch alles gut!«

Hanni spielte mit dem Gedanken, Annamirl alles zu erzählen, was passiert war, seit sie sich gestern zum Abschied zugewunken hatten. Der zusammengeschlagene Robert, die Szene zwischen dem Chefkoch und Fräulein Schreiber, dazu Mechthilds Geschichte – sie spürte, dass sie damit allein fertigwerden musste. Annamirl liebte die leichten Dinge des Lebens, und für die Probleme anderer, das hatte Hanni inzwischen mitbekommen, hatte ihr sprunghafter Geist oft keine Geduld.

»Ich habe einfach schlecht geschlafen. Da ist diese rosa Welt im Film, und bei uns in Köln leben viele Menschen noch in Kellern und frieren.«

»Na, die arme Sissi hatte ja auch ihre Probleme. Wollte ihrer Schwester den Mann nicht wegschnappen«, meinte Annamirl, merkte aber sogleich, dass ihre flapsige Antwort unangemessen war. »Entschuldige. Es stimmt natürlich, dass es vielen Menschen noch schlecht geht. Doch wenn ich darüber traurig bin, wird ihnen dadurch nicht warm, und einem selber geht es dabei ganz mies. Davon hat keiner was!«, gab Annamirl auf ihre pragmatische Art zu bedenken.

»Stimmt natürlich. Na, dann will ich versuchen, nicht so viel nachzudenken.«

»Das klingt nach einer vernünftigen Einstellung. Weiter so!« Annamirl gab ihrer Freundin einen liebevollen Stups und war eigentlich schon aus der Tür. Dann drehte sie sich noch einmal um. »Bevor ich es wieder vergesse. Die ganze Zeit schon will ich es dir sagen: Mein Bruder lässt dir einen herzlichen Gruß ausrichten. Zweimal hat er mich erinnert, und jetzt hätte ich es trotzdem beinahe vergessen!«

Hanni war froh, dass Annamirl nicht mehr sah, was für einen roten Kopf diese Nachricht ihr bescherte. Ihr Herz raste, und sie musste sich kurz auf den Badewannenrand setzen, bis dieses kribbelnde Gefühl im ganzen Körper nachgelassen hatte. Andreas hatte sie grüßen lassen, hatte sogar seine Schwester zwei Mal daran erinnert. Oh, wie anders wäre dieser Vormittag gelaufen, wenn Annamirl ihr gleich in der Früh den Gruß ausgerichtet hätte. Mit einem Mal war ihre schlechte Laune verflogen.

Das merkte auch Annamirl. »Na, hast du dir meinen Rat zu Herzen genommen?«

»Es ist viel anstrengender, schlecht gelaunt zu sein«, erwiderte Hanni diplomatisch.

»Ich freu mich so auf den Abend heute.« Annamirl und Hanni trugen den Wäschekorb zum Waschhaus. »Auf der Bühne zu stehen und zu singen ist unvergleichlich. Da fühle ich mich so frei, als würde ich auf dem Gipfel vom Watzmann stehen.«

»Warst du schon einmal oben?« Hanni deutete hinüber zu dem Berg, der zwischen den tiefhängenden Wolken schemenhaft zu erkennen war.

»Aber freilich. Mit Papa und Andreas war ich oben auf dem Hocheck. Nur hinüber auf die Mittelspitze bin ich nicht gekommen. Da geht es rechts und links steil nach unten, und Papa hatte es mir verboten. Das wäre für mich zu gefährlich.«

»Er will dich halt nicht auch noch verlieren.« Hanni hatte Verständnis für die väterliche Sorge.

»Ich weiß! Nur kann er mich nun mal nicht in Watte packen. Ich bin keine Porzellanfigur.«

»Höchstens der Elefant im Porzellanladen«, lachte Hanni.

»Damit kann ich gut leben«, bemerkte Annamirl selbstbewusst. »Und weil wir gerade davon reden, wir beide müssen unbedingt einmal eine Bergtour machen.«

»Aber bitte nicht auf den Watzmann, der schaut mir viel zu hoch aus für ein junges Fräulein aus der Großstadt.«

»Ja, für so eine Sommermeise wird der Grünstein ausreichen. Vielleicht kann ich Andreas überreden, mitzugehen. Dann kommt er mal aus seiner Werkstatt raus.«

»Das wäre eine schöne Idee«, meinte Hanni dazu beiläufig, doch innerlich jubelte sie. Wie herrlich wäre es, mit Andreas auf einen Berg zu steigen. »Vielleicht an unserem nächsten gemeinsamen freien Tag?«, schlug Hanni vor.

»Abgemacht«, sagte Annamirl und öffnete die Tür zum Waschhaus.

Beschwingt von der Aussicht auf eine gemeinsame Bergtour machte es Hanni heute gar nicht so viel aus, die widerspenstige Wäscheschleuder zu bändigen.

Ein Spion stellt sich ein

Am Abend lag wieder Aufregung in der Luft. Die Zimmermädchen wurden zum Spülen und zu anderen Hilfsdiensten eingeteilt. Page Peter flitzte von einer Ecke des Hotels zur anderen, die Musikanten trafen ein und verlangten erst einmal nach einem Bier. Das Hotel übernahm die Getränke der Musiker und Sänger sowie der Trachtengruppe, und dieses Angebot wollte ausgenutzt werden.

»Das ist so blöd, dass wir an diesen Abenden in der Küche stehen müssen«, maulte Ricarda, »als ob wir tagsüber nicht schon genug gearbeitet hätten.«

»Die Stunden werden extra bezahlt«, sagte Leo. »Ich jedenfalls kann das Geld gut gebrauchen. Davon gönne ich mir was. Beim Schuhhaus Angerer habe ich ein Paar Schuhe mit halbhohem Absatz gesehen. Die würden mich größer machen, ohne dass ich damit umfalle.«

»Das mit den hochhackigen Schuhen musst du noch lernen.« Hanni erinnerte sich an einen lustigen Abend, an dem Leo sich von Ricarda Schuhe mit hohen Absätzen ausgeliehen hatte. Wie eine Betrunkene war sie damit über den Flur getorkelt, sehr zur Belustigung der anderen. Am Ende war sie mit einem lauten Wumms hingefallen.

»Nein, so hohe Absätze sind mir zu gefährlich. Mir reicht so ein kleiner halbhoher.«

Hanni konnte das Geld ebenfalls gut gebrauchen. Sie schickte es ihrer Mutter, die zunächst immer schimpfte, es dann aber doch dankbar annahm, mal, weil der Koks wieder um zwanzig Pfennig teurer geworden war, wie sie in ihren Briefen schrieb, mal, weil eine Extraanschaffung nötig war.

Koks wurde in Berchtesgaden nur selten verwendet, wie Hanni erstaunt festgestellt hatte. Meistens wurde mit Holz geheizt, was angesichts der waldreichen Berghänge verständlich war.

Inzwischen hatten Maria und Simone die ersten Biergläser hereingebracht, und Hanni stellte sich freiwillig an das Abwaschbecken. Da war sie am weitesten von Ricarda entfernt, die mit dem Geschirrtuch in der Hand dastand und stolz berichtete, dass der Heinzi heute Abend schuhplattln würde. »Das werde ich auf keinen Fall verpassen, und wenn sich noch so viele Gläser hier ansammeln.«

Hanni hätte ihr am liebsten ein ganzes Bierglas voll Abspülwasser über den Kopf geschüttet. Robert kam ihr in den Sinn. Hoffentlich ging es ihm bei seiner Großmutter besser. Ich hätte ihn nach der genauen Adresse fragen sollen. An ihrem nächsten freien Tag würde sie ins Nonntal spazieren, vielleicht lief er ihr zufällig über den Weg. Was war dieser Heinzi für ein furchtbarer Mensch. Zu ihm passte Ricarda wie die Faust aufs Auge. Wut stieg in Hanni auf. Wie aus Versehen ließ sie einen Bierkrug ins Wasser platschen, sodass es ordentlich aufspritzte und Ricarda überrascht aufschrie.

»Pass doch auf, du Trampel!«, rief sie ärgerlich.

Hanni entschuldigte sich halbherzig und voller Schadenfreude. Wenngleich sie wusste, dass es Robert nichts half, fühlte sie sich ein wenig besser.

Ein neuer Schwung Gläser beschäftigte alle. Es wurde im Akkord gespült und getrocknet, bis Ricarda aufhorchte. Die Musik hatte aufgehört, und der Sprecher kündigte die Schuhplattler an. Ricarda warf Leo das Geschirrtuch zu, passte einen guten Zeitpunkt ab, in dem Heinrich nicht herschaute, und entwischte aus der Küche.

»Dieser Heinzi«, beschwerte sich Leo. »Den ganzen Tag erzählt Ricarda nur von ihm.«

»Ich finde, er wirkt eher wie ein grober Metzger und gar nicht wie ein Gärtner«, meinte Mechthild.

»Er ist ein furchtbarer Kerl«, rief Hanni mit Nachdruck aus. Die Heftigkeit, mit der sie ihre Meinung kundtat, überraschte alle. Am liebsten hätte Hanni alles, was vorgefallen war, erzählt. Nur hätte sie dafür von Robert und seinen Neigungen erzählen müssen, und sie war sich nicht sicher, ob ihm das recht wäre. Schließlich war es seine Privatsache, wen er liebte. Ob die anderen genauso dachten, wusste sie nicht, darum hielt sie lieber den Mund.

Der andere Mann mit seinem schicken Auto und seinen teuren Anzügen schien da weniger Probleme zu haben. Am nächsten Tag hatte er Hanni nicht anders als die anderen Zimmermädchen behandelt, nämlich wie Luft.

Nach einiger Zeit kam Ricarda mit geröteten Wangen herein und erzählte stolz, wie kraftvoll der Heinzi auf seine Lederhose geschlagen hätte. Zum Glück nahte Annamirls Auftritt, und alles Personal, das nicht direkt gebraucht wurde, strebte zur offenen Saaltür. Überrascht stellte Hanni fest, dass Fräulein Schreiber und Chefkoch Heinrich sehr einträchtig hinüber zur Dependance gingen. Noch überraschter war sie, als jemand sie am Ärmel zupfte. Hanni drehte sich erschrocken um. Da stand Andreas, halb hinter der Tür versteckt, als hätte er auf Hanni gewartet.

»Du?«, fragte sie überrascht.

»Ja, ich«, antwortete Andreas und zwinkerte ihr zu.

»Woher wusstest du, dass ich hier bin?«

»Mein liebes Schwesterlein hat mir erzählt, dass die Belegschaft zuhören darf, wenn sie singt. Und da habe ich nur den richtigen Moment abwarten müssen.«

»Oh!« Mehr brachte Hanni nicht heraus.

»Um sicherzugehen, dass ich dich nicht verpasse, habe ich ehrlich gesagt durchs Küchenfenster geschaut und dir beim Abspülen zugeschaut.«

»Du hast mir nachspioniert!«, rief Hanni mit gespielter Entrüstung aus.

»Na ja, ich wollte dich einfach sehen.«

Aus dem Saal hörten sie die klare Stimme von Annamirl. »Kennst du das Lied?«, erkundigte sich Hanni. »Wovon handelt es?«

»Es handelt von den blühenden Almwiesen, von den Kühen, die zu Beginn des Sommers von der Sennerin hinaufgetrieben werden. Bis zum Herbst wird sie allein auf der Alm sein, und derweil wartet unten im Tal ein junger Mann auf sie. Voller Sehnsucht jodelt sie jeden Tag und hofft, dass er sie hört und sie nicht vergisst.« Andreas stand inzwischen dicht neben Hanni. »Wenn die Sennerin nur ein klein wenig so ist wie du, wird der Bursche sie bestimmt nicht vergessen.«

Hanni sah Andreas tief in die Augen, fasste nach seiner warmen Hand. »Und was passiert, wenn die Sennerin im Herbst von der Alm herunterkommt?«, flüsterte sie mit belegter Stimme.

Statt ihr aber zu antworten, drückte Andreas seine Lippen sanft auf die ihren. Unwillkürlich schlang Hanni ihre Arme um ihn, spürte seinen Körper, nahm seine Arme wahr, die sie umfassten und festhielten. All ihre Gefühle und Empfindungen mischten sich und befeuerten sich gegenseitig. Hanni kannte sich selbst nicht mehr.

Nach einiger Zeit löste sich Andreas ein wenig von ihr. Hanni legte ihren Kopf auf seine Brust. Deutlich konnte sie einen schnellen Herzschlag hören. War es der ihre? War es das Herz von Andreas? Sie hätte es nicht sagen können. Die ganze Welt bestand nur aus dem Rhythmus. Schweigend lauschten sie einander, während Annamirl zu jodeln begann. Es war das reine Glück.

Nachdem Annamirl geendet hatte, brach stürmischer Applaus los. Es wurde gejohlt und gepfiffen, Bravorufe schallten durch den Saal.

Plötzlich waren auf dem Kies Schritte zu hören. Hanni ließ Andreas los und richtete sich auf.

»Ich muss wieder an die Arbeit«, sagte sie. Andreas gab ihr einen letzten Kuss, und Hanni musste all ihre Kraft aufbringen, um sich von ihm zu lösen. Wie konnte man von seinen Gefühlen so überwältigt sein, wunderte sie sich.

Auf dem Weg in die Spülküche wurde sie einen Moment lang von einem Schwindel erfasst und musste sich festhalten.

»Na, du hast doch flache Schuhe an. Aber wenn du nicht einmal mit denen laufen kannst, solltest du barfuß gehen«, lästerte Leo fröhlich, die neben ihr auftauchte.

Hanni fing sich gleich wieder und meinte nur: »Ich glaube, da fliege ich lieber.« Und das war nicht einmal übertrieben, denn genau so fühlte sie sich – federleicht und wie im Himmel. Es tat gut, an der Spüle zu stehen und Glas um Glas abzuspülen, ohne irgendetwas denken zu müssen. So konnte sie dem eben Erlebten noch ein wenig nachhängen. Andreas hatte sie geküsst, und Hanni spürte, hoffte, sehnte, dass er genauso für sie empfand wie sie für ihn. Ab und zu schaute sie zum Fenster hinüber. Das grelle Küchenlicht ließ sie nicht erkennen, ob Andreas immer noch draußen stand und sie beobachtete. Mein süßer Spion, dachte Hanni und merkte erst dann, dass sie einen der schmutzigen Bierkrüge selig anlächelte.

Irgendwann hielt es Hanni nicht mehr aus. »Ich muss mal wohin«, rief sie den anderen zu. Sie schlüpfte durch die Tür. Am Fenster stand kein Andreas. Schade, dachte Hanni. Na ja, der Heimatabend war sicher unterhaltsamer, als den Zimmermädchen beim Spülen zuzusehen. Hanni vermutete ihn im Festsaal. Nur einen kurzen Blick wollte sie hineinwerfen und nach ihm Ausschau halten.

Das eigentliche Programm war beendet, und es wurde zum Tanz aufgespielt. Die Kapelle spielte einen Zwiefachen, den hatte Annamirl Hanni beigebracht. Dabei drehte sich das Paar schnell im Kreis, um immer wieder auch ein paar Walzerschritte einzufügen. Man musste sich höllisch konzentrieren, sonst wurde einem schwindlig oder man rumpelte die anderen Paare an. Wie es wohl wäre, mit Andreas jetzt einen Zwiefachen zu tanzen? Hanni sah an sich hinunter. Die durchnässte Küchenschürze und ihr einfaches Kleid gäben kein gutes Bild ab.

Hanni linste durch die offene Tür in den Saal. Die Menschen tanzten, standen in Gruppen beisammen oder schauten dem fröhlichen Treiben zu. Andreas war nirgendwo zu entdecken. Auf dem Hof standen Gäste, die sich an der kühlen Luft ein wenig erfrischten. Unter ihnen war auch Andreas. Hanni wollte schon zu ihm laufen, da bemerkte sie, dass er sich mit einer Frau im Cocktailkleid unterhielt. Ihr Profil wurde sichtbar, und Hanni erkannte sofort das scharf geschnittene Gesicht von Gabriele von Hartenstein. Darauf war sie nicht vorbereitet. Der Anblick gab ihrem Herzen einen Stich. Wie angeregt beide miteinander redeten. Hanni wusste nicht, was sie davon halten sollte. Erst der Kuss, und nun plauderte Andreas mit dieser von Hartenstein. Ausgerechnet! Aber Hanni musste zurück in die Küche. Die anderen wunderten sich sicherlich schon, wo sie geblieben war.

»Das war eine lange Sitzung«, raunzte Ricarda sie prompt an, kaum dass Hanni wieder an ihrem Platz stand. Wortlos packte Hanni ein Glas und begann abzuwaschen. Mit einem Mal war die gute Laune verschwunden. War sie eben noch im siebten Himmel geschwebt, war sie sich jetzt nicht mehr sicher, ob sie an Andreas' Liebe glauben durfte.

Der Abend wollte kein Ende nehmen. Außerdem musste Hanni nun tatsächlich auf die Toilette, traute sich nur nicht, noch einmal ihren Platz zu verlassen. Schließlich hielt sie es nicht mehr aus.

»Du hast wohl 'ne Kleinmädchenblase.« Wie immer musste Ricarda eine ihrer dummen Bemerkungen loslassen. Kaum stand Hanni im Flur, hörte sie ein »Pst« von draußen. Hanni schaute genau hin. Hinter der Tür lugte Andreas hervor.

»Ich dachte schon, du hörst gar nicht mehr auf zu spülen.« Er nahm Hanni bei der Hand und zog sie zu sich. »Ich wollte nicht gehen, ohne dir gute Nacht zu sagen!« Er küsste sie zart auf ihre Lippen.

»Gute Nacht«, sagte er und lächelte.

»Gute Nacht.« Hanni war verdattert und froh zu gleich.

Ein letztes Mal beugte er sich vor, um sie zu küssen. Dieses Mal fester, und Hanni spürte, wie seine Hand über ihren Rücken strich.

Das soll nie vorbeigehen, drängte es in ihr. Weiter und weiter sollte dieser Kuss sie tragen. Langsam lösten sie sich voneinander. Atemlos schauten sie sich an.

»Gute Nacht«, flüsterte er noch einmal heiser.

»Gute Nacht.« Mehr Worte brachte Hanni nicht heraus.

Langsam richtete sich Andreas auf. Noch hielten ihre Hände die Verbindung, dann nur noch ihre Fingerspitzen, und zuletzt bestand die Verbindung nur noch im Gleichklang ihrer Herzen.

Dann trat Andreas noch einmal auf sie zu. »Eines musst du mir versprechen«, sagte er. »Das nächste Mal tanzen wir zusammen.«

»Versprochen!«, versicherte Hanni ihm lachend. Kein Versprechen würde sie lieber halten. Diesmal beugte sie sich vor und küsste ihn sanft auf die Lippen.

Kuchen mit Schlag

»Peter fährt gleich den Wagen vor.« Portier Rieber verbeugte sich leicht vor Cäcilie Jacoby, die mit ihrem eleganten Kostüm aus dunkelgrünem Tweedstoff in einem der Sessel in der Lobby saß.

»Vielen Dank, Herr Rieber. Fräulein Hanni müsste jeden Moment kommen.« Unruhig trommelte Cäcilie auf die Lehne. Eine kindliche Vorfreude erfüllte sie. Den Ausflug nach Salzburg hatte sie nach Hannis freudiger Zusage begeistert geplant. Fräulein Schreiber hatte ihr heute extra etwas früher freigegeben.

»Ich wäre wegen meines Asthmas beruhigter, wenn ich eine Begleitung hätte.« Damit hatte sie ihren Wunsch begründet, und der wurde ihr nicht abgeschlagen.

»Ich bin da, und der Wagen ist auch da.« Die Pagenmütze keck auf dem Kopf trat Peter zu Frau Jacoby.

»Wo bleibt nur Fräulein Hanni?«

»Die wartet schon draußen.«

»Wunderbar, dann kann es losgehen.« Cäcilie erhob sich, Portier Rieber wünschte einen schönen Ausflug, und Peter nahm ihr den Mantel ab.

»Ich glaube, den werden Sie gar nicht brauchen. Es wird ein sonniger Nachmittag.«

»Das hoffe ich. Meiner Erfahrung nach wird das Wetter schön, wenn man für schlechtes ausgerüstet ist, und schlecht, wenn man weder Hut noch Mantel dabeihat.«

»Da ist etwas Wahres dran. Zur Absicherung haben wir noch zwei Regenschirme im Wagen. Dann muss die Sonne heute scheinen!«

Hanni stand neben dem Wagen und zupfte nervös an ihrer Strickjacke. Frau Jacoby sah so vornehm aus, wie sie zusammen mit Peter aus dem Hotel kam. Der Kragen der Kostümjacke war raffiniert geschnitten. Um den Hals herum war er als Stehkragen ausgeführt und am Revers fiel er wie ein breiter Schal. Davon musste sie ihrer Mutter erzählen. Ach, herrje, der letzte Brief nach Köln war wieder viel zu lange her.

»Ich habe gerade Ihr schönes Kostüm bewundert«, sagte Hanni und beschloss, sich den Ausflug nicht durch Gedanken an auf Nachrichten wartende Mütter verderben zu lassen.

»Meine Schneiderin hatte den Stoff in ihrem Lager gefunden«, erzählte Cäcilie, als sie im Fond saßen und Peter den Motor gestartet hatte. »Es ist noch Vorkriegsware, und den anderen Kundinnen schien er zu altmodisch. Wer trägt heute noch so gedeckte Farben? Es muss alles grell und bunt sein. Verständlich, nach all den grauen Jahren. Mir war der schöne Stoff nur zu schade, um ihn nicht herzunehmen.«

»Der Schnitt ist sehr modern«, stellte Hanni fest, und sogleich waren sie in ein Gespräch über Schneiderinnen, Stoffe und Schnitte vertieft.

»Fräulein Hanni, Sie kennen sich ja hervorragend in dem Handwerk aus«, stellte Cäcilie fest. »Wie kommt denn das?«

Hanni erzählte von ihrer Mutter, die Schneiderin in einer großen Maßschneiderei war, und wie sie selbst ein paar Jahre dort ausgeholfen hatte.

»Warum haben Sie denn dann das Schneiderhandwerk nicht erlernt?«

»Mir hat es in der Schneiderei nicht mehr so gut gefallen«, antwortete Hanni ausweichend. »Außerdem wollte ich einmal aus Köln herauskommen. Das Nähen läuft mir ja nicht davon.«

»Versprechen Sie mir, dass Sie Ihrer Begabung folgen. Mit all den Trachten werden hier in Berchtesgaden sicher genauso tüchtige Schneiderinnen gesucht. Ich wäre froh, ein Handwerk zu beherrschen, und bewundere jeden, der mit seinen Händen etwas Schönes erschaffen kann.«

Das Lob und der Ansporn von Frau Jacoby taten Hanni gut. Vielleicht hatte sie ja wirklich recht und Hanni könnte auch hier eine Ausbildung absolvieren. Daran hatte sie noch gar nicht gedacht.

»Wir nähern uns der Grenze«, unterbrach Peter die beiden Frauen. »Bitte die Ausweise bereithalten!«

Cäcilie ließ ihre Lederhandtasche aufschnappen und nahm ihren Ausweis heraus. Hanni hatte den ihrigen in der kleinen Umhängetasche verstaut, die ihrer Mutter früher gehört hatte. Die Grenzstation kam in den Blick. Auf einmal begann Hannis Herz aufgeregt zu schlagen. Es war das erste Mal, dass sie über eine Grenze fuhr. Sie war noch nie zuvor aus Deutschland herausgekommen. Hoffentlich war mit ihrem Ausweis alles in Ordnung. Nervös drehte sie ihn in ihren Händen hin und her. Peter hielt den seinen lässig zwischen Zeige- und Mittelfinger. Sicher war für ihn so ein Grenzübertritt nichts Besonderes mehr, dachte Hanni. Die Grenzbeamten traten an jedes Auto heran, ließen sich die Pässe geben und verglichen die Einträge mit den Fahrzeuginsassen. Dann waren sie an die Reihe. Peter kurbelte das Fenster herunter und grinste den Grenzer an. Der warf einen flüchtigen Blick in den Fond. »Gäste?«, fragte er.

»Gäste«, bestätigte Peter, und der Mann trat vom Auto zurück und winkte sie durch.

»Ich bin aber kein Gast«, entfuhr es Hanni mit leichter

Panik in der Stimme. Das Gefühl, Peter hätte den Beamten angelogen, behagte ihr gar nicht.

»Doch, Sie sind heute mein Gast«, beruhigte Frau Jacoby sie.

»Da stehen noch mehr Grenzbeamte«, stellte Hanni erstaunt fest.

»Das sind die Österreicher. Die kontrollieren meistens bei der Ausreise, damit man nichts schmuggelt.«

»Schmuggelt?«, fragte Hanni ungläubig.

»Na, Schnaps oder Zigaretten. Die sind in Österreich viel billiger, aber man darf nur eine geringe Menge unverzollt importieren«, erklärte Peter.

»Da wir nicht vorhaben, Schnaps oder Zigaretten zu kaufen, wird das kein Problem sein«, sagte Cäcilie Jacoby. »Sind Sie das erste Mal in Österreich?«, fragte sie Hanni.

»Ja.«

Angestrengt sah Hanni aus dem Fenster. Ein wenig enttäuscht musste sie feststellen, dass es hier kaum anders war.

»Das ist die Hohensalzburg«, erklärte Peter und zeigte auf die weiß gestrichene Burg hoch oben auf einem Berg.

»Eine weitestgehend original erhaltene Burg aus dem dreizehnten Jahrhundert«, ergänzte Cäcilie.

Ich bin in Österreich, machte sich Hanni den ungewohnten Umstand bewusst. Man fuhr nur ein wenig mit dem Auto, und schon war man in einem anderen Land. Das war verblüffend.

Sie passierten eine Ortschaft, die Anif hieß, und dann waren es laut Straßenschild nur noch fünf Kilometer bis nach Salzburg. Die ersten Häuser der Stadt kamen in Sicht, und schließlich überquerten sie eine Brücke mit dicken Stahlträgern.

»Das ist die Salzach«, sagte Cäcilie und deutete auf den Fluss, den sie überquerten.

»Schauen Sie mal, Hanni!« Cäcilie zeigte auf eines der Häuser. »Das sieht fast wie eine Burg aus mit den dicken Mauern und den rundbogigen Fenstern.«

»Und das dort mit den grünen Fensterläden erinnert mich an das Hotel Gruber.« Hanni wusste nicht, wohin sie zuerst blicken sollte.

»Peter, bitte lassen Sie uns am Mirabellplatz aussteigen. Dann gehen wir durch den Mirabellgarten und über den Makartsteg in die Altstadt.« Die Wegbeschreibung hatte sie im *Baedeker* gelesen. Mit Gerhard war sie öfter in Salzburg gewesen. Immer hatte er die Führung übernommen, und sie war ihm brav hinterhergetrottet und musste nur aufpassen, ihn zwischen all den Menschen nicht zu verlieren. Von Salzburg hatte sie dabei nicht viel gesehen. Gerhard eilte gerne mit großen Schritten, dabei blieb keine Zeit, ein Haus oder eine Auslage zu betrachten oder einen Ausblick zu genießen. Das sollte sich heute ändern. Das hatte sie sich fest vorgenommen.

Wie gewünscht, ließ Peter sie auf dem großen Mirabellplatz aussteigen. Drei Stunden später sollte er sie an genau dieser Stelle wieder abholen. Peter musste einige Besorgungen für Direktor Gruber tätigen und startete, nachdem Cäcilie und Hanni ausgestiegen waren, erneut den Wagen, um einen Parkplatz zu suchen.

»Also auf ins Abenteuer!«, rief Cäcilie, was so gar nicht ihrem sonst eher zurückhaltenden Naturell entsprach. Vermutlich hatte sie die sichtbare Aufgeregtheit von Hanni angesteckt. Gemeinsam überquerten sie die Straße, gingen ein paar Schritte, und ehe sie es sich versahen, standen sie etwas erhöht vor dem Park von Schloss Mirabell.

»Oh«, sagte Hanni und wünschte sich einen Fotoapparat, um die Szene festzuhalten. Zusammen mit etlichen anderen Besuchern staunten sie über den Ausblick. Unter ihnen breiteten sich Blumenrabatten aus, und der Blick ging über die Stadt hinauf bis zur Hohensalzburg.

»Sehen Sie, die Rabatten sind in geschwungenen Mustern angelegt. Alles wurde exakt abgezirkelt. Der Garten ist wie das Schloss im Stil des Barocks gehalten.« Cäcilie merkte, dass sie sich wie eine Lehrerin anhörte, und beschloss, nicht so gouvernantenhafte Erklärungen abzugeben.

Lange standen die beiden da und nahmen alles in sich auf. Gerhard wäre schon längst durch den Park geeilt gewesen, ohne auch nur eine Blume oder eine der Marmorfiguren zu betrachten, die die vier Jahreszeiten darstellten. Wie viel angenehmer verlief der Besuch mit einer begeisterten Hanni. Zum ersten Mal konnte Cäcilie Salzburg in dem Tempo entdecken, das ihr entsprach.

Völlig aus dem Häuschen geriet Hanni, als sie den aus Buchenhecken angelegten Irrgarten entdeckten, in dessen Mitte sich ein kleines Theater befand. Richtig mit Bühne und Zuschauerparkett. Lachend liefen Cäcilie und Hanni durch die grünen Gänge. Viel hätte nicht gefehlt, und sie hätten Fangen gespielt. Außer Atem ließen sie sich auf einer Bank nieder. Einträchtig saßen sie da und schauten den anderen Besuchern zu, wie sie durch die Rabatten spazierten.

Cäcilie blickte auf die Uhr. »Kaffeezeit!«, stellt sie fest. Sie verließen den Park.

»Da vorne ist der Makartsteg. Der bringt uns hinüber auf die andere Seite der Salzach.«

»Die ist nicht so breit wie unser Rhein«, stellte Hanni fest.

»Auf der Salzach wurde früher das Salz transportiert, das hier abgebaut wurde. Salz war damals so wertvoll wie Gold.«

»Deswegen Salzburg und Salzach«, schlussfolgerte Hanni.

»Fräulein Hanni, Sie sind ein helles Köpfchen«, lachte Cäcilie.

In der Altstadt begrüßte sie als Erster Mozart von seinem Denkmal hinunter. Der große Komponist und bekannteste Sohn der Stadt stand den vielen Fotografen geduldig Porträt. Sie gingen ein Stück weiter. Ein großer Brunnen fesselte ihre Aufmerksamkeit. Überlebensgroße steinerne Pferde stiegen aus dem Wasser empor und trugen einen hohen Aufbau, von dem Wasserkaskaden herunterstürzten. Eine Windbö trieb die Wassertropfen zu ihnen her. Rasch eilten sie weiter. Am Rand des Platzes warteten Pferdekutschen auf Touristen. Hanni taten die Tiere leid, wie sie mit ihren Scheuklappen die Kutschen langsam durch die Stadt zogen. Wie viel schöner hatte es da Susi im Wiesenlehen.

»Da vorne ist das Café Tomaselli.«

Einen Augenblick später öffnete Cäcilie die Tür, und Hanni betrat hinter ihr das altehrwürdige Kaffeehaus. So modern die Espresso-Milchbar in Berchtesgaden war, so alt und elegant wirkte das Café Tomaselli. Cäcilie zog Hanni zu einer kleinen Nische unter einem Fenster, aus dem sie auf die Straße blicken konnten. Die Vornehmheit des Cafés, die holzvertäfelten Wände, die zierlichen Tischchen und die roten Samtbezüge der Sitzkissen schüchterten Hanni ein. Für Cäcilie Jacoby schien all das völlig normal zu sein. Hanni hätte sich allein nie und nimmer hier hereingetraut. Darum war sie froh, als Cäcilie beim schwarz livrierten Ober die Bestellung von Kaffee und Wasser für sie beide aufgab. Vorsichtig schielte Hanni auf die Getränkekarte. Wie viel wohl der Kaffee hier kosten würde? Cäcilie Jacoby musste die plötzliche Unruhe von Hanni bemerkt und ihren Blick auf die Karte richtig gedeutet haben, denn sie versicherte ihrer Begleitung, dass sie eingeladen sei.

»Herr Rieber war so freundlich, mir Schillinge zu wechseln.« Sie winkte einer der Bedienungen, die auf großen Tabletts die Kuchenstücke durch den Raum trugen. »Das Tomaselli ist bekannt für seine Kuchenmamsells.«

»Kuchenmamsell«, wiederholte Hanni amüsiert. Sie bewunderte die Leichtigkeit, mit der die Bedienungen, die großen Tabletts auf eine Schulter gestützt, von Tisch zu Tisch trugen und bei Bedarf herunternahmen. Eine der Kuchenmamsells kam und präsentierte den beiden die süßen Köstlichkeiten. Die Kuchenkreationen sahen außergewöhnlich lecker aus. Hanni konnte sich gar nicht entscheiden.

»Bitte dieses hier«, sagte Cäcilie schließlich, die genauso unschlüssig war wie Hanni. Sie deutete auf ein Blätterteigdreieck, das mit Äpfeln gefüllt war. Hanni entschied sich für einen Schokoladenkuchen, eine Sachertorte, wie sie erfuhr.

»Und bitte zwei von den Petit Fours«, entschied Cäcilie. Die dick mit Zuckerguss überzogenen Stückchen sahen so hübsch aus, dass man sie kaum essen wollte. Hanni nahm mit der Gabel vorsichtig die aus Zucker geformte Blüte ab und legte sie auf den Tellerrand.

»Die Zuckerblüte hebe ich mir auf.«

»Eine gute Idee.« Cäcilie tat es ihr gleich und schlug sie ebenfalls in die kleine Papierserviette ein.

Der Ober brachte den Kaffee, der genauso köstlich schmeckte wie der Kuchen.

»Wenn die Österreicher etwas können, dann ist das Kaffee und Kuchen.« Genüsslich kratzte Cäcilie ganz undamenhaft den letzten Rest Zuckerglasur von ihrem Teller.

Dann lehnte sie sich zurück und schaute Hanni mit einem leichten Lächeln an. »Fräulein Hanni, Sie können mich als furchtbar neugierig bezeichnen, und es geht mich gar nichts an, aber haben Sie Ihren Kutscher schon einmal wiedergesehen?«

Hannis promptes Erröten nahm ihr die Antwort ab.

»Am Heimatabend«, gestand sie und nahm einen Schluck Kaffee, um Zeit zu gewinnen. Zu gerne hätte sie sich Cäcilie Jacoby anvertraut. Mit Annamirl konnte sie nicht über ihre Gefühle für Andreas sprechen. Nur, wie würde Frau Jacoby den Kuss hinter der Tür finden?

»Andreas ist ein sehr begabter Holzschnitzer.« Die Aussage lenkte ein wenig von ihren Gefühlen für ihn ab. »Ich war mit Annamirl im Wiesenlehen, und da hat er mir seine Werkstatt gezeigt. Solche Holzschnitzereien habe ich noch nie gesehen. In München ist er sogar ausgezeichnet worden für sein Talent.«

»Das hört sich sehr interessant an. Wir brauchen begabte Künstler, die nach den schrecklichen Zeiten Neues schaffen.«

»Genau das will Andreas erreichen.« Hanni wurde warm ums Herz, als sie seinen Namen wie selbstverständlich aussprach. Cäcilie beugte sich über das kleine Tischchen und legte ihre Hand vertrauensvoll auf die von Hanni.

»Ich bin überzeugt, dass Sie klug und umsichtig handeln. Ich selbst war töricht und habe einen Mann geheiratet, der alles Mögliche ist, nur kein guter Ehemann. Heute wünschte ich mir, ich hätte nie geheiratet. Lieber lebte ich mein Leben ganz allein.«

Diese Offenheit berührte Hanni. »Hör auf dein Herz, heißt es immer. Für mich war es ein schlechter Rat. Hätte ich nur nicht auf mein dummes Herz gehört.« Die Bitterkeit in ihrer Stimme überraschte Cäcilie selbst.

Hanni zögerte. »Mutter sagt immer, nicht nur der Tod kann scheiden.«

Cäcilie drückte Hannis Hand. »Ich weiß. Nur manchmal kommt man aus seiner Haut nicht heraus und steckt in ihr fest wie in einem Gefängnis.«

»Wenn man nicht auf sein Herz hören soll, worauf denn dann?«, wollte Hanni wissen.

Cäcilie lachte. »Ich glaube, Sie dürfen ruhig auf Ihr Herz hören. Es ist nur das meinige, das nicht so richtig funktioniert hat. Genauso wie meine Lunge.« Wie zum Beweis hüstelte sie in ihr Taschentuch. »Aber genug von solchen schwermütigen Themen. Jetzt trinken wir noch eine Tasse Kaffee. Außerdem würden Sie mich glücklich machen, wenn Sie noch eines dieser wunderbaren Kuchenstücke mit mir teilen würden.«

Das taten sie, und Cäcilie fühlte sich fast wie ein junges Schulmädchen. Hanni kicherte, als Cäcilie Gabriele von Hartenstein nachmachte. Ruckartig wie ein Adler in seinem Horst drehte sie ihren Kopf nach rechts und links, schob das Kinn vor und sagte mit schriller Stimme: »Diese Knödel, Herr Ober, sind nicht frisch. Man bringe mir frische Knödel.« Dabei spitzte sie die Lippen und riss die Augen auf. Die Gäste am Nachbartisch schauten pikiert zu den beiden herüber, was Cäcilie noch mehr anzuspornen schien.

»Sie hätten Schauspielerin werden sollen«, lobte sie Hanni.

»Na, das hätten meine Eltern damals ganz und gar nicht lustig gefunden. Zwar sind die Schauspieler vom Staatstheater bei uns ein und aus gegangen, und meine Eltern waren sehr liberal. Nur eine schauspielernde Tochter hätten sie nicht gern gesehen.«

»Ich vermute, dass es vielen Eltern so gehen würde. Wollen sie nicht immer nur das Beste für uns, aber wissen eigentlich gar nicht, was das Beste für einen wäre?«

»Da sagen Sie etwas sehr Wahres. Und es tut Ihnen sicher gut, sich von den mütterlichen Banden zu lösen.«

»Und trotzdem habe ich gelegentlich ein schlechtes Gewissen, weil ich sie alleine in Köln gelassen habe.«

»Nun ja, vielleicht ist Ihre Mutter ja froh, sie gut behütet im Grandhotel zu wissen, um auch einmal ein wenig an sich selber zu denken.«

Hanni lachte überrascht auf. »Aus dieser Perspektive habe ich das noch nie betrachtet. Da kann ich ja in Berchtesgaden ganz beruhigt sein.«

»Auf jeden Fall. Denn Eltern machen sich immer Sorgen, egal wo ihre Kinder sind, ob bei ihnen oder irgendwo in den Bergen.«

»Haben Sie denn Kinder?«, fragte Hanni, bereute ihre Direktheit aber sofort.

»Nein. Kinder waren mir nicht vergönnt.« Cäcilie sah an Hanni vorbei ins Leere. »Aber es ist, wie es ist«, fügte sie nach einer Weil hinzu. »Vielleicht ist es besser so.« Cäcilie stellte die Tasse auf den Kuchenteller. »Genug von derlei Themen. Wir wollen unseren Ausflug genießen. Dazu gehört unbedingt ein ausführlicher Schaufensterbummel.« Cäcilie zahlte bei dem schwarz livrierten Ober, und gemeinsam verließen sie das Traditionskaffeehaus.

Nach ein paar Schritten über den Alten Markt erreichten sie die Getreidegasse. Ausgiebig nahmen sie die Auslagen in den feinen Geschäften in Augenschein. In Köln gab es genug vornehme Läden, doch hier befanden sie sich in alten Häusern mit geschmiedeten Schildern, die über den Eingängen hingen.

»Hier ist ein Geschäft, das wollte ich Ihnen unbedingt zeigen.« Cäcilie deutet auf eine Reihe von Schaufenstern unter den Arkaden eines prächtigen Hauses. »Das Salzburger Heimatwerk hat die schönsten Dirndl und eine riesige Auswahl an Stoffen. Das müssen wir beide uns noch anschauen.« Cäcilie fasste Hanni an der Hand, und gemeinsam traten sie vor eines der Schaufenster. Darin war ein Dirndlkleid in Blautönen ausgestellt.

»Schauen Sie nur«, sagte Hanni. »Wie sauber es genäht ist. Die Abnäher sitzen perfekt. Genau so sollten sie sein. Und das Muster der Schürze gefällt mir ausgesprochen gut.«

»Das ist ein Blaudruck. Eine sehr alte Technik des Stoffdrucks. Altaussee im Salzkammergut ist bekannt dafür.« Cäcilie freute sich über die Begeisterung ihrer Begleitung.

»Sehen Sie nur, Frau Jacoby, das hier ist aus Seide gearbeitet. Diese Pastelltöne!«

»Schauen wir einmal hinein«, schlug Cäcilie vor. »Wenn ich mich recht erinnere, gibt es hier eine große Auswahl an Stoffen.«

Wie ein Kind im Süßwarenladen stand Hanni vor den ausgestellten Stoffballen und konnte sich gar nicht sattsehen an den vielen Farben und Mustern. Gerade, dass es nicht die grellen modischen Stoffe waren, wie sie derzeit überall angeboten wurden, sondern solche mit traditionellen Mustern, begeisterte Hanni.

»Mit einem Dirndl ist man immer gut angezogen«, meinte Cäcilie und fühlte einen karierten Kattunstoff. »Selbst, wenn man die englische Königin treffen sollte.«

»Für die Rolle der Sissi trug auch Romy Schneider eins«, erinnerte sich Hanni.

»Sehen Sie, selbst Kaiserinnen sind ihnen verfallen, wenn auch nur im Film.«

Heimlich schielte Hanni auf die Preise. Durch sieben teilen, das wusste sie inzwischen, dann bekam man den Preis in Mark. Ui, dachte sie erstaunt. Da muss man allerdings wirklich eine Kaiserin sein, um sich hier einen Stoff leisten zu können.

Langsam wurde es Zeit, an die Rückfahrt zu denken, und angeregt sich über die schönen Stoffe austauschend verließen die beiden Frauen das Geschäft.

»Hier muss ich schnell noch hinein«, sagte Cäcilie unvermittelt ein wenig später und ließ Hanni stehen.

»Konditorei Fürst« las Hanni über dem Eingang. Wir haben doch schon genug Kuchen gegessen, dachte sie. Schon trat Frau Jacoby wieder auf die Straße und hielt in jeder Hand eine Packung mit den bekannten Mozartkugeln. Eine davon schenkte sie Hanni. »Als süße Erinnerung an unseren schönen Ausflug.«

Um zum vereinbarten Treffpunkt am Mirabellplatz zu kommen, mussten sie wieder die Salzach überqueren. Den grünen Wagen vom Grandhotel entdeckten sie gleich. Peter warf seine Zigarette weg, die er, lässig an den Wagen gelehnt, geraucht hatte. Er rückte seine Chauffeursmütze gerade und riss die Tür vom Fond auf.

»Ich hoffe, die Damen hatten einen angenehmen Aufenthalt?«

»Den hatten wir wirklich, Peter«, bestätigte Cäcilie Jacoby. »Er war sehr vergnüglich. So viel habe ich schon lang nicht mehr gelacht.«

Cäcilies Wangen leuchteten rot, und auch Hanni war von dem Ausflug ein wenig aufgedreht.

Peter startete den Wagen und steuerte ihn sicher durch Salzburg. In einer der engen Gassen lief ihnen ein Mann direkt vor das Auto. Peter musste deftig bremsen. Dabei rutschte eine Stange Zigaretten mit einem amerikanischen Signet unter dem Sitz hervor. Schnell stupste Hanni die Stange Zigaretten mit ihrem Schuh zurück. Frau Jacoby hatte nichts davon mitbekommen. Schmuggelte Peter etwa Zigaretten?, überlegte Hanni. Das mochte ein einträgliches Geschäft sein, nur war es genauso gefährlich.

Je näher die Grenze kam, umso nervöser wurde Hanni. Ihre Hand zitterte, als sie dem Grenzer ihren Ausweis hinhielt. Umso erleichterter war sie, als der Beamte sie durchwinkte. Das war noch einmal gut gegangen. Dieser Peter hatte es faustdick hinter den Ohren, mochte er noch so bubenhaft aussehen.

Sie fuhren durch Berchtesgaden, und bald darauf bog der Wagen auf die Anfahrt zum Hotel ab.

»Was für ein wunderbarer Ausflug.« Cäcilie klang freudig und zufrieden. Hanni spürte, wie entspannt Frau Jacoby durch Salzburg spaziert war, ganz ohne nervöses Gehuste. Hanni fühlte sich geehrt, wie offen und freundschaftlich Frau Jacoby mit ihr umgegangen war. Fast, als hätten zwei alte Freundinnen im Wagen gesessen.

»Das müssen wir bald wiederholen!« Frau Jacoby lächelte Hanni an.

»Wenn ich eine Empfehlung geben dürfte«, schaltetet sich Peter ein, »warum fahren Sie nicht nächstes Mal nach Bad Reichenhall und spazieren durch den Kurpark? Zu dieser Jahreszeit blüht er besonders schön.«

»Ein wunderbarer Vorschlag!« Vor Freude klatschte Cäcilie in die Hände.

Mit ruhigem Schwung ließ Peter den Wagen vor den Eingang rollen, zog die Handbremse an, sprang heraus und öffnete die Tür für Frau Jacoby. In einer geübten Geste drückte sie ihm ein Trinkgeld in die Hand, und mit einer genauso geübten Geste ließ er den Geldschein in der Hosentasche verschwinden. Inzwischen war Hanni ausgestiegen, um sich von Frau Jacoby zu verabschieden.

In diesem Moment trat ein beleibter Mann aus dem Hotel.

»Gerhard!«, rief Cäcilie überrascht aus.

Hanni spürte, wie Cäcilie Jacoby, die bis eben so fröhlich im Auto gesessen war, in sich zusammensackte, als wäre alle Freude aus ihr gewichen wie Luft aus einem Ballon. Hanni hielt Frau Jacoby am rechten Ellenbogen fest, darauf vorbereitet, sie notfalls aufzufangen. Derart fragil erschien sie ihr plötzlich. In dem Augenblick hasste sie diesen Mann, den sie zum ersten Mal in ihrem Leben sah. Hasste ihn, weil er Frau Jacoby dazu brachte, sofort in ihr Taschentuch zu husten.

»Meine Liebe!«, rief Herr Jacoby ein wenig zu theatralisch aus, als dass es Hanni ihm abgenommen hätte. »Wie ich höre, geht es deiner Lunge nicht wesentlich besser.« Er trat zu ihr, und Hanni merkte, wie Frau Jacoby ein kleines Stück vor ihm zurückwich, sich jedoch schnell wieder zusammenriss und seinen Wangenkuss über sich ergehen ließ.

»Ich habe den alten Gruber um ein Einzelzimmer für mich gebeten, sieh es mir nach, doch ich habe Angst, deinen Schlaf zu stören.« Er nahm seine Frau am Arm. »Und wen haben wir da?«, fragte er in Richtung Hanni.

»Das ist …«, krächzte Cäcilie, der Rest ging in einem Husten unter.

»Ich bin Hanni Weller, Zimmermädchen hier im Grandhotel Gruber«, antwortete Hanni mit, wie sie hoffte, fester Stimme. »Ich habe Frau Jacoby heute auf ihrem Ausflug nach Salzburg begleitet.«

»Das ist aber nett.« Herr Jacoby drehte sich vollends zu ihr um und kniff in ihre Wange. Mit schreckgeweiteten Augen sah Cäcilie Jacoby Hanni an, dann zog ihr Mann sie ins Hotel. Perplex stand Hanni da. Ihre Wange brannte, als hätte sie eine Ohrfeige bekommen. Fast panisch rannte sie los zum Personaleingang.

Grosse Pläne

Nur weg von diesem furchtbaren Menschen. Hanni stürmte an der Küche vorbei, stieß beinahe mit dem Koch Hans zusammen, der einen Sack Kartoffeln auf seinen Schultern trug, und lief eilig die Treppen zu ihrem Zimmer hinauf. Ihre Wange brannte noch immer. Dazu kam die Wut auf diesen unverschämten Menschen. Wie musste sich erst Frau Jacoby fühlen? Es war ein so schöner Ausflug gewesen, der dann ein so unangenehmes Ende genommen hatte.

Hanni hoffte, Annamirl im Zimmer vorzufinden. Sie musste das gerade Erlebte unbedingt loswerden. Mit Schwung riss Hanni die Zimmertür auf. Annamirl, die am Dachfenster stand, fuhr erschrocken zusammen.

»Stell dir vor, was mir gerade passiert ist«, sprudelte es aus Hanni heraus.

Annamirl rief ihrerseits: »Hanni, ich muss dir was Aufregendes erzählen!« Annamirl zog ihre Freundin zu sich her und bugsierte sie auf das Bett. »Wir fahren nach Amerika!«, brach es begeistert aus ihr heraus.

»Wie bitte?«, fragte Hanni verdattert. »Was redest du da?« Einen Moment lang dachte sie, jetzt wäre alle Welt verrückt geworden.

»Alle vom Heimatabend fahren nach Amerika!« Annamirl hüpfte vor Aufregung auf und ab. Zuerst verworren und mit der Zeit klarer erzählte sie Hanni, dass ein Musikproduzent sie beim letzten Heimatabend gehört und daraufhin mit ihnen eine Tournee durch Amerika geplant hatte.

»Und ich soll mitfahren und von einem Wolkenkratzer in New York herunterjodeln. Ist das nicht fantastisch?«

»Von einem Wolkenkratzer?« Hanni hatte den leisen Verdacht, dass Annamirl sie gründlich auf den Arm nahm.

»Der Konrad Meister, also der Produzent, meinte, es wäre eine tolle Werbung für die Tournee. Ich im Dirndl auf einem Wolkenkratzer. Das würden sie filmen und dann als Werbung in den Kinos laufen lassen.«

»Annamirl, das ist …« Hanni fehlten die Worte. Schnell umarmte sie ihre aufgeregte Freundin. »Das klingt so unglaublich. Du in New York, auf einem Wolkenkratzer.«

»Das wäre nur für die Werbung. Die Tournee soll die gesamte Ostküste entlangführen, und wenn es gut läuft, dann fliegen wir nach Colorado, dort haben sie auch so hohe Berge wie wir, und unser Heimatabend würde den Menschen dort sicher gefallen, meint der Herr Meister.«

»Wer würde denn alles mitfahren?«

»Die Musikkapelle, drei von den Tanzpaaren und ich. Heute hatten wir Probe, und da kam Konrad Meister, der Produzent eben, mit unserem Kapellmeister an und erzählte uns von dem Plan.«

»Und wann?« Hanni wurde es angst und bange. Sie wollte Annamirl nicht gehen lassen. Weil sie ihre Freundin war, weil das Arbeiten mit ihr im Hotel Gruber viel lustiger war und weil sie, das mochte der wichtigste Grund sein, ihre Verbindung zu Andreas darstellte. Solange Annamirl da war, konnte sie das Wiesenlehen ganz unbedarft besuchen. Sosehr sich Hanni für Annamirl freute, sosehr befürchtete sie, dass diese Tournee alles durcheinanderbringen könnte. Gerade war sie mit allem richtig zufrieden. Abgesehen von dem furchtbaren Herrn Jacoby lief es rundum gut. Diese Tournee nach Amerika – das kam ihr zu plötzlich. Andererseits wollte sie die aufgekratzte Stimmung von Annamirl nicht mit ihren Bedenken zerstören.

»Wann soll das Abenteuer denn losgehen?«

»In ein paar Wochen schon. Konrad Meister will die Sommersaison an der Ostküste mitnehmen, und im Winter sind die Auftritte in Colorado geplant. Die Amerikaner sind furchtbar effizient, hat er gemeint. Die stellen so eine Tournee in null Komma nichts auf die Beine.«

»In ein paar Wochen?« Hanni war entsetzt.

»Das wäre jetzt die beste Gelegenheit, meinte er. Wir wären die Ersten aus Bayern, und das müssen wir ausnützen, bevor noch andere Volksmusikgruppen auf die Idee kommen.«

Dieser Konrad Meister meinte ziemlich viel, stieß es Hanni auf. »Na, das ist ja unglaublich. Du fährst zum Singen nach Amerika. Dann musst du Englisch lernen.«

»Daran habe ich auch gleich gedacht. Sonst kann ich mir dort ja nicht mal eine Semmel oder eine Brezel kaufen.«

»Haben die Amerikaner überhaupt Brezeln?«

»Die haben alles, nur größer«, lachte Annamirl.

»Sag mal«, warf Hanni mit ernster Stimme ein, »was wird dein Vater dazu sagen?«

Abrupt stand Annamirl auf. »Danke, Hanni, jetzt hast du mir die Stimmung verdorben«, sagte sie gespielt entrüstet. Angestrengt schaute sie aus dem Dachfenster. »Du darfst ihm nichts verraten.« Annamirl drehte sich zu Hanni um. »Ich muss den richtigen Zeitpunkt abwarten. Solche Veränderungen fallen Papa schwer. Versprich mir, weder ihm noch Andreas etwas zu erzählen.«

»Versprochen«, beeilte sich Hanni zu sagen. Dabei hatte sie ein ungutes Gefühl. Die Vorstellung, Andreas etwas zu verschweigen, was er wissen sollte, lag ihr auf der Seele. Sie wollte zu Bruder und Schwester loyal sein und stand damit zwischen den beiden. Hoffentlich ging das gut.

»Bevor ich es vergesse, Andreas will nächste Woche eine Bergtour mit uns unternehmen. Bis dahin sollten wir fit sein. Vor allem auf deine Rippen müssen wir noch etwas Wanderfett bekommen, sonst schaffst du es nicht hinauf auf den Berg.« Dabei zwickte Annamirl Hanni in die Seite, dass sie aufquiekte.

Leo, die in dem Augenblick die Tür aufgemacht hatte, um die beiden zum Abendbrot zu holen, sah sie erstaunt an. »Ich wusste gar nicht, dass hier oben ein quietschendes Schweinchen wohnt«, sagte sie.

Woraufhin Annamirl Hanni gleich noch einmal zwickte. Pflichtschuldig quiekte Hanni auf.

Gut gelaunt und für den Moment aller Sorgen enthoben gingen sie zum Essen hinunter.

Abendessen in illustrer Runde

»Wie geht es in Köln?« Gabriele von Hartenstein beugte sich zu Gerhard Jacoby hinüber, der eher das offenherzige Dekolleté als seine Tischnachbarin beachtete.

»Ganz prächtig! Die Geschäfte laufen rund, die Auftragsbücher der Firmen sind voll, und meine Dienste werden überall gebraucht.«

Fast hätte Cäcilie ihrem Mann bei diesem Satz ein Glas Wasser ins Gesicht geschüttet. Ihr war sehr wohl bewusst, worauf er anspielte, und ihr war das Zwinkern, das er Gabriele verschwörerisch zugeworfen hatte, nicht entgangen.

»Es brummt in Deutschland, dass es eine wahre Freude ist. Nur eines macht mir Sorgen. Uns gehen die Arbeiter aus. Die Aufträge sind da, und allerorten werden händeringend Arbeiter gesucht.«

»Und was kann man Ihrer Meinung nach dagegen machen?«, fragte Detlef Moser. »Mit einer Kinderprämie für die Frauen wird das Problem nicht zu lösen sein, da haben wir erst in fünfzehn Jahren neue Arbeiter.«

»Zuzug«, antwortete Gerhard Jacoby, legte sein Besteck zur Seite, stützte seine Ellenbogen rechts und links vom Teller auf und legte die Hände ineinander.

Seine Dozentenhaltung, wie Cäcilie dies im Stillen nannte. Gerhard dozierte gern, denn er war der Meinung, die Welt als Einziger zu verstehen. Warum er nicht in die Politik gegangen war, hatte sie ihn einmal gefragt.

»Weil man dort nicht so viel verdient wie in der freien Wirtschaft«, hatte seine Antwort gelautet, »und weil man trotzdem seine gute Portion Macht über die Politik hat. Wirtschaft bestimmt die Politik! Darum.«

Daran hatte Cäcilie keine Zweifel. Sie hatte nie wissen wollen, womit genau ihr Mann sein Geld verdiente. Sonst wäre er ihr noch unerträglicher geworden.

»Wir brauchen willige und vor allem billige Arbeiter aus dem Ausland.«

»Nun, Franzosen, Belgier oder Holländer werden bei uns nicht in den Fabriken arbeiten wollen«, gab Moser zu bedenken.

»Von denen spreche ich nicht. Gehen Sie lieber in den Süden. Italien, Griechenland, die Türkei. Dort gibt es genug gesunde Männer, die vom Schafehüten kaum leben können. Von denen wollen sicher einige gern eine Zeit lang in einer deutschen Fabrik arbeiten, um ein paar harte Mark zu verdienen.«

Gerhard Jacoby nahm wieder sein Besteck auf, so als hätte er gerade ein Problem gelöst.

»Die Südländer, meinen Sie also. Nur, wie werden sich diese Menschen im kalten Deutschland fühlen?«, bemerkte Konrad Meister, der bisher ruhig, fast unbeteiligt am Tisch gesessen hatte. »Ich glaube, wir müssen noch größer denken.«

Diesen Konrad Meister umwehte etwas Kreatives. Cäcilie fand ihn beeindruckend. Er schien ein Freigeist zu sein, ganz anders als Moser oder gar die stocksteife von Hartenstein. Wie er begeistert über den Heimatabend und das dort gebotene musikalische Niveau berichtet hatte, machte ihn sympathisch.

Meister wartete, bis der Ober die Vorspeisenteller, es hatte geräucherten Saibling aus dem Königssee gegeben, abgeräumt hatte, und schilderte dann knapp seine Zukunftsvision von einem weltumspannenden Markt.

»Nehmen Sie die Musiksparte. Ich plane mit den Musikern eine Tournee durch Amerika. Es wird Plattenaufnahmen geben, die auf der ganzen Welt verkauft werden können. In Amerika, in Europa, sogar in Japan oder Australien. Darin liegt die Zukunft. Man muss weltweit denken.«

»Besteht da nicht die Gefahr, dass das Regionale, Individuelle verloren geht?«, wandte Cäcilie ein. »Verstehen Sie mich nicht falsch, ich halte die Tournee für eine schöne Idee, nur muss man aufpassen, dass es echt bleibt. Zu schnell rutscht etwas in den Kitsch ab.«

»Liebe Frau Jacoby«, antwortete Konrad Meister, »glauben Sie mir, diese Gefahr besteht bei den Berchtesgadenern keinesfalls. Die machen nichts, was ihnen nicht in den Kram passt. Das kann für einen Produzenten manchmal ganz schön anstrengend sein. Ich hatte vorgeschlagen, kleine Blumensträußchen in den Ausschnitten der Damen zu platzieren, das sorgte für heftigen Gegenwind. Nur keine Angst, die Berchtesgadener lassen sich nicht so leicht verbiegen.«

»Gerade das scheint mir auch ihren Charme auszumachen.«

»Für mich bleiben sie ein ungebildetes Bergvolk«, schaltete sich Gerhard Jacoby wieder ein, der ungeduldig mit den Fingern auf den Tisch getrommelt hatte. »Was unsere wirtschaftliche Entwicklung anbelangt –«

»Wir sollten die Damen nicht mit derlei weltpolitischen Themen langweilen«, unterbrach Detlef Moser ihn und wandte sich an Cäcilie. »Wie war Ihr Ausflug nach Salzburg?«

»Die Törtchen im Tomaselli sind wirklich köstlich. Nur Josef Meinrad haben wir nicht getroffen.«

»Was war das für ein junges Ding, das dich begleitet hatte?«

»Das war dieses trampelige Zimmermädchen«, antwortete Gabriele für Cäcilie.

»Aber ein gut gebauter Trampel, das muss ich sagen.« Gerhard fuhr sich mit der Zunge über die Lippe.

Cäcilie wurde es übel. Es passte ihr gar nicht, wie die beiden über Hanni sprachen. Sie wollte etwas erwidern, wollte erzählen, welch angenehme Begleitung sie in Salzburg genossen hatte und was für eine wunderbare junge Frau Hanni war. Doch sie schwieg, so wie sie ihr ganzes Leben zu allem geschwiegen hatte. Nur einmal im Leben hatte sie ihren Willen durchgesetzt und Gerhard geheiratet. Das war der Fehler ihres Lebens gewesen, und seither vertraute sie sich selbst nicht mehr. Ihr Urteilsvermögen war erbärmlich. Das hatte sie seither jeden Tag gespürt. Sie konnte sich selbst nicht vertrauen.

Sofort meldete sich ihre Lunge, und Cäcilie hüstelte in ihre Leinenserviette hinein.

»Dieses andere Zimmermädchen, die Annamirl«, sagte Konrad Meister, »ist ein absolutes Naturtalent.«

Alle am Tisch stimmten ihm zu. Cäcilie war froh über den Themenwechsel.

»Sie ist ein ungeschliffener Diamant«, fuhr Meister fort. »Stellt euch vor, sie hat mir erzählt, dass sie noch nie in ihrem Leben Gesangsunterricht bekommen hatte. Kann man das glauben?«

Zwei Ober traten an den Tisch und servierten die Hauptspeise. Alle hatten Wildgulasch bestellt. Nur Cäcilie hatte um einen kleinen Knödel mit etwas Bratensoße gebeten. Nachdem die ersten Bissen verspeist waren, griff Konrad Meister das Thema Annamirl noch einmal auf.

»Dieses Mädchen braucht nur ein paar Stunden Stimmbildung, um ihr ganzes Können zu entfalten. Sie hat ein ungeheures Potenzial. Die Amis werden sie lieben.«

»Amis?«, fragte Cäcilie nach. »Das meinten Sie vorhin wirklich ernst?«

»Meinte er«, gab Gabriele in ihrer übergriffigen Art zur Antwort. »Konrad plant eine Amerikatournee. Noch in diesem Jahr, stell dir nur vor.«

»Oh!«, sagte Cäcilie. »Das wird Direktor Gruber nicht gefallen, wenn er keine Heimatabende mehr veranstalten kann.«

»Keine Sorge. Es gibt noch andere Trachtenvereine und Musikgruppen. Das haben wir ausführlich besprochen«, erklärte ihr Konrad Meister.

Amerika, dachte Cäcilie. Ob Hanni schon wusste, dass ihrer Zimmerkollegin eine solch große Reise bevorstand?

»Da hatte ich mal wieder den richtigen Riecher.« Detlef Moser blickte selbstzufrieden in die Runde. Cäcilie legte ihr Besteck zur Seite. Einen halben Knödel hatte sie übriggelassen.

»Meine Liebe, du musst mehr essen, damit du wieder zu Kräften kommst«, meinte ihr Mann. »Du schaust furchtbar aus, ganz eingefallen.«

»Rührend, wie du dich um Cäcilie kümmerst«, stellte Gabriele fest. Cäcilie presste die Lippen zusammen.

»Na, Frau Jacoby, auf mich machen Sie keinen so schwachen Eindruck«, stellte sich Detlef auf ihre Seite. »Mir scheint, man darf Sie nicht unterschätzen.«

»Hört, hört, unser Moser ist ein richtiger Frauenkenner«, rief Gerhard, prostete seiner Frau mit einem maliziösen Lächeln zu und leerte sein Glas Rotwein in einem Zug. Cäcilie schauderte es.

Auf dem Gipfel

»Ich bin startklar.« Hanni schulterte den Rucksack, den sie sich von Peter ausgeliehen hatte, genauso wie eine Trinkflasche und eine zerbeulte Brotdose mit zwei dick belegten Broten, die sie auf dem Berggipfel verspeisen würden.

»Jetzt schaust du aus wie eine richtige Berchtesgadenerin«, meinte Annamirl, und Hanni freute sich über die Bemerkung. Sie hatte ein abgelegtes Dirndl von Annamirl an. Hanni hatte den Saum so weit es ging herausgelassen und das Oberteil weiter gemacht. An den Nähten sah man, dass der Stoff früher viel dunkler gewesen war. Das störte Hanni keineswegs. Wie eine Berchtesgadenerin würde sie aussehen, hatte Annamirl gesagt, und sie musste an die beiden Frauen auf dem Wandbild im Bahnhof denken, das sie am Tag ihrer Ankunft betrachtet hatte.

»Solange du den Mund nicht aufmachst«, setzte Annamirl neckend hinterher und grinste Hanni breit an.

»Dann werde ich eben eine schweigsame Berchtesgadenerin sein«, entschied Hanni und hielt sich die Lippen zu.

»Als ob du lange schweigen könntest, du Kölner Plaudertasche.«

»Im Gegensatz zu dir, du bayerische Ratschkathl«, gab Hanni zurück. Diesen Ausdruck hatte Direktor Gruber einmal gebraucht, als er die Zimmermädchen schwatzend im Flur erwischt hatte.

Seit jenem Abend, als Hanni von dem Ausflug zurückgekommen war, hatten sie nicht mehr über die Reisepläne von Annamirl gesprochen. Beide taten so, als hätte das Gespräch nicht stattgefunden. Es war ganz allein Annamirls Entscheidung. Und die ihres Vaters, vermutete Hanni, sagte dazu aber nichts mehr. Ihre Gedanken kreisten viel mehr um den heutigen Tag mit Andreas. Seit dem Heimatabend hatten sie sich nicht mehr gesehen, und Hanni wusste nicht, wie sie vor Annamirl mit Andreas umgehen sollte oder ob der Kuss für ihn überhaupt noch Bedeutung hatte. Vielleicht hat er mich geküsst, und das war's! Diesen unguten Gedanken wurde sie einfach nicht ganz los. Was, wenn sie mehr hineininterpretiert hatte? Für sie hatte der Kuss die Welt bedeutet. Aber für ihn?

»Männern kann man nicht trauen« lautete eine der Lebensweisheiten ihrer Mutter. Als ob ihr Vater etwas dafürgekonnt hätte, dass er irgendwo in Russland gefallen war. Dennoch hatte sie ihm nie verziehen, dass er sie im Stich gelassen hatte. Neben all der Trauer war es diese Wut, die danach so oft zwischen ihnen beiden gestanden hatte. Wie aus heiterem Himmel kam sie und hatte ihre Mutter dann fest im Griff. Erst seit Hanni in Berchtesgaden war, hatte sie gemerkt, wie angespannt sie gewesen war. Stets darauf gefasst, dass die Wut wieder aus ihrer Mutter herausbrechen würde, auch wenn sie wusste, dass Trauer und Sorgen dahinterstecken mochten.

Hanni war froh, hier so weit weg von zu Hause zu sein. Endlich konnte sie ihr Leben so führen, wie es ihr gefiel. Und wenn sie am Nachmittag ins Kino gehen wollte, dann konnte sie dies tun. Hier hatte sie sogar eigenes Geld und für den heutigen Tag Aussicht auf eine Bergtour mit Andreas. Was wollte sie also mehr? Sissi hätte sie beneidet!

Glücklich, so ungebunden und frei zu sein, rannten Annamirl und Hanni fast den ganzen Weg zum Bahnhof hinunter.

Dafür ernteten sie erstaunte Blicke. Mit dem Zug fuhren sie zum Königssee. So früh am Morgen saßen kaum Fahrgäste in den beiden Abteilen. Das Wetter versprach schön zu werden. Aus den Wiesen im Tal stieg Nebel, der dichter wurde, je näher sie dem Königssee kamen.

»Mann, da werden wir gar nichts von den Bergen sehen«, stellte Hanni enttäuscht fest.

»Quatsch«, entgegnete Annamirl. »Der Nebel liegt nur hier unten. Sobald die Sonne über den Berg kommt, leckt sie ihn auf wie unser Murle ein Schälchen mit Milch.«

Als sie ihr Ziel, den kleinen Bahnhof in Königssee, erreicht hatten, entdeckte Hanni Andreas sofort. Lässig stand er da, an eine der Holzsäulen gelehnt.

»Da ist er!«, rief sie aufgeregt.

Als hätte er Hanni über das Rattern und Zischen des Zuges hinweg gehört, stieß Andreas sich breit lächelnd von der Säule ab und trat an das Gleis. Kaum hatte der Zug gehalten, stürmten die beiden Frauen am Schaffner vorbei auf Andreas zu.

»Da sind wir!« Annamirl umarmte ihren Bruder und gab ihm einen Schmatz auf die Backe.

»Das sehe ich«, sagte Andreas.

Unsicher, wie sie sich verhalten sollte, blieb Hanni abwartend stehen. Wie gerne wäre sie ebenfalls auf ihn zugestürmt, hätte ihn umarmt, ihn an sich gedrückt. Und wie gerne hätte sie ihn geküsst. Nichts von alldem tat sie, denn sie bemerkte auch sein Zögern. Aber als er dann auf sie zutrat und sie umarmte, war ihr Freude grenzenlos.

»Grüß dich, Hanni«, sagte er, und weil Annamirl in diesem Moment in ihrem Rucksack kramte, küsste er sie zart auf den Mund. Da war es wieder, dieses unbeschreibliche Glücksgefühl. Als wäre sie nach Hause gekommen.

»Wie schön, dich zu sehen.« Andreas löste die Umarmung. Viel zu früh, wie Hanni fand.

»Dann wollen wir mal«, sagte Andreas und zog Hanni an der Hand mit sich. Mit der anderen packte er seine Schwester. »Mal sehen, ob ihr genug Schmalz in den Wadeln habt.«

»Bedenke, lieber Bruder, dass wir zwei junge Damen sind, die die ganze Woche über schwer gearbeitet haben. Also langsam und bedacht, sonst musst du uns beide huckepack nehmen«, bremste Annamirl seinen schnellen Schritt.

Mit gemäßigterem Tempo marschierten sie zum Königssee. Kurz blieben sie stehen, um einen Blick auf den See zu werfen. Die Elektroboote, die später die Gäste hinüber nach St. Bartholomä fahren würden, wurden aus den Bootshäusern manövriert.

»Eines Tages«, meinte Hanni, »werde ich die Überfahrt auch mitmachen. Die Hotelgäste schwärmen davon, wie schön es sei, so lautlos über den See zu gleiten.«

»Oje, ich habe völlig vergessen, dass du noch nie mit dem Boot gefahren bist.« Annamirl wirkte zerknirscht. »Wir waren schon so oft auf dem See, dass es für uns gar nichts Besonderes mehr ist.«

»Nicht weiter schlimm«, winkte Hanni ab. »Heute wollen wir einen Gipfel erklimmen. Das Bootfahren läuft uns nicht weg.«

»Bei dem schönen Wetter wären mir eh zu viele Gäste unterwegs«, entschied Andreas und ging weiter.

Sie folgten dem Seeufer, bis sie zu einem überdachten Holzsteg kamen.

»Das ist der Auslauf vom Königssee«, erklärte Andreas. »Was da unter dem Steg donnert, ist das Wasser der Königsseer Ache. Bei Schneeschmelze hat der See besonders viel Wasser.«

»Das war alles Schnee?«, wunderte sich Hanni.

»Den ganzen Winter über ist er oben auf den Bergen gefallen. Die warmen Temperaturen im Frühjahr bis in den Frühsommer hinein bringen ihn zum Schmelzen. In vielen Bächen und Rinnsalen läuft das Wasser in den See und weiter hier unter der Brücke hindurch in die Ache. Von dort in die Salzach, die fließt in die Donau und die dann in das Schwarze Meer«, erklärte Andreas.

»Genug Geografieunterricht für heute.« Jetzt war es Annamirl, die zum Aufbruch drängte. Entschlossen stapfte sie los.

Andreas drückte Hannis Hand, und für einen Augenblick blieben sie noch stehen, um sich ohne Worte zu vermitteln, wie sehr sie sich freuten, einander zu sehen.

Der See lag nun hinter ihnen, und sie marschierten eine Weide entlang, auf der fünf Kühe das taunasse Gras abrupften. Hanni war so beschwingt wie noch nie in ihrem Leben. Vor ihr ging Andreas mit ruhigen Schritten bergauf. Hanni ertappte sich dabei, wie sie fasziniert auf seine Beine schaute, die in einer kurzen Lederhose steckten. Das gestreifte Leinenhemd war herausgerutscht, und Andreas blieb stehen, um es wieder in die Hose zu stopfen. Auf seinem Rücken hatte sich ein Holzspan verfangen.

»Warst du heute schon in der Werkstatt?«, fragte Hanni.

»Ja, schon, warum fragst du?«

»Nur so«, sagte Hanni leichthin und zupfte den Span von dem Hemd und steckte ihn in ihre Rocktasche als Andenken an den heutigen Tag.

»Wo gehen wir eigentlich hin?«, wollte sie wissen.

»Auf den Grünstein«, klärte Annamirl sie auf.

Sie erreichten einen Wald, der sich um den Fuß des Berges zog. Dort wurde der Weg, der bislang sanft anstieg, auf einmal steil, und Hanni merkte, dass ihr Atem nun schneller wurde.

»Das erste Stück ist das schlimmste«, beruhigte Annamirl sie.

»Aber ich vermute mal, dass es danach nicht gleich schon wieder abwärtsgeht.«

»Stimmt«, gab Andreas zu. »Es geht die ganze Zeit bergauf. Das ist nun mal so beim Bergwandern.«

»Vielleicht hätten wir lieber mit dem Boot über den Königssee fahren sollen«, meinte Hanni.

»Nein, meine liebste Großstadtpflanze, da musst du nun durch.« Annamirl hakte sich bei Hanni ein und zog sie ein Stück mit. In Kehren zog sich der Weg den Berghang hinauf. Plätscherndes Wasser begleitete sie, und Andreas zeigte Hanni einen Bergbach, der tief eingegraben durch eine schmale Schlucht lief.

»Im Hochsommer ist der Klingerbach nur ein schmales Rinnsal. Im Frühling führt er das ganze Schmelzwasser, und bei Starkregen wird aus ihm ein reißender Wasserfall. Dann donnert er durch die Schlucht und führt zudem eine ganze Menge Geröll mit sich.«

Hanni schauderte, auch weil feuchte Luft von dem Bach hochstieg und ihr kalt ins Gesicht wehte.

Kehre für Kehre stiegen sie weiter, bis Andreas rechts in den Wald abbog. Hanni hätte den kaum erkennbaren Steig bestimmt übersehen.

»Schau«, sagte Andreas und deutete hinab ins Tal.

Hanni drehte sich um. Unter ihnen lag tiefblau der Königssee. Die Sonne brachte das Grün der Waldhänge, die ihn einrahmten, zum Leuchten.

»Sehen wir das Wiesenlehen von hier aus?«, fragte Hanni und kniff die Augen zusammen.

»Nur unsere Kühe auf der Weide. Aber vom Gipfel aus werden wir es sehen.«

»Dann los!«

Eine ganze Weile sprachen sie kaum. Sie mussten aufpassen, wohin sie traten, denn auf dem schmalen Steig konnten Wurzeln und Steine schnell zu einer Stolperfalle werden. Andreas zeigte Hanni größere Felsbrocken, die der Schnee im Winter ins Rutschen gebracht hatte.

»Die Berge sind ständig in Bewegung. Sie sehen so groß und mächtig aus, und trotzdem verändern sie sich dauernd. Da fällt ein Stein herunter, dort bricht ein Baum unter der Schneelast zusammen, oder der Sturm reißt eine Schneise, und langsam wachsen aus kleinen Schösslingen wieder neue Bäume heran.« Andreas zeigte in den Wald hinein. »Es ist wie unser Leben. Wir sind ständig in Bewegung, selbst in der Nacht, wenn wir schlafen. Und diese Bewegung bringt Veränderung mit sich, und plötzlich beginnt etwas in uns zu wachsen.« Er sah Hanni an. »Das möchte ich mit meiner Schnitzerei zum Ausdruck bringen. Hinter die sichtbaren Dinge blicken und zeigen, dass da noch so viel mehr ist.«

»Oh, mein Bruderherz hat seinen philosophischen Anfall«, rief Annamirl ihm spöttisch zu.

»Mir gefallen diese Gedanken«, sagte Hanni, »dass wir ständig in Bewegung sind, dass sich alles verändert. Das kann mitunter auch beängstigend sein. Gern würden wir manche Momente festhalten. Wie den gerade eben.« Mit einer Handbewegung zeigte Hanni auf den grandiosen Ausblick. »Alles soll so bleiben, wie es ist. Das wünschen wir uns zumindest. Nur trägt uns das Leben weiter, und diese ständige Bewegung und Veränderung müssen wir lernen, auszuhalten.«

»Ich bin eindeutig für die Bewegung und Veränderung«, sagte Annamirl. »Es gibt jede Menge zu entdecken. Ich möchte noch so vieles sehen«, brach es aus ihr heraus. Hanni wusste, woran sie dachte. Diese Tournee bedeutete ihrer Freundin ungemein viel. »Aber was reden wir die ganze Zeit von Bewegung und stehen hier nur herum?«, scheuchte sie die anderen auf. »So kommen wir nie auf den Grünstein!«

»Na, dann los!«, rief Andreas, und die drei marschierten weiter. Sie tauchten in das tiefe Grün des Waldes ein. Mit einem Mal wurde es kühler, und nur spärlich drang die Sonne durch das dichte Blätterdach. Nach einiger Zeit bergauf begann sich das Grün zu lichten, und Hanni entdeckte zahlreiche blühende Blumen am Wegesrand. Der ausgetretene Steig wand sich den Berg hinauf und endete in einem breiten Schuttfeld.

»Die ganzen Steine sind im Lauf der Zeit nach unten gerutscht.« Andreas zeigte nach oben.

»Da müssen wir hinauf?«, vergewisserte sich Hanni.

»Nur bis zur Hälfte, dann zweigt der Weg ab und führt links um den Grünstein herum durch den Wald hinauf. Dort oben wäre es viel zu steil zum Gehen. Selbst hier unten musst du auf die losen Steine aufpassen. Die rutschen leicht unter den Füßen weg.«

Andreas ließ die beiden Frauen vorgehen. »Damit ich euch notfalls auffangen kann.«

»Dann pass nur auf. Wenn die Hanni einmal in Schwung kommt, mäht sie alles nieder«, lachte Annamirl.

»Deine Schwester ist ganz schön unverschämt«, beschwerte sich Hanni.

»Da sagst du mir nichts Neues. Unter ihr leide ich schon mein ganzes Leben.«

»Als die kleine Schwester blieb mir gar nichts anderes übrig. Wer hat mich immer an meinen Zöpfen gezogen, und wer hat Resi, meine heißgeliebte Puppe, in den Trog gesteckt, um herauszufinden, ob Puppen schwimmen können?«

»Bekenne mich schuldig«, gab Andreas zu.

Der Steig durch die Felsen lag steil vor ihnen, und hin und wieder musste sich Hanni mit den Händen festhalten, um nicht abzurutschen.

»Für eine Großstadtpflanze machst du dich nicht schlecht«, lobte Andreas Hanni, als sie wieder auf einen Waldweg kamen.

»Das ist ganz schön anstrengend«, musste Hanni zugeben. Aber auch Annamirl schnaufte. Nur Andreas machte den Eindruck, als würde er nur ein wenig spazieren gehen.

Die ganze Zeit hatte Hanni seine Blicke im Rücken gespürt. Darum blieb sie öfter stehen und drehte sich zu ihm um. Jedes Mal lächelte er sie an und zwinkerte ihr fröhlich zu, und jedes Mal ging Hannis Herz dabei über vor Glück.

»Bald sind wir oben«, meinte Andreas schließlich.

Sie standen an der Abbruchkante des Schuttfeldes, die mit Holzbalken gesichert war.

»Oje«, sagte Hanni erstaunt, »das sieht wirklich gefährlich steil aus.« Fast wurde ihr schwindelig, und Andreas hielt sie am Arm fest, als hätte er ihr mulmiges Gefühl gespürt.

»Nur noch ein Stück durch den Wald, dann sind wir am Gipfel.«

»Ich kann nicht mehr«, meinte Annamirl und blieb mitten auf dem Weg stehen. »Die erste Bergtour im Jahr ist die schlimmste. Meine Knochen sind im Winter wohl eingerostet.«

»Nur keine Müdigkeit vorschützen. Es sind wirklich nur noch ein paar Meter.«

Jetzt war es Andreas, der vorging. Ein letztes steiles Stück, dann traten sie aus dem Wald, und die felsige Bergkuppe lag vor ihnen. Die Sonne stand über den Bergen am blauen Himmel. Das gesamte Berchtesgadener Tal breitete sich vor ihnen aus. Hanni blieb überrascht stehen. Einen solchen Ausblick hatte sie noch nie in ihrem Leben gesehen.

»Da ist Berchtesgaden mit der Stiftskirche. Ihre Türme kannst du gut erkennen. Links davon steht das Hotel Gruber«, erklärte Andreas Hanni die Aussicht.

»Warte, wo, ich sehe es nicht.«

Annamirl stellte sich neben Hanni. »Du musst dem Straßenverlauf folgen, dann kommst du hin.«

»Da, jetzt sehe ich es. Wie klein es von hier oben aussieht.« Sich vorzustellen, dass Ricarda und Leo dort unten gerade die Zimmer machten, die Ober den Speisesaal aufräumten und Chefkoch Heinrich die Hilfsköche anschnauzte, war komisch.

»Das nächste Mal, wenn ich vom Hotel auf den Grünstein schaue, dann denke ich daran, wie ich hier oben gestanden bin und hinabgeschaut habe. Das wird so sein, als würde ich mich selbst sehen.«

»Ich fürchte, die dünne Bergluft hat ihr zugesetzt«, meinte Annamirl. »Jetzt sieht sie sich schon doppelt.«

»Solange ich dich einfach sehe, mache ich mir keine Sorgen«, gab Hanni zurück. Dabei hatte sie sich umgedreht.

»Oh!«, rief sie erstaunt aus. Der Watzmann erhob sich zum Greifen nahe vor ihnen. Hanni war so von der Aussicht ins Tal gefesselt gewesen, dass sie den mächtigen Berg im Rücken gar nicht wahrgenommen hatte.

»Oh!«, sagte sie erneut. Noch nie war sie einem so hohen Berg so nahe gekommen. Dass sie dieses Erlebnis mit Andreas teilte, machte es noch wertvoller.

»Es ist umwerfend hier oben.«

»Das ist doch nur der Grünstein«, wiegelte Annamirl ab.

»Das nächste Mal gehen wir zum Jenner hinauf, von dort hast du erst einen tollen Blick.« Sie zeigte auf einen der Berge gegenüber.

Eine Zeit lang betrachteten die drei schweigend das Bergpanorama.

»Ich hab genug gestanden«, sagte Annamirl schließlich und wanderte das Gipfelplateau entlang, um sich ganz vorne auf einen Felsen zu setzen.

Hanni und Andreas blieben. Hanni spürte ihn hinter sich. Er fasste ihren Arm und drehte sie zu sich um. Tief sahen sie sich in die Augen. Dann küsste Hanni ihn, und er küsste sie wieder und umarmte sie. Alles um sie herum war vergessen. Die Zeit schien stillzustehen. Irgendwann lösten sie sich voneinander. In ihren Augen spiegelten sich der Himmel und die Berge und die Sonne.

»Ich liebe dich!«, sagte Andreas mit ernster Stimme.

»Ich liebe dich auch.« Hanni war überrascht, wie leicht ihr der Satz über die Lippen gegangen war. Wie ein kleiner Vogel war er munter über ihre Lippen gehüpft. Hier oben, auf einem Berggipfel, fand Hanni, was sie sich sehnlichst gewünscht hatte: Halt, Zuversicht und Liebe. Wieder küssten sie sich, und in diesem Kuss begann unter dem strahlend blauen Himmel ihr gemeinsames Leben.

»Der Watzmann ist unser Zeuge«, sagte Andreas lachend und schaute zu dem mächtigen Berg hinüber. »So wie der Watzmann seine Frau an seiner Seite hat, so möchte ich, dass du an der meinen bist.«

»Das möchte ich auch, Andreas. Nur, ob ich es jemals bis auf den Watzmann schaffe, das kann ich dir nicht versprechen. Er erscheint mir arg hoch zu sein.«

Sie lachten.

»Das werden wir beizeiten sehen. Den Grünstein hast du auf jeden Fall mit Bravour gemeistert.« Andreas nestelte in seiner Jackentasche und holte etwas heraus. »Damit es dir von Anfang an klar ist, für Gold und Silber wird es bei mir nie reichen.« Er hielt einen Ring aus Holz in der Hand. »Holz und meine Liebe, mehr kann ich dir nicht bieten.«

»Und beides reicht für mich vollkommen.«

Andreas nahm ihre Hand und steckte ihr den Ring an.

»Ich habe ihn noch in jener Nacht, als ich dich und Annamirl ins Hotel gefahren habe, geschnitzt. Ich war so aufgeregt, denn mir war vom ersten Moment an klar, dass ich mit dir mein Leben verbringen möchte.«

»Ich werde ihn mein Leben lang tragen.« Wie feierlich sich dieser Moment anfühlte. Sie streckte ihre Hand aus. »Er ist wunderschön. Danke!«

»Er ist aus einem Stück Zwetschgenbaum. Der stand früher auf unserem Hof, und als Kind bin ich darauf herumgeklettert.«

»Und nun trage ich ein Stück davon am Finger.« Hanni strahlte.

In diesem Moment erhob sich ein Jodler in die Lüfte, und Hanni und Andreas sahen zu Annamirl hinüber.

Ihr stand ein großes Fragezeichen im Gesicht, wie sie ihren Bruder und ihre Freundin Arm in Arm auf sich zukommen sah.

»Mein Schwesterherz, was bringst du auch so eine wunderbare Frau zu uns nach Hause«, sagte Andreas augenzwinkernd.

»Hanni, Hanni, ich sollte dich warnen. Mein Bruder hat nur Holz im Kopf.« Annamirl ging auf Hanni zu und umarmte sie. »Ich habe mir fast schon so etwas gedacht. So auffällig oft, wie sich Andreas nach dir erkundigt hat, und die vielen Grüße, die er mir an dich aufgetragen hat, da war mir klar, dass Andreas nicht nur nett zu meiner neuen Zimmergenossin sein wollte.«

»Du bist mir also nicht böse?«

»Warum sollte ich dir böse sein?«

»Andreas ist dein Bruder, und ich bin eine Städterin, noch dazu aus Köln. Das passt doch nicht.«

»Und wie das passt!« Wie zur Bekräftigung stieß Annamirl einen hellen Jodler aus.

»Was wird Vater dazu sagen?«, wandte Andreas sich an seine Schwester.

»Der wird überglücklich sein. Er mag Hanni, und er wird froh sein, wenn du eine Frau an deiner Seite hast, die ein wenig nach dir schaut. Du bist in letzter Zeit zu einem richtigen Waldkauz geworden. Allein deine Haare!«

»Oh nein, ich liebe deine Locken.« Hanni wuschelte Andreas durch das Haar.

Andreas zuckte grinsend mit den Schultern.

Dann wechselte Annamirl unvermittelt das Thema. »Hört zu, ihr müsst mir helfen. Ich habe wirklich ein großes Problem«, sagte sie mit ernster Miene. Hanni ahnte, was Annamirl auf der Seele lag.

Im Heimatmuseum

»Mein Liebes, nimm doch etwas von dem Lachs.« Mit der Gabel spießte Gerhard Jacoby eine Scheibe des roséfarbenen Fisches von seinem Teller und legte sie auf Cäcilies Frühstücksteller. Sahnemeerrettich klebte daran, und Cäcilie musste sich beherrschen, um nicht angewidert das Gesicht zu verziehen. Gerhard wusste nur zu genau, dass sie keinen Lachs mochte und dass die Schärfe des Meerrettichs ihre Bronchien reizte. Wie ein Schmierenkomödiant gab er den treu sorgenden Ehemann. Warum nur war er jetzt schon aufgetaucht? Eigentlich hätte er wie jedes Jahr erst im Juli nach Berchtesgaden kommen sollen.

»Ich wollte nach dir sehen, meine Teure«, hatte er mit besorgter Stimme erklärt, als sie ihn so plötzlich vor dem Hotel angetroffen hatte. Dabei hatte er sich Anerkennung heischend umgesehen. Aber Cäcilie nahm ihm seine Fürsorglichkeit ganz und gar nicht ab. Früher war sie derartigen Beteuerungen auf dem Leim gegangen. Hatte sich von ihm blenden lassen. Diese Zeiten waren vorbei.

Mit Nachdruck legte Cäcilie Messer und Gabel zusammen auf den Teller. Ihr war der Appetit vergangen. Gerhard war vor der schwangeren Sekretärin geflohen, vermutete sie. Er hatte sicher nicht damit gerechnet, für seinen Büroflirt Verantwortung übernehmen zu müssen. Aber vermutlich würde er sein Problem mit Geld regeln.

»Ihr müsst unbedingt den Räucherspeck probieren«, empfahl jetzt Detlef Moser, der mit ihnen am Tisch saß. Er hob eine der hauchdünn geschnittenen Scheiben mit zwei Fingern hoch und ließ sie in seinen Mund gleiten. »Köstlich!«, beteuerte er. »Der wird noch in einer alten Räucherkammer direkt auf einem Bauernhof hergestellt. Das bekommst du sonst nirgendwo.«

»Was für ein Gourmand du bist.« Gabriele von Hartenstein zwinkerte ihm zu und nahm nun ebenfalls eine Scheibe ganz ungeniert zwischen die Finger und steckte sie zwischen ihre knallrot geschminkten Lippen.

Sie ist und bleibt eine vulgäre Person, dachte Cäcilie. Kein Wunder, dass Gerhard ihre Bekanntschaft so schätzt.

»Oder meinte ich Gourmet?« Gabriele von Hartenstein kicherte übertrieben. »Ach, egal. Im Zweifelsfall bist du beides.« Sie zwinkerte Detlef Moser noch einmal kess zu.

»Herr Meister, ein Ferngespräch für Sie.« Der junge Ober war an den Tisch getreten.

Konrad Meister sprang sogleich auf. »Ihr entschuldigt mich, das muss Amerika sein. Meine Partner drüben sind ganz begeistert von der Idee und legen sich mächtig ins Zeug.«

»Was für ein Abenteuer diese Reise für alle sein wird«, meinte Cäcilie.

»Ja, diese Bergbewohner kommen ja sonst in ihrem Leben nie aus dem Tal heraus!«, sagte Gerhard Jacoby abfällig.

Mein Ehemann, charmant wie immer, dachte Cäcilie.

»Die werden nicht schlecht staunen, wenn sie die Zivilisation kennenlernen«, setzte Gabriele nach.

»Nun, ich glaube, man darf die Berchtesgadener nicht unterschätzen«, gab Detlef Moser zu bedenken. »Einfältig sind sie auf keinen Fall. Wart ihr schon einmal im Heimatmuseum? Dort ist alles ausgestellt, was für das Leben hier im Tal besonders ist. Wirklich sehenswert. Ein Raum ist den

Schnitzarbeiten gewidmet. Filigranste Werke, kaum zu glauben, was alles von Menschenhand geschaffen wird. Man kann mit Fug und Recht von einer Handwerkskunst sprechen.«

Cäcilie sah ihn dankbar an. »Schön, dass Sie als Fürsprecher für die Berchtesgadener auftreten. Ich glaube auch, in diesem Bergvolk steckt sehr viel mehr, als auf den ersten Blick zu erkennen ist. Denken Sie zum Beispiel an Annamirl. Eine solche Begabung ist ein Gottesgeschenk. Und jetzt wird ihr Talent sie nach Amerika bringen! Das ist doch enorm!«

»Ich bleibe dabei, die Menschen hier sind Hinterwäldler, und wenn nicht ab und zu Gäste wie wir herkämen, dann hätten sie hier überhaupt keine Kultur.«

»Die haben sie sehr wohl«, widersprach Cäcilie, die derartiges Gerede überhaupt nicht leiden konnte. Als ob ihr Mann auch nur ein Fünkchen Interesse für Kultur besäße.

»Meine liebe Frau verteidigt gerne die Schwachen, die Witwen und Waisen. In Köln muss ich sie immer davon abhalten, jedem Bettler eine Mark zuzustecken.«

»Hören Sie mir mit denen auf. An jeder Ecke steht einer. Richtig lästig.« Gabriele senkte ihre Stimme. »Dieses Herumlungern und Betteln hätte es früher nicht gegeben. Da herrschte noch Zucht und Ordnung.«

»Es profitieren eben nicht alle von unserem viel gepriesenen Wirtschaftswunder«, gab Detlef Moser diplomatisch zu bedenken, und damit war das Thema zu Cäcilies Erleichterung beendet. Im Grunde musste sie froh sein, dass die anderen mit an ihrem Tisch saßen, sonst hätte sie mit Gerhard allein dagesessen, und daran wollte sie nicht einmal denken. Dann noch lieber das Geplapper von Gabriele.

»Was wollen wir heute unternehmen?« Gabriele blickte auffordernd in die Runde.

»Wo wir gerade davon sprechen – ich war schon lange nicht mehr im Heimatmuseum«, sagte Cäcilie in der Hoffnung, dass sich sonst niemand dafür interessieren würde.

»Dieses alte Zeug ist nichts für mich«, erwiderte Gerhard prompt.

Und auch Gabriele zeigte keinerlei Interesse. »Ich werde mich in die Sonne setzen. Dann bin ich nicht mehr so bleich, wenn wir im September nach Italien fahren.«

»Was habt ihr vor?«, fragte Konrad Meister, der gerade wieder zu ihnen zurückkehrte.

»Frau Jacoby möchte gerne das Heimatmuseum besuchen«, klärte Detlef ihn auf. »Du müsstest es dir eigentlich anschauen. Jetzt, wo du der neue Botschafter von Berchtesgaden in Amerika wirst.«

»Dann werde ich mitkommen, wenn gnädige Frau gestatten?« Meister deutete eine leichte Verbeugung in Richtung Cäcilie an.

»Natürlich gestatte ich«, antwortete sie amüsiert. »Und würde Herr Moser uns ebenfalls begleiten?«

»Mit Vergnügen. Für ein Museum bin ich immer zu haben.«

»Fahrt ihr nur«, sagte Gerhard. »Ich muss im Büro anrufen, sonst tanzen dort die Mäuse auf dem Tisch.«

Das glaube ich gerne, dachte Cäcilie bitter. Wer weiß, was es noch alles für ihn zu regeln gab.

Detlef Moser erhob sich, um bei Herrn Rieber die Fahrt zum Museum anzumelden, und Cäcilie ging hinauf in ihr Zimmer, um sich fertig zu machen. Die Aussicht auf den kleinen Ausflug hatte ihre Stimmung gehoben.

»Das ist höchst erstaunlich.« Konrad Meister stand mit Cäcilie und Detlef vor einer Vitrine, in der zierlich geschnitztes Spielzeug ausgestellt war.

»Dass man solche Miniaturen schnitzen kann«, wunderte sich Cäcilie ebenfalls.

»Für ein rückständiges Bergvolk ganz enorm«, sagte Detlef Moser nicht ohne Ironie und zwinkerte Cäcilie dabei zu.

»Wirklich enorm!«, stimmte Meister zu, der zur nächsten Ausstellungsvitrine geschlendert war. Hier waren kunstvoll bemalte Spanschachteln ausgestellt.

»Die Berchtesgadener War, wie sie genannt wird, ist seit Jahrhunderten Bestandteil der bäuerlichen Kultur«, las Detlef Moser von einem Schild vor ihnen ab. »In der holzreichen Region wurde mit diesen in Heimarbeit gefertigten Gegenständen das karge Einkommen aufgebessert.«

»An den langen Winterabenden hatten die Menschen hier sicher genug Zeit dafür.« Meister drückte sich fast die Nase an dem Vitrinenglas platt.

»Schauen Sie, Frau Jacoby«, machte Moser Cäcilie auf ein besonderes Ausstellungsstück aufmerksam. »Das ist ein sogenanntes Oaschpfeiflrössl.« Er grinste und wiederholte das Wort genüsslich.

»Wie bitte?«, fragte Cäcilie ungläubig nach. »Habe ich das richtig verstanden?«

»Schauen Sie selbst. Hier steht es schwarz auf weiß.« Detlef Moser zeigte auf ein kleines Schild. »Das ist ein Hinterteilpfeifenpferd«, übersetzte er den bayerischen Ausdruck. Eingehend betrachteten sie das kleine Holzpferd, aus dessen Hinterteil tatsächlich eine kleine Pfeife herausragte.

»Enorm!«, sagte Konrad Meister zum wiederholten Mal.

Cäcilie ging weiter. »Hier ist ein kleiner Hühnerstall«, meinte Cäcilie. Aus einer orange bemalten Holzkiste schauten geschnitzte Hühner heraus.

»Die sind beweglich aufgehängt«, stellte Detlef Moser

amüsiert fest. »Wenn man die Kiste anstupst, wackeln die Hühnerköpfe auf und nieder, als ob sie picken würden.«

»Das sind so kreative Einfälle«, stellte Cäcilie fest. »Alles andere als einfältig!«

»Das ist es!« Ein plötzlicher Aufschrei von Konrad Meister ließ die beiden anderen erschrocken zusammenzucken. »Diese Sachen sollen die Vorlage für unsere Bühnendekoration sein.«

Cäcilie und Detlef Moser sahen den Produzenten erwartungsvoll an.

»Wir wollen doch Berchtesgaden nach Amerika holen. Also hängen wir hinten auf der Bühne ein großes Plakat vom Watzmann auf, und links und rechts auf der Bühne steht dieses Kinderspielzeug, nur eben viel größer und aus Pappmaschee. Ein richtiger Hingucker wird das. Ein Knaller. Die Amis werden es lieben!« Konrad Meister hatte vor Aufregung ganz rote Wangen bekommen. »Wir könnten in der Pause sogar dieses Dingenspferd verkaufen. Das geht sicher weg wie warme Semmeln!« Er blickte die beiden mit leuchtenden Augen an. »Ihr entschuldigt mich, das muss ich sogleich abklären.« Und schon eilte er in Richtung Ausgang.

»Ideen scheint er zu haben«, meinte Cäcilie.

»Fast zu viele«, gab Moser zurück, »und nicht immer stellen sie sich als lukrativ heraus.«

»Aber die Reise nach Amerika wird doch nicht schiefgehen?«, fragte Cäcilie besorgt nach und dachte dabei an Annamirl.

»Nein, nein, diese Tournee ist eine todsichere Sache. Die Amis lieben alles, was mit Bayern zu tun hat. Das Bier, das Oktoberfest, die Trachten. So ein Heimatabend kommt sicher gut bei ihnen an.«

»Das hoffe ich für alle Beteiligten.«

Konrad Meister kam zu ihnen zurück. »Fahrt bitte ohne mich ins Hotel zurück. Ich muss mit den Handwerkern, die diese Holzsachen produzieren, verhandeln. Ich sage euch, das Arschpfeifenross bringe ich in Amerika ganz groß raus!« Damit verabschiedete er sich und ließ Cäcilie und Detlef Moser verdattert zurück.

»Ich nehme an, als Produzent braucht man den Druck irgendwie«, stellte Cäcilie fest.

»Bis der erste Herzinfarkt ihn ruhigstellt.« Detlef Moser schüttelte seinen Kopf. »Diese Hektik, die in den letzten Jahren um sich gegriffen hat, macht mich ganz fertig. Keiner hat mehr Zeit. Es geht nur noch um den schnöden Mammon.«

»War das nicht schon immer so?«, gab Cäcilie zu bedenken.

»Natürlich. Aber so schön das Wirtschaftswunder auch ist, es kann einem auch Angst machen.«

Detlef Moser blickte ins Leere, und Cäcilie schwieg und ließ ihn seinen Gedanken nachhängen.

»Wollen wir vielleicht bis zum Bahnhof spazieren?«, schlug Moser dann spontan vor.

»Gern. Nur müssen Sie sich an meinen langsamen Gang anpassen.«

»Natürlich. Ein wenig vor sich hin zu schlendern, deswegen macht der Mensch schließlich Urlaub. Hektisch ist, wie gesagt, das Leben schon genug.«

Beim Hinausgehen fiel Cäcilie ein Zeitungsausschnitt auf, der an einer Tafel aufgehängt worden war. Nanu, dachte Cäcilie. Der junge Mann darauf sieht aus wie der nächtliche Holzlieferant. Aufmerksam las sie den Artikel. Holzbildhauer Andreas Aschauer, murmelte sie und lächelte. Der hat dem Fräulein Hanni also den Kopf verdreht. Bei den hübschen Locken und dem weichen Blick konnte Cäcilie dies nur allzu gut verstehen.

»Ist noch etwas?«, fragte Detlef Moser, der vor der Tür gewartet hatte.

»Nein, alles wunderbar. Ich konnte mich von den wunderschönen Exponaten einfach nicht losreißen.«

Cäcilie dachte an Hanni und Andreas, und gleich fühlte sie sich beschwingt. Ihr Bauchgefühl sagte ihr, dass die beiden füreinander bestimmt waren.

Nur war auf ihren Bauch leider kein Verlass.

Unfrieden

Die Sonne stand tief am Himmel, und die Bäume warfen lange Schatten über den Weg talabwärts. Das letzte Stück waren sie schweigend abgestiegen. Hanni spürte, wie müde ihre Beine inzwischen waren, und sie musste sich konzentrieren, um nicht über eine Wurzel oder einen Stein zu stolpern. Andreas ging voraus, warf ab und zu einen Blick über die Schulter zurück, um sicherzugehen, dass Hanni nachkam. In einigem Abstand folgte Annamirl, stumm vor sich hin brütend. Hanni spürte die bedrückte Stimmung ihrer Freundin. Gleichzeitig war sie von Andreas' Aufmerksamkeit gerührt. Hanni wäre um ein Vielfaches beschwingter bergab gegangen, wäre Annamirls Kummer nicht gewesen. Heute musste sie ihrem Vater von ihrem Engagement und der geplanten Reise nach Amerika erzählen. Wasti würde es nicht gutheißen, es ihr vielleicht sogar verbieten, vermutete Hanni.

Vom Tal herauf stieg ihnen drückende Hitze entgegen und machte ihnen das Atmen schwer. So muss sich Frau Jacoby fühlen, überlegte Hanni, wenn sie nicht genug Luft in ihre Lungen bekommt.

Unten im Tal angekommen, eilte Andreas die Seestraße entlang, und Hanni blieb nicht viel Zeit, die Auslagen der Geschäfte zu begutachten.

»Lauter billiges G'lump verkaufen sie hier«, sagte Andreas mit ungewohnter Abfälligkeit.

»Das sind Reiseandenken und Mitbringsel. Die Menschen wollen eine Erinnerung an die schöne Landschaft und ihren Urlaub hier«, wandte Hanni ein.

»Ein Stocknagel oder ein Schlüsselanhänger wird der Landschaft nicht gerecht. Hier drin sollten sie die Erinnerung an die Schönheit des Sees und der Berge bewahren.« Dabei schlug sich Andreas auf die Brust.

»Du bist zu streng«, meinte Hanni. »Nicht jeder hat so eine Künstlerseele wie du.«

»Ein bisschen mehr Geschmack würde den Menschen nicht schaden.«

»Also ganz ehrlich, so ein bisschen Kitsch ist manchmal durchaus schön.«

Andreas blieb stehen. »Wenn du das so sagst, bekomme ich gleich ein schlechtes Gewissen. Du hast halt dein Herz am rechten Fleck, und ich bin ein alter Nörgler.«

»Aber ein Nörgler, den ich in mein Herz geschlossen habe.« Hanni stellte sich auf ihre Zehenspitzen und küsste Andreas.

Inzwischen hatte Annamirl die beiden eingeholt. Nervös drehte sie an ihren geflochtenen Zöpfen.

»Komm, gehen wir heim. Das wird schon werden«, sagte Andreas aufmunternd, und am Ende der Seestraße bogen sie zu dritt rechts zum Wiesenlehen ab.

»Du hast leicht reden, Bruderherz. Hanni und du, ihr kommt mit erfreulichen Nachrichten nach Hause, im Gegensatz zu mir.« Annamirl blieb stehen. »Ich will unbedingt nach Amerika«, rief sie trotzig aus. »Und ich werde fahren!«

Andreas zuckte mit den Schultern und drehte sich wortlos um. Hanni beschlich ein ungutes Gefühl. Diese Tournee könnte einigen Ärger bringen.

»Nein!« Wasti hieb mit seiner großen Hand auf den Tisch. »Ich lasse meine Tochter nicht nach Amerika fahren.«

Hanni war zusammengezuckt. Eine ablehnende Reaktion hatten die drei erwartet, dass sie allerdings derart heftig ausfallen würden, das hätten sie nicht gedacht. Andreas warf Annamirl einen kurzen Blick zu und schaute betreten vor sich hin.

»Papa, es kommen ganz viele Berchtesgadener mit. Die kennst du alle. Der Huber Sepp, der Irlinger Bartl und der Hollein Sigi von der Musikkapelle fahren mit. Und die Mayrhofer Lena und die Frauen vom Ramsauer Dreigesang. Ich bin nicht allein, und die Lena ist sogar jünger als ich.«

Bewundernd hörte Hanni zu, wie Annamirl ihre Argumente vorbrachte, die sie sich offenbar zuvor zurechtgelegt hatte. Ganz von der Hand zu weisen waren sie nicht. Mit so einer großen Gruppe konnte nicht viel passieren. Wasti aber blieb bei seiner ablehnenden Haltung.

»Ich möchte nicht, dass diese Amerikaner meine Tochter angaffen wie eine Kuriosität. Schaut nur das bayerische Mädel aus Deutschland an, und was für ein lustiges Kleid sie anhat. Nein!« Wieder hieb er auf den Tisch. »Ich möchte nicht, dass man so über dich redet.«

»Aber Papa, kein Mensch redet so über mich. Das bildest du dir nur ein. Der Konrad Meister ist ein angesehener Produzent. Wir treten nur in den besten Häusern auf. Das hat alles Klasse und Niveau. Stell dir vor, ich soll auf einem Wolkenkratzer in New York singen!« Annamirls flehender Gesichtsausdruck tat Hanni in der Seele weh. »Das ist eine einmalige Chance für mich.«

»Und wenn schon. Wir Aschauers gehören hierher und reisen nicht in der Weltgeschichte herum. Du weißt selbst«, wandte er sich an seinen Sohn, der bislang geschwiegen hatte,

»wie wenig es dir in München auf der Meisterschule gefallen hat.«

»Aber, Papa!«, sagte Annamirl ärgerlich. »Du kannst mich doch nicht mit Andreas vergleichen, der seine Werkstatt am liebsten nie verlassen würde. Aber ich will so gern mehr von der Welt sehen.«

»Wozu denn? Reicht dir das Wiesenlehen nicht? Will die Madam was Besseres werden? Sind wir ihr nicht fein genug?«

»Darum geht es nicht!« Jetzt war auch Annamirl laut geworden. »Ich möchte singen!«, rief sie aufgebracht.

»Du kannst an den Heimatabenden singen. Das reicht! Da stehst du genauso auf einer Bühne. Das will ich dir auch weiterhin erlauben.«

»Papa, bitte! Das ist ganz etwas anderes«, flehte Annamirl.

Eingeschüchtert saß Hanni auf der Bank. Diese Auseinandersetzung machte ihr gehörig zu schaffen. Sie konnte beide verstehen und befürchtete, dass Wasti das letzte Wort behalten sollte. Nervös drehte sie an ihrem Holzring. Eigentlich sollte sie überglücklich sein, und ein Teil in ihr freute sich über das Erlebte. Sie spürte Andreas' Bein, das gegen das ihre drückte. Wie wunderbar sich das anfühlte. Und gleichzeitig schlug ihr Herz ganz wild, nicht aus Liebe zu Andreas, sondern aus Sorge um ihre Freundin.

»Annamirl, du bleibst hier, und damit basta! Ich werde meine Tochter nicht fahren lassen.« Wasti verschränkte seine Arme vor der Brust zum Zeichen, dass sein letztes Wort in der Angelegenheit gefallen war. Annamirl beugte sich zu ihm vor, schien noch etwas sagen zu wollen, schlug dann ihrerseits auf den Tisch, sprang auf und rannte aus dem Zimmer. Die Tür ließ sie krachend ins Schloss fallen. Hanni sah Andreas erschrocken an. Er nickte ihr auffordernd zu, und so erhob sich Hanni leise.

»Annamirl!«, rief sie und lief ihrer Freundin hinterher. »Annamirl, so warte doch.«

Annamirl war schnurstracks über die Wiese vor dem Hof gerannt. Sie blieb stehen, drehte sich zu Hanni um. Tränen liefen ihr über die erhitzten Wangen. Als Hanni sie eingeholt hatte, fiel Annamirl ihr laut schluchzend in die Arme.

»Ich will unbedingt mitfahren«, stieß sie weinend aus. »Er ist so gemein!«

Hanni nestelte in ihrer Rocktasche nach einem Taschentuch und reichte es Annamirl.

»Was kann ich dafür, dass mein Herr Vater und mein werter Bruder das Wiesenlehen nicht verlassen wollen und am liebsten immer zu Hause sind? Diese Tournee ist eine so große Chance, einmal aus Berchtesgaden herauszukommen.«

Sosehr Hanni die Wut ihrer Freundin verstand, sosehr konnte sie sich auch in deren Vater hineinversetzen. Die Tochter so weit weggehen zu lassen, war nicht einfach. Auch ihre Mutter hatte am Bahnsteig geweint, obwohl zwischen Köln und Berchtesgaden nur eine Zugfahrt und kein Ozean lag.

»Es ist nur wegen Mama. Wenn sie noch leben würde, dann dürfte ich fahren. Garantiert!«

Der Gedanke war Hanni auch gekommen, das lag auf der Hand. Hatte Wasti schon die Frau verloren, wollte er seine Kinder gerne um sich haben und gerade Annamirl keinem Risiko aussetzen. Hanni biss sich auf die Lippe.

»Ich fahre trotzdem. Ich bin fast volljährig. Im Herbst werde ich einundzwanzig. Vater hat mir nichts mehr zu befehlen. Ich lasse mir meinen Traum von ihm nicht kaputtmachen.« Sie schaute Hanni an. »Es tut mir leid, dass der schöne Tag im Unfrieden geendet ist. Ich freue mich für dich und Andreas, das musst du mir glauben!«

»Klar, nur schmerzt es mich, dich so verzweifelt zu sehen.«

»Vater kann furchtbar stur sein. Meistens hat er ein weiches Herz, nur wehe, er hat sich etwas in den Kopf gesetzt, dann bringen ihn keine zehn Pferde davon ab. Seit dem Tod von Mama ist das noch schlimmer geworden.«

»Trotzdem, rede noch einmal mit ihm.«

»Es hat keinen Zweck«, sagte Annamirl. »Ich gehe schon mal zum Bahnhof.«

»Willst du dich nicht wenigstens verabschieden?«

»Nein, dazu habe ich keine Lust. Ich will ihn so schnell nicht wiedersehen.« Sie drehte sich um und stapfte los.

Nachdenklich sah Hanni ihr nach. Den Dickkopf hatte sie ganz offensichtlich vom Vater geerbt.

In der Stube saßen Andreas und Wasti schweigend am Tisch. Hanni trat zögerlich ein.

»Ich wollte mich verabschieden. Annamirl ist schon vorgegangen.«

»Vielleicht kannst du meine Tochter zur Vernunft bringen«, meinte Wasti niedergeschlagen.

»Das wird nicht so einfach sein«, sagte Andreas laut und leiser zu Hanni gewandt: »Da treffen zwei Dickköpfe aufeinander.«

»Genau das habe ich mir auch gedacht«, flüsterte Hanni zurück. Dann verabschiedete sie sich artig von Wasti, der versuchte, etwas Freundlichkeit in seine Stimme zu legen. Zusammengesackt wie er auf der Bank saß, tat er Hanni gehörig leid.

Andreas begleitete sie nach draußen.

»Wirst du mit deinem Vater noch einmal reden?«, fragte Hanni.

»Das hat keinen Zweck. Ich halte es ehrlich gesagt selbst

für eine Schnapsidee, so ein junges Ding auf eine solche Reise mitzunehmen.«

Hanni verkniff sich eine Erwiderung. Sie wollte an diesem Tag keinen Streit vom Zaun brechen. Eigentlich hatte sie mehr Einsatz von Andreas für seine Schwester erwartet. »Es fahren genug andere Mädchen mit, und die sind nicht viel älter«, sagte sie stattdessen.

»Trotzdem, das kann sie Vater nicht antun. Nicht nach Mutters Tod.« Trauer überschattete seine Augen.

Wie weh es Hanni tat, Andreas so zu sehen. Dennoch, er hätte sich auf Annamirls Seite stellen sollen, dann hätte Annamirl noch eine Chance, dass Wasti sein Einverständnis gab. Zwischen Andreas und Annamirl zu stehen, genau das hatte sie befürchtet.

Andreas beugte sich zu ihr vor. »Es tut mir so leid, wie der Tag endet.«

»Mir auch«, antwortete Hanni und legte ihre Hand auf seine Brust. Ihr war, als müsste sie eine Kluft überbrücken, die sich plötzlich zwischen ihnen aufgetan hatte. Es fühlte sich nicht richtig an. »Ich gehe dann besser. Es war ein langer Tag.« Hanni wandte sich um.

»Warte!«, rief Andreas ihr nach, doch Hanni dachte an Annamirl und wie sie jetzt verzweifelt unten am Bahnhof saß.

»Ich muss zu Annamirl«, erwiderte sie, und dann rief sie ihm noch zu: »Jeder sollte selbst bestimmen dürfen, wie er leben möchte!«

Das Gleiche hatte sie auch zu Robert gesagt. Es war nie gut, wenn jemand über das Leben eines anderen bestimmen wollte. Hanni legte einen Schritt zu.

Kurz darauf sah sie Annamirl am Bahnhof stehen, die ihr aufgeregt zuwinkte.

»Lauf schnell, wir fahren gleich los«, hörte sie die Freundin rufen. Hanni lief los und erwischte den Zug gerade noch. Schweigend saßen die beiden nebeneinander. Hanni überlegte, wie sie Annamirl aufmuntern könnte. Am liebsten hätte sie sich aus der Meinungsverschiedenheit herausgehalten. Nachdenklich drehte Hanni an dem Holzring. Wie flüchtig das Glück war. Oben auf dem Gipfel hatte ihr Herz gejubelt, nun pochte es schwer in ihrer Brust.

Schweigend stiegen sie aus dem Zug und gingen zum Hotel hinauf. Vor ihrem Zimmer angekommen sahen sie sich überrascht an. Von irgendwoher drang das leise Wimmern eines Babys an ihr Ohr.

Eine süsse Zuckerblüte

Stocksteif saß Cäcilie in dem Sessel und beobachtete ihren Mann, der, die Arme hinter seinen Rücken verschränkt, aus dem Fenster blickte.

»Reiß dich zusammen! Diese ewige Husterei geht mir ordentlich auf die Nerven. Und allen anderen geht es sicher genauso.«

Er stand da, als würde er einen Brief diktieren. Als wäre sie seine Sekretärin. Nein, korrigierte sich Cäcilie, seine Sekretärin bedachte er mit viel mehr Aufmerksamkeit. Cäcilie antwortete nicht. Was hätte sie erwidern sollen? Ihrem Mann die Funktionsweise der Lunge erklären? Ihm darlegen, was es bedeutete, Asthma zu haben? Das würde nichts bringen, denn beides wusste er sehr genau. Gerhard war nicht dumm. Cäcilie wünschte sich fast, er wäre es. Es waren die Cleveren, vor denen man sich fürchten musste. Er wollte sie nur erniedrigen. Das hatte sie inzwischen verstanden. Wie blind war sie am Anfang ihrer Ehe gewesen und hatte nicht gemerkt, wie seine stets abfälligen Bemerkungen ihr Selbstbewusstsein allmählich aushöhlten. Bis sie nur noch ein Nervenbündel war.

»Die Aussicht ist unglaublich«, fuhr er im Plauderton fort. »Diese Berge, so mächtig und groß.«

Mit einem Mal fühlte sich Cäcilie, als säße sie mit einem Fremden in einem Zugabteil und machte belanglose Konversation über das Wetter und die Berge.

»Wie ich hörte, warst du bei Dr. Schubert.«

Alarmiert hob Cäcilie den Kopf. Damit hatte sie nicht gerechnet. Woher wusste Gerhard von ihrem Besuch bei dem Anwalt? Ganz bewusst hatte sie einen ausgesucht, der nicht mit Gerhard und seinen Geschäften involviert war. Dr. Schubert hatte einen vertrauenswürdigen Eindruck gemacht, und seine Reputation war hervorragend. Cäcilie hatte sich diesbezüglich unauffällig bei ihren Freundinnen umgehört. Dass er Gerhard gegenüber eine Bemerkung gemacht haben könnte, mochte sie nicht glauben.

»Köln ist groß«, erklärte Gerhard, der ihre Überraschung bemerkt haben musste. »Doch ich habe meine Augen und Ohren in der ganzen Stadt.«

Der Sekretärinnenfunk, fiel es Cäcilie ein. Das musste die Erklärung sein. Wie lange er gewartet hatte, um diese Bombe platzen zu lassen. Fast bewunderte sie ihn. Einen Sinn für Dramatik hatte er.

»Was wolltest du bei Dr. Schubert? Als Anwalt soll er nur Mittelmaß sein. Hat eher einfache Klienten.«

Das bedeutet nur, dass er sich auf keine krummen Geschäfte mit Männern wie dich einlässt, dachte Cäcilie. Männer, die zu allen Zeiten Profit auf Kosten anderer herausschlagen. Genau darum hatte sie ihn ausgesucht. Ihren wahren Grund konnte sie Gerhard unmöglich sagen. Dass sie sich informiert hatte, ob sie sich scheiden lassen könnte und welche Konsequenzen das für sie haben würde, durfte er unter keinen Umständen erfahren. Dr. Schubert hatte ihr keine großen Hoffnungen gemacht. Ihr Geld, der größte Teil ihres Erbes, steckte in der Firma und war kaum von dort herauszubekommen.

»Warum warst du dort?« Gerhard hatte sich umgedreht und sich bedrohlich vor ihr aufgebaut.

»Ich …«, stotterte Cäcilie los und bekam vor Aufregung einen Hustenreiz.

»Was auch immer es war, denke daran, einen Gerhard Jacoby sollte man nicht hintergehen.«

Cäcilie nickte, ihr Taschentuch an den Mund gepresst.

»Wolltest wohl wieder hinter meinem Rücken diesem Waisenhaus Geld spenden und hast den Schubert dazu befragt?«, fragte Gerhard abfällig

Cäcilie nickte schnell, froh um diese Erklärung.

»Hör auf, diesen Gören mein Geld zu schenken. Nur weil du keine Kinder bekommen kannst. Damit ist jetzt Schluss!«

Das meiste Geld habe ich mit in die Ehe gebracht, dachte Cäcilie bitter. Davon wird er der Sekretärin ein ordentliches Sümmchen zukommen lassen, damit sie ihn mit dem Kind in Ruhe lässt. Wer weiß, ob er die Vaterschaft überhaupt anerkennt. Das wäre ihm tatsächlich zuzutrauen.

»Frigide Frauen kriegen keine Kinder.« Gerhard blickte abschätzig auf seine Frau hinunter. »Das ist wissenschaftlich bewiesen. Und was für ein klägliches Bild einer Mutter hättest du abgegeben. Jedes Kind hätte sich geschämt.« Gerhard verzog verächtlich das Gesicht.

»Nun, dann hoffe ich, dass sich dein Kind nicht für seinen Vater schämen muss«, erwiderte Cäcilie wütend. Sie wollte ihm nicht zeigen, wie sehr er sie mit seinen Anspielungen auf ihre Kinderlosigkeit verletzte.

»Wer weiß, ob ich überhaupt der Vater bin. So junge Dinger können rechte Flittchen sein.« Ohne ein weiteres Wort wandte er sich zum Gehen. Beim Sekretär blieb er stehen, nahm die Zuckerblüte, Cäcilies Erinnerung an den vergnüglichen Ausflug nach Salzburg, und warf sie sich in den Mund. Cäcilie hörte den Zucker knacken.

Im Zimmer Nummer acht

Geistesgegenwärtig zog Hanni Annamirl, die verblüfft in der Tür stehen geblieben war, in das Zimmer. Eine junge Frau saß auf dem Bett und hielt ein jammerndes Baby im Arm.

»Bernadette!«, rief Annamirl überrascht aus, »was tust du denn hier?«

Das war also ihre Vorgängerin, schlussfolgerte Hanni, trat vorsichtig näher und ging in die Hocke vor der Frau, die sie mit rot geweinten Augen schweigend ansah.

»Ich bin Hanni«, stellte sie sich vor. »Und wer ist die Kleine hier?«

»Das ist die Lena«, antwortete Bernadette und blickte auf ihr Kind hinunter.

»Hat sie Hunger?«, fragte Hanni.

»Sie will nicht so recht trinken. Das geht schon die ganze Bahnfahrt so.«

Hanni sah, wie sich ihre Augen mit Tränen füllten.

»Bernadette, was tust du hier?«, fragte Annamirl erneut und setzte sich neben ihre ehemalige Kollegin aufs Bett.

Die junge Frau fing stockend das Erzählen an. Wie entsetzt ihre Eltern gewesen waren, als sie vor ein paar Monaten schwanger vor der Tür gestanden hatte.

»Vater hat mir als Erstes das ganze Geld abgenommen und mich dann nie wieder angesehen.« Jetzt liefen die Tränen über ihr Gesicht, und Hanni reichte ihr schnell ein Taschentuch.

»Mutti redete wenigstens ab und zu mit mir, aber ich durfte die Wohnung nicht verlassen. Keiner von den Nachbarn sollte sehen, dass ich schwanger war.«

»Das ist ja ein starkes Stück!«, entrüstete sich Annamirl.

»Am zwölften April kam Lena dann auf die Welt«, berichtete Bernadette weiter.

»Wie verlief die Geburt?«, wollte Hanni wissen.

»Gut, nur hinterher fing es zu Hause an, wirklich schlimm zu werden. Jedes Mal, wenn Lena geweint hat, ist Vati wütend geworden.« Bernadettes Stimme erstarb.

»Hat er«, Hanni zögerte, »dich geschlagen?«

Bernadette nickte, und Annamirl legte ihr tröstend die Hand auf die Schulter.

»Und gestern hat er uns einfach rausgeschmissen. Ich hatte kaum Zeit, etwas zu packen.« Sie zeigte auf einen Rucksack, der neben dem Bett stand. »Mutti hat mir etwas Geld zugesteckt, und weil ich nicht wusste, wohin, bin ich nach Berchtesgaden gefahren.« Bernadette schluchzte auf. »Ich weiß einfach nicht weiter.«

Hanni schaute fragend zu Annamirl, doch die blickte sie genauso ratlos an. Lena begann wieder zu weinen, und Bernadette versuchte, ihr die Brust zu geben. Hanni trat ein wenig zur Seite und nickte auffordernd zu Annamirl, die vorsichtig aufstand. Flüsternd tauschten sich die beiden aus.

»Was sollen wir machen?«, fragte Annamirl mit gesenkter Stimme. »Hierbleiben kann sie schlecht. Wenn das die Schreiber oder gar der Direktor mitbekommen, fliegen wir alle hochkant raus.«

»Das glaube ich auch«, meinte Hanni, »aber wir können sie nicht einfach wie ihre Eltern vor die Tür setzen.«

»Nein, natürlich nicht. Aber ich habe keine Ahnung, wo wir sie unterbringen könnten.«

»Was ist mit dem Vater?«

»Der hat sie schon einmal abserviert, der wird die beiden nicht mit offenen Armen empfangen.«

Hanni knetete ihre Hände, als ließe sich eine Idee herauswringen. »Es muss sich eine Lösung finden, wenigstens vorübergehend.«

Ihre Überlegungen wurden jäh unterbrochen. Jemand klopfte an die Tür, und als sie mit Schwung geöffnet wurde, fuhren die drei Frauen zusammen. Fräulein Schreiber stand mit versteinerter Miene in der Tür.

»Was ist hier los?«, fragte sie, an Annamirl und Hanni gewandt. Ohne eine Antwort abzuwarten, trat sie ins Zimmer und schloss die Tür hinter sich.

»Wie ich sehe«, wandte sie sich dann an Bernadette, »sind Sie aus Recklinghausen wieder zurück nach Berchtesgaden gekommen. Ich habe mir gleich gedacht, dass es keine gute Idee war, Sie zurückzuschicken. Hat man Sie zu Hause rausgeschmissen?«

Bernadette nickte.

»Und das Geld?«

»Das hat ihr Vater ihr abgenommen«, erklärte Hanni.

»So etwas in diese Richtung hatte ich befürchtet.«

Fräulein Schreiber warf einen Blick auf Bernadette und das Kind. Dabei huschte ein Lächeln über ihr Gesicht, wie Hanni bemerkte.

»Hier können Sie nicht bleiben.« Fräulein Schreiber drehte sich zu Hanni und Annamirl. »Ich glaube, Zimmer Nummer acht ist nicht belegt. Und die Nachbarzimmer ebenfalls nicht. Dort können die beiden heute Nacht bleiben und etwas zur Ruhe kommen. Für länger kann ich das nicht verantworten. Hanni, richten Sie das Zimmer her, und Sie, Annamirl, kommen mit mir hinunter in die Küche. Wir werden sehen, was wir zu essen auftreiben können.«

»Jawohl, Fräulein Schreiber«, stotterten die beiden Angesprochenen völlig überrascht. »Und danke«, fügten sie noch eilig hinzu.

Beim Hinausgehen sah Hanni, wie sich Fräulein Schreiber hinunterbeugte und über den Kopf des Kindes strich.

Das werde ich ihr nie vergessen, dachte Hanni, während sie das Zimmer Nummer acht aufsperrte. Geschwind bezog sie das Bett, fuhr mit dem Staublappen über die Kommode und das kleine Tischchen, drehte die Heizung auf und zog die Vorhänge zu. Wer hätte gedacht, dass ausgerechnet Fräulein Schreiber der rettende Engel sein würde? So haben wir einen Tag Aufschub bekommen, dachte Hanni, die das Licht am Nachtkästchen anknipste und die Deckenlampe löschte. Warm und einladend sah das Zimmer nun aus. Hoffentlich konnten die beiden hier etwas zur Ruhe kommen.

In diesem Moment ging die Tür auf, und Bernadette huschte mit Lena auf dem Arm ins Zimmer. Hinter ihr kam Annamirl, den Rucksack über eine Schulter gehängt und mit einem Tablett in der Hand, auf der eine dampfende Suppe und eine Brotzeit angerichtet waren.

»Lena schläft«, flüsterte Bernadette. »Sie hat tatsächlich vorhin ganz ordentlich getrunken.«

»Das macht die kräftige Bergluft«, sagte Annamirl und lächelte die beiden an.

Bernadette legte Lena vorsichtig aufs Bett. Die Kleine maunzte kurz, und alle drei hielten den Atem an, aber nach einem genüsslichen Schmatzer waren wieder ruhige Atemzüge zu hören.

»Ich hatte schon Angst, das Grummeln meines hungrigen

Magens würde sie wieder aufwecken«, sagte Bernadette, als sie sich an den Tisch setzte und den Suppenlöffel zur Hand nahm. »Ich weiß gar nicht, wie ich euch danken soll.«

»Gar nicht«, antwortete Annamirl in ihrer lakonischen Art. »Fräulein Schreiber musst du danken, dass sie euch nicht vor die Tür gesetzt hat. Das finde ich eine sehr noble Geste von ihr. Wer hätte gedacht, dass unsere gestrenge Hausdame ein so weiches Herz hat.«

»Wie könnte man bei so einem süßen Würmchen nicht alle Augen zudrücken?« Hanni sah auf das friedlich schlafende Baby. Nur wo, um Himmels willen, sollen wir dich morgen unterbringen?, überlegte Hanni. Ganz offiziell ein Zimmer im Hotel mieten? Dazu fehlte ihnen das Geld, selbst wenn alle Zimmermädchen zusammenlegten. Sollten sie Direktor Gruber bitten? Er mochte umgänglich sein, aber einem ehemaligen Zimmermädchen mitsamt einem nur ein paar Wochen alten Baby ein Zimmer zu geben, erschien Hanni unmöglich. Das hier war ein Grandhotel und keine einfache Pension. Sie biss sich auf die Unterlippe. Dann kam ihr ein Gedanke. Für den Augenblick schien das die einzige Möglichkeit zu sein. Wenigstens für ein paar Tage, bis sie eine andere Lösung gefunden hätten. Mal sehen, was Annamirl dazu meinte. Sie kannte den Direktor schon länger. Hanni lächelte Bernadette zu, die den letzten Rest Suppe mit einem Stück Semmel auftunkte.

»So lecker habe ich lange nicht mehr gegessen«, sagte Bernadette und stellte das Geschirr zusammen.

»Jetzt ruh dich aus und versuch zu schlafen. Alles Weitere klären wir morgen.« Annamirl nahm das Tablett.

»Vielen Dank!« Bernadette standen Tränen in den Augen.

»Schlaf jetzt. Es war ein anstrengender Tag, und ihr beide braucht eure Ruhe.«

Hanni mochte sich gar nicht vorstellen, was die beiden in der letzten Zeit alles durchgemacht hatten. Mit einem letzten aufmunternden Lächeln ließen Annamirl und sie die beiden allein.

»Puh, das ist erst mal gut gegangen.« Leise zogen sie sich in ihr Zimmer zurück, um sich zu besprechen. Nur gab es nicht viel, stellte Hanni fest, worüber sie sich hätten beratschlagen können.

»Wohin sollen wir sie morgen nur bringen?«, brachte Annamirl die Sache auf den Punkt. Hannis Vorschlag, mit Direktor Gruber zu reden, wies Annamirl zurück. »Das ist keine gute Idee. Der Gruber ist im Grunde sehr großzügig und nett, nur, was wir da von ihm verlangen, ist schlichtweg unmöglich. Außerdem würde so rauskommen, dass Fräulein Schreiber Bernadette ein Zimmer gegeben hat.«

Da ist etwas Wahres dran, musste Hanni zugeben. Sie konnten Fräulein Schreiber nicht noch weiter in die Angelegenheit mit hineinziehen. Hilflos zuckte Hanni mit den Achseln. Wie schön hatte der Tag angefangen, und wie kompliziert hatte er geendet. Annamirl wollte gegen den Willen ihres Vaters mit auf Tournee gehen, und Bernadette lag mit Lena im Zimmer Nummer acht, und niemand durfte davon erfahren. Was sollte sie nur machen?

Hinter verschlossenen Türen

Annamirl hatte sich ins Bad verzogen, aus dem heute kein fröhlicher Gesang drang. Unruhig tigerte Hanni in ihrem Zimmer auf und ab. Wo könnte sich über Nacht eine Wohnung oder wenigstens ein Zimmer für die beiden auftreiben lassen? Sich erst morgen darum zu kümmern, schien ihr zu spät zu sein. Hanni blieb unter dem Dachfenster stehen und blickte in den Abendhimmel.

»Sei's drum!«, murmelte sie vor sich hin und ging energisch zur Tür. Sie hatte einen Entschluss gefasst, der sogleich in die Tat umgesetzt werden musste. Sie würde mit Direktor Gruber reden. Eine andere Lösung wollte ihr nicht einfallen. Mehr als Bernadette hinausschmeißen konnte er nicht, und auf seine Zimmermädchen mochte er sauer sein, doch hier ging es um eine verzweifelte Mutter und ihr kleines Baby. Es wäre ihre Idee gewesen, so würde sie behaupten, die beiden in Zimmer Nummer acht unterzubringen, beschloss Hanni. Dann wäre die Hausdame aus der Schusslinie.

Leise ging Hanni die Treppe hinunter. Stimmen drangen aus der Bar. Hanni hörte Gläser klirren und das Geräusch des Cocktailshakers, den der Barmann gerne schüttelte. Auf der letzten Stufe blieb sie stehen. Niemand war zu sehen. An der Rezeption vorbei lief Hanni mit großen Schritten zur Tür des Direktors. Bei ihrer nächtlichen Mission brauchte sie keine Zuschauer. Dass so ein Hotel überall Augen und Ohren hatte, das hatte sie schon des Öfteren feststellen müssen.

Vor der Tür atmetet sie durch, strich ihr Kleid glatt und klopfte an. Hanni hielt die Luft an. Kein Geräusch. Das zweite Mal anzuklopfen erforderte mehr Mut. Endlich hörte sie eine Männerstimme »Herein!« rufen.

Hanni atmete einmal tief durch und öffnete die Tür. Kurz verschlug es ihr die Sprache, denn mitten im Zimmer stand Fräulein Schreiber, die sie nicht minder überrascht ansah.

»Fräulein Hanni!«

»Soso, das Fräulein Hanni!« Direktor Gruber trat hinter seinem Schreibtisch hervor und musterte Hanni. Das machte es ihr nicht gerade leichter, sich zu erklären. Hanni holte Luft und begann, von dem ehemaligen Zimmermädchen Bernadette und Lena zu erzählen, die sie für heute Nacht in Zimmer acht untergebracht hatte. »Wohin sollten die beiden sonst? Nirgends sind sie willkommen.«

»Nun, das Grandhotel Gruber heißt prinzipiell gerne Gäste willkommen, am liebsten zahlende. Nur in dem Fall komme ich in Bedrängnis.«

»Ich habe Direktor Gruber gerade über die Situation ins Bild gesetzt«, erklärte Fräulein Schreiber. »Ich musste natürlich dem Direktor berichten, was in seinem Hotel alles vor sich geht«, erklärte sie.

»Wir beherbergen eine junge Mutter, die noch nicht einmal volljährig ist«, führte Direktor Gruber seine Ansicht weiter aus. »Vermutlich machen wir uns sogar strafbar, wenn sie ohne Erlaubnis ihrer Eltern bei uns nächtigt.«

»Ihre Eltern haben sie rausgeschmissen, dann werden sie ja wohl einverstanden sein, dass ihrer Tochter und ihrem Enkelkind irgendwo Unterschlupf gewährt wird.« Hanni klang schärfer als beabsichtigt. Darum fügte sie ruhiger hinzu: »Die beiden brauchen einfach ein Dach über den Kopf. Und zwar erst einmal für heute Nacht.«

Der Direktor lächelte Hanni an. »Das sollen sie natürlich bekommen. Ich wollte Ihnen nur die Tragweite aufzeigen. Denn ab sofort sind wir für sie irgendwie verantwortlich.«

Dass er von »wir« sprach, deutete Hanni als gutes Zeichen.

»Direktor Gruber hat einer weiteren Nacht zugestimmt, worum ich ihn gebeten habe«, sagte Fräulein Schreiber und deutete ein Nicken in dessen Richtung an. »Denn in so kurzer Zeit werden wir keine Lösung finden.«

»Nur können wir Mutter und Kind nicht ewig hier im Hotel behalten, noch dazu, wo wir ab nächster Woche voll belegt sein werden.« Direktor Gruber fuhr sich über das Haar. »So einen Fall hatten wir in unserer ganzen Hotelgeschichte noch nicht, und ich führe das Hotel nun schon in dritter Generation.« Er hielt einen Moment lang inne. »Geburten hatten wir schon ein paarmal und natürlich Todesfälle, aber ein ehemaliges Zimmermädchen mitsamt einem Neugeborenen ist noch nie aufgetaucht.«

»Wir werden eine Lösung finden«, versprach Hanni. »Wichtig ist, dass die beiden etwas zur Ruhe kommen.«

»Das sehe ich genauso«, pflichtete Fräulein Schreiber ihr bei.

»Eine Zwischenrast«, sagte Direktor Gruber, und seine Stimme wurde sanft, »wie sie vielleicht Maria und Josef auf ihrer Flucht in einer Hütte am Wegesrand eingelegt haben.«

Die Bemerkung ließ Hanni beinahe schmunzeln. Denn der Direktor war bekannt dafür, bibelfest zu sein. Die Hütte am Wegesrand allerdings schwirrte in Hannis Kopf herum.

»Sehen Sie bitte zu, dass es Mutter und Kind an nichts mangelt. Wir wollen nicht wie die Bewohner von Bethlehem am Ende schlecht dastehen.«

»Dafür sorgen wir, Herr Direktor.« Fräulein Schreiber

drehte sich zu Hanni um, die sich herzlich bedankte, und die beiden Frauen verließen zusammen das Direktorenzimmer.

»Gut, dass unser Herr Direktor sein Herz am rechten Fleck trägt«, sagte Fräulein Schreiber.

»Das hatte ich gehofft«, Hanni pflichtete ihr erleichtert bei. »Deswegen hatte ich gewagt, zu ihm zu gehen. Ich musste es ihm sagen.«

»Sie haben richtig gehandelt. Dinge zu verschweigen, tut nicht gut«, erwiderte Fräulein Schreiber, der plötzlich die Stimme zu brechen schien.

»Ist Ihnen nicht gut?«, fragte Hanni besorgt nach.

»Ein Kind, und keiner will es. Wie schrecklich«, fuhr Fräulein Schreiber flüsternd fort. Gleich darauf hatte sie sich wieder im Griff und trug Hanni auf, morgen ein kräftiges Frühstück auf Zimmer acht zu bringen.

»Wir sehen morgen weiter, wohin Bernadette gehen kann. Ich danke Ihnen«, verabschiedete sich Hanni und sah Fräulein Schreiber nach, die ein wenig gebeugt davonging. Eine Hütte am Wegesrand müsste sich finden lassen. Oben angekommen, hatte sich eine Idee in ihrem Kopf geformt. Die musste sie sofort mit Annamirl besprechen.

»Wo warst du?«, fragte Annamirl, die im Nachthemd auf ihrem Bett hockte, in vorwurfsvollem Ton. »Während ich hier mein Hirn zermartere wegen der beiden, gehst du fröhlich spazieren.«

»Ein Spaziergang, der sich gelohnt hat«, verteidigte sich Hanni, setzte sich neben Annamirl und erzählte von ihrem Besuch bei Direktor Gruber.

»Du traust dich was, das muss man dir lassen.« Annamirl sah Hanni bewundernd an.

»Als ich ganz neu war hier, hast du mir erzählt, dass der

Direktor ganz umgänglich ist. Auf dein Wort habe ich mich verlassen«, sagte Hanni mit gespielter Empörung.

»Und recht habe ich behalten!«, trumpfte Annamirl auf.

»Warte nur ab, was mir noch eingefallen ist. Der Direktor hat von einer Zwischenrast der beiden gesprochen und dass sie wie Maria und Josef auf der Flucht wären und eine heimelige Hütte suchen würden.«

»Manchmal redet unser Herr Direktor daher wie unser Herr Pfarrer.«

»Deswegen ist er so beliebt bei den Gästen. Vielleicht muss in jedem guten Hoteldirektor etwas von einem Pfarrer stecken«, schlussfolgerte Hanni. »Auf jeden Fall hat er mich damit auf eine Idee gebracht. Sein Gerede von einer heimeligen Hütte hat mich an eure Alm denken lassen. Im Moment sind noch keine Kühe oben, oder? Könnten die beiden nicht für eine Zeit dort unterkommen?« Hanni sah Annamirl erwartungsvoll an.

»Schon«, antwortete Annamirl gedehnt. »Nur möchte ich nicht erst wütend das Wiesenlehen verlassen und am nächsten Tag mit einer Bitte aufkreuzen.«

»Ich kann gehen!«, schlug Hanni vor. Sie hatte Annamirl nichts davon erzählt, dass Andreas und sie nicht in bester Stimmung auseinandergegangen waren. Himmel, fiel es Hanni auf, war das wirklich erst ein paar Stunden her? Ihr kam es vor, als wären Tage vergangen. Morgen wäre sie sowieso nach der Arbeit zu Andreas gefahren, um ein klärendes Gespräch zu führen.

Diesen Gedanken jedoch schob Hanni erst einmal zur Seite. Zuerst musste sie Annamirl von ihrer Idee überzeugen. »Die Alm liegt oberhalb vom Wiesenlehen, oder?«, erkundigte sie sich.

»Ja, am Jenner.«

Hanni begann sich die Haare zu bürsten. »Du hast mir von dem Brunnen vor der Alm erzählt, der herrlichen Aussicht und der gemütlichen Stube darin. Gibt es auch einen Ofen?«

»Den gibt es«, bestätigte Annamirl, »und hinter der Hütte liegt noch Holz vom letzten Jahr.« Sie hielt in der Bewegung inne und strahlte Hanni an. »Das ist vielleicht wirklich eine klasse Idee. Dort haben sie erst mal ihre Ruhe, und wir gewinnen Zeit, eine dauerhafte Lösung zu finden. Hanni, du bist 'ne Wucht!«

Ein Knopf wird angenäht

Ist so eine Alm für ein Baby überhaupt geeignet?«, fragte Bernadette am nächsten Morgen zaghaft und schaute zu ihrer Tochter hinüber. Hanni und Annamirl hatten ihr ein Tablett mit einem üppigen Frühstück aufs Zimmer gebracht und sahen zufrieden zu, mit welch gutem Appetit Bernadette sich darüber hermachte. Anscheinend hatte sie zu Hause nicht viel zu essen bekommen, vermutete Hanni, und gleich empfand sie noch mehr Mitleid.

»Die Almhütte ist nicht so komfortabel wie das Grandhotel Gruber, aber wenn du weißt, wie man ein Feuer im Ofen anmacht, dann werdet ihr beide es richtig gemütlich haben«, stellte Annamirl klar.

»Wir bringen dir regelmäßig alles auf die Hütte. Die Windeln waschen wir mit der Hotelwäsche einfach mit.« Hanni versuchte, beruhigend zu klingen. »Dort oben hast du erst einmal Ruhe, und die frische Bergluft wird euch beiden guttun. Ihr hattet genug Aufregung.«

»Die hatten wir.« Wieder schaute Bernadette nach ihrem kleinen Mädchen, das sich zu strecken begann. »Guten Morgen, meine Kleine«, sagte sie liebevoll und nahm ihre Tochter hoch. »So gut wie letzte Nacht hast du noch nie geschlafen.«

»Wie gesagt, das ist die kräftige Bergluft.« Hanni beugte sich zu Lena. »Die hat dir offensichtlich gutgetan. Wenn es klappt, bekommst du auch die nächste Zeit eine gehörige Portion Bergluft ab.« Vorsichtig hielt sie Lena ihren Zeigefinger hin, und diese umklammerte ihn fest. Hanni mochte sich gar nicht von dem kleinen Wesen losreißen, aber Annamirl drängte. Ihre Arbeit mussten sie trotzdem heute schaffen.

»Sobald ich vom Wiesenlehen zurück bin, schaue ich vorbei«, versprach Hanni. Gleich in der Früh hatte sie mit Fräulein Schreiber ausgemacht, dass sie am Vormittag ins Wiesenlehen fahren durfte, um bei Wasti und Andreas nachzufragen.

»Hoffentlich spielt Papa mit«, meinte Annamirl leise und schob Hanni zur Tür.

»Das ist so eine gute Lösung, er kann einfach nicht Nein sagen.«

»Dass er das kann, hat er gestern bewiesen«, seufzte Annamirl.

»Soll ich ihm einen schönen Gruß von dir ausrichten?«, fragte Hanni, in der Hoffnung auf ein Zeichen der Versöhnung von beiden Seiten.

Annamirl zögerte. »Nein«, sagte sie dann entschieden. »Ich lasse mir von ihm meinen Traum nicht zerstören, da gibt es auch keinen schönen Gruß von mir.«

Da war nichts zu machen, wenn zwei Dickköpfe aneinandergerieten.

Der Vormittag schien nicht vergehen zu wollen. Jedes Mal, wenn Hanni den langen Gang zur Putzkammer entlanglief, schaute sie auf die große Standuhr mit den Schnitzarbeiten. Die Zeiger bewegten sich nicht, fand Hanni, obwohl die Uhr tickte, wie sie sich vergewissert hatte. Viel später als gehofft hängte sie endlich die letzten frischen Handtücher in ein blitzblank geputztes Bad, räumte eilig die Putzsachen auf und lief ins Zimmer hoch. In Windeseile wusch sie sich. Ihre Haare mussten mit ein paar Bürstenstrichen auskommen. Sie band sie zusammen, holte ihre Strickjacke aus dem Schrank, steckte das Portemonnaie ein und eilte aus dem Hotel und die Straße hinunter nach Berchtesgaden.

Im Bus setzte sie sich ans Fenster, nur nahm sie nichts von dem Panorama wahr, das die anderen Fahrgäste ausgiebig bestaunten. Ihr ging so vieles durch den Kopf. Zum einen waren da Bernadette und die Frage, ob Wasti damit einverstanden sein würde, wenn sie mit Lena auf die Alm zog. Was, wenn Wasti tatsächlich etwas dagegen hätte?, überlegte sie. Ihr wurde mulmig zumute. Sie war so selbstverständlich davon ausgegangen, dass Bernadette in der Almhütte einquartiert werden könnte. Aber drängte sie nicht zu sehr in das Leben der Aschauers? Sicher, Andreas und sie waren ein Paar, wenn auch erst seit einem Tag, und der war in Unfrieden zu Ende gegangen. Das beschäftigte sie zum anderen. Deshalb war sie froh, einen Grund zu haben, in das Wiesenlehen zu fahren. Die Meinungsverschiedenheit von gestern Abend musste aus der Welt geschafft werden. Annamirls Wunsch, an der Amerikareise teilzunehmen, durfte keinen Keil zwischen Andreas und sie treiben. Nur war es eine vertrackte Angelegenheit, die einen Schatten auf ihre junge Beziehung warf. Von einer Unruhe ergriffen, konnte Hanni es kaum erwarten, das Ziel endlich zu erreichen. Es war, als würde der Busfahrer extra langsam fahren, um den Touristen eine noch bessere Aussicht auf die Berge zu ermöglichen.

Am Königssee angekommen, drängelte sich Hanni vor und bog in den Weg zum Dorf Königssee ein. Sobald sie das Wiesenlehen sah, wie es sich in der Dämmerung in die Wiese schmiegte, nach der es benannt war, spürte sie, wie eine innere Ruhe einkehrte. Mit neuer Zuversicht schritt sie den

Weg zum Hof hoch. Aus der Werkstatt drangen die schon gewohnten Geräusche, und kaum hatte sie an die Tür geklopft, warf Andreas das Werkzeug auf die Hobelbank, lief mit drei großen Schritten auf Hanni zu und sah sie strahlend an. Dann fielen sich beide in die Arme.

»Ich war so ein Idiot«, sagte Andreas zwischen zwei Küssen. »Das war so ein besonderer Tag, und mit meiner Sturheit habe ich alles verdorben.«

»Nichts hast du verdorben«, beruhigte ihn Hanni und strich ihm über die Wange. »An diesem besonderen Tag hätte ich zwar auf eine Meinungsverschiedenheit verzichten können, dafür haben wir den ersten Streit hinter uns gebracht. Irgendwann wäre er sowieso gekommen.« Hanni lachte Andreas an. »Das gehört dazu. Wir können nicht immer einer Meinung sein.«

»Womit habe ich nur eine so kluge Frau verdient?« Andreas sah sie verliebt an. »Nachdem du gestern weg warst, wurde mit richtig schlecht, so ein ungutes Gefühl hatte ich in der Magengrube. Da bin ich losgerannt, bis zum Hotel.«

»Das ist eine ziemliche Strecke. Was wolltest du denn dort?« Insgeheim freute sich Hanni über den Einsatz, den Andreas an den Tag gelegt hatte.

»Dich sehen, natürlich. Ich hatte gehofft, dass du mir zufällig über den Weg läufst.«

»Mitten in der Nacht schleiche ich selten ums Hotel.«

»Das habe ich gemerkt. Außer dem Pagen, der kurz vor die Tür trat, um heimlich eine zu rauchen, habe ich niemanden gesehen. Und ihn nach dir zu fragen, das wäre ja wohl keine gute Idee gewesen.«

»Allerdings, denn Herrenbesuch auf den Mädchenzimmern ist nicht erlaubt.« Hanni schmiegte sich an ihn. »Den weiten Weg, nur für mich«, flüsterte sie.

»Für dich würde ich noch viel weiter laufen«, erwiderte Andreas leise.

»He, der Knopf ist ja ganz lose«, sagte Hanni unvermittelt, und betrachtete einen der Hirschhornknöpfe an Andreas' Janker genauer. »Den nähe ich dir gleich fest.«

»Warte, ich kann dich noch nicht gehen lassen.« Andreas neigte den Kopf, und sanft berührten seine Lippen Hannis Mund.

Wieder spürte sie das Sehnen, das mehr wollte als nur einen Kuss. Wie gern hätte sie dem Gefühl nachgegeben. Doch sie war ja noch aus einem anderen Grund hier. Ein wenig abrupt löste sie sich von ihm.

»Dabei hättest du mich gestern Abend durchaus antreffen können«, sagte sie, um auf ihr Anliegen zu sprechen zu kommen. »Ich bin nämlich tatsächlich nachts durch das Hotel gegeistert. Du wirst nicht glauben, was passiert ist.« Und dann erzählte sie Andreas die Begebenheiten des Abends und schloss mit dem Vorschlag, Bernadette und Lena vorübergehend auf der Alm unterzubringen.

Andreas schwieg, sah Hanni in die Augen und legte seine Arme um sie. »Was für ein großes Herz du hast. Wie könnte ich da Nein sagen?«

»Wir müssen deinen Vater fragen«, meinte Hanni und stellte erleichtert fest, dass die beunruhigenden Gedanken von zuvor wie weggeblasen waren. »Was meinst du, was wird er dazu sagen?«

»Er wird schon zustimmen.« Andreas gab sich sicher. »Komm, er sitzt in der Stube. Fragen wir ihn.«

»Und ihr bringt ihr regelmäßig Essen vorbei?«, wollte Wasti wissen, nachdem Hanni ihm die Geschichte von Bernadette und der kleinen Lena erzählt hatte.

»Wir würden uns um alles kümmern«, versicherte ihm Hanni und war froh, dass Andreas ihr aufmunternd zunickte.

»Sie wird hoffentlich nicht von der Polizei gesucht?«, fragte Wasti nach.

»Nein, ganz bestimmt nicht. Sie ist eine arme junge Frau, die vorübergehend eine Bleibe braucht«, fasste Hanni ihr Anliegen zusammen.

»Dann soll sie kommen. Andreas, du bringst noch Holz hinauf. Wir wollen ja nicht, dass das kleine Buzzele in unserer Almhütte friert.«

»Das mache ich gleich morgen früh, und ein paar Lebensmittel bringe ich auch nach oben.«

»Vielen Dank.« Vor Erleichterung fiel Hanni Wasti um den Hals und drückte ihn herzlich.

»Und ich werde nicht umarmt?«, fragte Andreas und zog Hanni zu sich her auf die Bank.

»Nicht übermütig werden, Herr Andreas Aschauer.« Entgegen ihrer Worte schmiegte sich Hanni an ihn, und die beunruhigenden Gedanken von vorhin waren weit weg.

»Der Knopf!«, kam es Hanni da wieder in den Sinn, und Andreas brachte ihr gleich den Nähkorb.

»Da sind ja mehrere locker.« Sie schnitt ein Stück Faden ab, fädelte ihn ein und begann den ersten Knopf festzunähen.

Kaum war Wasti hinausgegangen, um nach den Kühen zu sehen, nahm Andreas neben ihr Platz und sah ihr beim Nähen genau zu.

»Warum ziehst du den Faden nicht ganz fest?«, fragte er.

»Damit der Knopf nicht zu dicht auf dem Stoff sitzt, sonst kannst du ihn nicht richtig zuknöpfen. Denn zwischen Knopf und Stoff muss ja die Jacke passen. Sonst reißt der

Knopf gleich wieder ab«, erklärte Hanni. Sie wickelte den Faden ein paarmal um den Hals des Knopfes und vernähte ihn dann. »So hält der Knopf länger.«

»Schön, dass jedes Handwerk sinnvolle Regeln hat. Damit das Knopfloch den Faden nicht gleich wieder durchscheuert, hast du einen Schutz geschaffen. Ich bin beeindruckt.«

»Auch beim Schnitzen hat alles seinen Sinn. Du hast einen genauen Plan, dem du folgst«, sagte Hanni und küsste Andreas auf die Nasenspitze, so nah war er zu ihr herangerückt.

»Manchmal will die Figur nur nicht so aussehen, wie ich sie mir vorstelle. Dann ärgere ich mich sehr. Dafür wird es ein andermal besser als gedacht.«

»Wenn etwas gelingt, ist es das schönste Gefühl auf der Welt.«

Andreas schwieg einen Moment, dann richtete er sich seufzend auf. »Ich wollte, Annamirl würde hierbleiben«, kam er auf das Thema zurück, das noch einmal aufzugreifen sie vermieden hatten. »Ich weiß, für Annamirl wäre es aufregend. Und so eine Chance bekommt sie sicher nur einmal in ihrem Leben. Trotzdem ...« Andreas sah Hanni hilflos an.

»Das ist genau der Punkt. Es ist ihr Leben, und ihr wollt nicht, dass sie fährt, weil es euch um euch selbst geht.« Nun sagte Hanni doch, was sie dachte. Ihr war es wichtig, dass sie ihm ihre Meinung deutlich machte. »Ich verstehe, dass ihr, dein Vater und du, sie beschützen wollt, aber sie fährt nach Amerika und nicht auf eine Expedition in die Wüste. Nur damit euer Leben so gemächlich weiterläuft wie bisher, soll Annamirl ihren Traum aufgeben? Das ist nicht gerecht!« Hanni ließ die Arme sinken und sah Andreas abwartend an. Wie würde er reagieren?

Zärtlich griff Andreas nach Hannis Hand. »Du bist nicht

nur wunderschön und blitzgescheit, sondern hast auch ein großes Herz, meine liebe Hanni.« Er strich über ihre Hand. »Es stimmt, uns würde es besser gehen, wenn sie dabliebe. Das ist egoistisch. Ich werde beizeiten noch einmal mit Vater reden. Vielleicht gibt er am Ende nach. Nur, seinen Dickschädel sollte man nicht unterschätzen.«

»Den von Annamirl allerdings genauso wenig.«

»Das stimmt«, seufzte Andreas. »Davon kann ich ein Lied singen. Schon als Kind war sie so stur. Ich als älterer Bruder musste da oft zurückstecken.«

Und das macht dich so liebenswert, dachte Hanni und schnitt den letzten Faden ab. Andreas musste nicht mit dem Kopf durch die Wand, und das gefiel ihr.

»Fertig!« Sie hielt Andreas den Janker hin. »Alle Knöpfe sitzen wieder fest.«

»Doppelt gesichert«, lachte Andreas, zog den Janker an und bedankte sich mit einem innigen Kuss bei Hanni.

»Komm«, sagte er, »ich zeig dir, woran ich gerade arbeite.«

In der Werkstatt betrachtete Hanni in Ruhe die Figur einer Frau, die ihrem Gefühl in einer bewegenden Geste Ausdruck gab. Andreas stand abwartend neben Hanni und spielte nervös mit ein paar Holzspänen in seiner Hand.

»Sie sieht aus, als ob sie etwas zu beklagen hätte«, meinte Hanni.

»Genau das wollte ich erreichen. Ich werde sie *Die Klagende* nennen. Es geht so vielen Menschen nach dem Krieg noch nicht wieder gut. Aber das scheint niemanden mehr zu interessieren. Hauptsache, die Wirtschaft nimmt Aufschwung, die Schaufenster sind voller schöner Waren. Ich will nicht, dass es bei uns Menschen gibt, die vergessen werden.«

Hanni hatte ihm nachdenklich zugehört.

»Wie gut, dass du mit deiner Figur auf sie aufmerksam machst.« Zart ließ sie ihren Zeigefinger über die Figur gleiten. Dann streckte sie ihre Hand nach Andreas aus.

Dieser drehte sich zu ihr um und lächelte. »Ich kann so froh sein, keinen Grund zur Klage zu haben.« Er zog sie zu sich heran und schlang seine Arme um sie.

Hanni spürte, wie sich ihre Sinne in ihrer beider Hingabe verloren. Nichts anderes gab es mehr in der Welt als Andreas. Hanni hatte das Gefühl, ihre Körper würden verschmelzen. So stark war dieses Gefühl, dass es ihr den Atem nahm.

»Andreas«, hauchte sie. Sie wollte ihn gar nicht mehr freigeben. Doch plötzlich musste sie an Bernadette und ihre kleine Lena denken. Als wären ihrer beider Gedanken verbunden, löste sich Andreas in dem Augenblick von ihr und schaute Hanni aufmerksam an.

»Entschuldige«, sagte er. »Ich wollte nicht ungestüm sein.«

»Das warst du nicht«, versicherte ihm Hanni und strich ihm eine Locke aus der Stirn.

»Ich liebe dich«, flüsterte Andreas. »Aber ich werde dich nicht bedrängen. Dafür bist du mir viel zu wichtig.«

»Mein Lieber!« Hanni nahm seine Hände und drückte sie.

»Ich möchte nicht einer der jungen Männer sein, die nur ihren Spaß im Kopf haben und sich hinterher nicht um ihr Mädchen scheren. So wie dieser Hofbauer Sepp.«

»Wie wer?« Hanni trat überrascht einen Schritt zurück.

»Na ja, ich vermute, er ist der Kindsvater.«

»Du kennst den Vater der kleinen Lena?«, fragte Hanni verblüfft nach.

»Auf jeden Fall hat der Sepp Anfang des Jahres einmal groß getönt, was für ein potenter Kerl er wäre. Ich habe mir damals nichts weiter dabei gedacht, weil ich den Sepp nicht leiden mag und gar nicht wusste, um welches Mädchen es ging. Ich hatte nur mitbekommen, dass sie ein Zimmermädchen war und nicht von hier. Und wie du vorhin die Geschichte von Bernadette erzählt hast, fiel mir das Ganze wieder ein.«

»Du musst wissen, Bernadette sollte niemandem verraten, wer der Vater der kleinen Lena ist. Das hat mir Annamirl erzählt. Alles wurde geheim gehalten, und man hat sie mit etwas Geld einfach in den nächstbesten Zug gesetzt.«

Andreas machte eine zerknirschte Miene. »Davon hatte ich keine Ahnung. Die Hofbauers sind eine der angesehensten Familien in Berchtesgaden. Sie haben das große Geschäft mitten im Ort.« Andreas lehnte sich erschüttert gegen die Hobelbank. »Jetzt fühle ich mich umso mehr verpflichtet, Bernadette und ihrem Kind zu helfen.«

»Und ich fühle mich verpflichtet, weil ich schließlich die Stelle im Grandhotel nur bekommen habe, weil man Bernadette weggeschickt hatte.«

»Bin ich ein schlechter Mensch, weil ich mich freue, dass es so gekommen ist? Sonst hätte ich dich bestimmt mein Leben lang nicht gefunden.«

»Da hättest du vor allen Dingen nach Köln kommen müssen«, wandte Hanni ein.

»Hab ich ein Glück, dass mir das erspart geblieben ist.« Andreas sah ihr verschmitzt in die Augen.

»Wirst du mit deinem Vater reden?«, fragte Hanni zum Abschied. Die Sonne stand tief über dem Watzmann, und es war höchste Zeit, zurück ins Hotel zu fahren.

»Das mache ich, versprochen. Ich will nur einen günstigen Augenblick abwarten.«

»Warte nicht zu lange. Soweit ich weiß, laufen die Vorbereitungen auf Hochtouren.« Hanni drückte Andreas' Hand ein letztes Mal und wandte sich zum Gehen. Nach drei Schritten kam er ihr nachgelaufen und nahm sie in den Arm.

»Ich möchte dich gar nicht gehen lassen«, sagte er. »Hier, in meinem Herzen, trage ich dich ab jetzt immer bei mir. So sind wir uns immer nah.«

Hanni lächelte. »Verbunden wie ein Knopf mit seinem Knopfloch.« Lachend knöpfte sie seinen Janker zu, küsste ihn ein letztes Mal und ging davon. Am liebsten hätte sie fröhlich gejuchzt, wie Annamirl oben auf dem Gipfel, so übermütig war es ihr ums Herz.

Eine grosszügige Spende

»Soll ich das Frühstücksgeschirr schon mitnehmen?« Hanni sah Cäcilie besorgt an. Die hatte kaum etwas von dem appetitlich angerichteten Teller gegessen. Beunruhigt hatte sie beobachtet, wie Cäcilie lustlos das Omelette in kleine Stücke zerteilt hatte, ohne einen Bissen zu nehmen. Cäcilie blickte auf, und Hanni bemerkte ihre geröteten Augen.

»Ich bin heute in einer schlechten Verfassung. In der Nacht habe ich kaum geschlafen.«

»Ist nicht bald Vollmond?«, fragte Hanni.

»Ich weiß es nicht. Der Arme muss immer für schlechten Schlaf herhalten. Dabei sieht er so schön aus, wenn er vom Himmel leuchtet.« Cäcilie sah in den Morgenhimmel, als stünde der Vollmond dort. Sie senkte den Blick und betrachtete das kaum angerührte Frühstück. »Solche Leckereien, und ich bringe keinen Bissen herunter.« Sie schob den Teller von sich. »Sie können es gerne mitnehmen. Und richten Sie bitte Fräulein Schreiber aus, dass ich heute einfach keinen Appetit habe.«

»In Ordnung, Frau Jacoby.« Hanni nahm das Tablett und blieb unschlüssig stehen. Es gab nichts mehr zu tun, und trotzdem wäre sie gerne noch bei Cäcilie Jacoby geblieben. Darum war sie froh, als diese erneut das Wort an sie richtete.

»Ich möchte nicht neugierig erscheinen, aber etwas würde mich interessieren. Ich war ja schon früh auf den Beinen und konnte vom Balkon aus eine ungewöhnliche Prozession beobachten. Fräulein Annamirl verließ mit einer jungen Frau das Hotel, und wenn mich nicht alles täuscht, habe ich ein Baby wimmern gehört. Dass Fräulein Schreiber und Sie den beiden nachwinkten, hat mich beruhigt, denn dann hatte wohl alles seine Richtigkeit. Trotzdem plagt mich ehrlich gesagt die Neugierde, was es damit auf sich hat.« Cäcilie streckte ihre Hand in Richtung Hanni aus. »Bitte, das geht mich alles nichts an. Verstehen Sie mich nicht falsch. Nur, wenn ich irgendwie helfen kann, lassen Sie es mich wissen.«

»Das ist eine komplizierte Geschichte.« Hanni sah keinen Grund, sich Frau Jacoby nicht anzuvertrauen. Cäcilie wies auf den Sessel neben ihr und lächelte Hanni aufmunternd an. Die stellte das Tablett ab, setzte sich und begann von Bernadette, dem ehemaligen Zimmermädchen, zu erzählen.

»Hat sie dunkelbraunes Haar?«, fragte Cäcilie nach. Hanni nickte.

»Dann kann ich mich an sie erinnern. Etwas schüchtern, aber stets sehr freundlich.«

»Leider hat ihr Berchtesgaden nicht gutgetan.« Hanni erzählte von der Schwangerschaft und davon, wie sie herzlos nach Hause geschickt worden war, wo man sie ebenfalls vor die Tür gesetzt hatte.

»Das ist entsetzlich. Wie kann man nur derart mit einer jungen Mutter umgehen?« Cäcilie wirkte aufrichtig erschüttert.

»Ich weiß es wirklich nicht. Und nun haben wir die beiden vorübergehend auf der Alm der Aschauers untergebracht. Eine Zeit lang können sie dort bleiben, nur irgendwann müssen sie eine richtige Bleibe finden. Wir haben allerdings noch keinen blassen Schimmer, wo.«

»Gut, dass sie zunächst einen Unterschlupf gefunden hat. Aber bestimmt wäre eine richtige Wohnung für die beiden besser. Ach, das arme kleine Mädchen.« Cäcilie Jacoby blickte geistesabwesend aus dem Fenster. »Es ist ein kleines, unschuldiges Geschöpf.«

Dann stand sie auf, ging zu dem zierlichen Sekretär, nahm ihr Portemonnaie heraus und reichte Hanni einen Zwanzigmarkschein.

»Bitte kaufen Sie alles, was für das Kind nötig ist. Und zögern Sie nicht, mir Bescheid zu geben, wenn es nicht reicht. Der Kleinen soll es an nichts fehlen. Und kaufen sie viel Obst für die Mutter. Sie braucht Vitamine, die Arme. Was sie nicht alles hat durchmachen müssen.«

Hanni bedankte sich freudig. »Nun muss ich los, Frau Jacoby. Fräulein Schreiber war sehr großzügig. Da Annamirl die beiden hinauf zur Alm bringt, muss ich ihre Aufgaben übernehmen.«

»Und das sagen Sie mir jetzt erst? Schnell, laufen Sie und halten Sie sich nicht länger mit mir auf.«

Hanni verstaute den Geldschein sicher in ihrer Schürzentasche, nahm das Frühstückstablett und eilte aus dem Zimmer, nicht ohne sich mit einem dankbaren Lächeln zu verabschieden. Auf dem Flur traf sie auf Ricarda, die sich neugierig nach dem Verbleib von Annamirl erkundigte. »Wasti, ihrem Vater geht es nicht so gut, wohl eine Sommergrippe. Da muss Annamirl nach ihm schauen, er ist doch Witwer«, flunkerte Hanni. Ricarda gab sich offenbar mit der Erklärung zufrieden, denn sie erzählte stolz von ihrem Heinzi, der beim Platteln in Rosenheim den ersten Platz belegt hatte. »Da waren Schuhplattler aus ganz Oberbayern, aber Heinzi ist halt der beste.«

Hanni sagte nichts dazu, denn dieser Heinzi war ihrer Meinung nach alles andere als der Beste. Und schon fiel ihr Robert ein. Wie es ihm wohl ging? Hoffentlich hatte er einen sicheren Unterschlupf bei seiner Großmutter gefunden. Hanni blieb, den Putzeimer in der Hand, nachdenklich stehen. Erstaunlich, um wie viele Menschen sie sich Gedanken und Sorgen machen musste, seit sie in Berchtesgaden arbeitete. Als hätte ihr Leben erst hier richtig begonnen.

Als letztes Zimmer öffnete Hanni die Nummer acht, in dem Bernadette mit ihrer Kleinen geschlafen hatte. Als ehemaliges Zimmermädchen hatte Bernadette das Zimmer natürlich in einem sauberen Zustand hinterlassen. Die Bezüge lagen abgezogen und ordentlich zusammengelegt auf dem Bett. Im Bad musste Hanni nur mit einem trockenen Lappen ein paar Wasserflecken wegwischen. Wenn nur alle Gäste so wären, dachte sie. Das würde das Zimmermädchenleben so viel einfacher machen. Aber dann wurde sie jäh aus ihren Gedanken gerissen, denn Annamirl stürmte herein.

»Die beiden sind gut untergebracht. Andreas hat in der Früh auf der Alm schon alles vorbereitet, und die beiden haben es richtig gemütlich dort oben.«

»Das sind wunderbare Neuigkeiten.« Hanni war erleichtert. »Hast du deinen Vater gesehen?«, schob sie nach, weil Annamirl gerade so guter Laune war.

Annamirl verzog das Gesicht. »Nein, ich habe Bernadette nur rasch das Wiesenlehen gezeigt. Dann sind wir gleich rauf zur Alm.«

»Das kann ich verstehen, aber du musst dich bald mit ihm aussprechen. Bis zu eurer Abreise ist es nicht mehr lange hin.«

»Und wenn schon, ich lass mir meinen Traum von ihm nicht kaputtmachen«, sagte Annamirl bockig.

Hanni beschloss, das Thema zu wechseln, und berichtete von Frau Jacobys großzügiger Spende.

»Das nenn ich einen feinen Zug«, meinte Annamirl. »Sie wird hoffentlich niemandem verraten, wo Bernadette ist?«

»Nein, sicher nicht. Das Wohlergehen der kleinen Lena liegt ihr sehr am Herzen. Sie fand es furchtbar, was die beiden durchmachen mussten.«

»Dann gehen wir heute nach der Arbeit alles für die Kleine einkaufen, und du kannst es anschließend zum Wiesenlehen bringen. Andreas will eh die nächsten Tage wieder zur Alm hoch. Dann kann er alles mitnehmen.«

»Das hört sich gut an!« Die Aussicht, Andreas heute gleich noch einmal zu sehen, ließ ihr alles in einem schönen Licht erscheinen. »Ich bringe die Wäsche zu Franzi«, sagte sie gutgelaunt, »und du meldest dich vielleicht bei Fräulein Schreiber zurück.«

»Das werde ich machen. Dann kann ich mich noch einmal bei ihr bedanken. Fräulein Schreiber war wirklich großartig.«

Der Wäschekorb wog schwer, und Hanni setzte ihn auf der Treppe ab, um zu verschnaufen.

»Na, junges Mädchen, machst du eine kleine Pause?«

Hanni drehte ich um. Gerhard Jacoby kam die Treppe herauf und lächelte sie durchtrieben an.

»Guten Tag, Herr Jacoby«, sagte Hanni, auch wenn sie ihn am liebsten ignoriert hätte, und machte Anstalten, den schweren Korb wieder aufzunehmen.

»Dir auch einen guten Tag«, sagte er und schob den Korb mit einer Bewegung zu Seite, sodass er die Treppe hinunterzukippen drohte. Rasch griff Hanni danach.

»Hoppla!« Herr Jacoby fasste mit der rechten Hand ans Geländer, um ihr den Weg zu versperren. »Du bist ein besonders hübsches Zimmermädchen«, sagte er und kniff ihr wie bei ihrer ersten Begegnung in die Wange. Hanni schrak zurück, duckte sich unter seinem Arm durch, packte den Wäschekorb und stürmte die Treppe hinunter. Sein hässliches Lachen klang ihr noch im Ohr, als sie schon längst draußen war.

»Dieser Herr Jacoby ist ein scheußlicher Mensch«, berichtete Hanni, als sie mit Annamirl nach Berchtesgaden ging. Ihm würde sie ab sofort aus dem Weg gehen.

»Dabei ist seine Frau so eine Nette«, meinte Annamirl. »Das mit der Liebe und der Ehe ist so eine Sache«, sinnierte sie weiter. »Ich glaube, ich könnte auf beides verzichten. Richtig glücklich werden die Menschen dadurch nicht, scheint mir.«

Hanni wollte lautstark widersprechen. Aber was wusste sie schon von der Liebe oder gar der Ehe? Sie wusste nur, dass sie ein ganz besonderes Gefühl bekam, wenn sie an Andreas dachte. Das wollte sie sich nie mehr nehmen lassen. Es stärkte sie, und so konnte sie den Widerling von Jacoby rasch auch wieder vergessen. Andreas gab ihr so viel Kraft. »Warte nur, bis du den Richtigen triffst, dann wirst du deine Meinung ändern«, meinte sie diplomatisch.

»Lass uns nicht länger über Männer und die Liebe reden. Wozu das führt, wissen wir ja. Und aus keinem anderen Grund gehen wir jetzt einkaufen. Und noch etwas. Wenn uns jemand fragt, warum wir Babysachen kaufen, dann erzählen wir, dass es für einen Hotelgast ist. Nur damit niemand auf falsche Gedanken kommt.«

»Ach so, ich soll nicht herumerzählen, dass du ein Kind erwartest?«, neckte Hanni ihre Freundin.

»Dann hätten die Berchtesgadener was zum Tratschen. Solche Geschichten machen schnell die Runde, das glaubst du nicht.« Annamirl blieb stehen. »Ich glaube, es würde keinen Tag dauern, bis das Gerücht nach Königssee vorgedrungen wäre. Aber bleiben wir besser bei der Geschichte vom Hotelgast.«

Im Gemischtwarenladen Hofbauer kauften die beiden eine solide Grundausstattung für Lena. Annamirl, die keine Ahnung hatte, was ein Kind alles brauchte, überließ das Auswählen Hanni. Diese hatte sich zuerst geweigert, einen Fuß in das Geschäft zu setzen, da es der Familie des vermeintlichen Vaters gehörte. Annamirl musste ihr versichern, dass es sonst nirgends Babykleidung zu kaufen gäbe.

»Nun gut, dann bleibt uns nichts anderes übrig«, gab sich Hanni geschlagen und erzählte Andreas' Vermutung flüsternd weiter.

Annamirl zog die Augenbrauen nach oben. »Das könnte zu ihm passen. Ich habe den Hofbauer Sepp nie leiden können. Ein eingebildeter Angeber, der uns kleine Mädchen auf dem Schulhof arg getriezt hat.« Aber dann lachte sie auf. »Schau her, so schnell geht es mit den Gerüchten. Ich erzähle es der Vroni, der Verkäuferin bei den Kurzwaren drüben, die wohnt in Königssee, die erzählt es ihrer Mutter zu Hause, und schwupp, macht es die Runde.«

»Dass jeder jeden in Berchtesgaden kennt, daran muss ich mich echt noch gewöhnen«, stellte Hanni fest.

Alle Besorgungen, frische Windeln, ein gestricktes Jäckchen, Babypuder und Windelcreme steckten in dem Rucksack, den Hanni neben sich auf die Holzbank im Zug nach Königssee gestellt hatte, dazu auch die Äpfel, Kartoffeln, Karotten, ein Laib Brot und Butter sowie eine große Schale mit Erdbeeren, deren leuchtend rote Farbe und süßer Duft sie trotz des Preises zum Kauf verführt hatten. Das würde für einige Tage reichen. Auf Annamirls Anraten hin fuhr Hanni mit dem Zug. »Martin, der Busfahrer, ist echt nett, nur sind er und seine Kollegen richtige Ratschkathln. Wenn wir nun öfters schwer bepackt nach Königssee fahren, wird sie das neugierig machen«, hatte sie gewarnt. »Dass du ein neues Zimmermädchen im Hotel Gruber bist, das hat sicher schon die Runde gemacht, noch dazu bei deinem Aussehen. Das hat er sicher brühwarm seinen Kollegen erzählt.«

Tratsch konnte Bernadette nicht gebrauchen, und darum saß Hanni in dem vollen Zug. Die Touristen sahen beeindruckt aus dem Fenster. Und auch Hanni blickte in die Landschaft. Der Frühling hatte längst alles zum Blühen gebracht, und die Bäume zeigten stolz ihr sattes Grün. Dankbar dachte sie an Frau Jacoby. Seit ihr schrecklicher Mann gekommen war, versank sie zusehends in getrübte Stimmung. Kein Wunder. Wenn Hanni nur an das Zusammentreffen mit ihm auf der Treppe dachte, wurde ihr schon schlecht.

Vor dem Bahnhof in Königssee stand eine große Traube von Gästen, die nach ihrem Ausflug zurück nach Berchtesgaden wollten. Hanni musste sich einen Weg durch die drängende Menge bahnen, was gar nicht so leicht war mit ihrem schweren Rucksack. Endlich bog Hanni in Richtung Dorf Königssee ab. Nach einiger Zeit konnte sie das Wiesenlehen sehen. Die Wiese, nach der es benannt war, machte ihrem Namen alle Ehre. Margeriten tupften unzählige weiße Flecke auf das satte Grün, und anmutige Lichtnelken leuchteten rosa. Hanni blieb stehen, um den Anblick zu genießen. Am oberen Rand, in diese blühende Fülle eingebettet, stand der Hof der Aschauers. Hanni konnte die Werkstatt erkennen, und mit freudig klopfendem Herzen machte sie sich auf den Weg.

Dass sie nun wegen Bernadette fast jeden Tag einen guten Grund hatte, herzukommen, war wunderbar. Wer weiß, wie sich ihre Treffen sonst hätten einrichten lassen. So viel, wie sie beide arbeiteten. Freudig schritt sie auf den Hof zu.

Da hörte Hanni, wie die Haustür geöffnet wurde. Hatte Andreas sie schon kommen sehen? Eine hohe Frauenstimme drang aus dem Haus, die aufgeregt redete. Hanni blieb beunruhigt stehen. Hatte Andreas eine Kundin im Haus? Ein ungutes Gefühl vertrieb ihre Vorfreude auf den Besuch im Wiesenlehen. Hanni sah, wie Andreas durch die Tür trat, gefolgt von einer groß gewachsenen, schlanken Frau. Sie erschrak. Die furchtbare von Hartenstein stand nun neben Andreas, redete eindringlich auf ihn ein und legte ihm vertraulich die Hand auf seinen Arm. Hanni schien das Herz stehen zu bleiben. Was hatte diese unmögliche Person mit ihrem Andreas zu schaffen? Nun lachte er auch noch und strich sich eine seiner Locken hinters Ohr. Hannis Magen verkrampfte sich. Was ging hier vor sich? Für Hannis Geschmack stand die von Hartenstein viel zu nahe bei Andreas.

Einen Moment später verabschiedeten sie sich, und Hanni konnte sehen, wie die Hartenstein sich noch einmal umdrehte und Andreas übertrieben zuwinkte. Dann ging sie ein paar Schritte weiter, blieb erneut stehen und schob ihren Rock zurecht. Eine Geste, die Hanni nur zu genau kannte. Wenn eine Kundin bei einer Anprobe den Rock mit genau dieser Bewegung zurechtschob, wollte sie, dass der Reißverschluss genau hinten in der Mitte saß.

Panik stieg in Hanni auf. Dieser Person war alles zuzutrauen. Und sie hörte die Stimme ihrer Mutter, wie sie gebetsmühlenartig wiederholte, dass man den Männern nicht trauen könne.

In diesem Augenblick entdeckte die Besucherin Hanni und sah ihr in die Augen. Sie hatte wohl gespürt, dass sie beobachtet wurde.

»Was machen Sie denn hier?«, sagte sie überrascht. »Mal wieder ein Brett holen?« Spöttisch lächeld ging sie weiter.

Mit einem Mal schien der Rucksack Hanni schier zu Boden zu drücken, Tränen stiegen ihr in die Augen. Was erlaubte sich diese unverschämte Person? Und wie vertraut sie mit Andreas gewirkt hatte!

»Hanni!« Andreas kam lächelnd auf sie zu, und Hanni wischte sich schnell die Tränen aus den Augen.

»Was hat denn die Hartenstein hier gemacht?«, fragte sie und merkte selbst, dass sie schärfer klang als beabsichtigt.

»Stell dir vor«, erzählte er aufgeregt und nahm ihr den Rucksack ab, »sie hat von meinen Arbeiten gehört, und ihre Eltern sind eng mit einem bekannten Galeristen in Düsseldorf befreundet. Sie will ihm meine Arbeiten empfehlen«, erzählte er begeistert. Als Hanni nicht in seine Freude einstimmen wollte, sagte er: »Das sind gute Nachrichten, oder?«

»Ja, schon. Nur kann ich diese Frau nicht leiden. Sie ist eine falsche Schlange.«

»Den Eindruck hatte ich gar nicht. Sie hat sich sehr für meine Arbeiten interessiert.«

Wohl mehr für dich, dachte Hanni bitter, und der Gedanke stach ihr mitten ins Herz. »Warum war sie dann im Haus und nicht in der Werkstatt?« Diese Frage konnte Hanni sich einfach nicht verkneifen.

»Sie hatte nach einem Glas Wasser verlangt, und dann ist sie noch aufs Klo gegangen, das bei uns ja nicht wirklich nobel ist. Da ist sie Besseres gewöhnt, als unsern Donnerbalken. Direkt geschämt habe ich mich dafür.«

»Wegen der brauchst du dich wirklich für nichts zu schämen. Ihr Bad sieht jeden Morgen so aus, als hätte eine Fußballmannschaft darin gewütet.«

»Das ist nicht schön, dass sie dir so viel Arbeit damit macht. Die Gäste sollten viel mehr Rücksicht nehmen und das Bad am besten gar nicht mehr benutzen«, meinte Andreas.

»Na, dann wäre mir schön langweilig.« Hanni zeigte sich versöhnlich, wenngleich sie immer noch genervt war.

»Auf jeden Fall habe ich ja nur gemeint, dass das eine unglaubliche Chance für mich wäre.«

Hanni spürte, dass Andreas ihre Zurückhaltung nicht verstand. »Ich will nur, dass du aufpasst.«

»Das werde ich. In einer Galerie auszustellen und nicht nur in Berchtesgaden, ist wirklich ein Traum von mir.« Andreas legte seinen Arm um Hannis Schultern. »Da habt ihr ja ordentlich eingekauft«, wechselte er das Thema und hob wie zum Beweis den Rucksack hoch. »Morgen bringe ich alles zu Bernadette auf die Alm. Vater hat noch ein paar Würste rausgerückt. Am Anfang hat er noch gegrummelt, weil er nicht in eine Familienstreitigkeit hineingezogen werden wollte. Doch die Vorstellung, dass die arme Frau und ihre kleine Tochter auf der Straße stehen, hat sein Herz schnell erweicht.«

»Hast du noch einmal mit ihm über Annamirl gesprochen?«

»Heute früh habe ich versucht, mit ihm darüber zu reden, leider ohne Erfolg. Er will sie nicht fahren lassen. Je mehr er bedrängt wird, umso sturer wird er. Das kenne ich schon von ihm.«

»Wenn ich mit ihm rede, wird es nicht viel bringen.«

»Keine Ahnung, wer ihn überzeugen könnte. Ich befürchte, Annamirl wird es ihm arg übelnehmen und es ihm lange nachtragen. Der Frieden im Wiesenlehen ist erst einmal dahin.«

Hanni sah Andreas von der Seite an, wie er über die Wiese hinüber zu den Bergen blickte. Der Frieden ist dahin, wiederholte Hanni seine Worte. Ein Schauder fuhr ihr über den Rücken.

Die Kirsche auf der Schlagsahne

Mädels«, verkündete Ricarda den anderen Zimmermädchen in der Putzkammer, »heute Nachmittag müsst ihr mich bei Fräulein Schreiber decken. Heinzi holt mich ab, und wir wollen durch Berchtesgaden bummeln. Da brauche ich meine Zeit zum Herrichten.«

Dabei klimperte sie mit den Lidern, als wäre eine kleine Fliege hineingeflogen.

»Am besten fängst du gleich mit dem Schminken an«, sagte Annamirl spitz, »sonst wirst du bis vier Uhr nicht fertig.«

»Haha«, antwortete Ricarda, drehte sich um und stolzierte davon.

»Was sie bloß an diesem Heinzi findet«, sagte Annamirl.

»Ein furchtbarer Mann«, bestätigte Mechthild. »Da hat der Topf den richtigen Deckel gefunden.«

»Ich finde es romantisch. Ich möchte auch gerne einmal mit einem Freund bummeln gehen.«

»Leo, das wirst du. Aber such dir bitte einen netten«, bat Mechthild.

»Nun, große Auswahl habe ich nicht. Ist ja nicht so, dass ein Haufen Männer Schlange steht, um mit mir auszugehen.«

»Der Richtige wird kommen«, bekräftigte Mechthild.

Hanni schwieg. Selbst wenn der Richtige schon da war, blieb man nicht von Schwierigkeiten verschont. Sie dachte an die Hartenstein und wie sie gestern affektiert um Andreas herumscharwenzelt war. Solche Frauen waren gefährlich, denn sie waren verwöhnt und bekamen immer, was sie sich wünschten. Offensichtlich hatte sie ein Auge auf Andreas geworfen, nur schien er es nicht bemerkt zu haben. Manchmal steckte sein Kopf voller Ideen für seine Kunst und er merkte gar nicht, was um ihn herum passierte. Was es für Annamirl bedeuten würde, wenn sie nicht nach Amerika fahren dürfte, und was das für die ganze Familie an Unfrieden nach sich ziehen würde, das war ihm nicht bewusst. Denn Annamirl würde nicht klein beigeben, so gut kannte Hanni ihre Freundin inzwischen.

Wenn diese Hartenstein wenigstens bald abreisen würde. Hanni hatte sich bei Portier Rieber danach erkundigt, leider blieb sie noch mehrere Wochen. Dann erst würde sie zurück nach Düsseldorf fahren. So lange würde sie die Hartenstein sehr genau beobachten. Das war der Vorteil eines Zimmermädchens, dachte Hanni zufrieden. Sie bekam mehr von den Gästen mit, als diese ahnten. Ein Hotelzimmer verriet viel über seinen Bewohner.

Für heute gab es wenigstens einen Lichtblick. Frau Jacoby saß heute Morgen gut gelaunt auf dem Balkon, hatte ordentlich gefrühstückt und Hanni eingeladen, sie am Nachmittag in die Milchbar zu begleiten. »Alle reden davon, jetzt muss ich sie unbedingt besuchen und einen Milchreis mit Früchten essen. Und Sie sind herzlich eingeladen!«, hatte sie vergnügt verkündet.

Nach Hannis Dienstschluss fuhr Peter sie im hoteleigenen Wagen nach Berchtesgaden. Eigentlich hatte Frau Jacoby auch Annamirl dazu eingeladen. Die hatte jedoch keine Zeit, denn sie traf sich mit dem Produzenten und den Darstellern, um das Programm vorzubereiten. Das ganze Unterfangen nahm erschreckend schnell Gestalt an, fand Hanni. Annamirl war gewillt zu fahren, und Konrad Meister hatte schon für alle ein Visum beantragt. Annamirl brauchte dafür nur die Unterschrift ihres Vaters. Hanni hatte es nicht über das Herz gebracht, ihr vom gescheiterten Versuch ihres Bruders zu erzählen. Sie wollte sich so gut es ging aus dieser Familienangelegenheit heraushalten. Wohl wissend, dass dies nicht wirklich möglich war.

Die Fahrt dauerte nicht lange, und Peter ließ sie am Franziskanerplatz aussteigen.

»Die Damen, bitte schön, Berchtesgaden Zentrum!«, sagte er förmlich und verbeugte sich, wobei er Hanni schelmisch zuzwinkerte.

»Peter, ich lasse im Hotel antelefonieren, wenn wir zum Abholen bereit sind.«

»Sehr wohl, gnädige Frau.« Peter deutete einen Diener an und schlüpfte wieder hinter das Lenkrad.

»Ich glaube, das Autofahren macht ihm bei seiner Arbeit den meisten Spaß«, meinte Hanni.

»Das glaube ich auch. Welcher junge Mann in seinem Alter kann so oft mit einem Wagen herumfahren wie er? Es sind schon herrliche Zeiten.« Cäcilie Jacoby blickte dem dunkelgrünen Fahrzeug nach. »Ich hoffe, dass es die neue Generation besser macht als die vorherige. Wir haben uns so blenden lassen von den großen Worten. Keiner wollte sehen, wohin das unweigerlich führte, in Tod und Verderbnis. Heute will keiner Schuld haben. Wir alle tun so, als ob es diese Zeit nicht gegeben hätte. Derweil müssten wir uns alle schämen.«

»Aber Sie können gar nichts dafür«, gab Hanni zu bedenken. »Sie waren ja auch noch eine junge Frau.«

»Trotzdem, wir hätten es besser wissen müssen. Damals habe ich mich nur für Gerhard und die Hochzeit interessiert und nicht für Politik. Es wurde viel gemunkelt, was alles passierte, nur haben alle weggeschaut.« Cäcilie beschattete ihre Augen, denn die Sonne strahlte hell vom wolkenlosen Himmel. »Und heute schauen wir immer noch weg.«

»Wie meinen Sie das?«, fragte Hanni.

»Es arbeiten alle weiter, als sei nichts geschehen. Die Beamten, mein Mann, der Heinrich, alle arbeiten, als wären diese dunklen Jahre nicht geschehen.«

»Der Heinrich?«, wunderte sich Hanni. »Er führt ein strenges Regiment in seiner Küche. Aber jeder lobt seine Kochkünste.«

»Genau deswegen hat ihn Direktor Gruber eingestellt. Er ist ein formidabler Koch, doch wenn man etwas von ihm isst, darf man nicht darüber nachdenken, für wen er früher einmal gekocht hat.«

Hanni sah Cäcilie Jacoby verwirrt an. Die zeigte auf die andere Talseite hinüber.

»Dort oben, auf dem Obersalzberg, war er Küchenchef. Direktor Gruber musste ihn und das nötige Personal ausleihen, wenn größere Gesellschaften gegeben wurden. Direktor Gruber hat es mir mal in einer ruhigen Stunde erzählt, denn er leidet heute noch darunter. Damals hat man ihn mehr oder weniger gezwungen. Sonst hätte er schnell seine Konzession verloren.«

Jetzt kniff auch Hanni die Augen zu und sah angestrengt zum Kehlstein hinüber, wo der Berghof gestanden hatte. »Meinen Sie, man hätte Heinrich deswegen einsperren sollen?«, fragte Hanni und setzte zögernd nach. »Dann müsste man auch Direktor Gruber einsperren.«

»Nein, Fräulein Hanni, denn dann müsste man halb, ach

was rede ich, bald ganz Deutschland wegsperren. Und das ist schlecht möglich.« Cäcilie lächelte Hanni an. »Entschuldigen Sie, ich sollte an solch einem Tag nicht so ein tristes Thema aufbringen. Mir ist viel mehr nach Aufmunterung zumute, und deswegen dachte ich an einen Besuch in der Milchbar. Annamirl und Sie haben so von dem Milchreis geschwärmt, den möchte ich unbedingt selbst probieren.«

Gemächlich schlenderten sie los, blieben hier und da vor einem Schaufenster stehen und begutachteten die ausgestellten Waren. In der Espresso-Milchbar angekommen ergatterten sie einen schönen Platz am Fenster. Die Besitzerin hatte nachgeholfen und zwei junge Burschen, die vor ihren leeren Kaffeetassen saßen, kurzerhand an einen der hinteren Tische verfrachtet. Eifrig wischte sie über den Tisch und rückte die Stühle zurecht. Frau Jacoby setzte sich mit ihrem eleganten blauen Kostüm deutlich von dem ansonsten jungen Publikum ab, und Hanni vermutete, dass Anneliese, die Besitzerin, sich von ihr mehr Umsatz erwartete als von zwei Halbstarken.

Hanni blickte sich in der Milchbar um. Ihr gefiel der Laden, und damit war sie offenbar nicht die Einzige, denn alle Plätze waren belegt. Plötzlich trat Robert, angetan mit einer weißen Schürze, aus der Küche, ein Tablett mit Gläsern in der Hand. Hanni winkte ihm überrascht zu, und Robert linste gegen das Sonnenlicht zu ihr her. Dann erst hob er die Hand und winkte mit einem breiten Lächeln zurück.

»Ist das nicht der Gärtner, mit dem Sie die Geranien eingesetzt haben?«, fragte Cäcilie.

»Das ist er«, bestätigte Hanni. »Würden Sie mich einen Augenblick entschuldigen, ich würde gerne ein paar Worte mit ihm wechseln.«

»Natürlich, gehen Sie nur. Ich bestelle uns inzwischen

Kaffee und eine schöne Portion Milchreis.« Cäcilie Jacoby lächelte Hanni aufmunternd zu. Diese erhob sich und ging zwischen den eng stehenden Tischchen und Stühlen hindurch zu Robert, der sie ein Stück in die Küche zog.

»Mensch, was machst du denn hier?«, fragte Hanni. Zugleich inspizierte sie aufmerksam sein Gesicht, das noch ein paar gerötete Stellen aufwies.

»Das meiste ist ganz gut verheilt. Meine Großmutter hat eine selbstgemachte Ringelblumensalbe, auf die schwört sie«, antwortete Robert, als er Hannis kritischen Blick bemerkte.

»Wohnst du noch bei ihr?«

»Ja, dann kann ich meinem Vater aus dem Weg gehen. Mutter hat mich mal besucht und erzählt, dass er arg unter den Gerüchten leidet, die über seinen Sohn erzählt werden.«

»Nun, wenn einer darunter leiden könnte, dann du!«, entrüstete sich Hanni.

»Berchtesgaden ist ein kleines Dorf, da spricht sich so was schnell herum. Darum bin ich froh, dass Anneliese mir eine Arbeit gegeben hat. Ich habe deinen Rat befolgt und hier nachgefragt.« Robert zeigte auf seine weiße Schürze. »Ich bin Koch, Spüler und Bedienung in einem, und es macht mir richtig Spaß. Die Saison über werde ich noch hierbleiben, genug Geld verdienen, um dann vielleicht woanders hinzuziehen, wo nicht jeder jeden kennt.«

»Grundsätzlich finde ich es schön, dass man sich hier gegenseitig kennt und niemand so für sich lebt wie in der Stadt«, fand Hanni. »Nur hat das manchmal seine Nachteile.«

»Ich will nicht weg aus den Bergen. Vielleicht fange ich mit München an. Da sind die Berge ganz nah.«

»Das ist eine gute Idee.«

Hanni hatte den Satz noch nicht zu Ende gesprochen, da stand auf einmal einer der Halbstarken im Zugang zur Küche. »He, das ist der warme Bruder, von dem der Heinzi erzählt hat«, rief er abschätzig. »So was wie du gehört in den Knast, du Sau, du!« Er baute sich vor Robert auf.

Doch im selben Moment wurde er unvermittelt von hinten am Kragen gepackt. Es war die Wirtin, die ihn wütend anfunkelte. »So einen wie dich mit derartigen Sprüchen will ich hier nicht mehr sehen. Du hast ab sofort Hausverbot, und dein Freund gleich mit. Schleichts euch, aber schnell!« Letzteres hatte sie so laut gesagt, dass alle in der Bar sich zu ihnen herdrehten. Unter den Blicken aller gingen die beiden jungen Männer zur Tür, mit betont lässiger Miene.

»Wer so blöde Sprüche loslässt, der bekommt es mit mir zu tun«, sagte Anneliese aufgebracht und änderte dann blitzschnell den Ton. »Ich brauche zwei besonders schöne Milchreis für die beiden Damen«, sagte sie und zwinkerte dabei Hanni zu.

»Siehst du, dein Tipp mit der Milchbar war genau richtig.« Robert verschwand in der kleinen Küche. »Trotzdem ist es besser, wenn ich mich mal in der Welt umschaue.«

»Vergiss nur nicht, dich von mir zu verabschieden«, sagte Hanni. »Aber jetzt muss ich zu meinem Tisch zurück. Gleich bekomme ich einen leckeren Milchreis.«

»Mit einer Extraportion Sahne drauf.« Robert lächelte Hanni an. »Danke!«, sagte er noch und setzte eine zweite Kandiskirsche auf den Sahneberg.

»Alles in Ordnung?«, fragte Cäcilie Jacoby, als Hanni sich wieder setzte.

»Es gibt halt immer dumme Menschen, die meinen, besser zu sein als andere«, erklärte Hanni.

»Das ist vielleicht das Grundübel in dieser Welt«, sinnierte Cäcilie Jacoby. »Vielleicht lernen wir endlich einmal aus der Vergangenheit und werden in Zukunft friedlicher miteinander leben. Dann wäre der ganze Wahnsinn wenigstens nicht umsonst gewesen.«

»Das wünsche ich mir auch. Haben wir nicht die besten Voraussetzungen, jetzt, wo alles seinen Aufschwung nimmt?«

»In der Tat«, pflichtete Cäcilie Jacoby ihr bei. »Darauf wollen wir hoffen. Und jetzt Schluss mit den schweren Überlegungen.« Sie sah sich in der Milchbar um.

»Originell ist es hier «, stellte Cäcilie fest. »Und da kommt auch schon unser Milchreis.«

»Ist das nicht herrlich, dass es solche Genüsse wieder gibt?« Verzückt schaute Hanni auf die beiden Kandiskirschen, die hellrot auf dem weißen Sahneberg steckten.

»Und dass wir sie in Frieden genießen können.«

Cäcilie Jacoby hob den Löffel, legte ihn dann wieder zurück auf den silbernen Teller, auf dem die Glasschale mit dem Milchreis stand. »Bevor ich es vergesse, wie geht es der kleinen Lena?«

»Die beiden haben sich sehr über die vielen Geschenke gefreut, die wir durch Ihre Hilfe besorgen konnten«, erzählte Hanni. »Andreas will heute alles zur Alm bringen.«

»Das hört sich direkt romantisch an.«

»Das ist es auch.« Hanni sah vor ihrem geistigen Auge, wie Andreas mit den Babysachen und dem leckeren Essen mit seinen kraftvollen Schritten zur Alm hinaufstieg.

»Und diese ganze Tournee-Geschichte muss sicher sehr aufregend für Ihre Freundin sein.«

»Das ist es«, antwortete Hanni, konnte aber einen Seufzer nicht unterdrücken.

»Nanu, das hört sich nicht gut an. Stimmt etwas nicht?«

Hanni zögerte. Im Grunde war Hanni froh, dass Frau Jacoby gefragt hatte, und so konnte sie sich etwas von ihren Sorgen von der Seele reden. »Es ist noch nicht entschieden, ob Annamirl mitfahren kann. Ihr Vater ist strikt dagegen und will sie auf keinen Fall fahren lassen. Ihr Bruder hat versucht, mit ihm zu reden, doch vergeblich.«

»Der charmante Holzlieferant?«, fragte Cäcilie mit einem verschwörerischen Lächeln.

Hanni errötete. »Genau der.« Sie sah Cäcilie Jacoby an. »Ich kann es ja verstehen. Herr Aschauer hat vor zwei Jahren seine Frau verloren, und nun mag er seine Tochter nicht gehen lassen. Er möchte sie behüten und ist dabei, sie dadurch erst recht zu verlieren. Er sollte sie selbst über ihr Leben entscheiden lassen. In ein paar Monaten ist sie volljährig, und dann kann er ihr sowieso nichts mehr vorschreiben. Nur bis dahin wird Annamirl nicht klein beigeben.« Wieder seufzte Hanni. »Wir Frauen sollten Verantwortung übernehmen und unser Leben gestalten dürfen, wie wir es wollen.«

»Wir müssen uns die süßen Kirschen des Lebens selbst pflücken!«, sagte Cäcilie Jacoby, angelte sich die quietschrote Kandiskirsche und schob sie sich mit einem Lächeln in den Mund. »Mmm, süß und lecker. So sollte das Leben sein.« Cäcilie hielt den Löffel in die Luft, als wäre sie eine Dirigentin, die einem Orchester gleich den Einsatz geben wollte. »Meine Liebe, Sie haben völlig recht. Wir sind selbst für uns verantwortlich«, und als hätte sie eine Entscheidung getroffen, stieß sie ihren Löffel mit Schwung in den Milchreis und löffelte ganz undamenhaft drauflos. Hanni tat es ihr gleich, und ohne Grund fingen beide an zu kichern wie zwei Schulmädchen und konnten gar nicht mehr aufhören. Die Gäste von den umliegenden Tischen schauten sie erstaunt an. Das kümmerte die beiden nicht weiter. Sie fühlten sich befreit und in aufgeräumter Stimmung. Cäcilie hatte sogar einen Klecks Schlagsahne auf der Nase, und als Hanni sie darauf hinwies, mussten sie noch mehr lachen.

»Herrlich«, meinte Cäcilie und tupfte sich Tränen aus den Augen. »Schauen Sie, das war gerade der beste Beweis, dass es glücklich macht, sich die Kirschen des Lebens herauszupicken.«

»Auf jeden Fall. Wir gestalten unser Leben selbst.« Das mochte auch ein Grund gewesen sein, aus Köln fortzugehen. Um ihren eigenen Weg zu gehen. Das erkannte Hanni in dem Augenblick ganz deutlich, und sie spürte Kraft in sich aufsteigen.

»Eines möchte ich Ihnen noch mitgeben.« Cäcilie kratzte den letzten Rest Milchreis aus dem Glasbecher. »Miteinander reden ist die Lösung. Gerade in der Familie sollten alle miteinander reden. Viel mehr. Denn das Schweigen gleicht einem Leichentuch, das sich über alle und alles ausbreitet.«

Anneliese war herangetreten und räumte ab. »Darf ich noch etwas bringen?«, fragte sie. »Noch einen Kaffee vielleicht?«

Die beiden Frauen sahen sich an und nickten gleichzeitig. Miteinander reden, ging es Hanni durch den Kopf, und noch dunkel wuchs eine Idee in ihr, über die sie später genauer nachdenken würde. Im Augenblick wollte sie erst einmal die frische Tasse Kaffee und die Gesellschaft von Frau Jacoby genießen. Selten zuvor hatte sie sich mit jemandem so verbunden gefühlt wie mit ihr. Fast fühlte es sich für Hanni an, als wäre Cäcilie die ältere Schwester, die sie nie gehabt hatte. Sie plauderten über alles Mögliche, und schließlich erzählte Cäcilie vom Besuch im Heimatmuseum und den erstaunlich filigranen Erzeugnissen der Berchtesgadener Handwerkskunst.

»Ach«, rief Cäcilie mit einem Blick auf ihre Uhr aus, »die Post hat schon zu. Ich hatte gar nicht mitbekommen, wie schnell die Zeit vergangen ist.«

»Hätten Sie noch Briefmarken gebraucht?«

»Für einen Brief. Ich wollte Portier Rieber nicht wegen einer Briefmarke belästigen«, meinte Cäcilie. Außerdem hatte sie vorhin im Hotel noch nicht gewusst, ob sie den Brief an den Anwalt überhaupt abschicken wollte. Wer weiß, bei so viel Pech, wie sie hatte, wäre Gerhard genau in dem Moment zur Rezeption gekommen.

»Ich kann ihn genauso gut an einem anderen Tag aufgeben«, sagte sie, doch Hanni spürte, dass es sie ärgerte.

»Warten Sie, ich habe noch eine Briefmarke im Portemonnaie.«

Cäcilie Jacoby legte den Brief auf den Tisch und klebte die Marke mit einer fast feierlichen Geste darauf.

»So, vielen Dank, Hanni, das passt jetzt ganz wunderbar.«

»Wir müssen nur den nächsten Briefkasten suchen. Ich glaube, vorne am Hotel Post hängt einer.«

»Dann mal los.« Cäcilie stand mit Schwung auf und begab sich zur Theke, um zu bezahlen. Und als könnte sie es nicht erwarten, hastete sie dann mit Hanni im Schlepptau nach draußen und die Straße entlang bis zum Briefkasten vor dem Hotel Post.

Cäcilie hob die Klappe an. Hanni sah, wie sie Luft holte und den Brief einwarf. Mit einem Scheppern fiel die Klappe zu.

»Wir müssen unser Leben selbst in die Hand nehmen, da kann ich Ihnen nur aus vollstem Herzen zustimmen.« Sie klopfte mit dem Zeigefinger auf den Briefkasten. »Danke,

Fräulein Hanni. Sie wissen gar nicht, wie sehr Sie mir geholfen haben.«

Hanni merkte, wie entspannt Frau Jacoby mit einem Mal aussah. Hanni war durchaus neugierig geworden, dennoch verkniff sie es sich, nach dem Brief und seinem Inhalt zu fragen. Wenn Frau Jacoby von sich aus nichts erzählte, wollte sie keinesfalls nachfragen. Es genügte, Cäcilie Jacoby in so guter Stimmung zu erleben.

»Ich weiß nicht, wie es Ihnen geht, aber nach dem ganzen Milchreis, der Sahne und den Kirschen könnte ich einen Spaziergang zum Hotel gut vertragen.«

»Eine ausgezeichnete Idee«, stimmte Hanni zu und freute sich über den energischen Schritt ihrer Begleiterin.

Ein Besuch auf der Alm

Die Bustür öffnete sich, und Martin lachte ihnen entgegen.

»Na, ihr beiden, ihr solltet eine Dauerkarte kaufen, so oft, wie ihr zurzeit nach Königssee fahrt!«

»Wir wollen nur deinen Arbeitsplatz erhalten«, entgegnete Annamirl schlagfertig und zwinkerte ihm zu. »Du kennst meine beiden Herren. Dass die einmal aus ihrem Bau herauskommen, darauf kann ich lange warten.«

Martin schloss die Tür und startete knatternd den Bus.

»Das ist einer der Gründe, warum ich Berchtesgaden endlich mal hinter mir lassen möchte.« Annamirl flüsterte, obwohl sie weiter hinten Platz genommen hatten. »Jeder weiß alles über jeden. Da bekomme ich Beklemmungen. Wie anders muss es in Amerika sein. Die weiten Landschaften, die riesigen Städte, darauf freue ich mich.« Annamirl packte Hannis Arm. »Ich muss einfach fahren. Ich sterbe, wenn ich hierbleiben muss.«

Hanni hatte nachdenklich zugehört. Ihr ging es ganz anders. Dass der Busfahrer sie kannte und sie ihn und dass sie bei der Fahrt plaudern konnten, fand Hanni schön. So persönlich. Auch wenn sie über den wahren Grund ihrer Fahrt nicht sprechen durften. Heute wollten sie Bernadette und Lena besuchen. Nach langem Zureden hatte Hanni auch Annamirl überreden können, mitzukommen.

»Ich kenne den Weg zur Alm hinauf gar nicht«, hatte sie

argumentiert. Dabei hoffte sie, Annamirl und ihren Vater wieder ins Gespräch zu bringen, so wie es Cäcilie Jacoby gestern angeregt hatte. Die beiden mussten sich rechtzeitig vor der Abfahrt versöhnen, sonst würde weder Wasti noch Annamirl froh werden. Und Andreas sollte seine Schwester besser unterstützen, fand Hanni. Das wollte sie ihm heute klarmachen. Hanni befürchtete, dass sonst die Familie auseinanderbrechen könnte.

Hanni lächelte ihre Freundin an. Die Sturköpfe müssen nur miteinander reden, dachte sie.

Steil führte das erste Stück den Weg hinauf zur Alm. Hannis Beine waren inzwischen durch das viele Treppauf und Treppab im Hotel trainiert, und sie konnte mit Annamirls Schritt ohne weiteres mithalten.

»Gleich haben wir das steilste Stück geschafft«, sagte Annamirl nach einer Weile. »Schau, dort oben ist die Kuppe, dann geht es gemächlicher dahin.«

»Eure Kühe gehen diesen steilen Weg hinauf?«, fragte Hanni verwundert.

»Und wie schnell. Du solltest sehen, wie die im Frühling beim Almauftrieb freudig hinaufgaloppieren. Unsere Kühe lieben es, auf der Alm zu sein. Man sieht ihnen direkt an, wie glücklich sie sind. Wie ausgelassene Kinder hüpfen sie herum.«

»Du nimmst mich auf den Arm, oder?« Das konnte Hanni nicht glauben.

»Wart's nur ab, du Großstadtpflanze.« Annamirl ging mit großen Schritten weiter.

Bald hatten sie den Bergwald hinter sich gelassen und kamen auf eine sanft ansteigende Almwiese. Saftig grün lag sie vor ihnen, und Hanni konnte mit einem Mal verstehen, warum die Kühe hier oben munter herumtollten. Es war der friedlichste Ort, den Hanni jemals gesehen hatte. Vor ihnen lag die Almhütte, aus der Rauch aufstieg. Hanni drehte sich um und genoss den Ausblick auf den Watzmann. Was für ein wunderbarer Ort, dachte sie.

»Es war gut, Bernadette herzubringen«, sagte sie. »Hier oben fühlt man sich geborgen und sicher.«

»Das ist, weil die Almhütte sich so an den Hang kuschelt.« Stolz lag auf Annamirls Gesicht.

»Der Ausblick ist atemberaubend.« Hanni konnte sich gar nicht sattsehen. »Wie schön muss es sein, Kuh auf dieser Alm zu sein.«

»Ach, Hanni, du spinnst!« Annamirl lachte und lief das letzte Stück zur Alm hinauf und hüpfte dabei ausgelassen, als wäre sie eine der freudigen Kühe. Hanni drehte sich noch einmal um, besah das Panorama und hätte beinahe vor Freude das Jodeln angefangen.

»Ich bin froh, dass es euch beiden so gut geht.« Hanni saß neben Annamirl auf einem der beiden Stühle an dem grob zusammengeschreinerten Holztisch, der seit unzähligen Almsommern hier oben stand. Hanni strich fast zärtlich über die Tischplatte mit den vielen Einkerbungen. So viele Messer hatten ihre Spuren hinterlassen, während Brot, Käse und manchmal auch saftiger Speck geschnitten wurde, Bernadette lag auf dem Bett und stillte Lena.

»Es ist herrlich hier oben. Die Ruhe und die frische Luft tun uns beiden richtig gut.« Voller Liebe schaute sie auf ihre Tochter hinunter, die selig trank. »Und dein Bruder und dein Vater kommen fast jeden Tag vorbei und bringen so viel zu essen mit, das kann ich gar nicht alles schaffen. Außerdem stapelt sich draußen das Holz. Dein Vater hat Angst, dass es

Lena und mir in den Nächten zu kalt werden könnte. Am Abend lege ich noch ein paar Scheite auf, sodass es am Morgen genug Glut gibt, um Wasser zu kochen.«

»Hier sind frische Windeln.« Annamirl griff in ihren Rucksack und legte die frisch gewaschenen Mullwindeln auf den Tisch.

»Ich weiß gar nicht, wie ich euch danken soll. Seit ich hier oben bin, fühle ich mich so viel besser.«

»Das glaube ich gern.« Hanni war direkt neidisch. »Mir scheint es ein ganz besonderer Ort zu sein.« Verträumt ließ sie ihren Blick durch die gemütliche Stube gleiten.

»Na, Madame hat wohl genug getrunken.« Bernadette richtete sich auf. »Hanni, würdest du sie nehmen, damit sie aufstoßen kann?«

»Meinst du?«, fragte Hanni überrascht.

»Ja, dann kann ich schnell ums Eck.«

Vorsichtig nahm Hanni Lena hoch, legte sie sich über die Schulter und begann hin- und herzuwiegen. Hanni roch an dem Köpfchen, das von einem hellen Flaum überzogen war. »Du riechst aber gut«, stellte sie fest. Wie schön es sich anfühlte, das kleine Wesen an sich zu drücken.

»Das machst du prima«, fand Annamirl. »Nur, leg dir lieber eine Spuckwindel unter.« Behutsam legte sie eines der weißen Tücher über Hannis Schulter. Keinen Moment zu früh, denn in dem Augenblick stieß Lena auf und etwas saure Milch landete auf der Windel und nicht auf Hannis Kleid.

»So ist's gut, mein Mädchen.« Hanni strich ihr über den Rücken.

»So ein Baby steht dir richtig gut«, meinte Bernadette, die in diesem Moment wieder hereinkam.

»Na, ich weiß nicht«, wehrte Hanni ab, und doch spürte sie einen ungewohnten Wunsch nach einem eigenen Kind.

»Irgendwann einmal«, wiegelte sie ab, beugte sich zu Lena hinunter und sog noch einmal tief den Kindergeruch ein, bevor sie Lena wieder an Bernadette übergab. Diese legte die Kleine neben sich auf das Bett, wo sie recht zufrieden mit ihren Beinchen strampelte.

»Nur kann ich nicht ewig hier oben bleiben.« Bernadette schnitt das Thema an, das auch Hanni und Annamirl umtrieb.

»Wir werden eine Lösung finden«, sagte Annamirl aufmunternd.

»Wir haben uns auf der Herfahrt schon darüber unterhalten«, erzählte Hanni. »Vielleicht gibt es eine ältere Dame, die froh wäre, jemand Junges im Haus zu haben.«

»Aber wo sollten wir die finden?«, gab Bernadette zu bedenken. »Eine eigene Wohnung kann ich mir nicht leisten, nicht einmal ein Zimmer zur Untermiete.« Sie stockte. »Ins Armenhaus könnte ich höchstens.« Ihre Stimme brach.

»Nein, nein«, beruhigte Hanni sie. »Daran denk nicht mal im Traum. Wir bringen dich irgendwo unter, keine Sorge.«

»Und noch hast du mindestens zwei Wochen Ruhe hier oben. Also bleibt uns noch genug Zeit zum Nachdenken.« Annamirl nickte ihr aufmunternd zu.

»Was würde ich nur ohne euch tun? Ihr seid meine rettenden Engel.«

»Nun mach mal halblang«, wehrte Annamirl ab. »Dass Hanni allerdings den Weg hier herauf geschafft hat, das ist wahrlich eine große Leistung«, neckte sie ihre Freundin. »Du hättest sie schnaufen hören sollen. Unser Großstadtmädchen ist halt die Berge nicht gewohnt.«

»Gar nicht wahr«, protestierte Hanni. »Ich war genauso schnell hier oben wie du! Und damit ich noch schneller werde, komme ich gern öfters. Es ist einfach herrlich hier.«

Sie trat an das Fenster. »Kann man sich eigentlich als Sennerin bei euch bewerben?«, fragte sie Annamirl.

»Kannst du. Nur musst du vorher das Melken lernen.«

Hanni verzog das Gesicht. »Ehrlich gesagt machen mir Kühe Angst. Die sind so groß«, gestand sie.

»Nun, das würde ich beim Bewerbungsgespräch nicht erwähnen«, scherzte Annamirl, und alle drei lachten. Nach einiger Zeit verabschiedeten sich die beiden Besucherinnen. Sie verließen die Almhütte mit einem guten Gefühl.

»Den beiden scheint es hier oben richtig gut zu gehen«, stellte Hanni auf dem Rückweg fest.

»Den Eindruck habe ich auch. Wenn sie nur länger hierbleiben könnten.« Annamirl brummte nachdenklich vor sich hin. »Bei uns im Wiesenlehen können wir sie nur schlecht einquartieren. Das sähe schon komisch aus, wenn plötzlich eine junge Frau mit einem Kind bei meinen Männern wohnen würde. Wahrscheinlich würde sich ganz Berchtesgaden das Maul darüber zerreißen. Das wäre einfach nicht schicklich.«

»Ginge es als Notlösung?«, fragte Hanni nach.

»Vielleicht ein paar Tage als Notlösung. Vielleicht fragen wir bei unseren Kolleginnen im Hotel vorsichtig nach, ob sie einen Platz für eine junge Mutter kennen. Wir müssen ja nicht erzählen, dass es sich dabei um Bernadette handelt. Oder Fräulein Schreiber fällt noch was ein. Sie hat mich gebeten, wenn wir zurück sind, ihr unbedingt zu erzählen, wie es den beiden geht.«

»Vor allem Maria und Simone müssen wir fragen. Die kennen doch Gott und die Welt in Berchtesgaden.«

»Und ich frage in der Musiktruppe herum«, meinte Annamirl. »Mensch, das wäre toll!«

Gutgelaunt gingen sie bergab. Hanni wusste, dass sie unten links abbiegen mussten, um zum Wiesenlehen zu gelangen. Deswegen fing sie rechtzeitig an, Annamirl zu einem Besuch zu überreden.

»Du kannst deinem Vater nicht ewig aus dem Weg gehen. Je länger du es hinauszögerst, umso schwerer wird es«, gab Hanni zu bedenken. Annamirl schwieg. »Also los, gib dir einen Ruck.« Hanni gab ihrer Freundin einen Schubs, sodass diese beinahe stolperte.

Mit gespielter Empörung stemmte Annamirl ihre Hände in die Hüften. »Nun, bevor du mich in mörderischer Absicht den Berg hinunterstößt, komme ich mit. Und sei es nur, um dir zu zeigen, wie aussichtslos dein Vorhaben ist.«

»Sehr schön, abgemacht!«

»Der kleinen Lena geht es gut?«, war Wastis erste Frage, kaum waren die beiden eingetreten.

»Den beiden geht es wunderbar dort oben«, antwortete Hanni.

Danach herrschte Schweigen.

»Papa«, fing Annamirl an, streckte kurz ihre Hand aus und ließ sie dann schnell sinken. Ihr Vater legte seinen Kopf in die Hände, als wäre er ihm mit einem Schlag zu schwer geworden.

»Ich kann dich nicht fahren lassen«, sagte er schließlich mit heiserer Stimme.

»Ich will aber. Ich muss!« Annamirl war anzusehen, dass sie am liebsten mit dem Fuß aufgestampft hätte wie ein wütendes Kind. Hanni legte ihr beruhigend die Hand auf den Rücken. Was hatte Cäcilie Jacoby ihr geraten? Miteinander reden! Deswegen begann sie mit ruhiger Stimme zu sprechen.

»Wasti, es fahren so viele Berchtesgadener mit, die ein Auge auf Ihre Tochter werfen können. Annamirl ist nicht allein. Und Herr Meister, der Produzent, genießt einen hervorragenden Ruf. Frau Jacoby, ein Gast von uns, hat mir erzählt, dass er schon etliche Produktionen erfolgreich auf die Beine gestellt hat. Annamirl hat solch eine Begabung. Sie muss einfach hinaus in die Welt.«

»Liebe Hanni, ich verstehe euch ja.« Schwerfällig stand Wasti auf und ging an ihnen vorbei zur Stubentür. »Aber ich kann es nicht zulassen. Wir müssen als Familie jetzt zusammenstehen.« Entschuldigend zuckte er mit der Schulter. »Ich kann einfach nicht.« Damit drehte er sich um und zog die Tür hinter sich zu.

Wie belämmert standen die beiden Frauen da.

»Na, hab ich es dir nicht gesagt? Da ist nichts zu machen.« Annamirl machte auf dem Absatz kehrt, trat hinaus und ließ die Tür mit einem Knall ins Schloss fallen. Hanni sah durchs Fenster, wie sie davonstürmte, an Andreas vorbei, der gerade Susi in den Stall brachte und nicht darauf reagierte, als er ihr etwas nachrief.

Das mit dem Reden hat nun gar nicht geklappt. Hanni seufzte. Wie sollte das nur weitergehen? In diesem Moment trat Andreas durch die Stubentür. Rasch gingen sie aufeinander zu, und keine Sekunde später lagen sie sich in den Armen. »Bin ich ein schlechter Mensch, wenn ich mich freue, dass Bernadette oben auf der Alm wohnen muss? Weil du dann herkommst und ich dich in die Arme schließen kann.«

»Dann bin ich mindestens ein genauso schlechter Mensch.« Andreas lachte, legte seine Hände auf Hannis Hüften und wirbelte sie herum.

»Nicht so schnell, nicht so schnell«, rief sie, bis er endlich innehielt. Sie wartete ein paar Augenblicke, bis ihr nicht mehr schwindelig war.

»Heute waren wir ja nicht nur zum Vergnügen da«, berichtete sie dann. »Zuerst haben wir Bernadette besucht. Der Kleinen geht es richtig gut. Danke, dass ihr euch so liebevoll um die beiden kümmert.«

»Das ist doch selbstverständlich.«

»Und dann haben wir versucht, mit deinem Vater zu reden, was gründlich schiefgegangen ist.«

»Kann ich mir vorstellen, so wütend, wie meine Schwester abgedampft ist.«

»Hör zu, Andreas, sie ist fast erwachsen. In ein paar Wochen wird sie einundzwanzig. Notfalls wird sie den anderen nachreisen. Annamirl möchte unbedingt mit auf diese Tournee gehen. Koste es, was es wolle.« Hanni sah Andreas eindringlich an. »Wäre es nicht besser, sie würde die Reise im Guten antreten und nicht im Zwist?«

Andreas sah aus dem Fenster. »Lass uns draußen auf die Hausbank sitzen, es ist so ein schöner Frühlingsabend.«

Das taten sie. Das Holz war noch warm von der Sonne und Murle kam sofort angerannt, schlich um Hannis Beine, sprang dann hoch und legte sich leise schnurrend neben sie. Schweigend blickten sie beide über die Wiese hinunter ins Tal, zum Dorf Königssee.

»Schön ist es hier«, sagte Hanni. »Ich liebe die Ruhe. In Köln ist alles so laut und schnell. Überall sind Baustellen, Autos knattern an einem vorbei, und die Menschen hetzen durch die Straßen. Bei euch ist es um so vieles ruhiger.« Sie lehnte sich gegen Andreas' Schulter.

»Du weißt gar nicht, wie glücklich es mich macht, dass du so empfindest. Mir geht es genauso. Deswegen bin ich so gern hier. Meine Seele kann hier durchatmen.«

»Deinem Vater und dir ist das alles hier wichtig. Nur Annamirl reichen dieser Blick, diese Ruhe und die Gleichmäßigkeit des Alltags nicht«, kam Hanni wieder auf das Thema zu sprechen.

»Mir wird es ja selbst manchmal eng hier. Ich meine nicht, hier zu leben, sondern mit meiner Kunst. Deswegen wäre ich froh, wenn das mit der Ausstellung in Düsseldorf klappen würde.«

Hanni spürte, dass Andreas gerade viel durch den Kopf ging. Jetzt war er es, der angestrengt ins Tal blickte. Hanni bemerkte, dass ihm Tränen in die Augen stiegen.

»Seit Mutters Tod ist alles anders geworden.« Seine Stimme klang heiser. Jetzt liefen die Tränen über seine Wange. Hanni griff nach seiner Hand. Seine Traurigkeit machte ihr das Herz schwer. »Mutters Fröhlichkeit hat alles zusammengehalten. Sie hat sich von nichts unterkriegen lassen, selbst in den harten Zeiten stand sie immer lachend am Herd, auch wenn es nicht viel zu essen gab. Das war Mutter.«

Hanni zog ihr Taschentuch aus der Rocktasche und reichte es ihm. Andreas behielt es in der Hand, als wollte er seinen Tränen freien Lauf lassen.

»Vater hat recht. Wir müssen zusammenhalten. Mehr ist uns nicht geblieben. Wir brauchen uns.« Er verbarg sein Gesicht in den Händen und begann zu schluchzen. Hanni sah, wie sein Körper bebte, und schmiegte sich fest an ihn. Beruhigend strich sie Andreas über den Rücken, wiegte ihn sanft hin und her. Wie vorhin die kleine Lena, dachte sie. Dass er sich so verletzlich zeigte, ließ ihre Liebe zu ihm wachsen.

»Ich vermisse sie so.« Andreas schnäuzte sich. Mit rot geweinten Augen sah er Hanni an. »Entschuldige, dass du mich so sehen musst.« Er wischte sich über die Augen. »Bei dir habe ich das Gefühl, ich kann einfach so sein, wie ich bin. Du gibst mir ein Gefühl von Sicherheit. Derweil wollte ich immer der Starke sein. Wollte seit Mutters Tod alles richtig machen. Ich wollte Vater und Annamirl zur Seite stehen und alles regeln.«

»Das hat den beiden sicher sehr geholfen und ihnen Kraft gegeben. Aber ihr dürft nicht glauben, dass Annamirl weniger um eure Mutter trauern würde, nur weil sie nach Amerika fahren möchte. Sie schützt oft genug ihre Fröhlichkeit vor, und manchmal setzt sie ihre spitze Zunge ein, um dahinter ihre Trauer zu verstecken. Annamirl trauert genauso wie ihr.«

»Das weiß ich ja. Trotzdem können wir die Vorstellung, dass sie weggeht, nicht ertragen.«

»Was wäre, wenn eure Mutter noch leben würde? Dürfte Annamirl dann fahren?«

Andreas überlegte. »Mutter hätte es gefallen. Sie wäre sehr stolz auf Annamirl. Jetzt kann sie es nicht mehr erleben.« Wieder schluchzte er auf.

»Eben, siehst du? Ich glaube nicht, dass es eurer Mutter gefallen hätte, dass ihr Tod für Annamirl ein Hindernis auf ihrem Weg zum Glück wäre. Sie sitzt dort oben auf ihrer Wolke und möchte nur, dass es euch allen gut geht und dass ihr euer Leben weiterlebt. Wäre sie glücklich, wenn ihr euch endgültig zerkracht?«

»Nein, ganz und gar nicht.« Andreas richtete sich auf und lehnte sich gegen die Hauswand. Die tief stehende Sonne beschien sein Gesicht und brachte es zum Leuchten. Hanni fuhr mit ihren Fingerspitzen einen Wangenknochen nach.

»Wenn Annamirl fährt, hätte ich das Gefühl, versagt zu haben. Ich sollte alle zusammenhalten und Mutter so gut es geht ersetzen.«

»Das tust du doch. Vielleicht nicht gerade, was die Haushaltsführung anbelangt«, versuchte Hanni zu scherzen und freute sich über das Lächeln auf Andreas' Gesicht. »Sie würde wollen, dass ihr das macht, was euch erfüllt und Glück bereitet. Bei dir ist es das Schnitzen und bei Annamirl eben das Singen. Ich glaube, viel von eurem Talent habt ihr von eurer Mutter geerbt. Und so lebt sie weiter in dem, was ihr daraus macht.«

Andreas schloss die Augen. »Du denkst mit dem Herzen und dem Verstand gleichzeitig«, sagte er leise. »Das liebe ich an dir.«

Hanni küsste ihn sanft und zart auf die geschlossenen Augen. Sie schmeckte die salzigen Tränen, spürte seine Trauer und seine Liebe. Wie verbunden sie sich mit Andreas in diesem Augenblick fühlte.

»Mich hast du überzeugt«, sagte Andreas, seine Stimme klang noch immer belegt. »Nur bei Vater wird es ungleich schwerer werden. Auf mich wird er nicht hören.«

»Und erst recht nicht auf mich«, fügte Hanni hinzu. Trotzdem, Frau Jacoby hatte recht behalten. Miteinander offen zu reden, half, Probleme zu lösen.

Auch für Bernadette brauchte es eine dauerhafte Lösung. Hanni sah Andreas fragend an. Der zuckte entschuldigend mit den Schultern. »Eigentlich müssten die Hofbauers ihr ein Zimmer geben. Sie besitzen genug Häuser im Markt.«

»Meinst du, wir sollten mal fragen?«

»Das würde ich nicht raten. Der alte Hofbauer schmeißt euch hochkant raus und zeigt euch noch wegen übler Nachrede an. So einer ist das. Die Hand immer fest auf dem Geldtascherl.«

Trotzdem, Hanni beschloss, die Möglichkeit noch nicht zur Seite zu legen. Jetzt aber musste sie sich von Andreas verabschieden und zum Bahnhof eilen. Der letzte Zug ging in ein paar Minuten.

Puder für die Seele

Es klopfte. »Herein!«, rief Cäcilie und blickte von ihrem Buch auf. Vielleicht hatte Hanni vorhin beim Saubermachen etwas vergessen. Sehr beruhigend hatte sie von ihrem gestrigen Besuch bei Bernadette und der kleinen Lena erzählt. Herein kam allerdings Fräulein Schreiber.

»Guten Morgen, Frau Jacoby.«

»Fräulein Schreiber, das ist schön, Sie zu sehen. Ihnen ebenfalls einen guten Morgen.«

»Ich wollte mich nur vergewissern, dass alles in Ordnung ist mit dem Zimmer. Ich habe nämlich den Eindruck, dass meine Zimmermädchen zurzeit mit den Gedanken ganz woanders sind und hier und da etwas vergessen.«

Cäcilie lächelte. »So junge Damen haben eben allerlei im Kopf. Wenn ich raten müsste, dann spielen gewisse junge Männer eine gewichtige Rolle dabei.«

»Genau das ist meine Sorge, und dann bleibt ein Handtuch liegen, oder das Geschirr wird vor lauter Flausen im Kopf übersehen.«

»Ich habe keinen Grund zur Klage. Fräulein Hanni erledigt alles sehr gewissenhaft. Außerdem hat das plötzliche Auftauchen des ehemaligen Zimmermädchens für einen gewissen Wirbel gesorgt.«

»Fräulein Hanni und Fräulein Annamirl haben von Ihrer Großzügigkeit erzählt. Haben Sie herzlichen Dank dafür. Wir alle haben ein Auge auf die Mutter und ganz besonders auf das Kind.« Ihre Stimme brach, und Cäcilie hörte, wie sie heftig schluckte. Cäcilie Jacoby musterte die Hausdame, die den Kopf rasch zur Seite drehte. Dass es unter ihrem linken Auge blau schillerte und die Haut aufgeschürft war, hatte Cäcilie trotzdem bemerkt. Sie erhob sich und ging auf Fräulein Schreiber zu.

»Sie haben sich verletzt«, sagte sie mitfühlend und blieb stehen, als sie sah, wie Fräulein Schreiber zurückwich. Als ob ihr jemand fest ins Gesicht geschlagen hätte, dachte Cäcilie und ahnte auch schon, wer das gewesen sein könnte. Wer regelmäßig in einem Hotel Gast war, lernte das Personal ganz gut kennen. Cäcilie hatte gelegentlich Fräulein Schreiber zusammen mit Herrn Heinrich angetroffen. Einmal, das muss vor zwei Jahren gewesen sein, überlegte Cäcilie, waren die beiden im Biergarten vom Hotel Post zusammengesessen. Dieser Heinrich mochte ein hervorragender Koch sein, doch als Mensch würde Cäcilie ihm alles zutrauen. Auch, Urheber des blauen Veilchens zu sein.

»Ich war ungeschickt«, erklärte Fräulein Schreiber, »und ich bin gestern Abend über meine eigenen Füße gestolpert.«

»Ach herrje, manchmal passiert so ein Ungeschick.« Cäcilie ging wohlwollend auf die Erklärung ein.

»Warten Sie, ich habe einen sehr guten Puder. Damit lässt sich die Verletzung gut abdecken.« Cäcilie holte das Döschen aus dem Bad. »Darf ich?«, fragte sie, und als Fräulein Schreiber nickte, tupfte sie mit dem Pinsel in die Dose und dann vorsichtig auf die Wange. Cäcilie musterte das Gesicht der Hausdame. »So fällt die Wunde gar nicht mehr auf.«

Fräulein Schreiber sah in den Spiegel, den Cäcilie ihr gereicht hatte, drehte den Kopf hin und her und bemühte sich zu lächeln. »Vielen Dank.«

»Am besten nehmen Sie den Puder ganz mit, zum Auffrischen«, sagte Cäcilie und drückte Fräulein Schreiber die Dose in die Hand.

»Das kann ich nicht annehmen, Frau Jacoby. Das ist ein sehr teurer Puder.«

»Doch, das können Sie. Ich brauche ihn wirklich nicht. Meine Wangen werden hier von der frischen Bergluft gerötet. Das gefällt mir.«

Cäcilie nahm Fräulein Schreibers Hand und legte die Dose hinein. »Man muss nicht jedes Missgeschick hinnehmen«, sagte Cäcilie mit leiser Stimme. »Wir glauben, dass wir von einem anderen abhängig sind, in Wirklichkeit sind wir das nicht. Wenn das jemand weiß, dann ich. Es scheint keinen Ausweg zu geben, weil wir uns selbst im Weg stehen. Wir müssen nur ein Stückchen zur Seite treten, und schon ändert sich die Perspektive.« Cäcilie nahm auch die zweite Hand von Fräulein Schreiber. »Es ist nur ein kleiner Schritt, den wir wagen müssen.« Cäcilie sah, wie Tränen in die Augen der Hausdame traten.

»Ich kann nicht«, sagte sie mit belegter Stimme.

»Sie können es bestimmt. Ich bin diesen Weg selbst gegangen, deshalb kann ich das sagen. Es ist nur ein kleiner Schritt.«

Blinzelnd versuchte Fräulein Schreiber ihre Tränen aufzuhalten.

»Vermutlich wird das mein letzter Aufenthalt im Hotel Gruber sein«, gestand Cäcilie. »Ich weiß nicht, was die Zukunft bringt. Ich weiß nur, dass sie anders sein wird als meine Vergangenheit. Das Gewohnte aufzugeben, macht einem Angst, da bin ich ehrlich. Nur merke ich gerade, dass diese Angst leichter zu ertragen ist als das andere, das mich bislang festgehalten hat.« Cäcilie räusperte sich. »Sie werden mir fehlen.«

Fräulein Schreiber lächelte, während ihr gleichzeitig Tränen über die Wangen rannen.

»Eine so umsichtige und freundliche Hausdame wie Sie findet leicht in einem anderen Hotel ihr Auskommen.« Cäcilie erwiderte das Lächeln. »Gerade am Anfang einer Saison werden sicher einige Hotels noch nach einer so tüchtigen Kraft suchen.«

»Einen alten Baum verpflanzt man nicht mehr.« Fräulein Schreiber wischte sich die Tränen weg.

»Ach, nein«, widersprach Cäcilie mit fester Stimme. »Wenn es woanders fruchtbareren Boden gibt, lässt jeder Baum seine Wurzeln wachsen.«

»Ein starker Baum vielleicht.«

»Da haben Sie recht, so stark, wie Sie sind, reicht es für einen sicheren Neuanfang.«

Fräulein Schreiber zögerte, als wollte sie noch etwas dazu sagen, löste dann aber ihre Hände von Cäcilies und verabschiedete sich. »Dann will ich mal in den anderen Zimmern nach dem Rechten sehen.«

»Natürlich.« Cäcilie trat einen Schritt zurück. »Sie sind ein wunderbar starker Baum!«

Fräulein Schreiber wandte sich noch einmal um und drückte Cäcilies Hand. »Danke. Und ich weiß wirklich sehr zu schätzen, dass Sie Bernadette und Lena unterstützen. Sie müssen wissen, ich war einmal in einer ganz ähnlichen Situation und hatte nicht so liebe Menschen, die mir halfen.« Wieder liefen die Tränen über ihre Wangen, und sie nestelte nach einem Taschentuch in ihrer Rocktasche. »Ich musste mein Kind weggeben.«

Cäcilie nahm sie in die Arme. Da brachen bei Fräulein Schreiber alle Dämme. Schluchzend stand sie da. Beruhigend strich Cäcilie ihr über den Rücken. Sein Kind irgendwo in der Welt zu wissen, musste furchtbar sein. Aber, dachte sie, immerhin hatte sie ein Kind. In der nächsten Sekunde schämte sich Cäcilie für diesen Gedanken. Ein Schicksal ließ sich nicht gegen ein anderes aufwiegen.

Bei ihr würde die Sehnsucht nach einem Kind immer ungestillt bleiben. Egal, welche Wendung ihr Leben nehmen würde, nichts konnte diese Lücke, die sie in ihrer Seele empfand, füllen. Diesen Fehler musste sie aushalten. Aber es war seltsam, denn sie spürte plötzlich, dass der Gedanke an eine Scheidung erträglicher wurde. Jenen Fehler konnte sie nämlich sehr wohl rückgängig machen.

»Sie sind stark, Fräulein Schreiber«, bekräftigte Cäcilie und spürte, wie die Frau sich beruhigte.

Und wie soll es bei mir weitergehen?, überlegte sie, nachdem Fräulein Schreiber sich gefasst, ihr Gesicht nachgepudert und das Zimmer verlassen hatte. Cäcilie starrte die geschlossene Tür noch eine ganze Weile an. Die Hausdame hatte wenigstens einen ordentlichen Beruf. Wer weiß, was mir nach der Scheidung bleibt. Viel fruchtbaren Boden für meine Wurzeln wird es nicht geben. Trotzdem bereute sie nicht, gestern den Brief an ihren Anwalt abgeschickt zu haben. Darin hatte sie ihm den Auftrag erteilt, unverzüglich alles für eine Scheidung in die Wege zu leiten. Vielleicht, kam ihr der spontane Gedanke, wird im Wiesenlehen ein Zimmer frei, wenn Annamirl nach Amerika geht. Oder ich bewerbe mich als Sennerin auf ihrer Alm, spann Cäcilie den Faden weiter und musste über ihre abstrusen Ideen lachen. Das Bild von ihr auf der Alm, wie sie die Kühe melkte und den Stall ausmistete, heiterte sie auf, und mit einem Mal gut gelaunt, entschied sie, hinunterzugehen und sich in die Gesellschaft anderer Menschen zu begeben.

Amerika, das Land der unbegrenzten Möglichkeiten

Das Frühstück war fast beendet, und die Ober räumten schon die Tische ab. Cäcilie betrat den Frühstücksraum und sah, dass Detlef Moser, Gabriele und dieser Konrad Meister noch an einem Tisch zusammensaßen. Von Gerhard war Gott sei Dank weit und breit nichts zu sehen. Und selbst wenn, stellte sie überrascht fest, hätte es ihr nichts mehr ausgemacht. Seitdem sie tags zuvor den Brief mit dem Scheidungsantrag eingeworfen hatte, fühlte sie eine ungewohnte Ruhe. Da richtete selbst das schrille Lachen von Gabriele, das in dem Augenblick durch den Raum hallte, nichts mehr aus.

»Frau Jacoby!« Detlef Moser hatte sie entdeckt und erhob sich. »Geben Sie uns die Ehre, und setzen Sie sich zu uns.« Dabei deutete er eine kleine Verbeugung an. Cäcilie konnte nicht umhin, sich geschmeichelt zu fühlen, und setzte sich auf den Stuhl neben ihm, den er herausgezogen und wie ein Diener wieder an den Tisch geschoben hatte, nachdem sie Platz genommen hatte.

»Konrad erzählt gerade von den Vorbereitungen für die Reise. Diese Amerikaner sind wirklich fix«, erklärte Gabriele.

»Eine wirklich erstaunliche Nation. Mir scheint, dort ist alles mindestens eine Nummer größer als bei uns. Die Berichte in der Wochenschau sind stets sehr beeindruckend«, stellte Cäcilie fest.

»Das können Sie mir glauben. New York ist atemberaubend, die Hochhäuser sind einfach gewaltig«, begann Konrad Meister zu schwärmen. »Chicago ist umwerfend. So viele Menschen auf einem Fleck. Und diese Weite außerhalb der Städte, Felder so weit das Auge reicht. Dieses Amerika ist der Wahnsinn.« Auf Meisters Wangen hatten sich vor lauter Aufregung rote Flecken gebildet.

Cäcilie nahm ihm seine Begeisterung ab. Ihn trieb mehr an als das bloße Geschäft. Sein Enthusiasmus wog die Kraft auf, die man für eine solche Tournee an den Tag legen musste. Gerade erzählte Meister von dem akkuraten Plan, den er erstellt hatte. Er zählte die Städte auf, in denen die Truppe aus Berchtesgaden auftreten sollte, berichtete von den Schwierigkeiten, überall genügend Hotelzimmer zu reservieren und für die Verpflegung zu sorgen.

»Die Truppe ist toll. Das wird eine famose Sache. Die Proben laufen fantastisch. Alle sind Profis, das möchte man gar nicht glauben. Und dieses Annamirl ist ein absolutes Naturtalent. Mit ihrer Stimme wird sie die Herzen der Amerikaner im Sturm erobern.«

»Ein Zimmermädchen«, sagte Gabriele in einem Ton, als wäre dies kaum vorstellbar.

»Gabriele, sei nicht so ein Snob«, meinte Detlef. »Das ist einfach eine richtige Aschenputtelgeschichte. Junges Zimmermädchen wird Bühnenstar. Das klingt ganz nach dem legendären Tellerwäscher, der zum Millionär wird. So etwas ist nur in Amerika möglich.«

Konrad klatschte in die Hände. »Detlef, das ist genial! Von der Alm auf die Bühne. Gestern jodelte sie noch auf dem Gipfel und heute hier auf dieser Bühne. Genau so werde ich sie ankündigen lassen.« Konrad hielt inne. »Sie kommt doch von der Alm, oder?«, fragte er in die Runde.

»Soweit ich weiß, schon. Aus einem Bauernhof in Königssee. Am Jenner oben besitzen sie eine Alm«, wusste Cäcilie.

»Also ist das nicht einmal gelogen. Fantastisch! Dann müssen wir Fotos von ihr im Dirndl auf der Alm anfertigen, mit Kühen und Bergen im Hintergrund. Mensch, Leute, das wird der Knaller!«

»Für das Mädchen ist es eine große Herausforderung«, sagte Cäcilie. »So eine Tournee hätte ich mir in ihrem Alter nicht zugetraut. Das ist sehr mutig von der jungen Dame.«

»Na ja«, wandte Detlef Moser ein, »die Welt rückt immer näher zusammen. Mit dem Flugzeug werden wir bald direkt nach New York fliegen. Die Entfernungen schrumpfen, meine Teuerste. Dinge werden möglich sein, von denen wir heute noch keine Vorstellung haben.«

»Ich befürchte, daran werde ich mich nicht mehr gewöhnen.«

»Ganz im Gegenteil.« Detlef Moser ergriff ihre Hand und küsste sie galant. »Sie verkaufen sich unter Wert.«

Cäcilie errötete unwillkürlich und lächelte.

»Detlef, du alter Berufscharmeur«, sagte Gabriele von Hartenstein, und Cäcilie entging der gehässige Unterton in ihrer Stimme nicht. Ihr war es gleich. Sie wollte sich ihre gute Laune nicht verderben lassen.

»Unsere Truppe wird ganz altmodisch den Atlantik mit dem Schiff überqueren«, griff Meister das Thema wieder auf.

»Und wie ich dich kenne«, sagte Gabriele von Hartenstein, »hast du längst einen Auftritt an Bord klargemacht.« Dabei stupst sie ihn mit dem Zeigefinger auf die Brust.

Konrad Meister lachte. »Ich bin dran. Ich warte nur noch auf die Rückmeldung von der Reederei in Hamburg. Deswegen werde ich heute im Hotel bleiben. Den Anruf will ich nicht verpassen.«

»Eigentlich war für heute Regen angesagt.« Detlef Moser sah prüfend aus dem Fenster.

»Setzen wir uns draußen hin, vielleicht kommt die Sonne noch heraus«, schlug Gabriele von Hartenstein vor.

»Sehr gut.« Konrad Meister stand auf. »Dann bekommt ihr es ja mit, sollte der Portier mich suchen. Ich bin im Saal.«

»Wie gehen die Proben voran?«, erkundigte sich Cäcilie.

»Erfreulich gut. Beim nächsten Heimatabend geben wir unsere letzte Vorstellung vor der Reise. Ihr kommt doch alle?«

»Das werden wir uns nicht entgehen lassen.« Gabriele von Hartensteins Zeigefinger kam wieder zum Einsatz.

»Führen Sie die gesamte Vorstellung mit allem Drum und Dran auf?«, wollte Cäcilie wissen.

»Das wird unsere Generalprobe!«

»Muss die nicht schiefgehen, damit die Premiere gelingt?« Cäcilie sah ihn zweifelnd an.

»Nein, sie darf schiefgehen, muss aber nicht, so ist das am Theater«, beruhigte sie Konrad Meister.

»Dann komme ich natürlich. Ich bin überzeugt, dass bei den Berchtesgadenern alles perfekt passen wird.«

»Davon gehe ich aus.« Konrad Meister beugte sich zu Cäcilie. »Gestern habe ich die Bühnendekoration gesehen. Die wird fantastisch. So etwas haben die Amis noch nicht gesehen. Ein Schreiner hat ein Gestell aus Holz zusammengezimmert und dieses außen mit in Kleister getauchten Lumpen bezogen. Sobald alles getrocknet ist, kommen die Malerinnen an die Reihe und bemalen die Figuren. Am Ende sind die so leicht, die kann selbst ein Kind von der Bühne tragen. Die Fracht nach Amerika kostet sonst einfach zu viel.«

Nachdem alle ihre Anerkennung zum Ausdruck gebracht hatten, erhob man sich und verlagerte sich hinaus auf die Terrasse. Cäcilie warf dem Oberkellner einen entschuldigenden Blick zu, der, ohne gestresst zu wirken, begonnen hatte, den Tisch abzudecken. Bald würde das Mittagessen serviert, und der Tisch musste neu eingedeckt werden.

In der Halle hörte Cäcilie, wie jemand im Restaurant die Bohnerwachsmaschine startete. Sie drehte sich um. Das Zimmermädchen, das gern nervös hin und her hastete, hieß sie nicht Leo?, überlegte Cäcilie, bearbeitete den Boden. Der Page Peter stand in der Tür und sah ihr zu. Da rief ihn Detlef Moser zu sich und trug ihm auf, Kissen draußen auf der Terrasse auf ihre Stühle zu legen. Cäcilie sah, wie Peter noch einen schnellen Blick in den Speisesaal warf. Warum, wusste Cäcilie selbst nicht zu sagen, doch der Blick zauberte ihr ein Lächeln ins Gesicht.

Wolken zogen über die Bergwälder und gaben nur gelegentlich den Blick auf einen der Berggipfel frei. Die Dreierrunde beobachtete schweigend das Schauspiel. Konrad hatte sich verabschiedet, und außer Allgemeinplätze über die Aussicht gab es kaum mehr etwas zu reden. Cäcilie störte sich daran nicht im Geringsten. Das ständig sich verändernde Panorama passte zu den Gedankenwolken, die ihr durch den Kopf zogen. Die Aussicht auf eine Zukunft ohne Gerhard beflügelte sie in einer Weise, die sie nicht für möglich gehalten hätte. Sicher, finanziell war es ein unsicherer und gewagter Schritt, und das hatte sie lange davon abgehalten. Nun spürte sie, dass ihre Freiheit mehr wog als die Annehmlichkeiten ihres bisherigen Lebens. Daran hatte Hanni keinen ganz kleinen Anteil. Dessen war sich Cäcilie bewusst, ohne dass diese etwas davon ahnte. Die junge Frau hatte in Cäcilie die Erinnerung daran zurückgebracht, wie es sich anfühlte, das ganze Leben noch vor sich zu haben. Dafür war sie ihr unendlich dankbar.

Dann dachte Cäcilie an Annamirl, die hinaustrat in die weite Welt, bis nach Amerika. Cäcilie bewunderte diesen Mut. Wie schwach war sie dagegen gewesen. Ich habe mich selbst schwach gemacht. Dieser Gedanke überraschte Cäcilie. Weil er ihr so klar und wahrhaftig vor Augen stand. Ich habe mich selbst schwach gemacht, murmelte sie vor sich hin.

»Was meinten Sie?«, erkundigte sich Detlef.

»Nichts, nichts«, beeilte sich Cäcilie zu antworten. »Ich werde mir eine Jacke holen, der Wind ist kühl.« Cäcilie erhob sich und schlenderte gedankenverloren um das Hotel herum. Ihre Schwäche hatte Gerhard ausgenutzt und nichts unternommen, um seine Frau zu stärken. Ganz im Gegenteil. Er hatte stets dafür gesorgt, dass sie sich minderwertig gefühlt hatte. Das wurde ihr schmerzlich bewusst. Dumm war ich und habe ihn dabei gewähren lassen, schalt sie sich. Dennoch, seit gestern wurde sie von Hoffnung erfüllt. Das Ende war abzusehen, selbst wenn es nicht schön werden würde, denn Gerhard würde sich mit allen Mitteln wehren, trotzdem bedeutete es nur das Ende dieser Ehe. Die Zukunft gehörte ihr. Hauptsache, sie musste nicht mehr mit Gerhard zusammenleben. Wie lange sie zu dieser Einsicht gebraucht hatte, war ihr kaum mehr nachvollziehbar. Vielleicht war es ihr schwergefallen, ihr bequemes Leben aufzugeben, vielleicht hatte sie ihren Fehler vor ihren Eltern nicht zugeben wollen. Die aber waren seit Langem tot. Niemandem musste sie mehr etwas beweisen außer sich selbst.

Vor dem Eingang stand Rieber und polierte den Messinggriff der Schwingtür.

»Haben Sie zufällig meinen Mann heute schon gesehen?«, wandte sich Cäcilie an ihn. Nicht, dass er ihr abgegangen wäre, es war nur besser, zu wissen, wo der Feind steckte.

»Er ist mit einem anderen Gast zur Enzianbrennerei gefahren. Sie wollten sich die Vorführung des Schnapsbrenners ansehen.«

»Richtig, das war ja heute«, antwortete Cäcilie. Sie wollte nicht, dass der Portier den Eindruck gewann, sie habe keine Kenntnis davon, was ihr Mann machte. Warum eigentlich? Warum sollte sie noch den Anschein einer glücklichen Ehe aufrechterhalten? Ein Tag in der Schnapsbrennerei war genau das, was Gerhard sich unter einem gelungenen Urlaubstag vorstellte. Sie war da sicher anders. Was diese neue Freiheit für sie bedeutete, ließ sich erahnen wie ein lauer Lufthauch am Ende des Winters, der den kommenden Frühling ankündigte.

In diesem Moment hörte sie Musik aus dem Festsaal in der Dependance.

»Die proben fleißig für ihre Tournee.« Herr Rieber hatte sich neben Cäcilie gestellt.

»Ich würde zu gerne mitfahren. Nach Amerika! Das muss grandios sein. Erst neulich habe ich zusammen mit Peter in der Wochenschau einen Bericht über ihre Autos gesehen. Die sind so lang, die würden bei uns gar nicht um die Kurve kommen.«

»Na, ich stelle mir das eher unpraktisch vor«, lächelte Cäcilie. »Doch ich verstehe nun wirklich nichts von Autos.« Sie ließ den Portier stehen und ging hinüber zum Saal. Vorsichtig öffnete sie die Tür und schlüpfte hinein. Hinten an die Wand gelehnt entdeckte Cäcilie einen weiteren Zaungast. Es war Hanni, wie sie zu ihrer Freude bemerkte. Diese hatte ihren Wäschekorb neben sich auf den Boden gestellt und sah gebannt zur Bühne. Die Mitwirkenden hatten ihre Alltagskleidung an. Cäcilie fühlte sich an eine Opernprobe erinnert, der sie als junges Fräulein bewohnen durfte. In Blümchenkleid und Strickjacke hatte die Sopranistin die *Königin der Nacht* gesungen.

Mit einem Lächeln im Gesicht gesellte sich Cäcilie zu Hanni.

»Die neuen Dirndl sind noch nicht fertig, darum proben sie heute so«, erklärte Hanni die unpassende Aufmachung. »Alle Frauen werden das gleiche Dirndl tragen, nur Annamirl bekommt eine andersfarbige Schürze. Das wird ein wunderbares Bild abgeben.«

Auf der Bühne probte die Musikgruppe gerade ein schwungvolles Stück.

»Das wird den Amerikanern gefallen«, meinte Cäcilie.

»Amerika«, sagte Hanni. »Ich kann mir gar nicht vorstellen, wie es dort ist. Alle reden davon, für mich ist dieses Land so weit weg.«

»Darum finde ich es so mutig von Fräulein Annamirl, auf die Tournee mitzugeben. Sie hat dafür meinen ganzen Respekt.«

»Wenn es nur klappt«, meinte Hanni düster.

»Was meinen Sie?«, fragte Cäcilie besorgt.

Hanni erzählte von Annamirls Vater, der seine Tochter nicht fahren lassen wollte.

Cäcilie sah Hanni bestürzt an. »Ach, herrje, das tut mir leid. Gegen den Willen des Vaters zu fahren, ist keine gute Lösung. Ein so großes Unterfangen sollte unter einem guten Stern stehen.«

»Das finde ich auch. Und wenn Annamirl ohne den Segen des Vaters fährt, wird sie es früher oder später bereuen.«

»Ach, wenn ich nur irgendwie helfen könnte.«

»Liebe Frau Jacoby, entschuldigen Sie, jetzt habe ich Sie schon wieder mit meinen Sorgen belastet.«

Lächelnd strich Cäcilie Hanni über die Wange. »Das dürfen Sie bitte nicht denken. Sorgen sind dazu da, dass sie geteilt werden.«

Konrad Meister war auf die Bühne getreten und kündigte mit lauter Stimme und auf Englisch das nächste Stück an.

»Wer ist das?«, fragte Hanni, die kein Wort verstand.

»Das ist der Produzent Konrad Meister.«

»Ach ja, Annamirl hat von ihm erzählt.« Hanni beobachtete ihn interessiert.

»Weiß er von Annamirls Dilemma?«, fragte Cäcilie.

»Nein, Annamirl will nichts tun, was ihre Fahrt gefährden könnte.« Dass Annamirl gewillt war, gegebenenfalls die väterliche Unterschrift zu fälschen, verschwieg sie lieber.

»Ich finde, er sollte davon erfahren. Ich an seiner Stelle würde es wissen wollen, wenn meine Hauptakteurin ein solches Problem plagt«, sagte Cäcilie.

»Das wäre vielleicht besser.« Hanni klang verzagt. »Na, wie dem auch sei, ich muss jetzt endlich die Wäsche hinunterbringen.«

Hanni nahm den Korb auf und verabschiedete sich.

»Wenn Sie das nächste Mal zu Bernadette und der kleinen Lena gehen«, sagte Cäcilie noch, »dann richten Sie bitte ganz herzliche Grüße aus. Und geben Sie mir Bescheid, wenn ich noch etwas tun kann für die beiden.« Wenigstens dieser Mutter mit ihrem Kind soll es gut gehen, dachte Cäcilie.

»Das ist sehr lieb von Ihnen. Das Problem ist nur, dass die beiden nicht ewig oben auf der Alm bleiben können und wir nicht wissen, wohin sie danach gehen könnten.«

»Mein armes Fräulein Hanni. Noch eine Sorge mehr, und

bei der kann ich wirklich keine Hilfe sein. Ich kenne niemanden hier im Tal. Dabei würde ich so gerne helfen.«

»Das haben Sie schon. Dank ihrer Hilfe sind die beiden erst einmal aufs Beste mit allem Nötigen versorgt.«

»Das beruhigt mich zu hören.«

Cäcilie sah Hanni nach. Was für eine wunderbare junge Frau sie war. Und für einen Moment gestattete sie sich die Vorstellung, wie es wäre, so eine Tochter zu haben. Mit einem liebevollen Herzen. Cäcilie spürte altbekannte Tränen aufsteigen. Wer weiß, wenn sie ein Kind gehabt hätte, ob sie dann nicht schon viel früher zu ihrer Stärke gefunden hätte? Ach, es war müßig, sich darüber den Kopf zu zerbrechen. Besser wäre es, für die junge Mutter eine dauerhafte Bleibe zu finden. Nur, was könnte sie tun? Gedankenverloren machte sich Cäcilie endlich auf den Weg, ihre Jacke zu holen.

Miteinander reden will gelernt sein

Mit aller Kraft hielt Hanni die Wäscheschleuder fest. Inzwischen machte es ihr nichts mehr aus. Ganz im Gegenteil, sie verbrachte gern Zeit bei Franzi in der Waschküche. Der Geruch nach frischer Wäsche, der feuchte Dampf vom Bügeln, der ihre Haare kraus werden ließ, und vor allem Franzi, die in ihrer Art einfach da war und sich unbeeindruckt von allem um sie herum zeigte. Hanni arbeitete gern mit ihr zusammen. Franzis bedachte Bewegungen, wenn sie die Bettlaken aufhängte, und die fast schon sture Gleichmäßigkeit, mit der sie mit dem Bügeleisen über die Bezüge fuhr, fand Hanni beruhigend. Franzi zeigte ihr, dass man das Leben ganz anders betrachten konnte. Dieser ungewohnte Blickwinkel half ihr, ihr eigenes Leben, das in Berchtesgaden so viel aufregender geworden war, wie von außen zu sehen. Selbst mit der Schleuder hatte sie sich angefreundet. Hanni fand, dass das Rütteln und Schütteln der Maschine ihren Kopf zum Nachdenken anregte.

Wieder wanderten Hannis Gedanken zu Annamirl. Sie selbst reizte diese Reise gar nicht. Sie war froh darüber, hier im Grandhotel Gruber zu sein. Dieses ferne Land, von dem alle schwärmten, interessierte sie nicht. Diese Art von Aufregung brauchte sie nicht.

Aber noch stand Annamirl die Lösung ihres Problems bevor. Was hatte Frau Jacoby vorhin gesagt? Dass der Produzent wissen sollte, dass Annamirls Vater nicht einverstanden war? Miteinander reden, das brachte nach Frau Jacoby die Lösung. Hanni dachte mit weichem Herzen an ihr letztes Gespräch mit Andreas. Seine Tränen rührten sie jetzt noch, und Hanni schniefte auf, bevor sie den Deckel der Schleuder öffnete und die Wäsche herauszog. Miteinander reden, ging es ihr im Kopf umher, und mit einem Mal kam ihr ein Gedanke.

Hanni lächelte noch immer, als sie Franzi half, die Wäsche aufzuhängen. Es mussten nur die richtigen Menschen miteinander reden, dachte sie und fasste einen Entschluss. Und sie blieb nicht wie sonst nach getaner Arbeit noch eine Weile bei Franzi sitzen, sondern schlich sich in den Saal zurück. Die Musikgruppe packte gerade ihre Instrumente ein. Der Produzent stand vorne über einen Tisch gebeugt und studierte einen großen Plan. Von Annamirl keine Spur. Das hatte Hanni gehofft, denn sie hätte sicher etwas gegen ihr Vorhaben, und Hanni riskierte ihre Freundschaft mit Annamirl. Aber nichts tun und zusehen, wie ihre Freundin und Wasti dickköpfig in ihr Unglück rannten, das wollte Hanni erst recht nicht.

Leise schlich Hanni nach vorne zur Bühne, und als sie den Produzenten ansprach, schrak dieser zusammen. Verdattert schaute er Hanni an.

»Ich bin eine Kollegin von Annamirl und muss dringend mit Ihnen sprechen«, sagte Hanni so, wie sie es sich vorher zurechtgelegt hatte.

Konrad Meister sah sie aufmerksam an, und Hanni begann, ihm vom Streit zwischen Vater und Tochter zu erzählen.

»Es ist der Tod seiner Frau, der es ihm so schwer macht, seine Tochter gehen zu lassen«, erklärte Hanni.

Konrad Meister rieb sich das Kinn, nachdem Hanni geendet hatte, und sagte schließlich: »Puh, das ist ja mal ein Ding. Ich danken Ihnen, dass Sie mir davon erzählt haben. Annamirl wird der Star der Show. Das ist ihr, glaube ich, noch gar nicht wirklich bewusst. Der ganze Ablauf ist auf sie ausgerichtet. Ohne sie haben wir keine Show.« Nachdenklich hielt er inne. »Was können wir tun?«, fragte er Hanni.

»Miteinander reden«, antwortete Hanni schnell, ohne zu überlegen. »Sie müssten mit ihrem Vater reden. Wenn er Sie kennenlernt, ändert er vielleicht seine Meinung. Dann weiß er, wer auf seine Tochter aufpassen wird.«

»Das scheint mir ein vernünftiger Vorschlag zu sein. Wo wohnt er denn?«

»Im Wiesenlehen in Königssee.« Hanni erklärte ihm den Weg dorthin.

»Gut. Dann fahren wir morgen zusammen ins Wiesenlehen.«

»Annamirl und ich auch?«, fragte Hanni überrascht.

»Ja, das wäre das Beste. Denn miteinander reden kann man nur, wenn alle Beteiligten dabei sind, gemeinsam an einem Tisch sitzen. Glauben Sie mir, das ist nicht die erste brenzlige Situation, die ich meistern muss. Also keine Sorge«, beruhigte er Hanni, deren Bedenken sich deutlich auf ihrem Gesicht abgezeichnet hatten. »Sehen Sie, gerade suche ich verzweifelt ein günstiges Hotel in einem Vorort von Philadelphia. Außerdem sitze ich wie auf Kohlen, weil die Schneiderin die neuen Dirndl noch nicht geliefert hat, und ohne Kostüme brauchen wir erst gar nicht losfahren. Sie sehen, Kummer bin ich gewöhnt und auch, Lösungen für Probleme zu finden.« Wie um seine Worte zu bekräftigen, nickte er Hanni zu, und tatsächlich verließ sie erleichtert den Saal.

Draußen lehnte sie sich an die Tür. Die ruhige Reaktion des Produzenten hatte ihr gefallen, und sie spürte, dass es die richtige Entscheidung gewesen war, ihm davon zu erzählen. Dann fing ihr Herz aufgeregt zu klopfen an. Jetzt musste sie nur noch Annamirl von ihrem Vorhaben überzeugen.

Vorher aber wollte sie noch schauen, ob Leo, die heute mit Bohnern im Speisesaal an der Reihe war, Hilfe brauchte. Das Hotel war fast ausgebucht, und die Zimmermädchen hatten ordentlich zu tun. Eine gute Zusammenarbeit wurde im Grandhotel Gruber großgeschrieben.

Sie schlüpfte durch den Nebeneingang ins Haus, winkte Portier Rieber zu, der an die Rezeption gelehnt mit der Sekretärin plauderte, und betrat den Speisesaal.

Niemand war da. Der Geruch von Bohnerwachs hing noch in der Luft. Die Tische hatte der Ober schon für das Diner eingedeckt. Lautes Gelächter einer Frau drang durch ein geöffnetes Fenster herein. Hanni sah auf die Terrasse hinaus. Gabriele von Hartenstein saß mit dem Mann, den Hanni zusammen mit Robert überrascht hatte, an einem Tisch. Und noch jemand saß dabei. Hanni stockte der Atem. Das war ja Andreas, der sich blendend mit den beiden unterhielt. Hanni schaffte es nicht, gegen die aufsteigende Eifersucht anzukämpfen. Da half auch nicht, dass sie sich erinnerte, wie sehr sich Andreas über die Möglichkeit gefreut hatte, seine Werke außerhalb von Berchtesgaden auszustellen. Diese von Hartenstein war eine attraktive Frau, perfekt geschminkt und elegant. In ihrem Leinenkostüm mit auffälliger Bluse hätte sie direkt einer dieser Zeitschriften entsprungen sein können, die Ricarda so hingebungsvoll las.

»Sie werden sehen, diese Ausstellung wird ein voller Erfolg. Ich habe gestern mit dem Galeristen gesprochen, und er kann es kaum erwarten, Ihre Arbeiten zu sehen.«

»Warum lasst Ihr keine Fotografien anfertigen und schickt

sie schon mal nach Düsseldorf?«, schlug der andere Mann vor.

»Eine hervorragende Idee!«, rief Frau von Hartenstein, und Hanni sah, wie sie dabei ihre Hand auf Andreas' Arm legte.

»Das kann ich machen. Wir haben einen Fotografen an der Hand, der hervorragende Aufnahmen macht.«

»Bestens. Und sobald Sie die Fotos haben, schicken wir sie los.«

Die Hand der Frau lag noch immer auf dem Arm von Andreas.

»Gut«, sagte Andreas irgendwie völlig überwältigt, »dann werde ich mich an die Arbeit machen. Ich fürchte, so viele Stücke für eine große Ausstellung habe ich gar nicht.«

»Bei Ihrem Können mache ich mir da keine Sorgen.« Gabriele von Hartenstein war ebenfalls aufgestanden und begleitete Andreas über die Terrasse. Hanni bemerkte, wie der Mann ihm interessiert nachsah.

Hanni war zutiefst irritiert. Ihr wurde bewusst, dass die Menschen dort draußen aus einer anderen Welt kamen, zu der sie nie Zutritt haben würde. Sie schwitzten scheinbar nie, rochen gut und sahen stets so gepflegt aus, als könnte ihnen der Alltag nichts anhaben. Jemand wie Hanni passte nicht dazu. Ein Blick an sich hinunter war Bestätigung genug. Die Schürze war nass und zerknittert, ihre Haare zerzaust, und verschwitzt, wie sie war, hatte sie dringend ein Bad nötig.

Andreas war da ganz anders. Mit seiner ruhigen und selbstsicheren Art nahm er alle für sich ein. Hanni fühlte sich wie ein hässliches Entlein. Was sollte Andreas schon an ihr finden? Na, hoffentlich bekomme ich dich einmal unter die Haube. Die Konkurrenz ist groß, hörte sie ihre Mutter sagen. Es schnürte ihr die Kehle zu. Mit einer fahrigen Bewegung wischte sie sich die Tränen aus den Augen. Sie trat einen Schritt zurück, stieß gegen einen Stuhl, der laut über das Eichenparkett schrappte, und lief schnell zur Tür hinaus. Inständig hoffte sie, dass niemand sie sah. Genau in dem Augenblick jedoch kam jemand aus der Lobby auf sie zu. Tränenblind erkannte sie Herrn Jacoby erst, als er vor ihr stand. Sein alkoholisierter Atem schlug ihr ins Gesicht. Mit einem knappen »Guten Abend« wollte sie sich umdrehen und nach oben laufen. Aber der Mann packte sie blitzschnell am Arm und zog sie zu sich heran. Unwillkürlich stieß Hanni ihn mit aller Kraft von sich, und trunken, wie Jacoby war, stolperte er rückwärts und fiel zu Boden.

Hanni rannte die Treppe hinauf, blieb im ersten Stock stehen und beugte sich über das Geländer. Frau von Hartenstein kam gerade zu Herrn Jacoby. »Na, der Berchtesgadener Schnaps scheint es in sich zu haben«, meinte sie lachend.

Sie rief nach dem Pagen, und Hanni beobachtete, wie Peter herbeieilte und Herrn Jacoby wieder auf die Beine half. Hatte Gabriele von Hartenstein mitbekommen, warum Herr Jacoby gefallen war? Am Ende schwärzt sie mich noch bei Direktor Gruber an, überlegte Hanni beklommen. Und Herr Jacoby würde wahrscheinlich behaupten, er habe nur Halt gesucht und sei dann von diesem Zimmermädchen geschubst worden. An das Geländer gelehnt holte Hanni tief Luft, bevor sie sich in ihr Zimmer hinaufschlich.

Leider kam Wasserplätschern aus dem Badezimmer. Mist, da war jemand schneller gewesen. Zu gern hätte sie sich diesen Tag mit seinen unterschiedlichen Gefühlen gleich von der Haut gewaschen.

Hanni hatte die Tür zu ihrem Zimmer noch nicht hinter sich geschlossen, da schoss eine aufgebrachte Annamirl auf sie zu.

»Wie konntest du es ihm nur erzählen!«, polterte sie los. »Deinetwegen werde ich wohl nicht mit auf Tournee gehen. Deinetwegen werde ich nicht nach Amerika kommen.« Annamirl funkelte sie wütend an. »Mich so anzuschwärzen. Ich dachte, du bist meine Freundin.«

»Das bin ich auch, und genau deshalb habe ich mit Herrn Meister gesprochen.«

»Ach, was du nicht sagst. Nur weil du die Freundin meines Bruders bist, hast du nicht das Recht, dich in mein Leben einzumischen!«

»Ich wollte mich nicht einmischen«, verteidigte sich Hanni. »Aber es muss dir doch klar sein, dass du nicht einfach so fahren kannst. Das macht deinen Vater und am Ende auch dich unglücklich.«

»Weil ich Erfolg und Spaß haben und Amerika erleben werde? Das würde ich nie und nimmer bereuen. Hierzubleiben, das würde ich bereuen!«

»Annamirl, sei ehrlich. Wie würde es dir gehen, wenn du daran denkst, dass dein Vater deinetwegen traurig im Wiesenlehen sitzt?«

»Er muss nicht traurig hier herumsitzen. Er könnte mir einfach erlauben, mitzufahren«, argumentierte Annamirl spitz.

»Annamirl!«, rief Hanni mahnend, als könnte sie die Freundin so zur Vernunft bringen.

»Du hattest kein Recht, dich in mein Leben einzumischen«, bekräftigte Annamirl ihren Standpunkt, warf Hanni noch einmal einen bösen Blick zu und stürmte aus dem Zimmer.

Na, das ist ja nun gründlich in die Hose gegangen, dachte Hanni. Jetzt hing alles an dem Gespräch zwischen Wasti und diesem Herrn Meister. Hätte sie sich nur nicht eingemischt.

Und Andreas war ihr gerade keine große Hilfe, jetzt, wo er mit all seinen Gedanken bei der Ausstellung und bei dieser von Hartenstein war. Das Bild von den beiden, wie sie plaudernd auf der Terrasse gesessen hatten, ging ihr nicht mehr aus dem Kopf. Hatte sich heute alles gegen sie verschworen?

Beef Tatar ist die Lösung

Der Ober brachte das Frühstücksomelette und servierte es Cäcilie mit einer gekonnten Bewegung.

»Vielen Dank. Das schaut sehr appetitlich aus.« Cäcilie lächelte und griff nach einem Brötchen. Sie saß allein an dem großen Tisch in der Mitte des Speisesaals. Die anderen waren am Abend zuvor in der Hotelbar versumpft. Das hatte Gabriele ihr erzählt, als sie in der Früh bei Cäcilie geklopft und nach einer Kopfschmerztablette gefragt hatte.

»Sehr schön«, freute sich Cäcilie. Den Kater gönnte sie allen von Herzen. Das bedeutete, sie hatte heute erst mal ihre Ruhe und brauchte sich nicht in ihrem Zimmer zu verstecken, um Gerhard aus dem Weg zu gehen. Nach einer durchzechten Nacht war er gewöhnlich besonders schlecht gelaunt.

Cäcilie biss mit Appetit in das Omelette. Luftig und locker zerging es fast im Mund. Das Geheimnis lag in der Sahne, die unter die Eiermasse gehoben wurde. Das hatte Fräulein Schreiber ihr einmal verraten. Damit war sie schon bei dem ersten Problem angelangt, über das sie nachdenken musste. Ein prügelnder Mann war das Allerletzte. Dass dem Chefkoch gelegentlich die Hand ausrutschte, konnte sich Cäcilie nur zu gut vorstellen. Abschätzend blickte sie ihren nächsten Bissen an. Hoffentlich hatte einer der anderen Köche das Omelette zubereitet. Davon war auszugehen. Derartig niedere Dienste lagen unter seiner Würde.

Armes Fräulein Schreiber. Mehr als ihr gut zureden konnte sie nicht. Wenn ihr das überhaupt zustand, sie waren ja nicht befreundet. Nachdenklich hielt Cäcilie ihre Gabel in der Luft. Warum eigentlich nicht? Sie beide würden sich gut verstehen und hatten über die Jahre, in denen Cäcilie im Hotel Gruber logierte, eine eben fast freundschaftliche Beziehung aufgebaut. Sie war so an Personal gewöhnt und sah es als selbstverständlich an. In ihrem Elternhaus hatte es nicht an Personal gemangelt. Und auch sie selbst hatte stets ein Hausmädchen beschäftigt. Welche Privilegien ich genossen habe, dachte Cäcilie.

Sie sah sich im Speisesaal um. Mit der Scheidung würde sich alles ändern. Zu Cäcilies Erstaunen jedoch fühlte sich diese Aussicht gut an. Die Angst und Panik, die sie früher bei dem Gedanken an eine Scheidung heimgesucht hatten, stellten sich dieses Mal nicht ein. Cäcilie nahm das als ein gutes Zeichen. Wie nur könnte sie Elfriede Schreiber davon überzeugen, dass es nie zu spät war, ein eigenes Leben zu beginnen? Es erforderte nur einen Schritt oder wie in Cäcilies Fall einen Brief und den Mut, Altes hinter sich zu lassen. Sie dachte an Annamirl und Amerika, und dann kam ihr Christoph Kolumbus in den Sinn. Na, na, schalt sie sich, einen neuen Kontinent würde die junge Frau nicht entdecken, vielleicht aber sich selbst.

Cäcilie lehnte sich zurück. Als Nächstes galt es, Problem Nummer zwei zu überdenken. Die Mutter mit ihrem kleinen Mädchen oben auf der Alm beschäftigte sie. Kinder waren solch ein Segen. Wie konnte es sein, dass es keinen anderen Platz für sie in der Welt gab als eine Almhütte? Wie sollte sie den beiden nur helfen? Ihnen eine kleine Wohnung zu finanzieren, das hatte Cäcilie schon erwogen. Nur würde sie als geschiedene Frau bald selbst ohne die Mittel dastehen.

Wie sie über die Runden kommen sollte, war ein weiteres Problem, das sie noch lösen musste.

Aber alles zu seiner Zeit, ermahnte sie sich. Schritt für Schritt wollte sie vorgehen, so, wie man einen Berg erklomm. Wenn man am Anfang zu hastig war, ging einem noch vor dem Gipfel die Puste aus, das hatte sie von ihrem Vater gelernt. Die kleine Lena stand ganz oben auf der Liste. Cäcilie ließ sich vom Ober eine frische Tasse Kaffee eingießen, bedankte sich überschwänglich und versuchte, das Problem systematisch anzupacken. Aber schon bald darauf ließ sie die Tasse mit einem leisen Seufzer sinken. Es ließ sich in Berchtesgaden einfach keine Bleibe finden. Wenn ich wenigstens für eine Stelle als Hausmädchen sorgen könnte. Es wäre zwar für Bernadette mit Kind nicht einfach, aber immerhin könnte sie ihr eigenes Geld verdienen. Aber auch dafür brauchte es gute Beziehungen, und Cäcilie kannte eben keine Menschenseele in Berchtesgaden. Es war zum Verzweifeln. Verdrossen stellte sie ihre Kaffeetasse ab.

Am Nachbartisch schwärmte gerade ein Herr von dem Beef Tatar, das er gestern Abend gegessen hatte.

»Sehr appetitlich, wie das hier angerichtet wird«, hörte Cäcilie ihn erzählen. »In lauter kleinen Schüsseln stehen die Zutaten bereit, und du darfst auswählen, was davon in dein Tatar kommen soll. Der Ober mischt dann alles unter. Essiggürkchen, Silberzwiebeln und Kapern. Alles auf Feinste gehackt. Das bekommst du in Bonn nirgends in der Qualität.«

Alles miteinander mischen. Dieser Satz blieb in Cäcilies Kopf hängen. Wie elektrisiert setzte sie sich auf. Was wäre, wenn sie die Probleme nicht einzeln betrachtete, sondern zusammen, als ein Problem, das nur eine Lösung brauchte? Wie beim Beef Tatar musste sie nur alles zusammenmixen und sehen, was dabei herauskam. Mit etwas Glück eine leckere Lösung.

Geschäftig schob Cäcilie die Tasse zur Seite, als würde sie gleich einen Plan ausrollen wollen. Mit den Fingerspitzen fuhr sie über die gestärkte Tischdecke. Bernadette und Lena brauchten eine Bleibe hier in Berchtesgaden. Sie selbst brauchte eine Bleibe in Köln. Mit Gerhard in ihrer Wohnung würde sie es nicht einen Tag länger aushalten. Zwei Frauen, ein Problem. Cäcilie hielt den Atem an, so verwegen kam ihr der Gedanke vor. Warum war ihr das noch nicht eher eingefallen? Warum sollte sie nicht ebenfalls in Berchtesgaden bleiben? Weg aus Köln? Vor Aufregung klopfte Cäcilie mit der flachen Hand auf den Tisch. Warum nicht? Es gab wenig, was sie in Köln hielt. Ihre Freundinnen, ja. Ob die allerdings mit der verarmten geschiedenen Frau noch allzu viel zu tun haben wollen würden, daran durfte gezweifelt werden.

Eine Wohnung in Berchtesgaden! Sie würde günstiger sein als in Köln. Sie könnte es sich leisten, ein Zimmer mehr dazuzunehmen und Bernadette und Lena dort wohnen zu lassen. In einem Ferienort wie Berchtesgaden müsste sich eine Arbeit auch für sie selbst finden lassen. Und wenn es als Wäscherin in einem der Hotels wäre. Noch vor Kurzem hätte Cäcilie diesen Gedanken als absurd abgetan, und heute plötzlich hielt sie es für die beste Lösung. Dann wäre sie auch in der Nähe von Elfriede Schreiber und könnte ihr beistehen. Cäcilie lächelte. Sie würde aus ihrem Leben ein Beef Tatar machen und alle Zutaten, die sie sich wünschte, einfach hineinmischen.

Am liebsten hätte sie Hanni sofort von ihrem Plan erzählt. Vernünftigerweise beschloss sie, ihn vorerst für sich zu behalten. Wer weiß, ob er sich überhaupt in die Wirklichkeit umsetzen ließe. Zuerst wollte sie fertig frühstücken. Derlei

Leckereien würde es in ihrem Leben so schnell nicht mehr geben. Erstaunlich, wie sehr sie sich auf die neuen Zeiten freute.

Nach dem Frühstück machte Cäcilie sich auf die Suche nach der Hausdame.

Ricarda zeigte zum Ende des Gangs. »Gibt das eine Beschwerde? Hat Hanni nicht ordentlich geputzt?«, fragte sie neugierig.

Cäcilie Jacoby überging die Bemerkung geflissentlich und fand Fräulein Schreiber im Gespräch mit einem der Hausmeister, der eine Glühbirne in der Hand hielt.

»Frau Jacoby«, sagte diese überrascht, »womit kann ich Ihnen helfen?«

»Wenn Sie einmal eine freie Minute für mich hätten, wäre ich Ihnen sehr verbunden. Ich bin in meinem Zimmer.«

»Ich komme gleich zu Ihnen. Vorher müssen wir nur diese Lampe zum Leuchten bringen.« An den Hausmeister gewandt fuhr sie fort: »Mir scheint, diese Glühbirne ist ebenfalls defekt. Hören Sie das feine Klirren des Glühdrahts?«

»I hör nix«, antwortete der Hausmeister ein wenig patzig.

Cäcilie überließ der Hausdame die Lösung des Problems und ging auf ihr Zimmer. Unruhig trat sie auf den Balkon und blickte in die Berge.

Die Wolken hatten sich verzogen, und es versprach ein schöner Tag zu werden. Die Geranien gediehen prächtig, und Cäcilie dachte an den Tag, an dem sie eingesetzt worden waren. Bei der Gelegenheit hatte sie Hanni kennengelernt. Was hatte sich seither nicht alles ereignet! Nervös trommelte Cäcilie mit ihren Fingern auf das Balkongeländer. Warum war sie so ungeduldig? Lange Jahre hatte sie diese Entscheidung vor sich hergeschoben. Nun kam es auf einen Tag mehr oder weniger eigentlich nicht mehr an. Aber sie fand, dass ihr

Plan, jetzt, wo er gefasst war, unverzüglich in die Tat umgesetzt werden sollte.

Endlich klopfte es, und Elfriede Schreiber betrat das Zimmer.

»Vielen Dank, Fräulein Schreiber. Ich will Sie gar nicht lange von Ihrer Arbeit abhalten, doch ich brauche Ihren Rat.« Cäcilie zeigte auf einen der beiden Sessel, und Elfriede Schreiber nahm auf der Kante Platz.

»Ich werde mich scheiden lassen«, platzte es aus Cäcilie heraus. Eigentlich hatte sie das Gespräch ganz anders angehen wollen. Doch etwas in ihr brach sich Bahn und ließ sie Elfriede Schreiber alles erzählen. Wie es um ihre Ehe stand, dass sie nach einer Scheidung kaum mehr Mittel hatte und deswegen eine bezahlbare Wohnung in Berchtesgaden suchen würde.

»Außerdem tut die Bergluft meinem Asthma gut. Die letzten Tage habe ich so gut wie gar nicht gehustet.«

Frau Schreiber sah sie überrascht an. »Sind Sie sicher, dass Sie hierbleiben wollen?«

»Das bin ich. Das Leben hier ist günstiger als in der Stadt, und ich bin froh um jeden Kilometer, der zwischen mir und meinem Mann liegt.«

»Frau Jacoby, Sie haben eine mutige Entscheidung getroffen. Ihr Mann kann durchaus ...«, sie zögerte, es so direkt auszusprechen.

»Furchtbar, ein Ekel, ein Grobian sein?«, ergänzte Cäcilie.

»So ungefähr.« Elfriede Schreiber lächelte. »Darum werde ich Ihnen gerne helfen. Viele Leute in Berchtesgaden kenne ich nicht, ich bin selbst erst nach dem Krieg zugezogen.« Elfriede Schreiber schwieg, und Cäcilie sah, dass sie überlegte.

»Ich habe gehört«, fuhr die Hausdame dann fort, »dass das Wohnbauwerk gerade ein großes Mietshaus mit Wohnungen im Nonntal fertigstellt. Sicher, mit den ganzen Vertriebenen ist in Berchtesgaden der Wohnraum genauso knapp wie überall. Soweit ich weiß, befindet sich das Büro vom Wohnbauwerk in der Ganghoferstraße. Dort würde ich nachfragen. Ansonsten halte ich meine Ohren offen.« Sie lächelte entschuldigend. »Da fällt mir ein«, fügte sie eilig hinzu, »vielleicht schauen Sie die Annoncen im Berchtesgadener Anzeiger durch.«

»Das ist eine gute Idee. Sehen Sie, an die Zeitung habe ich gar nicht gedacht. Fürs Erste würde mir ein möbliertes Zimmer reichen. Und gleich heute werde ich im Wohnbauwerk nachfragen. Vielen Dank für Ihre Hilfe.«

»Gerne doch.« Elfriede Schreiber stand auf. »Wenn Sie mich bitte entschuldigen, meine Damen werden von Tag zu Tag nachlässiger. Ich weiß gar nicht, was diese Saison mit ihnen los ist. Selbst Hanni und Annamirl sind nicht so recht bei der Sache.«

Cäcilie erhob sich ebenfalls. »Was macht die Schwellung in Ihrem Gesicht?«, fragte sie vorsichtig.

»Es ist schon viel besser«, erwiderte Fräulein Schreiber. Die beiden Frauen standen einander gegenüber. Cäcilie breitete ihre Arme aus, und sie umarmten sich wortlos. Tränen standen ihnen in den Augen, als sich die Hausdame schließlich zum Gehen wandte.

»Ich würde mich sehr freuen, wenn Sie hierbleiben würden«, sagte sie lächelnd.

Gibt es Berge in Amerika?

Die angespannte Stimmung zwischen Hanni und Annamirl schien Konrad Meister nicht zu bemerken. Während jede angestrengt aus dem Fenster auf ihrer Seite starrte, steuerte Meister seinen Mercedes die Königsseer Straße entlang und geriet angesichts des gigantischen Ausblicks auf den Watzmann, der sich in seiner Mächtigkeit vor ihnen erhob, ins Schwelgen.

»Dort oben liegt noch so viel Schnee, während hier unten schon alles grün ist. So etwas habe ich wirklich noch nie gesehen. Wir brauchen Fotos davon für das Programm. Leute, das wird der Knüller.« Begeistert hieb der Produzent auf das Lenkrad.

»Gibt es in Amerika auch Berge?«, fragte Annamirl. »Ich meine, so hohe Berge wie bei uns?«

»Ja klar, nur so einen schönen Berg wie den Watzmann haben sie nicht«, antwortete Meister, wandte den Kopf und zwinkerte den beiden zu.

Hanni hörte nicht recht zu. Seit sie in das große Auto gestiegen war, klopfte ihr Herz wild vor Nervosität. Sie hatte einen Stein ins Rollen gebracht. Nun war Herr Meister an der Reihe. Nur würde sich Wasti nicht von lockeren Sprüchen beeindrucken lassen. Hanni unterdrückte ein Gähnen. Die ganze Nacht hatte sie wach gelegen und sich immer wieder gefragt, ob sie richtig gehandelt hatte. Nun, das würde sich gleich herausstellen.

»Hier müssen Sie links abbiegen.« Annamirl wies Herrn Meister den Weg. »Da vorne ist es.« Annamirl beugte sich vor und zeigte auf das Wiesenlehen, das in der Nachmittagssonne besonders hübsch aussah.

»Ihr beiden bleibt im Auto sitzen. Ich möchte zuerst allein mit deinem Vater reden.«

»Um diese Uhrzeit müsste er im Haus sein«, erklärte Annamirl.

»Ich werde ihn schon finden.«

Meister ging auf das Haus zu. Im Auto herrschte dicke Luft. Hanni hätte am liebsten nachgesehen, ob Andreas in der Werkstatt arbeitete, aber sie wollte Annamirl auch nicht einfach so sitzen lassen. Zu viel hing von dem Besuch ab.

Hannis Hals fühlte sich vom angestrengten Hinausschauen ganz steif an. Sie drehte sich zu Annamirl.

»Es tut mir wirklich leid, dass ich mich eingemischt habe. Glaub mir, ich wollte einfach nicht, dass du es irgendwann bereust, ohne das Einverständnis deines Vaters gefahren zu sein.«

»Sei ehrlich. Du wolltest dich nicht mit Andreas anlegen. Du hast nur an dich gedacht«, entgegnete Annamirl aufgebracht. »Du wolltest bei Vater und Andreas gut dastehen.«

»Du hast mich tatsächlich in eine Zwickmühle gebracht. Aber ich hielt es für richtig, Herrn Meister Bescheid zu sagen. Ich wollte dich vor einer falschen Entscheidung bewahren.«

»Vielen Dank, aber ich kann meine eigenen Entscheidungen fällen. Ich brauche keine Aufpasserin.«

Hanni lehnte sich frustriert im Sitz zurück. Miteinander reden, erinnerte sie sich selbst an Frau Jacobys Worte.

»Annamirl, sei ehrlich. Stell dir vor, du stehst auf diesem Empire-irgendwas-Gebäude, von dem du erzählt hast, ganz

New York zu deinen Füßen, und in dem Augenblick denkst du an deinen Vater, wie er allein im Wiesenlehen sitzt. Und von dem du dich nicht einmal ordentlich verabschiedet hast. Wie wirst du dich dann fühlen?«

Annamirl schwieg. Nach einer Weile drehte sie ihren Kopf zu Hanni. Eine Träne kullerte über ihre Wange. »Du bist so gemein!«, rief sie. »Damit hast du mir die Reise vollends verdorben.« Sie griff nach Hannis Hand. »Ich war selbstsüchtig und ungerecht zu dir, und du hast natürlich recht. Wenn ich gegen Vaters Willen auf Tournee gegangen wäre, ich wäre die ganze Reise über nicht richtig glücklich gewesen.«

»Keiner von uns«, ergänzte Hanni und umarmte ihre Freundin, so gut das im Fond des Wagens möglich war.

»Warten wir ab, was Herr Meister bei meinem Vater erreichen kann«, meinte Annamirl.

Hanni sah wieder aus dem Fenster. Die Bäume am Wiesenrand warfen inzwischen lange Schatten. »Sag mal, Herr Meister ist schon ganz schön lange im Haus, oder? Sollten wir vielleicht mal nachschauen?«

»Besser wäre es. Nicht, dass die beiden sich an die Gurgel gegangen sind. Vater kann manchmal aufbrausend sein.«

Auf einmal hatten die beiden es eilig, aus dem Auto zu steigen und zum Haus zu eilen. Vorsichtig öffneten sie die Tür und trauten ihren Augen nicht. Die beiden Männer saßen einträglich am Tisch. Wasti war gerade dabei, aus einer Flasche Schnaps nachzuschenken.

»Er ist ein guter Mann«, empfing Wasti seine Tochter. »Wir haben über alles gesprochen, und Konrad hat mir alles genau erklärt. Mir war nicht klar, was da an so einer Tournee mit dranhängt. Kannst du glauben, dass er tausend Oarschpfeiflrössl in Auftrag gegeben hat? So einen großen Auftrag hat es für das Kunsthandwerk in Berchtesgaden noch nie gegeben.« Wasti strahlte seine Tochter an. »Tausend«, wiederholte er ungläubig.

Hanni sah zu Annamirl, die abwartend neben ihr stand und wahrscheinlich genauso wenig verstand wie sie, was in der letzten Stunde geschehen war.

»Der Loisl war gestern schon bei mir und hat gemeint, dass ohne dich die ganze Vorstellung nur halb so gut wäre. Als Kapellmeister muss er es ja wissen.«

Annamirl machte einen Schritt auf den Tisch zu.

»Ich werde dich fahren lassen. Mit schwerem Herzen. Aber ich will mit meinem Sturkopf denen vom Kunsthandwerk einen solchen Auftrag nicht vermasseln. Außerdem hat Herr Meister mir versichert, ganz besonders auf dich aufzupassen. Seine Frau fährt als Ankleiderin ebenfalls mit und wird dich unter ihre Fittiche nehmen.« Wasti zog seine Tochter zu sich auf die Bank. »Du wirst mir furchtbar fehlen, mein kleiner Engel.«

»Du mir auch.« Annamirls Stimme brach. Stürmisch umarmte sie ihren Vater.

Hanni spürte, wie ihr ein riesiger Stein vom Herzen fiel. Sie war froh und erleichtert, dass Konrad Meister offenbar den richtigen Ton getroffen und Wasti am Ende überzeugt hatte. Sie ahnte sehr wohl, dass die Sache auch gründlich hätte schiefgehen können. Fröhlich zwinkerte sie Herrn Meister zu und schlich leise aus der Stube. Sie musste ja selbst noch mit jemandem reden. Schnell lief Hanni ums Haus herum zur Werkstatt.

Zu ihrer Enttäuschung musste sie feststellen, dass Andreas nicht da war. Auf der Werkbank lag seine Arbeitsschürze aus grobem Leinen, daneben die Holzfigur, an der er derzeit arbeitete.

»Hanni!«, hörte sie in dem Moment. »Hanni, Herr Meister würde gerne fahren. Es gibt noch so viel zum Vorbereiten, und heute Abend haben wir Probe.« Annamirl tauchte in der Tür auf.

»Andreas ist nicht da«, sagte Hanni. Sie bemerkte selbst den vorwurfsvollen Ton in ihrer Stimme.

»Irgendein Nachbar wird mal wieder seine Hilfe brauchen. Jeder schätzt Andreas' Hilfsbereitschaft.« Annamirl blieb vor Hanni stehen. Mit einem Mal schlug sie sich die Hand vor den Mund. »Er hat dich gestern gar nicht besucht, oder?«

»Mich hat er nicht besucht, die blöde Hartenstein allerdings schon«, brach es aus Hanni heraus.

»Die Hartenstein? Ach, das war bestimmt wegen der Ausstellung. Das ist so eine große Chance für ihn. Darauf hat er so lange gewartet.« Annamirl zögerte. »Ich bin schuld«, sagte sie dann, »dass er dich gestern nicht besucht hat. Eigentlich war er deinetwegen gekommen, denn er hat mich unten abgefangen und gefragt, wo du bist. Ich hab gesagt, dass du beschäftigt bist und keine Zeit hast.« Zerknirscht sah sie Hanni an. »Wir hatten kurz vorher gestritten, und ich war so wütend auf dich. Oh, Hanni, es tut mir so leid.« Schuldbewusst biss sich Annamirl auf die Unterlippe.

»Ach, Annamirl, gerade an so einem Tag wie gestern hätte ich mich über einen Besuch von Andreas unendlich gefreut. Wenn er da ist, erscheint alles viel leichter. Und selbst seine kleine Schwester ist dann besser zu ertragen.«

»Die kleine Schwester verspricht, nie wieder die Unwahrheit zu sagen. Das ist mir wirklich rausgerutscht.«

»Schwamm drüber.«

In dem Augenblick trat Konrad Meister ums Hauseck, und die beiden gingen ihm entgegen.

Er wollte mich besuchen, dachte Hanni bei der Rückfahrt erleichtert und enttäuscht zugleich. Vielleicht hatte die Hartenstein ihn abgefangen. Das war ihr zuzutrauen. Aber Hanni wollte sich nicht die Laune verderben lassen. Und ein bisschen stolz war sie, dass sie den richtigen Anstoß gegeben und die richtigen Menschen zum Reden gebracht hatte. Dafür schuldete sie Cäcilie Jacoby großen Dank.

Auf Wohnungssuche

Die Sekretärin beim Wohnbauwerk machte Cäcilie nicht viele Hoffnungen.

»Ich sehe kaum Chancen. Sie sind weder Einheimische noch Vertriebene oder Flüchtling, und die werden bei der Wohnungszuteilung bevorzugt.«

»Das verstehe ich ja. Gibt es vielleicht eine Warteliste, auf die Sie mich setzen könnten?«

»Einen Versuch ist es wert. Dazu müssten Sie dieses Formular ausfüllen.« Sie reichte Cäcilie ein Blatt Papier.

»Eine Frage hätte ich noch.« Cäcilie nahm ihren ganzen Mut zusammen. »Eine Bekannte von mir, eine junge Mutter mit einem kleinen Kind, würde dringend eine Wohnung suchen. Wie stehen da die Chancen?«

»Eine Witwe?«, fragte die Sekretärin.

»Nein«, antwortete Cäcilie, »sie ist ledig.« Sie versuchte, so normal wie möglich zu klingen. Die Augenbrauen der Sekretärin gingen nach oben. Eine solche Reaktion hatte Cäcilie befürchtet.

»Ich glaube nicht, dass wir dann eine passende Wohnung haben.« Demonstrativ blätterte sie in den Papieren vor sich auf dem Schreibtisch. »Ist sie denn aus Berchtesgaden?«

»Nein.« Cäcilie zögerte. »Der Vater allerdings schon.«

Die Augenbrauen gingen noch ein Stück weit nach oben. Cäcilie war sich bewusst, dass sie sich gerade auf dünnes Eis begab. Denn das Ganze ging sie wirklich nichts an. Sie mischte sich in eine sehr private Angelegenheit anderer Leute ein. Wenigstens hatte sie nun die ganze Aufmerksamkeit der Sekretärin.

»Angenommen, ich würde mich mit der jungen Frau und dem Kind gemeinsam um eine Wohnung bewerben. Wäre das eine Möglichkeit?«

»Sie sind aber nicht verwandt?«, fragte die Sekretärin verwirrt.

»Nein, nein, ich bin eine mütterliche Freundin«, behauptete Cäcilie, obwohl sie Bernadette nicht einmal richtig kannte.

»Wo wohnen Sie denn gerade?«

»Im Hotel Gruber, und wie gesagt, für mein Asthma wäre es das Beste, hierzubleiben.«

»Woher kennen Sie denn die junge Mutter?«, fragte die Sekretärin, und Cäcilie fühlte sich unter ihrem Blick unbehaglich. Eine Lügengeschichte konnte sie ihr nun schlecht auftischen. Das würde ihnen hinterher auf die Füße fallen, denn Lügen haben kurze Beine, und mit denen schaffte man es nicht auf den Gipfel.

»Wir haben uns im Hotel kennengelernt«, antwortete Cäcilie. Das war nicht gelogen, wenn auch nicht die ganze Wahrheit. Alarmiert bemerkte sie, wie sich das Gesicht der Sekretärin rötete. Sie wusste nicht, wie sie die Reaktion der Sekretärin deuten sollte. Sie straffte die Schultern und machte sich bereit, ob für Angriff oder Flucht, musste sich erst noch herausstellen.

»Die junge Mutter, war sie ein Gast?«, fragte die Sekretärin nach.

»Nein«, antwortete Cäcilie schnell, bevor sie es sich anders überlegen konnte.

Die Sekretärin erhob sich und schloss die Tür zum Büro

nebenan. »Die junge Mutter, sie heißt nicht zufällig Bernadette und war Zimmermädchen im Grandhotel Gruber?«, fragte sie mit gedämpfter Stimme.

»Genau die ist es«, rief Cäcilie überrascht aus und beugte sich ein wenig über den Tisch. »Kennen Sie Bernadette?«

Die Sekretärin nestelte nervös an dem Kragen ihrer Trachtenbluse.

»Bitte, das muss unter uns bleiben. Mein Neffe ist der Vater des Kindes.« Ihre Augen wurden feucht, und Cäcilie sah, wie die Sekretärin heftig schluckte.

»Meine Schwester und ihr Mann haben die arme Frau so schändlich behandelt. Abgespeist mit etwas Geld. Nur damit der gute Name Hofbauer nicht durch ein uneheliches Kind beschmutzt wird. Man will ja in der Stiftskirche am Sonntag stolz ganz vorne sitzen. Und das nennt man dann christlich. Pfui, sage ich da!«

Cäcilie wartete schweigend ab, ließ die Sekretärin die Geschichte in ihrem Tempo erzählen.

»Wissen Sie, mir waren eigene Kinder nicht vergönnt. Nicht einmal einen Ehemann habe ich. Eine klassische alte Jungfer ist aus mir geworden. Meine Schwester hingegen hat in eine ansehnliche Familie hineingeheiratet und einen Sohn bekommen. Und nun sogar ein Enkelkind. Aber sie will es nicht. Sie hat sogar eine Engelmacherin in Salzburg ausfindig gemacht. Gott sei Dank hat sich Bernadette gewehrt.« Sie senkte die Stimme noch weiter. »Und ich hätte so gerne ein Kind gehabt. Was gäbe ich darum.«

»Ich kann Sie gut verstehen.« Cäcilie legte ihre Hände auf die der Sekretärin. »Auch mir waren keine Kinder vergönnt, und darum unterstütze ich seit Langem ein Waisenhaus. Und nun möchte ich Bernadette und Lena helfen.«

»Sind die beiden hier?«

»Vorübergehend sind sie auf einer Almhütte untergebracht. Bernadettes Vater hat ihr das Geld abgenommen und kurzerhand Tochter und Enkelkind vor die Tür gesetzt, weil das Kind ihn gestört hat. Weil die arme Bernadette nicht wusste, wohin, ist sie an den einzigen sicheren Ort gefahren, den sie noch kannte, und das war das Hotel Gruber.«

»Ich verstehe die Welt nicht mehr. Wie ungerecht.«

»Das stimmt. Trotzdem können Sie helfen. Geben Sie Bernadette und Lena eine Wohnung. Ich bin sicher, Bernadette würde sich über regelmäßige Besuche von Ihnen sehr freuen. Das wäre ein neuer Kontakt zur Familie. Wäre es nicht schön, die kleine Lena ganz in der Nähe aufwachsen zu sehen?« Cäcilie war sich bewusst, dass sie nun jegliche Redlichkeit hinter sich ließ. Nur hatte sie sich inzwischen so weit aus dem Fenster gelehnt, dass der Weg zurück nicht mehr möglich war.

»Eine junge Mutter und ein wenige Wochen alter Säugling, allein auf der Welt. Niemand will sie haben. Nirgends gibt es einen Platz für sie. Sie müssen ihr helfen. Denken Sie an die kleine Lena, die nichts dafürkann, dass die Menschen so gemein sind. Helfen Sie, bitte.«

»Geht es der Kleinen denn gut?«, fragte die Sekretärin mit belegter Stimme.

»Im Augenblick schon, weil sich liebe Menschen um sie kümmern und für sie sorgen. Aber Bernadette und Lena benötigen dringend einen Ort, wo sie leben können.«

Die Sekretärin fuhr sich nervös durchs Haar. »Es ist wirklich nur ein Zimmer, mit Bad im Treppenhaus«, meinte sie schließlich, »doch dort könnte sie sofort einziehen.«

Cäcilie hielt den Atem an. Hatte hier tatsächlich jemand gerade seinem Herzen einen gehörigen Schubs gegeben?

»Das wäre wunderbar. Ist es denn möbliert?«

Die Sekretärin erhob sich, ging zu einem Registerschrank, zog eine Schublade heraus, ging die eingehängten Akten durch und nahm einen dünnen Ordner heraus.

»Das Zimmer verfügt über einen Ölofen und eine Spüle. Möbel sind nicht vorhanden.«

»Da lässt sich bestimmt etwas Gebrauchtes auftreiben«, meinte Cäcilie zuversichtlich.

»Ich habe auf dem Speicher ein Bett und eine Kommode, die könnte Bernadette haben.«

»Na, sehen Sie, das ist schon mal ein guter Anfang. Ein Tisch und Stühle werden sich auch noch finden, und wenn noch etwas fehlt, komme ich dafür auf.« Cäcilie bekam vor Freude rote Backen.

»Von meiner Aussteuer habe ich noch Bettwäsche, Tischdecken und Geschirrtücher«, meinte die Sekretärin nun ebenfalls enthusiastisch. »Ich habe sie nicht gebraucht und keine Verwendung dafür.«

»Herrlich, und schon haben wir alles zusammen.« Im Hotel müsste sich altes Geschirr und Besteck auftreiben lassen. Cäcilie wollte später gleich Elfriede Schreiber danach fragen, im Vertrauen natürlich.

»Da ist nur eine Sache.« Die Sekretärin wurde ernst. »Ich bin überhaupt nicht befugt, Bernadette die Wohnung zu vermieten. Das macht Herr Krüger, mein Chef.«

»Nun«, schlug Cäcilie vor, jegliche Korrektheit über Bord werfend, »ein erfahrener Chef wird seiner Sekretärin vertrauen, wenn sie jemanden für eine Wohnung vorschlägt?«

»Ich könnte alle Papiere ausfüllen, und Herr Krüger müsste nur einmal unterschreiben.« Die Sekretärin senkte noch einmal ihre Stimme. »Oft hat Herr Krüger nicht die Zeit, alle Papiere sorgfältig zu studieren.« Verschwörerisch lächelte sie Cäcilie an. »Nur muss ich um Ihre Diskretion bitten.«

»Davon dürfen Sie ausgehen.« Die beiden Frauen sahen sich an. »Ich habe gar nicht nach Ihrem Namen gefragt«, entschuldigte sich Cäcilie dann.

»Stangassinger. Maria Stangassinger. Warten Sie, ich schreibe Ihnen meine Adresse auf. Es ist vielleicht besser, wenn wir alles Weitere außerhalb des Büros besprechen.«

»Selbstverständlich.« Cäcilie nahm das Papier und verstaute es sorgfältig in ihrer Handtasche, bedankte sich und wandte sich zum Gehen.

»Eines noch«, sagte Maria Stangassinger, wieder ganz geschäftlich im Tonfall. »Ich kann Sie zwar auf die Warteliste setzen, aber es kann dauern.«

Cäcilie wandte sich mit einem Lächeln um. »Sie haben mir mehr Hoffnung gemacht, als ich erwartet habe. Vielen Dank, Frau Stangassinger.«

Was für eine wunderbare Lösung. Einen Punkt auf ihrer Liste konnte Cäcilie abhaken. Das fühlte sich herrlich an. Sie freute sich darauf, Annamirl und Hanni die frohe Botschaft zu verkünden. Allerdings hatte sie vorher noch anderes zu erledigen. Sie besorgte sich den *Berchtesgadener Anzeiger* und steuerte auf Annelieses Espresso-Milchbar zu. Zwischen all den jungen Menschen hatte es Cäcilie beim letzten Besuch gut gefallen. Die lockere Atmosphäre, die moderne Musik und der leckere Milchreis boten eine anregende Mischung.

Cäcilie betrat die Espresso-Bar. Das Lokal war gut gefüllt, und Cäcilie ergatterte einen Tisch ganz hinten. Ihr war es nur recht. Sie wollte in Ruhe ihre Gedanken ordnen und die Wohnungsanzeigen studieren. Sie bestellte bei dem freundlichen jungen Mann, mit dem Hanni bei ihrem letzten Besuch geredet hatte, und schlug die Zeitung auf. Der Gebirgstrachtenverein hatte seine jährliche Hauptversammlung abgehalten und dabei den Vorstand neu gewählt. Ein Artikel befasste sich mit dem Katholischen Frauenbund, ein anderer mit der Landwirtschaftsmesse in Traunstein. Dann kam sie zu den Anzeigen. Es gab jede Menge Wohnungsgesuche. Bei den Angeboten sah es jedoch leider mehr als mager aus. Cäcilie ließ die Zeitung sinken. Niemand hatte behauptet, dass es leicht werden würde.

Der Milchreis wurde serviert. »Eine Portion Gaumenglück«, sagte der junge Mann fröhlich und stellte die Schale mit Milchreis vor ihr auf den Tisch.

»Vielen Dank. Das schaut herrlich lecker aus.« Genüsslich angelte sich Cäcilie die eingelegte Kirsche von der Schlagsahne. Was für ein Zufall das gerade eben beim Wohnbauwerk gewesen war, dachte sie. Nun, Berchtesgaden war klein, und vermutlich kannte jeder jeden, und in der Region waren viele miteinander verwandt. Der vermaledeite Krieg hatte seinen Teil dazu beigetragen, dass es einfach zu wenig Männer gab. Viele Frauen in Deutschland blieben allein. Cäcilie dachte an Maria Stangassinger, die, wie sie selbst, eine so große Sehnsucht nach einem Kind in sich trug. Und dann war da ein Kind, das verstoßen wurde, weil die Gesellschaft andere Vorstellungen von einer Familie hatte. Das war verrückt. Cäcilie blinzelte die Tränen weg, die ihr in die Augen gestiegen waren. Dass Gerhard Vater wurde, das wollte sie ihm gönnen. Doch es gelang ihr nicht aus vollem Herzen. Dabei wünschte sie der werdenden Mutter und vor allem dem Kind alles Gute. Nur schmerzte es so, daran zu denken, dass diese Frau hatte, was sie sich so sehr wünschte. Cäcilie kratzte den letzten Rest Milchreis aus der Schüssel.

»Ich zahle bitte!«, rief sie dem Ober ein wenig zu laut zu.

Die frische Luft tut gut, dachte sie draußen und atmete tief ein. Anstatt die Maximilianstraße entlangzulaufen, nahm sie den Umweg über die Sonnenpromenade. Langsam schlenderte sie den Weg entlang, der die Aussicht auf das gesamte Bergpanorama bot. Einige Touristen taten es Cäcilie gleich und konnten sich gar nicht sattsehen. Fotoapparate wurden gezückt. Mit einem Mal lächelte Cäcilie. Sie hätte einen schlechteren Platz für einen Neuanfang wählen können. Mit der Hand beschattete sie ihre Augen. Sie hatte nichts zu verlieren, wenn sie jetzt Ja zu ihrem neuen Leben sagte.

Ein Sonnenstrahl der Hoffnung

Die Sonne war gerade dabei, hinter den Bergen zu verschwinden. Cäcilie blieb stehen und betrachtete die langen Strahlen, die durch das satte Grün der Bäume fielen. Das Farbenspiel ließ ihr Herz vor Freude beben. Mit ihrer rechten Hand griff sie in die Luft, als könnte sie das goldene Licht einfangen. Sie hatte sich schon lange nicht mehr so geborgen gefühlt wie in diesem Augenblick. Das gab ihr die Hoffnung. Alles würde sich finden. Das Treffen mit der Sekretärin hatte ihr gezeigt, dass sich manchmal Möglichkeiten auftaten, wenn man es nicht vermutete. Welch ungewohntes Gefühl. Daraus würde sie Kraft schöpfen. Auch für die Scheidung. Denn sie wusste, Gerhard würde es ihr so schwer wie möglich machen.

Lautes Hupen riss Cäcilie aus ihren Betrachtungen.

»Willste mitfahren?« Cäcilie drehte sich um. Wenn man vom Teufel spricht, dachte sie. Gerhard hatte das Fenster seines Wagens heruntergekurbelt und beugte sich heraus. Neben ihm entdeckte sie Gabriele, und hinten im Fond saß Detlef.

»Gern«, antwortete Cäcilie. Gerhard sollte sich so lange wie möglich in Sicherheit wiegen. Damit er nicht noch taktieren konnte. Beim Einsteigen roch sie den Alkohol. Die drei hatten offenbar wieder einmal einen feuchtfröhlichen Ausflug absolviert.

»Sie waren unterwegs?«, erkundigte sich Detlef, der am nüchternsten wirkte.

»Nur ein kleiner Spaziergang durch Berchtesgaden. Ich habe die Aussicht auf der Sonnenpromenade genossen.«

Gabriele drehte sich zu Cäcilie um. »Wir haben einen Spaziergang am Hintersee gemacht und sind anschließend beim Gasthof Auzinger eingekehrt. Das ist richtig urig. Als wäre die Zeit stehen geblieben.«

»Kinder, so ein Urlaub ist einfach herrlich«, rief Detlef aus und breitete seine Arme aus.

Wieder einmal war Cäcilie erstaunt, wie schwer er zu greifen war. Er changierte wie Seidentaft, bei dem man sich nicht für eine Farbe entscheiden konnte. Mochte sie ihn oder nicht? Cäcilie hätte es nicht beantworten können.

Am Hotel angekommen parkte Gerhard den Wagen. Hermann Rieber sprang eilfertig herbei und öffnete die Türen. Galant half er zuerst Cäcilie aus dem Fond und danach Gabriele vom Beifahrersitz, die es wesentlich nötiger hatte, wie Cäcilie amüsiert feststellte. Leicht schwankend stand sie neben dem Wagen, und dem Portier war anzusehen, dass er bereit war, jederzeit stützend einzugreifen.

»Da kommt Konrad.« Detlef zeigte auf den Wagen, der die Einfahrt heraufgefahren kam und neben Gerhard parkte. Cäcilie entdeckte Annamirl und Hanni hinten im Wagen. Sie glaubte zu bemerken, dass Hanni angesichts der neugierigen Blicke zögerte auszusteigen, während Annamirl sie mit einem huldvollen Nicken quittierte. Sie ist wirklich für die Bühne geschaffen, stellte Cäcilie fest. Die Aufmerksamkeit schien sie nicht weiter zu stören.

»Na, so was, der Konrad. Gleich mit zwei reizenden jungen Damen war er unterwegs«, rief Gerhard und grinste Hanni und Annamirl süffisant an.

»Gerhard!« Cäcilie konnte nicht umhin, ihren Ehemann, noch war er ihr Ehemann, zur Vernunft zu bringen.

»Wo bleibt Ihr denn?«, rief Gabriele, die schon vorausgegangen war. »Wir wollen doch vor dem Essen noch einen Drink in der Bar nehmen.«

»Ich gehe lieber auf mein Zimmer«, sagte Cäcilie zu Detlef, der sich verbeugte und zu Gabriele aufschloss.

Sie hatte einen anderen Weg vor sich. Sie hatte andere Pläne. Sie wollte ihre Zeit nicht länger mit Menschen verbringen, die sie nicht mochte. Das Leben war ein Geschenk, wurde sich Cäcilie bewusst, und sehr kostbar. Zu lange hatte sie den Sonnenstrahl nicht gesehen, der durch die Blätter fiel. Das würde sich ab jetzt ändern.

Vor der Generalprobe

Wo habt ihr euch denn herumgetrieben?« Ricarda stand auf dem Treppenabsatz, die Arme vor der Brust verschränkt. »Mit Gästen im Auto mitfahren, ich glaube nicht, dass Fräulein Schreiber das gutheißt.«

»Kümmere du dich um deine eigenen Angelegenheiten«, erwiderte Annamirl.

»Hältst dich wohl für was Besseres«, gab Ricarda patzig zurück. »Gnädige Frau wird in Amerika der große Star.«

»Genau das habe ich vor«, sagte Annamirl leichthin und ließ die verdutzte Ricarda stehen. Im Gang trafen sie auf Leo, die sich in ihrer aufgeregten Art ebenfalls erkundigte, wo sie gewesen seien.

»Der Produzent hat meinen Vater davon überzeugt, mich mitfahren zu lassen«, berichtete Annamirl bereitwillig.

»Dann geht es für dich nächste Woche schon los.« Leo sah Annamirl mit großen Augen an. »Ich an deiner Stelle wäre so aufgeregt, ich könnte keine Nacht mehr ruhig schlafen.«

»Noch geht's. Jetzt muss nur die Generalprobe am letzten Heimatabend klappen. Es sind so viele Eintrittskarten verkauft wie noch nie.«

»Leo hat recht«, meinte Hanni. »Wie du nur so ruhig bleiben kannst, das ist erstaunlich.«

»Heinzi sagt, das sind alles lahme Plattler, die mitfahren«, rief Ricarda vom Ende des Gangs.

»Deinen Heinzi wollte niemand mitnehmen«, entgegnete

Annamirl kühl. »Er mag zwar gut platteln, nur durch Amerika wollte keiner mit ihm fahren.«

Autsch, dachte Hanni, das hatte gesessen. Nun, Annamirl würde nicht mehr mit Ricarda zusammenarbeiten müssen, da konnte sie leicht so etwas sagen. Sie selbst wollte einen Krach mit Ricarda unter allen Umständen vermeiden. Denn ab nächster Woche musste sie ohne Annamirl bestehen. Ein furchtbares Gefühl machte sich in Hanni breit. Bislang hatte sie es verdrängt, nun traf es sie mit gehöriger Wucht. Wie würde ihr die Freundin fehlen! Wer weiß, wen Direktor Gruber als Ersatz einstellen würde. Mit Ricarda würde sie ihr Zimmer niemals teilen, und Leo würde sie mit ihrer hibbeligen Art ganz nervös machen. Am liebsten wäre ihr die ruhige Mechthild.

Das Auftauchen von Fräulein Schreiber machte dem Wortwechsel schlagartig ein Ende.

»Fräulein Hanni, wären Sie so nett und würden Frau Jacoby das Essen aufs Zimmer bringen? Im Restaurant sind wir heute knapp besetzt, und Peter hat seinen freien Abend.«

»Natürlich«, beeilte sich Hanni zu sagen.

»Und die anderen muss ich bitten, morgen gleich nach der Reinigung der Zimmer in der Küche und im Saal zu helfen. Der Andrang wird groß sein, und wir wollen das Hotel Gruber aufs Beste repräsentieren.«

»Jawohl!«, antwortete Leo, Ricarda nickte gnädig und Mechthild lächelte.

»Diese Abende mag ich sehr. Wenn es richtig rundgeht, dann vergisst man alles um sich herum.«

»Fräulein Mechthild, das finde ich auch«, erwiderte die Hausdame. »Wenn die Hände beschäftigt sind, kommt der Kopf nicht auf dumme Gedanken.«

»Nun, dann möchte ich nicht wissen, wie es bei Ricarda

im Kopf ausschaut, so langsam, wie sie ihre Hände bewegt«, flüsterte Annamirl.

Hanni lachte. »Übrigens, habe ich schon gesagt, dass ich mich wirklich sehr freue, dass das Gespräch zwischen deinem Vater und Herrn Meister zu einem guten Ende geführt hat? Auch wenn ich dich schrecklich, schrecklich vermissen werde. Das kannst du glauben!«

»Hanni, ich dich auch. Wirklich wahr. Mein Bruder hat ein solches Glück und wir als Familie genauso.« Annamirl fiel Hanni um den Hals. »Du bist die beste Freundin, die man sich vorstellen kann. Aber jetzt muss ich mich sputen.«

An der Ausgabetheke traf Hanni auf Peter, der, an die Wand gelehnt, offensichtlich auf jemanden wartete.

»Was machst du denn da? Ich dachte, du hast heute deinen freien Abend.« Hanni musterte Peter. »Für wen hast du dich denn so fein gemacht?«, fragte Hanni neugierig.

In diesem Moment schob Hans, der Sous-Chef, das Tablett mit dem Essen für Frau Jacoby auf den Tresen und rief nach Hanni, die sich rasch ihrer Arbeit zuwandte. Erst auf der Treppe fiel ihr ein, dass Peter ihre Frage gar nicht beantwortet hatte. Vorsichtig stieg Hanni die Treppenstufen hinauf. Der weiche Teppich dämpfte alle Schritte, und sie zuckte zusammen, als Leo plötzlich vor ihr stand.

»Hast du Peter gesehen?«, fragte sie.

»Der steht unten an der Essensausgabe«, antwortete Hanni, und es dauerte einen Augenblick, bis sie eins und eins zusammengezählt hatte.

»Peter findet es so langweilig, an seinem freien Abend allein durch Berchtesgaden zu spazieren. Deswegen hat er mich gefragt, ob ich ihn nicht begleiten möchte«, erzählte Leo arglos.

Hanni grinste amüsiert. Leo hatte nicht mitbekommen, dass die Verabredung für Peter viel mehr bedeutete, als den freien Abend gemeinsam mit einer Arbeitskollegin zu verbringen. Aber bevor Hanni Leo noch einen Hinweis geben konnte, war diese bereits die Treppe hinuntergestürmt.

»Kommen Sie herein.« Cäcilie Jacoby zog Hanni in ihr Zimmer und bat sie, das Tablett auf der Kommode abzustellen. Sie wirkte ungewöhnlich aufgekratzt und forderte Hanni auf, in einem der Sessel Platz zu nehmen, während sie selbst unruhig auf und ab ging und Hanni etwas vom Wohnbauwerk, einer Tante, die schon Möbel hätte, und einer Wohnung erzählte. Als sie Hannis verständnislosen Blick wahrnahm, blieb Cäcilie unvermittelt stehen.

»Ich rede wirres Zeugs«, gab sie zu und begann noch einmal von vorn.

Jetzt war es Hanni, die aufgeregt aufsprang. »Das sind ganz wunderbare Neuigkeiten«, rief sie und umarmte Cäcilie Jacoby, ohne lange zu überlegen. »Wie lieb von Ihnen, sich wegen Bernadette solche Gedanken zu machen.«

»Ich bin selbst ein wenig überrascht, was mir da gelungen ist, und es ist ein ungewohntes, sehr schönes Gefühl.«

Die beiden setzten sich, um in Ruhe alles Weitere für Bernadette und Lena zu planen.

»Ihr Essen wird kalt«, rief Hanni plötzlich, nahm das Tablett von der Kommode und stellte es vor Cäcilie Jacoby auf den Tisch. Und während sie Pläne schmiedeten, aß diese, wie Hanni zufrieden bemerkte, nach und nach den ganzen Braten samt Kartoffelpüree und Beilagensalat auf.

»Ich werde Fräulein Schreiber nach Geschirr und Besteck fragen. In irgendeinem Keller wird sich bestimmt etwas finden«, meinte Hanni und spürte, wie sich ihre Wangen röteten. Aus gutem Grund! »Ich freue mich sehr und bin Ihnen unendlich dankbar.«

»Mir tut einfach das arme Mädchen und vor allem die kleine Lena leid. Kinder sind ein solches Geschenk«, erwiderte Cäcilie Jacoby mit zittriger Stimme. Dann fasste sie sich wieder. »Hat Annamirl heute Abend nicht noch Probe?«, fragte sie. »Sollen wir lauschen?«

»Gern«, sagte Hanni freudig. »Das hatte ich sowieso vor. Bei dem großen Andrang morgen werde ich keine Zeit haben.«

Cäcilie Jacoby nahm ihr Wolltuch von der Garderobe und warf es sich über, während Hanni das Tablett aufnahm. Gemeinsam gingen sie hinunter. In der Küche herrschte Hochbetrieb, und Hanni trug das Geschirr schnell zum Spüler, während Albert Heinrich wieder einmal lautstark seine Jungköche anschnauzte.

»Manchmal hört man ihn bis hinaus ins Restaurant schreien«, sagte Cäcilie Jacoby draußen. »Das ist für die Gäste überaus unangenehm. Er ist ein hervorragender Koch. Aber alles hat seine Grenzen.« Cäcilie blieb stehen. »Ich werde Direktor Gruber einen Hinweis geben.«

»Wir alle haben gehörigen Respekt vor Herrn Heinrich«, gestand Hanni.

»Das glaube ich sofort.« Vorsichtig zog Cäcilie die Saaltür auf, und beide schlüpften hindurch.

Sie waren nicht die einzigen Zaungäste, die in der hintersten Reihe Platz genommen hatten, um der letzten Probe vor dem großen Heimatabend beizuwohnen. Das Bühnenbild mit den riesigen Figuren sah umwerfend aus. Hanni konnte gar nicht glauben, dass sie nur aus Holz, Papier und Stoff gefertigt waren.

Zwischen den einzelnen Programmpunkten sprach Herr

Meister auf Englisch das nicht vorhandene Publikum an. Immer wieder brachte er Cäcilie Jacoby zum Lachen.

»Er macht das sehr witzig«, sagte sie. »Die Amerikaner werden seinen Humor lieben. Und dieser fantastische Bezug zu den bayerischen Bergen sowieso.«

In der letzten Reihe brach großes Gejohle aus, als ein riesiges Oaschpfeiflrössl von hinten auf die Bühne geschoben wurde.

»Jetzt erzählt Herr Meister gerade, was es mit dem Pferd für eine Bewandtnis hat«, erklärte Cäcilie Jacoby.

Auf der Bühne kletterte einer der Burschen auf die Schultern eines anderen und blies mit übertriebener Geste in die Pfeife, die am Hinterteil des Pferdes angebracht war. Eine Klarinette spielte dazu eine lustige Melodie. Hanni fand das Geschehen auf der Bühne sehr unterhaltsam. Egal wo auf der Welt, diese Aufführung würde ein riesiger Erfolg werden.

Nach und nach schlichen sich immer mehr Angestellte herein, selbst einer der Jungköche wagte es, zuzuschauen. Wenn Heinrich ihn entdeckt, möchte ich nicht in seiner Haut stecken, dachte Hanni mitleidig.

Inzwischen hatten die Schuhplattler die Bühne betreten. Sie schlugen sich mit Wucht auf die Schuhsohlen, auf die Schenkel und die Waden, schwangen mit aller Kraft ihre Beine vor und zurück und stampften schließlich laut auf, nur um dann den Ablauf noch schneller zu wiederholen. Dann kamen die Frauen dazu. Gleichzeitig traten sie auf ihre Tanzpartner zu, wurden von diesen hochgehoben und durch die Luft gewirbelt, dass die Röcke nur so flogen und die weißen Unterröcke sichtbar wurden. Dazu juchzten sie laut. Wie Kreisel, dachte Hanni. Beim letzten Ton der Musik blieben sie abrupt stehen, sodass die Röcke noch einige Male hin und her schwangen. Schade nur, fand Hanni, dass jede der Frauen ein anderes Dirndl trug. Nicht einmal die gleiche Länge hatten sie, nur die weißen Unterröcke passten zueinander. Trotzdem war der Beifall der begeisterten Zaungäste groß. Wie mochte der Saal morgen erst toben?

Hanni sah, wie sich der Koch verdrückte und ein Ober aus dem Restaurant gleich mit ihm. Keine Minute zu früh, denn kurz darauf kam Hoteldirektor Gruber, bedeutete jenen, die eilig aufsprangen, zu bleiben, und nahm seinerseits in der letzten Reihe Platz. Cäcilie Jacoby bedachte er mit einer Verbeugung und sah auch Hanni lächelnd an, die nicht anders konnte, als sich ertappt zu fühlen.

Aber dann erforderte das Geschehen auf der Bühne ihre ganze Aufmerksamkeit. Denn Annamirl trat aus dem Dunkel an den Bühnenrand. Ein einzelner Scheinwerfer war auf sie gerichtet, und Hanni bekam allein von diesem Anblick Gänsehaut. Nur dass Annamirl ihr eigenes Dirndl trug, verwunderte Hanni. Begeistert hatte Annamirl ihr von dem besonderen Dirndl erzählt, das Herr Meister würde schneidern lassen. »Aus einem dunkelgrünen Stoff, der seidig schimmert, und mit einer Schürze in einem kräftigen Rot«, hatte Annamirl geschwärmt, als sie in der vergangenen Woche von der Anprobe bei der Schneiderin zurückgekommen war.

Nun, vielleicht zogen sie die neuen Kleider erst zur Generalprobe an, überlegte Hanni. Viel Zeit, darüber nachzudenken, blieb ihr nicht. Annamirl begann zu singen, und alle im Saal hielten den Atem an. Überwältigt lauschte Hanni ihrer Freundin. So schön wie gerade eben hatte sie Annamirl noch nie singen gehört. Da hatte sich das viele Üben mit Herrn Meister bezahlt gemacht, auch wenn Annamirl gelegentlich darüber gestöhnt hatte.

»Phänomenal!« Cäcilie Jacoby hatte sich zu Hanni hinübergebeugt, nachdem der Applaus abgeklungen war. »Gut, dass Sie dafür gesorgt haben, dass sie mit dem Segen ihres Vaters fahren kann. Sie haben wie eine gute Freundin gehandelt.«

Hanni freute sich über das Lob und spürte nicht zum ersten Mal die Verbindung, die zwischen Cäcilie Jacoby und ihr bestand. Es war ein besonderes Band, das sich in den letzten Wochen zwischen ihnen geflochten hatte. Es bestand aus Vertrauen und Respekt und gegenseitiger Wertschätzung.

Dann war die Vorstellung zu Ende, das Licht im Saal ging an.

»Ich denke, ich gehe zu Bett.« Cäcilie Jacoby erhob sich. »Es war ein ereignisreicher Tag, und ich merke, wie mir langsam die Kraft abhandenkommt.«

»Ich begleite Sie hinauf.« Hanni sprang auf.

»Das wäre sehr lieb von Ihnen. Ich muss gestehen, ich fühle mich ein wenig wackelig auf den Beinen.« Cäcilie Jacoby richtete sich auf und reichte Hanni den Arm. Sogleich kam Direktor Gruber herbei und bot sich an, Cäcilie Jacoby zu begleiten.

»Das ist sehr freundlich von Ihnen«, dankte ihm Cäcilie Jacoby, »doch Fräulein Hanni hat sich schon bereit erklärt. Obwohl sie schon längst Feierabend hat.«

»Wir sind sehr froh, mit Fräulein Weller eine so tüchtige Mitarbeiterin bekommen zu haben.« Herr Gruber lächelte Hanni an.

Schon wieder ein Lob, dachte sie. Mir geht es richtig gut heute. Cäcilie Jacoby hakte sich bei ihr unter, und gemeinsam verließen sie den Saal. Draußen empfing sie die kühle Nachtluft. Über dem Personaleingang brannte Licht, das seinen gelben Schein auf den Weg warf.

»Gehen wir gleich hier hinein. Das ist kürzer als über den Haupteingang«, schlug Hanni vor. Auch wenn es nicht gern gesehen wurde, wenn Gäste die Abkürzung nahmen. Um diese Uhrzeit konnte es kaum jemanden stören, denn das Licht in der Küche und in den Personalzimmern war schon gelöscht. Gemeinsam betraten sie das Hotel. Alles war ruhig. Nur aus der Speisekammer drangen Geräusche. Wohl einer der Köche, der noch was aufräumen musste, dachte Hanni. Als sie näher kamen, hörten sie ein klatschendes Geräusch. Es klang allerdings nicht wie das der Schuhplattler vorhin auf der Bühne. Hanni hatte ein ungutes Gefühl und blieb stehen. Cäcilie Jacoby trat auf die Tür zu und stieß sie zu Hannis Überraschung schnell auf. Im kalten Neonlicht erkannte Hanni Chefkoch Heinrich über Fräulein Schreiber gebeugt, die gegen ein Regal gepresst vor ihm kauerte. Blut rann aus ihrer Nase, und ihre Wangen glühten rot von den Schlägen, die ihr der Koch verabreicht hatte. Der Anblick traf Hanni bis ins Mark. Während sie unfähig war, sich zu rühren, trat Cäcilie Jacoby mutig in die Kammer.

»Raus mit Ihnen, Sie Scheusal!«, rief sie und wies mit der Hand zur Tür. »Raus!«, wiederholte sie streng.

Hanni sah, wie sich Heinrich langsam umdrehte. Sie befürchtete schon, er würde sich gleich gegen Cäcilie Jacoby wenden. Tatsächlich wandte er sich zur Tür, drehte sich noch einmal für einen Moment um und spie auf den Boden. Hanni drehte es vor Ekel schier den Magen um. Dann stürmte Herr Heinrich hinaus und verschwand die Treppe hinauf. »Holen Sie ein feuchtes Handtuch, möglichst kalt. Schnell!«, wies Cäcilie Jacoby Hanni ungewohnt energisch an, bevor sie sich neben Fräulein Schreiber kniete und ihr beruhigend die Hände auf die Schultern legte.

Hanni löste sich aus ihrer Schockstarre und rannte zurück in die stockdunkle Küche. Die Geschirrtücher fand sie im

Regal neben der Spüle. Hastig riss sie zwei davon heraus, öffnete den Wasserhahn und hielt sie unter den kalten Strahl. Die Kälte tat ihr gut, um wieder zu Sinnen zu kommen. Was sie gerade gesehen hatte, war einfach nur furchtbar gewesen. Locker wrang sie die Tücher aus und lief zu den beiden Frauen zurück.

Inzwischen hatte Cäcilie Jacoby Fräulein Schreiber geholfen, aufzustehen. Hanni reichte ihr die Geschirrtücher und lief noch einmal los, um aus dem Personalzimmer einen Stuhl zu holen, auf dem sich Fräulein Schreiber langsam niederließ. Behutsam tupfte Cäcilie Jacoby das Blut ab und kühlte mit dem zweiten Tuch das Gesicht. Niemand sagte ein Wort. Der weiße Kragen, ohne den Hanni die Hausdame noch nie gesehen hatte, war blutverschmiert. Als würde Fräulein Schreiber den Blick spüren, löste sie den Einsteckkragen, betrachtete ihn und ließ ihn dann achtlos auf den Boden gleiten.

»Wir bringen Fräulein Schreiber hinauf in mein Zimmer«, sagte Cäcilie Jacoby. »Sie wird heute Nacht bei mir schlafen.«

Gemeinsam halfen sie Fräulein Schreiber auf.

»Ich …«, begann sie stammelnd einen Satz und hob abwehrend die Hände.

»Sie brauchen sich um nichts zu kümmern«, widersprach Cäcilie Jacoby sanft. »Wir bringen Sie in mein Zimmer.«

Langsam verließen sie die Speisekammer.

Auf der Treppe mussten sie alle paar Stufen stehen bleiben. Es sind nicht nur körperliche Schmerzen, dachte Hanni. Die sonst so aufrechte Hausdame wirkte gebrochen, ohne Kraft, sich selbst aufzurichten. Endlich standen sie vor Cäcilie Jacobys Zimmertür.

»Ich hole noch ein Kissen und eine Decke«, flüsterte

Hanni Frau Jacoby zu, als Elfriede Schreiber in einen der Sessel sank.

»Das wäre gut.« Cäcilie Jacoby lächelte Hanni an, und da war wieder diese Verbundenheit zwischen ihnen zu spüren. Flugs holte Hanni Bettzeug und begann schon im Gehen mit dem Beziehen. Mit ruhigen Bewegungen deckte sie das Bett auf, schaltete die Nachttischlampen an und das Deckenlicht aus. Gleich herrschte eine warme Atmosphäre.

»Ich denke, so passt alles.« Cäcilie Jacoby begleitete Hanni zur Tür. »Vielen Dank, Fräulein Hanni. Ich war froh, Sie an meiner Seite zu wissen.« Cäcilie Jacoby drückte Hanni freundschaftlich.

»Wenn Sie was brauchen, holen Sie mich bitte jederzeit.«

»Das mache ich. Frau Schreiber braucht jetzt vor allem Ruhe, alles Weitere wird sich finden. Und eine Bitte hätte ich noch. Behalten Sie den Vorfall zunächst für sich. Das Letzte, was Frau Schreiber braucht, ist Hoteltratsch.«

»Natürlich«, versicherte ihr Hanni, »das ist selbstverständlich.«

Cäcilie Jacoby schloss die Zimmertür, und Hanni blieb noch einen Moment stehen. Jetzt erst begannen ihre Knie zu zittern. Jemand kam die Treppe herauf, und Hanni befürchtete schon, der Chefkoch würde heraufkommen. Zu ihrer Beruhigung waren es Gäste, die, sie freundlich grüßend, vorbei zu ihrem Zimmer gingen.

Gut, dass sich in einem Hotel niemand wunderte, wenn ein Zimmermädchen mitten in der Nacht auf dem Gang stand. Da fiel ihr der blutige Blusenkragen ein. Sie musste noch einmal hinunter und ihn holen.

Die Tür zur Speisekammer stand noch offen, und Hanni zögerte. Diesen Raum würde sie nie wieder betreten können, ohne den brutalen Vorfall vor Augen zu haben. Schnell hob sie den Kragen vom Boden auf, knüllte ihn zusammen und steckte ihn, als sie draußen Stimmen hörte, in ihre Rocktasche.

»Was machst du denn hier?«, fragte Peter in diesem Moment, der mit Leo an der Seite neugierig den Kopf in die Tür streckte.

»Das Licht war an«, sagte Hanni rasch, »und da wollte ich schauen, ob noch jemand da ist. Einer der Köche muss es angelassen haben.«

»Oje, wenn morgen etwas fehlt, gibt's einen Anschiss für alle.« Peter verzog das Gesicht. »Du hast dir hoffentlich keinen Weinbrand genehmigt, um deinen langweiligen Abend etwas unterhaltsamer zu gestalten?«

»Weinbrand? Woher denn, ich habe mir den Abend mit einer Flasche Champagner versüßt«, antwortete sie und war selbst von ihrer Schlagfertigkeit überrascht.

»Peter hat mir ein Glas Sekt in der Milchbar ausgegeben«, erzählte Leo.

Hanni bemerkte, dass ihre Wangen gerötet waren. »Hat es euch bei Anneliese gefallen?«, fragte sie.

Leo kicherte nur, und ihre Bäckchen wurden noch röter.

»Das freut mich für euch«, sagte Hanni und spürte, dass sie es tatsächlich so empfand. Dann hatten wenigstens die beiden einen schönen Abend genossen.

Langes Fädchen, faules Mädchen

Mit ihrer rechten Hand zog Hanni die Klammern aus den Haaren, mit denen sie sich am Morgen die Frisur festgesteckt hatte. Heute Morgen erst, konnte das sein? Sie spürte, wie die Haare sich aus dem Knoten lösten und auf ihre Schultern fielen. Hanni atmetet aus. Daran, was sie gerade gesehen hatte, wollte sie am liebsten nicht denken. Sie griff zur Bürste auf der Kommode und begann ihr langes braunes Haar zu bürsten. Die gleichmäßigen Bewegungen taten ihr gut, und es waren inzwischen mehr als die berühmten einhundert Bürstenstriche. Vieles ging ihr durch den Kopf. Gerne hätte sie sich auf das Gute an diesem Tag konzentriert. Das erfolgreiche Gespräch zwischen Wasti und Herrn Meister, die Bemühungen von Frau Jacoby, eine Wohnung für Bernadette zu finden, oder die gelungene Probe mit dem traumhaften Gesang von Annamirl. Es war ein Tag voller schöner Momente. Einiges an Lob hatte sie bekommen, und trotzdem war ihr Herz klamm. Wie konnte sich jemand nur so abscheulich verhalten? Was war das für eine Liebe? Nein, entschied Hanni, das war keine Liebe, es war grausam und verachtend, was Heinrich getan hatte. Warum nur blieb Fräulein Schreiber bei ihm? Sie war so kompetent, wirkte selbstbewusst und hatte das Hotel und ihre Zimmermädchen im Griff. Hanni bewunderte ihre unaufdringliche Art und wie sie alles still und leise organisierte, ohne dass die Gäste viel davon mitbekamen. Vielleicht war sie zu still und zu zurückhaltend in privaten Dingen, dachte Hanni. Man konnte wirklich nicht in andere Menschen hineinschauen.

Andreas kam ihr in den Sinn, und ihr Herz füllte sich mit einem Sehnen. Trotz all der widersprüchlichen Gedanken und Gefühle wusste Hanni, dass sie in ihrem Leben eines wollte: dass Andreas immer bei ihr war und sie bei ihm. Da konnte die von Hartenstein so viel um ihn herumscharwenzeln, wie sie wollte. Ihn zu sehen, seine Stimme zu hören und wenigstens kurz von ihm in den Arm genommen zu werden, das würde ihr reichen, um wieder Vertrauen in sich, ihn und ihre Verbindung zu bekommen. Entschlossen legte sie die Bürste auf die Kommode und begann sich auszuziehen. Ich könnte im Stehen einschlafen, dachte sie und merkte, wie ihr der ganze Tag in den Knochen saß. Müde wie sie war, erschrak sie furchtbar, als Annamirl die Zimmertür aufriss und aufgebracht hereingestürmt kam.

»Keine Kleider!«, jammerte sie und raufte sich die Haare, die nach allen Seiten wegstanden, weil sich ein Zopf gelöst hatte.

»Annamirl, was ist passiert?«, fragte Hanni alarmiert. Selbst für Annamirls manchmal überschäumendes Temperament wirkte sie wirklich am Boden zerstört.

»Die Schneiderin kann die Kostüme nicht fertig nähen. Die Unglückselige hat sich gestern den Arm gebrochen. Sie ist vom Fahrrad gefallen, kannst du dir das vorstellen?« Annamirl stemmte entrüstet die Arme in die Hüfte. »Was fährt sie auch mit dem Rad, nähen sollte sie, und zwar unsere Kleider. Kein einziges Dirndlkleid ist fertig. Wir blamieren uns morgen bei der Generalprobe, wenn wir mit unseren normalen Kleidern auftreten. Das schaut nach gar nichts aus! Das ganze Programm ist durchkomponiert, da braucht es unsere neuen Dirndl, sonst passt alles nicht zusammen. Das

Bühnenbild nicht, die Choreografie und die Musik nicht. Und wir wollten den Berchtesgadenern so gerne zeigen, was für eine tolle Show wir den Amis präsentieren.«

Annamirl ließ sich auf ihr Bett plumpsen.

»Mal langsam und der Reihe nach. Es wird sich noch eine andere Schneiderin in Berchtesgaden finden, die eure Kostüme fertig nähen kann.«

»In der kurzen Zeit? Morgen Abend um halb acht beginnt die Vorstellung. Und Herr Meister hat es gerade eben erst erfahren. Weil der Bruch so kompliziert ist, wurde sie zur Operation nach Bad Reichenhall verlegt, und keiner wusste davon.«

»Ich würde euch ja gerne helfen, aber ich habe noch nie in meinem Leben ein Dirndl genäht.« Hanni sah Annamirl entschuldigend an.

Auf deren Gesicht erschien plötzlich ein Lächeln, und sie strahlte Hanni an. »Das bekommst du hin. Ach was, das bekommst du besser hin als die Schneiderin.« Annamirl sprang auf. »Wieso ich da nicht eher draufgekommen bin! Manchmal ist man für das Naheliegende einfach blind.« Sie packte Hanni am Arm und zog sie hinter sich her zur Tür.

»Halt!«, rief Hanni lachend. »Kann ich mich wenigstens wieder anziehen? Ich war schon auf dem Weg ins Bett.« Hastig zog sie sich das Kleid wieder über und steckte mit raschen Bewegungen die Haare mit den Klammern fest, die sie gerade erst herausgezogen hatte.

»Ich habe eine Schneiderin gefunden«, rief Annamirl Konrad Meister zu, der mit einem halb leeren Bierglas und einer Zigarette in der Hand zusammengesackt an seinem Regietisch saß.

»Eine Näherin, die noch nie ein Dirndl gefertigt hat«, korrigierte Hanni, doch Annamirl winkte ab. »Hanni ist eine Zauberin mit Nadel und Faden. Das bekommt sie hin!« Annamirl schaute Konrad Meister strahlend an. »Na los!«, meinte sie mit energischer Stimme. »Sie müssen uns sofort die Kleider herholen!«

Konrad Meister sah von Annamirl zu Hanni, die in Anbetracht von Annamirls Energie hilflos die Hände hob. »Einen Versuch wäre es wert.«

»Bei Franzi in der Waschküche steht eine Nähmaschine«, redete Annamirl aufgeregt weiter. »Damit bessert sie schadhafte Stellen aus und flickt Löcher, wenn ein Koch mal wieder beim Flambieren seine Schürze versengt hat. Die holen wir uns, und dann kann Hanni loslegen.«

Konrad Meister sah zwischen den beiden hin und her und drückte langsam seine Zigarette aus. Dann nahm er sein Jackett von der Stuhllehne, richtete sich auf und sagte zu den beiden Frauen, die ihn erwartungsvoll ansahen: »Manchmal erhört der liebe Gott auch Gebete von einem Ungläubigen. Halleluja! Ich fahre gleich los und hole die Kostüme.«

»Die Dirndl«, verbesserte Annamirl ihn lachend. »Den Unterschied werden Sie wohl nie lernen.«

»Egal, wie die Dinger heißen, Hauptsache, sie werden bis morgen fertig.« Konrad Meister eilte zur Tür, schlüpfte im Gehen in sein Jackett. »Euch schickt der Himmel!«, rief er den beiden noch zu und hob dabei dramatisch die Arme. Dann war er weg.

Hanni begann einen Tisch unter eine der Deckenlampen zu rücken, um für ein möglichst gutes Arbeitslicht zu sorgen. »Hier ist ein guter Platz, da habe ich Licht, und dort drüben ist eine Steckdose.« Zufrieden schaute sich Hanni ihren improvisierten Arbeitsplatz an. »Jetzt holen wir die

Nähmaschine aus dem Waschhaus«, fuhr sie fort, und die beiden Freundinnen machten sich auf den Weg.

»Prima, es ist eine Singer, und sogar ein neueres Modell. Damit dürfte ich klarkommen«, freute sich Hanni.

Annamirl hob die Maschine probeweise hoch. »Die hat ein ganz schönes Gewicht.«

»Das ist gut, das erhöht ihre Standfestigkeit.« Routiniert sah Hanni das Nähzeug durch, das Franzi in einer alten Seifenkiste verstaut hatte. »Nadeln sind genug da, und Garn auch, leider nur weiß und schwarz. Hoffentlich bringt Herr Meister den farblich passenden Faden für die Dirndl mit.«

»Und wenn nicht?«, fragte Annamirl ängstlich.

»Das bekomme ich schon hin«, beruhigte sie Hanni. »Ein Bügeleisen werden wir auch benötigen.«

Ein Geräusch an der Tür ließ sie zusammenfahren. Hanni ging in die Waschküche hinüber und bemerkte Franzi, die mit großen Augen in der Tür stand. »Habe Licht in meiner Waschküche gesehen«, erklärte sie.

»Wir müssen uns die Nähmaschine und ein Bügeleisen ausleihen«, sagte Hanni langsam und deutlich und lächelte dabei. Sie wusste, dass Franzi Veränderungen nicht gut verkraftete, und redete beruhigend weiter. Sie erzählte von den Kleidern, die nicht rechtzeitig fertig wurden, und nun würde sie, Hanni, diese nähen. Franzi schaute sie in ihrer unbedarften Art und Weise an und schwieg zunächst. Hanni fühlte sich, als müsste sie ein scheues Reh füttern.

»Ich bügle!«, sagte Franzi schließlich bestimmt, ging zu ihrem großen Bügelbrett und nahm das elektrische Bügeleisen in die Hand. »Ich bügle!«, wiederholte sie.

»Das ist eine hervorragende Idee!«, beruhigte Hanni sie. »Keiner bügelt so gut wie du. So machen wir das. Dürfen wir nun die Nähmaschine mitnehmen?«

Franzi nickte, füllte den Wassersprenkler und steckte dann das Bügeleisen in eine Stofftasche.

»Es kann noch etwas dauern«, sagte Hanni, »ich weiß noch gar nicht, wie weit die Schneiderin mit den Kleidern gekommen ist.«

»Franzi wartet«, sagte Franzi und setzte sich auf einen Stuhl.

»Sehr gut.« Hanni lächelte sie dankbar an.

Das Kabel war gerade lang genug, dass es bis zur Steckdose reichte, und Hanni richtete sich ihren Arbeitsplatz ein. Aus der Seifenkiste, die Annamirl sich geschnappt hatte, suchte sie Schere und Nahtauftrenner heraus. Dann schickte sie Annamirl ins Zimmer hinauf, um die Nähsachen, die sie aus dem Wiesenlehen mitgebracht hatten, zu holen.

Während Annamirl loslief, machte sich Hanni mit der Maschine vertraut. »Das bekomme ich hin«, sagte sie halblaut, um sich Mut zuzusprechen. Sie nahm ein altes Geschirrtuch zur Hand und probierte einige der Sonderstiche aus. Ihr blieb nur noch ein kurzer Moment, um innezuhalten, bevor es losging. Was für ein Tag, dachte sie. Und noch war er nicht zu Ende.

Annamirl brachte nicht nur die Nähsachen, sondern auch Leo mit. »Ich dachte, wir können jede Hilfe gebrauchen, und Leo kann besser nähen als ich.«

»So gesehen hättest du Peter und Herrn Rieber auch mitbringen können«, flachste Hanni, »denn jeder kann besser nähen als du.«

»Wie wahr!«, seufzte Annamirl theatralisch. »Und deshalb übernehme ich nur einfache Hilfsarbeiten.«

»Ricarda wollte nicht auf ihren Schönheitsschlaf verzichten«, berichtete Leo. »Aber ich helfe gerne. Nur mit der Nähmaschine kenne ich mich nicht so gut aus. In der Schule haben wir nur von Hand nähen gelernt.«

»Das macht nichts, denn bei der Tracht wird das meiste von Hand genäht. Ich bin nur gespannt, was wir alles machen müssen.«

Acht Dirndl waren es insgesamt, hatte Annamirl gezählt. Angesichts dieser Menge wurde es Hanni ziemlich mulmig zumute. Wie sollten sie das bis morgen schaffen?

Ein Auto fuhr rasant über den Kies in die Einfahrt, bremste ab und stieß im Rückwärtsgang zur Tür zurück. Alle liefen hinaus und erwarteten gespannt Konrad Meister.

»Die Schwester der Schneiderin hat nicht schlecht gestaunt, als ich plötzlich vor der Tür stand. Erst wollte sie einem fremden Mann mitten in der Nacht die Kostüme nicht herausrücken. Schließlich konnte ich sie überzeugen. Hier sind sie.« Er öffnete den Kofferraum seines Mercedes wie ein Zauberer, der ein Kaninchen aus dem Hut zieht.

»Oh!«, entfuhr es Hanni, als ihr Blick auf den Berg Kleider fiel. »Tragen wir erst einmal alles hinein und verschaffen uns einen Überblick«, wies Hanni die anderen an, als sie sich gefasst hatte.

Im Saal wurde ein Kleid ordentlich neben dem anderen auf den Tischen ausgebreitet, und Hanni prüfte sie eingehend. Wie sich herausstellte, waren die Mieder fast fertig. Hanni war beruhigt, denn die machten die meiste Arbeit. Nur bei zweien mussten die Seitennähte noch geschlossen werden. Allerdings waren die Röcke noch nicht versäumt, die Bünde noch unfertig. Die Schürzenbänder mussten an die Schürzen genäht und alles musste abgesteppt werden.

Gespannt standen die anderen um sie herum, keiner wagte etwas zu sagen.

Nach einer Weile richtete Hanni sich auf und lächelte aufmunternd in die Runde. »Mit eurer Hilfe bekomme ich das hin. Herr Meister, morgen früh werden Ihre Kostüme fertig sein. Vielleicht nicht perfekt, aber für die Generalprobe wird es reichen.«

Woher sie diese Zuversicht nahm, wusste sie selbst nicht. Sie wusste nur, wenn sie zögerlich und zweifelhaft wirken würde, dann würde sich dieses Gefühl auf die anderen übertragen.

»Annamirl, bring die Röcke zu Franzi, die soll sie schön bügeln. Und dann können wir sie ordentlich abstecken. Leo, du fängst mit den Miedern an. Die müssen mit der Hand genäht werden, weil die vielen Stofflagen für die Nähmaschine zu dick sind. Nimm dir aber unbedingt einen Fingerhut, sonst stichst du dir die Finger blutig, und das könnten wir überhaupt nicht gebrauchen.«

»Und wie kann ich helfen?«, fragte Konrad Meister.

»Sie sind bekanntermaßen gut im Organisieren. Könnten Sie uns eine große Kanne Kaffee besorgen?«, bat Hanni.

»Das müsste machbar sein«, meinte Meister und ging, offensichtlich froh, etwas Nützliches tun zu können, zum Haupthaus hinüber.

»Schau her, so passen die Teile zusammen.« Hanni beugte sich über Leo und zeigte ihr, wie sie zu nähen hatte.

»Nimm ruhig einen langen Faden. Fürs ständige Einfädeln haben wir keine Zeit.«

»Ich dachte, es heißt, langes Fädchen, faules Mädchen?«, wandte Leo ein.

»Das mag normalerweise stimmen. Wenn man jedoch nachts einen Haufen Kleider fertig nähen muss, dann gilt das Sprichwort eindeutig nicht.«

»Na, das dürfte meine Handarbeitslehrerin nicht hören. Sie war wirklich furchtbar streng«, meinte Leo und zog ein langes Stück Faden von der Rolle. Hanni ihrerseits machte sich daran, die Schürzen zu nähen. Die Schürzen der Tänzerinnen waren aus hellrotem Stoff, der mit kleinen weißen Blümchen bedruckt war. Die drei Schürzen der Ramsauer Sängerinnen bestanden aus dunkelgrünem Taft. Lediglich Annamirls Schürze war aus einem dunkelroten Stoff, der geheimnisvoll schimmerte. Hanni legte los.

Näharbeiten unter Zeitdruck fertigzustellen, das war sie gewohnt, das war in der Schneiderei oft vorgekommen. Diese Erfahrung kam Hanni nun zugute, denn routiniert und flink begann sie, eine Schürze nach der anderen fertig zu nähen. Glücklicherweise hatte die Schwester der Schneiderin an die entsprechende Nähseide gedacht, nur für Annamirls Schürze fand sich keine passende. »Ach, bei dem dunklen Rot kann ich genauso gut einen schwarzen Faden nehmen, das sieht man überhaupt nicht«, wusste sie sich zu helfen.

Schweigend arbeiteten die Frauen, und nur das Rattern der Nähmaschine hallte durch den ansonsten ruhigen Saal. Einen nach dem anderen brachte Annamirl die frisch gebügelten Röcke herein. »Franzi bügelt wie eine Weltmeisterin«, berichtete sie.

»Hier kommt der Zimmerservice!« Konrad Meister betrat den Saal mit einem großen Tablett, auf dem Tassen, Milch und Zucker sowie eine große Thermoskanne standen. Selbst eine Schale mit Keksen hatte er aufgetrieben.

»Wen haben Sie denn da bestochen?«, wunderte sich Annamirl.

»Hans, der Sous-Chef, war so gut. Er hat sich in der Küche einen Schlummertrunk genehmigt. Erst war es ihm furchtbar peinlich, und dann war er froh, mir mit Kaffee aushelfen zu können. Und ein ordentliches Trinkgeld hat er dazu auch noch bekommen. Und bei Ihnen werde ich mich natürlich genauso revanchieren.«

»Seien Sie nicht zu voreilig, noch ist nichts fertig«, bremste Hanni seinen Eifer. Sie kämpfte gerade damit, eine Naht wirklich sauber abzuschließen. Alle nahmen sich einen Kaffee und genossen die kurze Pause. Nach ein paar Schlucken machte Hanni sich wieder an die Arbeit.

»Du bist ja noch schlimmer als Fräulein Schreiber«, maulte Annamirl. »Bin ich froh, dass du nicht die Hausdame vom Grandhotel Gruber bist.«

»Wer rastet, der rostet. Hast du das nicht bei unserer Bergtour zu mir gesagt?«, fragte Hanni scheinheilig.

Hanni klemmte die nächste Stoffbahn unter den Nähfuß, während sie an Fräulein Schreiber dachte. Beschämt fiel ihr auf, dass sie sie über all der Aufregung ganz vergessen hatte. Wie mochte es ihr gehen? Wenn die Hände beschäftigt sind, kommt der Kopf nicht auf dumme Gedanken, das waren die Worte der Hausdame gewesen. Genau das war einer der Gründe, warum Hanni das Nähen liebte. Sie konnte dabei, wie gerade eben, alles um sich herum vergessen.

»Hier, Annamirl, bringst du bitte die Schürze zu Franzi?«

»Mach ich, und ich nehme ihr auch einen Kaffee mit.«

»Dann lauf bitte zweimal. Kaffeeflecken auf der Schürze können wir nicht gebrauchen.«

»Jawohl, Herr General!« Annamirl stand stramm und knallte ihre Hacken zusammen. Alle lachten.

Nach einer Weile merkte Hanni, wie die Müdigkeit zunahm. Sie musste immer wieder die Augen zusammenkneifen.

Aber die Mühe lohnte sich. Sie kamen gut voran. Konrad

Meister war, auf einem Stuhl sitzend, eingeschlafen und schnarchte leise vor sich hin. Annamirl half Leo, die Bänder durch die kleinen Ösen an den Miedern zu fädeln, während Hanni Annamirls Schürze, die letzte, fertig nähte.

»Geschafft!«, rief Hanni, schnitt die Fäden ab und hielt Annamirl die Schürze hin, die sie sich gleich begeistert umband.

»Oh, Hanni, die ist so schön geworden. Du bist ein wahrer Schatz.« Stürmisch kam sie zu Hanni hergelaufen, um sie zu umarmen.

Hanni wehrte lachend ab. »Nicht, sonst zerdrückst du noch den Stoff. Jetzt müssen wir nur noch die Röcke versäumen.« Hanni nahm einen hoch. »Für die richtige Länge brauchen wir allerdings die Trägerinnen.« Sie überlegte. »Annamirl, kannst du das abschätzen?«

»Die drei Tänzerinnen sind alle gleich groß, deswegen hat Herr Meister sie ausgesucht. Sie sind etwa so groß wie du, würde ich sagen.«

»Gut, dann wollen wir mal sehen.« Hanni zog ihr eigenes Kleid aus und schlüpfte in eines der Dirndl, nicht ohne sich vorher zu vergewissern, dass Konrad Meister noch vor sich hin döste.

Dann stellte sie sich gerade auf einen Hocker und wies die beiden anderen an, die richtige Länge mit Stecknadeln abzustecken.

Danach kam Annamirl mit ihrem Kleid dran. Das war einfach. Nur bei der Größe der Sängerinnen war sie sich unsicher.

»Anna ist richtig groß«, überlegte sie. »Maria ist etwas kleiner als ich, eher so wie Franzi, und Jakobine dürfte so wie du ungefähr sein.«

Zuerst nahmen sie an Hanni Maß, dann holten sie Franzi

herein, die schüchtern eintrat und sich nach gutem Zureden auf den Hocker stellte.

»Dumm, dass keiner so groß ist wie Anna.« Hanni blickte sich um, und ihr Blick fiel auf Konrad Meister. »Ist Anna so groß wie Herr Meister?«, fragte Hanni.

»Das schon. Aber ...« Noch bevor Annamirl irgendwelche Einwände hervorbringen konnte, hatte Hanni den Produzenten geweckt und ihm ihr Problem dargelegt.

»Was tut man nicht alles für die Show«, meinte er lächelnd und erklärte sich einverstanden. Hinter der Bühne zog er sich um und kam, als wäre er ein Star, mit großer Geste in den Saal zurück.

»Bravo!«, klatschte Annamirl, und Konrad Meister lupfte den Rock ein wenig und knickste formvollendet. Dann stellte sich Konrad Meister brav auf den Hocker, und Hanni steckte lächelnd die Länge ab. An behaarten Männerbeinen hatte sie den Saum noch nie festgesteckt. »Herr Meister, Sie bringen wirklich vollen Einsatz!«

»Wer eine Tournee auf die Beine stellen will, darf nicht zimperlich sein«, erklärte er. »Ich wäre Ihnen nur verbunden, wenn dies unser kleines Geheimnis bliebe. Sonst verlieren meine Mitwirkenden alle Achtung vor mir.«

»Wir hüllen uns in Schweigen«, versicherten ihm die drei Frauen.

Nachdem Franzi den abgesteckten Saum an den Röcken gebügelt hatte, nähte Hanni ihn fest. Inzwischen zog schon die Morgendämmerung herauf. Vor einer Stunde hatte sie Annamirl ins Bett geschickt, damit sie wenigstens etwas Schlaf abbekam. Ihr stand morgen ein aufregender und langer Tag bevor. Sie sollte bei ihrem Auftritt ganz präsent sein. Auch Franzi und Konrad Meister waren gegangen. Der Produzent hatte vorgehabt, bis zum Schluss zu bleiben, doch Hanni hatte ihn ins Hotel gescheucht. »Sie haben morgen einen wichtigen Tag.«

»Der nicht stattfinden würde, wenn Sie nicht wären. Sie sind unser rettender Engel.« Konrad Meister hatte sich tief vor ihr verbeugt, und Hanni hatte verlegen gelacht.

Der große Dank freute sie noch immer und ließ sie die Müdigkeit und Anstrengung der letzten Stunden vergessen. Und so war nur noch Leo da, die beim Versäubern half.

Endlich lagen die acht Dirndl fertig auf den Tischen, und zufrieden betrachtete Hanni ihr Werk.

»Du warst eine tolle Hilfe«, lobte sie Leo.

»Nur weil du uns so gut angeleitet hast.«

Hanni zeigte auf die Uhr. »In gut zwei Stunden fängt die Frühschicht an. Schauen wir zu, dass wir wenigstens noch ein wenig Schlaf bekommen.«

Den würden sie brauchen, denn ohne Fräulein Schreiber würde es morgen bestimmt ein heilloses Durcheinander geben.

Es liegt was in der Luft

Als der Wecker klingelte, kam es Hanni so vor, als hätte sie die kurze Nacht nur an die Decke gestarrt, die immer gleichen Bilder vor Augen. Herr Heinrich über Fräulein Schreiber gebeugt, das Blut, das ihr aus der Nase lief, die klatschenden Schläge. Ihre ausdruckslose Miene, als Frau Jacoby und sie selbst die Hausdame hinauf in das Zimmer gebracht hatten, lastete besonders schwer auf Hannis Gemüt.

Kaum war sie in ihr Bett gekrochen, waren die Bilder mit aller Macht zurückgekehrt. Eigentlich hätte die Hausdame allen Grund gehabt, wütend und entsetzt zu sein. Aber Hanni erinnerte sich an Siegfried und an das Gefühl der Scham, das sie selbst damals befallen hatte. Ich habe auch keine Wut empfunden, erinnerte sich Hanni.

Sie hatte diese Wut mit einem Mal in ihrem ganzen Körper gespürt, und dieses Gefühl hatte sie erst recht nicht schlafen lassen. Unruhig hatte sich Hanni von einer Seite auf die andere gedreht. Sie tastete nach dem Holzring von Andreas unter ihrem Kopfkissen, wo sie ihn Nacht für Nacht aufbewahrte. Sie hielt ihn gegen das Dachfenster, durch das inzwischen das milchige Blau des Morgenhimmels hereindrang. Der Ring zwischen ihren Fingern beruhigte Hanni, und sie spürte die Wärme, die sich beim Gedanken an Andreas in ihrem Herzen breitmachte. Heute Abend würde sie ihn sehen. Es gab so viel zu erzählen. Nicht zuletzt von der nächtlichen Nähaktion und von Frau Jacoby und ihrer

Wohnungssuche für Bernadette. Darauf freute sie sich besonders. Frau Jacoby hatte sich als wahrer Engel erwiesen. Ich glaube, dachte Hanni, in ihr steckt so viel mehr, als sie selbst weiß. Gleich als Erstes in der Früh wollte sie zu ihr und Fräulein Schreiber gehen. Hanni steckte den Holzring an ihren Finger. Aus ihm würde hoffentlich eines Tages ein goldener Hochzeitsring werden. Dieser Gedanke fühlte sich gut an, und mit ihm schlief sie endlich ein.

Jetzt galt es, rasch aufzustehen und Annamirl zu wecken, die sich vom Klingeln des Weckers überhaupt nicht stören ließ. Hanni staunte, denn vor Aufregung und Lampenfieber vor so einem großen Abend hätte sie selbst kein Auge zugemacht.

»Alle Dirndl sind fertig«, verkündete sie nicht ohne Stolz, und Annamirl sprang schlaftrunken aus dem Bett, um ihre Freundin dankbar zu umarmen.

»Dafür darf ich heute als Erste ins Bad«, setzte Hanni nach. »Ich hab's eilig.«

Sie wollte unbedingt vor dem Frühstück nach Frau Jacoby und Fräulein Schreiber sehen. Lauschend blieb sie vor Frau Jacobys Zimmertür stehen. Kein Laut drang heraus. Wahrscheinlich schliefen sie zu dieser frühen Stunde noch. Hanni hoffte, dass es ein gutes Zeichen war, und ging weiter.

Zu ihrer Überraschung stand Direktor Gruber vor dem Personalzimmer, mit einem Klemmbrett in der Hand.

»Guten Morgen, Fräulein Hanni«, begrüßte er sie. »Fräulein Schreiber ist heute verhindert, darum möchte ich Sie bitten, darauf zu schauen, dass die Arbeit der Zimmermädchen wie gewünscht erledigt wird. Hier ist die Liste mit den An- und Abreisen.« Direktor Gruber drückte ihr das Klemmbrett in die Hand und den Generalschlüssel und lächelte sie aufmunternd an. »Ich wäre Ihnen sehr dankbar.«

»Natürlich, Herr Direktor. Ich werde mein Bestes geben.« Wenn mir nicht vor Müdigkeit die Augen zufallen, fügte Hanni im Stillen hinzu.

Direktor Gruber trat in den Personalraum und nahm an der Tür Aufstellung. »Meine Damen und Herren, Fräulein Schreiber ist heute verhindert. Das heißt, wir müssen noch besser zusammenarbeiten. Es wird ein herausfordernder und vor allem arbeitsreicher Tag. Wir im Hotel Gruber halten zusammen und meistern auf diesem Wege die anstehenden Herausforderungen. Ich möchte mich jetzt schon bei Ihnen bedanken.« Mit einer Verbeugung verabschiedete er sich und eilte den Gang entlang zur Lobby.

»Was ist denn los?«, wunderte sich Leo, die sich verschlafen die Augen rieb.

»Nur weil heute Heimatabend ist, drehen alle durch«, maulte Ricarda in ihrer üblichen Stimmung.

»Heut liegt was in der Luft«, begann Peter den beliebten Schlager zu singen. »Mir ist so komisch zumute, ich ahne und vermute, heut liegt was in der Luft.«

»Was liegt in der Luft?«, fragte Annamirl, die hereingestürmt kam, die Schürze noch nicht ordentlich gebunden und das Häubchen schief auf dem Kopf.

»Ein ganz besondrer Duft«, sang Peter ihr die Antwort.

»Ich hoffe, es ist der Duft von Kaffee, denn den brauche ich nach dieser Nacht dringend.«

»Den brauchen wir alle«, meinte Leo und setzte sich neben Annamirl und nicht neben Ricarda wie sonst.

Mit der Kaffeetasse in der Hand schaute Annamirl Hanni verwundert an. »Warum hast du Fräulein Schreibers Klemmbrett in der Hand?«

»Fräulein Schreiber ist heute nicht da, und ich soll sicherstellen, dass alle Zimmer ordentlich gemacht werden«, erklärte Hanni.

»Ist sie krank?«, fragte Annamirl und angelte sich gleichzeitig eine Scheibe Brot.

»Das hat Direktor Gruber nicht gesagt«, antwortete Hanni diplomatisch. »Vielleicht geht es ihr einfach nicht gut.«

Mit den Zimmermädchen im Schlepptau ging Hanni hinauf zum Putzkammerl. Die ungewohnte Verantwortung ließ ihr Herz aufgeregt schlagen. Wenigstens hatte sie das Klemmbrett, an dem sie sich festhalten konnte.

»Na, die Zimmer bekommen wir auch ohne Oberaufseher gemacht«, maulte Ricarda und ging, die Arme fest vor der Brust verschränkt, in den kleinen Raum unterhalb der Treppe, in dem die Eimer, Lappen und Staubwedel gelagert wurden.

»Das glaube ich auch«, beeilte sich Hanni zu sagen. »Nur, wenn wir alle einfach drauflosarbeiten, wird am Ende vielleicht was übersehen.« Hanni studierte die Liste. »Wir haben fünf Abreisen.« Das Zimmer von Gabriele von Hartenstein befand sich leider nicht darunter. Das hätte Hanni den heutigen Tag versüßt.

»Ich gehe rüber in die Dependance«, sagte Mechthild, Eimer und Schrubber in der Hand.

»Das ist gut. Ich komme gleich nach und sperre dir den Wäscheschrank auf. Direktor Gruber hat mir die Schlüssel gegeben.«

Mechthild beugte sich zu Hanni vor und flüsterte, damit es Ricarda nicht hörte: »Ich bin froh, dass Gruber dir die Liste anvertraut hat und nicht Ricarda. Die hätte sich sonst aufgespielt wie Frau Direktorin persönlich.«

»Das mag sein. Aber manchmal tut sie mir auch leid. Wie

anstrengend es sein muss, immer so schlechte Laune zu haben.«

Mechthild kicherte. Da kam Ricarda mit ihrem üblichen beleidigten Gesichtsausdruck heraus, und Mechthild trat einen Schritt zurück.

»Heute liegt wirklich was in der Luft«, sagte Leo und schnupperte demonstrativ. »Peter hat das richtig erkannt.«

»Bei deinem Peter liegt immer etwas in der Luft«, sagte Ricarda und wedelte Leo mit einem Putzlappen vor der Nase herum. »Vor allem der Rauch von geschmuggelten Zigaretten.«

»Die du und dein Heinzi gerne genommen habt«, gab Leo aufgebracht zurück. »Wenn du ein Wort darüber zum Gruber sagst, dann, dann …«

Ricarda sah Leo von oben herab an.

»Los, meine Lieben«, schaltete sich Hanni ein, bevor es mitten auf dem Hotelflur noch eine Diskussion über geschmuggelte Zigaretten gab, »wir haben einiges zu tun heute, da fangen wir besser gleich an.« Sie schickte Leo und Ricarda zu Zimmern in entgegengesetzter Richtung und machte sich dann mit Annamirl daran, die schon frei gewordenen Zimmer zu putzen.

Jedes Mal, wenn sie an Frau Jacobys Zimmer vorbeikam, lauschte sie. Als nach neun Uhr immer noch kein Lebenszeichen zu hören war, öffnete Hanni mit dem Generalschlüssel die Tür. Das Zimmer war leer. Schnell schüttelte sie die benutzten Betten auf und brachte die zusätzliche Garnitur unauffällig in die Kammer zurück. Wo mochten die beiden nur stecken?

Viel Zeit zum Überlegen blieb Hanni allerdings nicht, denn sie musste nicht nur ihre übliche Arbeit verrichten, sondern auch noch einen Blick auf die anderen haben. Im

Grandhotel Gruber wurde Wert darauf gelegt, dass die Zimmer bei der Anreise der Gäste einladend aussahen. Dafür richtete Hanni Obstkörbchen her, wie sie es bei Fräulein Schreiber gesehen hatte, und bei Stammgästen noch zusätzlich einen kleinen Blumenstrauß. So einen hielt sie gerade in der Hand, als Frau Jacoby die Treppe heraufkam. Schon von Weitem lächelte sie Hanni zu.

»Fräulein Schreiber ist in Sicherheit«, berichtete Cäcilie Jacoby leise. »Wir haben in der Nacht lange geredet, und heute früh habe ich sie überzeugen können, ihren Koffer zu packen. Vorhin habe ich sie in den Zug nach Köln gesetzt. Ich kenne den Direktor eines guten Hauses dort und habe ihm gerade telegrafiert und ihm Frau Schreiber als Hausdame ans Herz gelegt. Direktor Gruber war so freundlich, ihr ein hervorragendes Zeugnis auszustellen.«

»Frau Jacoby, wie wunderbar«, rief Hanni freudig aus. »Aber ist es ihr nicht furchtbar schwergefallen, Berchtesgaden zu verlassen?«

»Ich glaube, ihr fiel es eher schwer, Herrn Heinrich zu verlassen.«

»Nach dem, was er ihr angetan hat?«, fragte Hanni verständnislos.

»Die Wege unseres Herzens sind manchmal unergründlich. Und manchmal muss die Vernunft siegen. Ich hoffe, sie fängt in Köln ein freieres, unabhängiges Leben an. Verdient hätte sie es. Frau Schreiber muss nur liebevoller mit sich selbst umgehen.«

Nachdem Hanni diese Neuigkeiten verdaut hatte, wandte sie sich wieder ihrem Auftrag zu, eine Vase für die Blumen zu finden. Und ob Peter recht hatte! Heute lag eindeutig etwas in der Luft.

Briefwechsel

Den Geranien hatte das schöne Wetter der letzten Wochen gutgetan. Cäcilie fuhr mit zwei Fingern unter eine der roten Blüten und hielt sie hoch. Aus wie vielen kleinen roten Blütenblättchen sie bestand! Sie erinnerten fast an ein Feuerwerk. Alle glitzernden Funken bildeten zusammen einen leuchtenden Ball, der den Zuschauern ein staunendes Oh entlockte. Eigentlich ähneln wir Menschen solch kleinen Blüten, die gemeinsam das Feuerwerk des Lebens bilden. Nur gibt es immer wieder einzelne Exemplare, überlegte Cäcilie, die unser Leuchten und Strahlen zunichtemachen wollen. Sie blickte hoch in den blauen Himmel und zu den Bergspitzen, auf denen noch immer letzte Reste von Schnee leuchteten. Sie konnte sich wirklich sehr gut vorstellen, hierzubleiben. Auf diese Weise entging sie dem ganzen Gerede und Getuschel in Köln. Es gab einige der Damen aus besserer Gesellschaft, die sich hämisch das Maul zerreißen würden, wenn sie nach der Scheidung in eine bescheidene Wohnung ziehen musste. In den Bergen zu bleiben, löste viele Probleme mit einem Schlag. Sie freute sich jetzt schon darauf.

Ihre Gedanken wanderten zu Elfriede Schreiber, die im Zug nach Köln saß. Dort würden sich hoffentlich ihre Probleme lösen. Nachdem sich die Hausdame des Nachts etwas gefasst hatte, hatte sie Cäcilie erzählt, wie sie den Chefkoch hier im Hotel kennengelernt hatte. Dass sie ein Paar geworden waren, durfte niemand wissen, das war Heinrich sehr wichtig. »Und ich fand das auch besser. Liebe am Arbeitsplatz, das geht nicht. Wir sind schließlich nicht in einem Sekretärinnenroman«, hatte Elfriede Schreiber gemeint. Nur hatte diese Heimlichkeit dazu geführt, dass der Mann mehr und mehr die Kontrolle über sie bekam. Das kannte Cäcilie nur zu gut aus eigener Erfahrung. Mit dem Unterschied, dass Gerhard sie nie geschlagen hat. Dafür trafen seine Worte ihre Seele wie Schläge und untergruben ihr Selbstvertrauen. Wer weiß, vielleicht hatte das seinen Grund, dass sie beide gerade dabei waren, sich ihre Freiheit zurückzuerobern und sich von Männern zu lösen, die ihnen ganz und gar nicht guttaten.

Hanni dagegen hatte einen Mann gefunden, der ihr guttat. Darüber freute sich Cäcilie besonders, denn sie hatte die liebenswerte junge Frau in ihr Herz geschlossen. Was war sie doch für ein Sonnenschein, der jedem freundlich begegnete. Vielleicht würde sich ja die Sommermeise für immer hier einnisten. Cäcilie lächelte. Wie schön wäre das!

Vom Balkon aus sah sie, wie eine Gruppe von Menschen die Einfahrt heraufkam. Es waren die Musikerinnen und Musiker. Cäcilie erkannte einige wieder. Aufgeregt redeten und lachten sie miteinander. Das war für alle ein besonderer Abend. Damit begann für sie ein großes Abenteuer – eine Reise nach Amerika, dem Land der unbegrenzten Möglichkeiten, das gerade den jungen Menschen wie das Paradies vorkommen musste, mit der modernen Musik, mit Coca-Cola und Hollywood. Die Jugend hatte allen Grund dazu, von diesem Land und seinen Errungenschaften begeistert zu sein. Es waren wahre Wunder, die man in der Wochenschau regelmäßig zu sehen bekam. Wenn man den Bildern Glauben schenken konnte, dann war es ein Land, in dem Milch und Honig flossen. Ob das alles wirklich stimmte, daran hatte

Cäcilie ihre Zweifel. Nun, nach ihrer Rückkehr könnte Fräulein Annamirl ihr davon berichten. Cäcilie lächelte bei dem Gedanken, dass sie ja dann immer noch in Berchtesgaden sein würde. Es mochte zwar nicht Amerika sein, ein Neuanfang wäre es für sie hier allemal.

Cäcilies Lächeln erstarrte, denn in diesem Moment wurde ihre Zimmertür mit aller Wucht aufgerissen. Innerlich gewappnet straffte sie die Schultern und trat ins Zimmer, um das zu überstehen, was ihr nun bevorstand. Sie war an den Punkt gekommen, an dem sie sich endgültig von ihrem alten Leben verabschieden musste.

Mit großen Schritten stürmte Gerhard herein, sein Kopf puterrot vor Zorn. Hoffentlich bekommt er keinen Herzinfarkt, dachte Cäcilie. Und wenn doch, dann war es eben so. Es berührte sie nicht mehr. Und Gerhard konnte sie nicht mehr verletzen. Sie hatte ihn aus ihrem Leben geworfen und war bereit, alle Konsequenzen zu tragen.

»Bist du wahnsinnig?«, schrie er. »Du bist wohl von Sinnen. Ich werde dich für geisteskrank erklären lassen.« In der Hand hielt er mehrere Seiten eines Schreibens. Cäcilie erkannte den Briefkopf ihres Anwalts. »Du bist verrückt«, stieß er erneut hervor.

Amüsiert bemerkte sie, wie fassungslos er war. »Ich bin nicht verrückt. Ganz im Gegenteil, ich bin so klar wie schon lange nicht mehr.«

»Du willst die Scheidung?«

»Die will ich.« Cäcilie lächelte ihn ungerührt an.

Gerhard hielt das Schreiben hoch. »Und du willst dein Geld aus meiner Firma nehmen? Hat dir das dein idiotischer Anwalt eingeredet? Das wird dir nur über meine Leiche gelingen.«

»Nun, ich habe nicht vor, dich umzubringen«, erwiderte

Cäcilie ruhig. Sie war überrascht. Woher nahm sie diese Gelassenheit? Vermutlich, weil sie gestern gesehen hatte, was passierte, wenn man sich als Frau nicht wehrte. Das hätte sie schon längst tun sollen, genau wie Elfriede Schreiber.

»Ich werde mich scheiden lassen und mein Geld aus der Firma nehmen.«

»Niemals!«, brüllte Gerhard.

Cäcilie wartete fast darauf, dass sich die Diskussion von selbst erledigen würde, weil Gerhard sich gleich an sein Herz greifen und vor ihr zusammensacken würde. »Immer mit der Ruhe«, sagte sie kühl. »Vater hatte eine Klausel in den Ehevertrag aufgenommen, die mir genau das ermöglicht. Vater hatte wenig Sympathien für dich. Er wusste von Anfang an, dass du ein sehr windiger Geschäftemacher bist. Ich habe für diese Erkenntnis leider deutlich länger gebraucht. Mein idiotischer Rechtsanwalt, wie du ihn nennst, hat den Vertrag eingehend studiert.« Cäcilie trat an das kleine Tischchen und nahm nun ihrerseits ein Schreiben zur Hand.

»Auch ich habe heute Post von meinem Anwalt bekommen. Ich kann bei einer Scheidung mein Geld jederzeit aus der Firma abziehen.« Cäcilie reichte Gerhard die Seiten.

»Das kann nicht sein!«

»Glaub mir, wenn Vater etwas gemacht hat, dann mit Sinn und Verstand. Mein kluger Vater, wie dankbar bin ich ihm heute für seine weise Voraussicht.«

»Sicher nicht, meine Liebe.« Drohend baute sich Gerhard vor Cäcilie auf. »Ich werde dich mit Klagen überziehen. Keinen Pfennig bekommst du von mir.«

Cäcilie sah ihm ungerührt in die Augen. Das hätte sie schon vor vielen Jahren tun sollen. Ihre eigene Bequemlichkeit hatte dies verhindert.

»Ich willige in die Scheidung nicht ein. Und als dein Ehemann kann ich darüber verfügen, ob und wie viel Geld du aus der Firma nimmst. Du siehst, am Ende werde ich doch gewinnen. So oder so.«

»Nun, im Prinzip hast du recht. Aber mein Anwalt hat genau diesen Schachzug vorausgesehen und plädiert deswegen auf schuldhafte Scheidung.«

»Ohne Beweise wird jedes Gericht darüber lachen.«

Jetzt kam der beste Teil, freute sich Cäcilie. Seit sie den Brief heute gelesen hatte, konnte sie es nicht erwarten, Gerhard genau diese Beweise unter die Nase zu reiben.

»Dazu musst du wissen, deine Sekretärin, Susimäuschen, nicht wahr, so nennst du sie, ist eine gute Freundin der Sekretärin meines Anwalts. Was schlecht ist für dich, weil Susimäuschen ihr ausführlich von euch beiden erzählt hat. Details hat mir mein Anwalt erspart.«

Zu Cäcilies Freude entgleiste ihrem Ehemann das Gesicht.

»Da die Anwaltssekretärin keinesfalls ihren Arbeitsplatz verlieren wollte, hat sie ihrem Chef sehr freimütig alle Details weitererzählt. Susimäuschen hat, mit der Wahrheit konfrontiert, alles zugegeben. Susimäuschen, also Fräulein Waschkowitz, hat eine entsprechende Erklärung unterschrieben.«

Ach, war das herrlich. Cäcilie genoss den Moment.

»Ich muss telefonieren.« Gerhard drehte sich abrupt um und lief zur Tür hinaus, um zu retten, was vielleicht noch zu retten war. Nur konnte man an einem Samstagnachmittag nicht allzu viel ausrichten. Das hatte ihr Anwalt klug eingefädelt. Cäcilie fühlte sich befreit wie noch nie in ihrem Leben. Selbst wenn sie keinen Pfennig bekommen sollte, diese Freiheit würde sie nie wieder hergeben. Zufrieden schloss sie die Balkontür. Jetzt musste sie sich rasch umziehen. Den heutigen Abend wollte sie in vollen Zügen genießen.

Der letzte Heimatabend

»Wir brauchen mehr Gläser.« Simone, die Aushilfsbedienung, brachte einen ganzen Schwung gebrauchter Gläser aus dem Saal. »Ich glaube, heute ist ganz Berchtesgaden gekommen.«

Mit eiligen Schritten kam ihre Kollegin Maria in die Küche, und Hanni beeilte sich, die Gläser in die Spülwanne zu legen, damit die Bedienung das Tablett mit dem schmutzigen Geschirr abstellen konnte.

»Das ist der reinste Hexenkessel da draußen«, sagte Maria und wischte sich den Schweiß von der Stirn.

»Den Hexenkessel haben wir hier auch«, bemerkte Hanni.

Dass der Chefkoch heute fehlte, hatte für Verwunderung bei den Köchen gesorgt. Nur blieb ihnen nicht viel Zeit, sich zu beschweren, denn die Ober brachten eine Bestellung nach der anderen aus dem Restaurant. Die Hotelgäste hatten es eilig mit dem Abendessen. Sie wollten rechtzeitig vor der Aufführung fertig sein. Die kurzen Anweisungen des Sous-Chefs klangen viel freundlicher als das harte Bellen von Albert Heinrich.

»He, nicht schlafen«, stieß Leo sie an. »Ich kann selbst kaum die Augen offen halten.« Hanni beeilte sich, sich wieder um die schmutzigen Gläser zu kümmern. Gut, dass sie gestern bei der Generalprobe zugeschaut hatte, denn heute würde sie es nicht schaffen, der Aufführung beizuwohnen.

»Sag mal, was ist denn hier los?« Ricarda kam in die Spülküche und betrachtete erstaunt die Geschirrberge.

»Nicht reden, abspülen!«, befahl Hanni ihr.

Missmutig schnappte sich Ricarda ein Geschirrtuch. Das Spülwasser ruiniere die Haut, lautete ihr Standardspruch, und sie weigerte sich glattweg, ihre Hände nass zu machen.

»Hast du Franzi bei der Wäsche geholfen?«, erkundigte sich Hanni.

»Hab ich. Die dumme Kuh war heute noch langsamer als sonst«, beschwerte sich Ricarda.

»Nun, sie hat die ganze Nacht geholfen, genau wie Leo und Annamirl«, wies Hanni sie in freundlichem Ton zurecht. »Anderen war ja der Schlaf wichtiger.« Diese Spitze konnte sich Hanni nicht verkneifen.

Ricarda verzog verächtlich ihren Mund, sagte aber nichts mehr.

Plötzlich machte sich Stille in der Küche breit. Direktor Gruber war hereingekommen und hatte sich zu Hans an den Herd gestellt.

»Wie sich vielleicht schon herumgesprochen hat, wird Herr Heinrich die Küche nicht länger leiten. Bis wir einen neuen Chefkoch gefunden haben, wird unser Sous-Chef Hans seinen Posten übernehmen. Es ist zwar heute ein ungünstiger Tag, in Unterbesetzung zu arbeiten, doch ich vertraue auf mein Küchenteam. Ich bin sicher, Sie schaffen das trotzdem gut.« Direktor Gruber klatschte in die Hände, als gäbe er seinen Köchen Applaus, und alle fielen ein.

So eine Unterstützung konnten alle gut gebrauchen, und nicht zum ersten Mal fand Hanni, dass Direktor Gruber stets die richtigen Worte fand.

Dann kam Direktor Gruber auch in die Spülküche. »Sie haben heute wirklich sehr gute Arbeit geleistet, werte Zimmermädchen. Fräulein Schreiber wird auch die nächsten Tage nicht verfügbar sein. Das stellt uns vor einige Herausforderungen. Das Hotel braucht Sie mehr denn je. Ich bemühe mich, so schnell wie möglich Ersatz zu finden. Natürlich auch für Fräulein Annamirl, das uns nächste Woche in Richtung Amerika verlassen wird. Bis dahin muss ich Sie bitten, die Arbeit mitzuübernehmen. Diese zusätzlichen Stunden werden natürlich gesondert vergütet.«

»Selbstverständlich, Herr Direktor«, antwortete Hanni im Namen aller und sah kurz in die Runde. Von allen kam zustimmendes Nicken, selbst von Ricarda.

»Das freut mich zu hören.« Direktor Gruber verbeugte sich vor den Zimmermädchen, was Hanni sehr schön fand. Dass er seine Angestellten nie von oben herab behandelte, wurde ihm von allen hoch angerechnet.

»Fräulein Hanni, würden Sie bitte auch in den nächsten Tagen die Aufgaben von Fräulein Schreiber übernehmen? Ich weiß, das ist eine große Bitte, doch Sie haben das heute so gut gemeistert.«

»Ich werde mein Bestes geben. Und es war nur zu schaffen, weil wir Zimmermädchen alle zusammengeholfen haben.«

»Genau so soll es bei uns im Grandhotel Gruber sein.«

Kaum hatte der Direktor die Küche verlassen, ging das große Tuscheln los. Dass der Chefkoch und die Hausdame gleichzeitig verschwunden waren, bot Anlass für allerlei Spekulationen. Hanni beteiligte sich nicht daran.

»Das ist ihre private Angelegenheit«, sagte sie knapp und ließ die anderen reden. Mit den Händen tief im Spülwasser hing sie ihren eigenen Gedanken nach. Es war so viel passiert, das musste sie in ihrem Kopf erst einmal alles sortieren.

Zwischendurch dachte sie an Andreas, und die Aussicht,

ihn heute endlich wieder zu treffen, erfüllte ihr Herz mit Freude. Bei all der Aufregung bildete Andreas ihren Ruheanker. Stets vermittelte er ihr das Gefühl von Sicherheit. Das hatte ihr bisher im Leben gefehlt. Die Verlässlichkeit, die Andreas ihr gegenüber ausstrahlte, verbunden mit seiner Liebe, machte Hanni glücklich. Das Gefühl war so stark, dass sie schon befürchte, die anderen könnte es ihr im Gesicht ablesen. Als würde ich in einem der Liebesfilme mitspielen, die Ricarda so gerne sah und in denen die Schauspieler ständig von der großen Liebe sangen. In einem solchen Film würde jetzt beim Abspülen die Musik einsetzen, und sie würde zusammen mit Peter Alexander im Duett von der Liebe singen. Hanni lächelte.

Andreas hatte versprochen, vor der Aufführung auf jeden Fall nach ihr zu sehen, zumindest durchs Fenster.

Simone kam herein und lehnte sich stöhnend an den Tresen. »Die Vorstellung hat gerade angefangen. Da kann kein Glas zu Boden fallen, so dicht gedrängt stehen die Zuschauer. Ich weiß gar nicht, wie wir da bedienen sollen. Ein Durchkommen ist nicht möglich.«

Diese Nachricht versetzte Hannis glücklicher Stimmung einen Dämpfer. Schade, dass Andreas nicht nach ihr gesehen hatte. Hanni schlich sich hinaus und schaute zum Saal hinüber. Flotte Musik war zu hören. Die Dämmerung hatte eingesetzt, und die ersten Sterne glitzerten am Himmel. Zu gerne hätte sie durch die Hintertür in den Saal gesehen, dort stand jedoch schon eine ganze Traube von Menschen auf Zehenspitzen, um einen Blick auf die Bühne zu erhaschen.

»So was habe ich echt noch nicht erlebt«, stöhnte Maria, die mit einem Tablett voller Gläser in der Hand in den Saal vorzudringen versuchte. »Das schaffen wir beide nicht alleine. Eine von euch muss uns tragen helfen.«

»Ich mach das«, rief Hanni, noch bevor es eine der anderen tun konnte. Vielleicht würde sie dabei Andreas entdecken. Zu ihrer Enttäuschung sah sie nur dicht an dicht stehende Menschen in dem Saal. Die meisten Zuschauer waren aufgesprungen, klatschten vor Begeisterung nach jedem Stück. Von diesem Abend würden die Berchtesgadener noch lange reden, davon war Hanni überzeugt.

Der Sous-Chef hatte eine Runde Cola ausgegeben. Zurück in der Küche nahm Hanni einen Schluck. An diesem hektischen Abend tat das kalte Getränk besonders gut. Die Jungköche halfen am Ausschank, und einer trocknete sogar Gläser ab, was normalerweise weit unter seiner Würde lag.

»Wir spülen bestimmt die ganze Nacht«, meinte Ricarda.

»Peter kommt uns helfen und die Ober auch«, wusste Leo zu berichten. »Die decken noch für morgen fürs Frühstück ein. Alle Hände an Deck, wie Direktor Gruber gerne sagt.«

Mechthild lächelte. »Das gefällt mir«, sagte sie zu Hanni. »Wenn sich etwas rührt, dann wird es nicht langweilig, und das Extrageld können wir alle gut gebrauchen.« Dagegen konnte niemand etwas einwenden.

Am Ende der Aufführung brach frenetischer Beifall aus. Maria erzählte, dass Annamirl ihren Jodler als allerletzte Zugabe noch einmal gesungen hatte und alle aus dem Häuschen waren.

Hoffentlich würden die Amerikaner genauso begeistert reagieren. Den Erfolg wünschte sie ihrer Freundin von ganzem Herzen.

»Hanni, du musst helfen!«, rief Simone. »Jetzt wollen alle ein frisches Bier haben.«

Hanni lief hinüber zum Festsaal. Bewundernswert, wie Simone und Maria das schafften, sich durch die Zuschauer zu drängen, dabei zu bedienen und abzukassieren. Sie waren zwei tüchtige Bedienungen.

Hanni sah eine große Menschentraube vor der Bühne. Die begeisterten Zuhörer gratulierten den Musikerinnen und Musikern. Sicher war auch Andreas darunter. Vier Bierseidel, mehr schaffte Hanni nicht.

»Hierher, Bier her!«, rief ein Mann und winkte Hanni zu sich, und ehe sie es sich versah, hatte er ihr die Krüge abgenommen und ihr fünf Mark zugesteckt.

»Ich kann nicht rausgeben«, erklärte Hanni verdutzt.

»Egal. Der Rest ist Trinkgeld. So ein Abend muss gefeiert werden.«

Die Stimmung war ausgelassen, es wurde geredet und gelacht. Hanni sah dem Treiben zu, ließ ihren Blick durch den Saal schweifen. Plötzlich entdeckte sie Gabriele von Hartenstein. Und dann stockte Hanni das Herz. Denn sie stand nicht allein da. Neben ihr stand ein Mann. Und auch wenn die beiden ein ganzes Stück entfernt waren, erkannte sie sofort Andreas' gelocktes Haar. In diesem Moment berührte Gabriele von Hartenstein Andreas an der Schulter. Hanni hatte das Gefühl, als würde ihr ein Messer in die Brust gestoßen. Wie benommen gelang es ihr nicht, den Blick abzuwenden, auch dann nicht, als sich die beiden küssten. Wie in Trance sah sie zu. Hatte sie es nicht schon längst geahnt? Gegen diese feine Dame hatte sie, das Zimmermädchen aus Köln, einfach keine Chance.

»He, Madl, noch ein Bier«, holte eine Stimme sie aus ihrer Erstarrung. Hanni schüttelte den Kopf, wie um das Bild vor ihren Augen zu vertreiben. Tränen stiegen ihr in die Augen, und einem Impuls folgend rannte sie davon. Sie wollte sich in ihr Zimmer verdrücken, nichts und niemanden mehr sehen. Der kürzeste Weg war durch die Lobby. Sie lief, ohne nach links und rechts zu blicken, durch die Halle nach hinten zum Treppenhaus.

»Na, wo will das hübsche Zimmermädchen denn so schnell hin?«

Hanni wischte sich die Tränen aus den Augen. Vor ihr stand Herr Jacoby, die Hände in die Hüften gestemmt.

»Soll ich dich ein bisschen trösten, meine Kleine?« Er kam einen Schritt auf sie zu.

Erschrocken drehte sich Hanni um.

Aber Jacoby streckte blitzschnell seine Hand aus und packte sie fest am Arm.

Hanni schrie auf, sein Atem roch schwer nach Alkohol.

»Na, na, na!« Herr Jacoby zog sie zu sich heran. »Sei doch nicht so widerborstig.«

Mit aller Kraft stemmte sich Hanni gegen ihn. Doch es gelang ihr nicht, sich aus seiner Umklammerung zu befreien. Jacoby zog sie in eine Nische zwischen Bar und Treppe. Panik ergriff Hanni. Sein Atem bedrängte sie genauso wie seine Hände. Seine Lippen kamen immer näher, und Hanni warf ihren Kopf hin und her. Sie hatte nur einen Gedanken: Diesmal würde es kein Entrinnen geben. Jacoby war nicht so unerfahren wie Siegfried. Ihre Kräfte ließen nach. Noch nicht einmal Andreas konnte sie sich in diesem Moment herbeiwünschen, denn der war anderweitig beschäftigt, dachte sie verzweifelt.

»Gerhard!«, gellte da die schrille Stimme von Cäcilie Jacoby durch den Raum.

Hanni spürte, wie Jacoby seinen Griff lockerte. Ein letztes Mal stemmte sie sich gegen ihn, kam frei und rannte davon. Weg, sie wollte einfach nur weg.

Hanni!

Ihre Lungen verweigerten ihren Dienst. Am ganzen Körper zitternd rang Cäcilie nach Luft. Sie tastete nach der Wand, um sich abzustützen. Vornübergebeugt versuchte sie, der Panik Herr zu werden, die von ihr Besitz ergriffen hatte. Gerhard zu sehen, wie er Hanni bedrängte, das war zu viel gewesen. Und schlimmer noch, es war ihre Schuld. Sie hatte Gerhard gereizt. Ihretwegen hatte er sich ein Opfer gesucht, an dem er seine Wut auslassen konnte. Hanni war ihm gerade recht gekommen.

Ich bin schuld! Kein anderer Gedanke hatte Platz in ihrem Kopf. Wie töricht war sie gewesen, zu glauben, dass Gerhard alles hinnehmen würde, den Verlust der Firma und den seines Rufes. Wie hatte sie ihren Triumph genossen, und nun musste Hanni dafür bezahlen.

Cäcilie merkte, dass sie sich nicht mehr länger auf den Beinen halten konnte. Sie schwankte und glitt dann an der Wand zu Boden.

»Frau Jacoby!« Der Aufschrei ließ sie noch einmal aufschauen. Peter, der freundliche Page, kam auf sie zugestürzt und fing sie auf, ehe sie der Länge nach hinfiel. Behutsam half er ihr, sich zu setzen.

Was für ein kurioses Bild ich abgeben muss, dachte sie. Ihre Beine ragten unter ihrem Rock hervor, als gehörten sie gar nicht zu ihr.

»Frau Jacoby!«, rief Peter erneut.

Cäcilies Augenlider flatterten. Sie sah das erschrockene Gesicht des Pagen vor sich, sah, wie er hilfesuchend den Kopf wandte, hörte, wie er laut um Hilfe rief. Cäcilie bemerkte zwei Gestalten. Ein Mann kam zu ihnen hergerannt. Es war dieser Andreas, der Hannis Herz erobert hatte. Sein Anblick beruhigte Cäcilie. Ruhig und besonnen hockte er sich neben sie, gab ihr ein sicheres Gefühl. Alles würde gut werden. Ihr Atem beruhigte sich ein wenig.

»Hanni«, flüsterte sie kaum hörbar.

»Ich kann Sie nicht verstehen.« Andreas führte sein Ohr an Cäcilie Gesicht.

»Hanni«, wisperte Cäcilie erneut und hob ihre rechte Hand und zeigte zum Ausgang. »Hanni ist weggelaufen.« Cäcilie musste eine Pause machen.

Andreas' angespanntes Gesicht und die plötzliche Angst darin ließ sie fortfahren: »Mein Mann hat sie bedrängt.« Wieder zeigte sie zum Ausgang.

Andreas hatte verstanden, denn er sprang auf und stürmte nach draußen, vorbei an Gabriele von Hartenstein, die schwankend dastand und sich mitten in der Lobby erbrach.

Flucht

Hinter ihr lag das erleuchtete Hotel. Vor ihr die Straße hinunter nach Berchtesgaden. Hanni lief. So schnell sie konnte. Mit einer heftigen Bewegung wischte sie sich die Tränen aus den Augen. Bilder davon, wie Andreas und diese von Hartenstein sich küssten und von Jacobys lüsternem Gesicht dicht vor ihrem eigenen wechselten sich ab. Sie wollte weg, so weit weg wie möglich. Das war der einzige Gedanke, den sie fassen konnte. Nie wieder würde sie einen Schritt in das Grandhotel Gruber setzen. Es war ein Fehler gewesen, nach Berchtesgaden zu kommen. Köln – Hanni fiel nichts anderes ein, als nach Hause zurückzufahren.

»Hab ich es dir nicht gesagt?« Das würde die Reaktion ihrer Mutter sein, wenn sie wieder vor der Haustür stünde. Sie hatte ihr prophezeit, dass es ihr nicht gelingen würde, in Bayern einen Fuß auf den Boden zu bekommen. Sie hätte auf ihre Mutter hören sollen. Also zurück nach Köln.

Hanni bog rechts auf den Fußweg ab, der hinunter zum Bahnhof führte. Hier hatte sie Robert zusammengeschlagen gefunden. Warum waren die Menschen nur so grausam? Warum hatte sich Andreas für die Hartenstein und nicht für sie entschieden? Der Kiesweg ließ Hanni schlittern, rasch hielt sie sich am Geländer fest. Für einen Moment blieb sie stehen, um zu verschnaufen. Der Weg lag dunkel vor ihr. Ängstlich blickte sie zurück. Hoffentlich setzte Jacoby ihr nicht nach. Dann lief sie weiter. Endlich erreichte sie die Eisenbrücke, die über die Gleise führte, und schließlich die Treppe hinunter zum Bahnhof. Um diese Uhrzeit war keine Menschenseele mehr unterwegs. Weil sie nicht wusste wohin und die erleuchtete Bahnhofshalle ihr sicherer erschien als der dunkle Platz davor, öffnete sie eine der Schwingtüren. Ihr Blick fiel auf das Wandgemälde. Für kurze Zeit hatte sich ihr Traum erfüllt, sie war zu der Frau auf dem Bild geworden. Sie war die dunkelhaarige und Annamirl die blonde Frau daneben, die zusammen fröhlich durch die Berchtesgadener Landschaft wanderten. Zitternd setzte Hanni sich auf eine der hölzernen Wartebänke. Bernadette oben auf der Alm kam ihr in den Sinn. Wenigstens für sie hatte es dank Frau Jacoby ein gutes Ende gegeben.

Und dann musste sie wieder an Andreas denken. Unvermittelt begann sie zu schluchzen. Der Schmerz traf sie mit Wucht, und Hanni zog ihre Beine an und schlang ihre Arme darum. So klein wie möglich wollte sie sich machen. Mit den fröhlichen Menschen auf dem Wandbild hatte sie nichts mehr gemein. Was hast du dir nur gedacht?, ging es Hanni durch den Kopf. Hast an die große Liebe geglaubt und bist ordentlich auf die Nase gefallen. Gegen eine elegante Dame von Welt hatte sie keine Chance. Sie hätte erst gar nicht in die Berge kommen sollen. All ihre Hoffnung war zunichtegemacht. Obendrein stand sie mir gebrochenem Herzen da.

Langsam beruhigte sich Hanni ein wenig. Klarere Gedanken kamen ihr in den Kopf. Wenn sie morgen nach Köln fahren wollte, musste sie wohl oder übel noch einmal zurück ins Hotel, um ihre Sachen zu holen. Das würde sie in aller Früh machen, wenn die anderen beim Frühstücken waren. Und Direktor Gruber würde sie eine Nachricht mit ihrer Kündigung schreiben. Nachdem sie den Plan gefasst hatte, fühlte sie sich besser. Diese Nacht würde sie in der Bahnhofshalle verbringen, bis der Nachtwächter sie rausschmeißen würde.

Wieder schaute sie hinauf auf das große Bild. Nie wieder würde sie eine solche Zuversicht erfahren. Wie hatte sie sich nur so in Andreas täuschen können?

»Hanni?« Die Bahnhofstür wurde aufgerissen, Andreas stürmte auf sie zu. Hanni erstarrte. Was wollte Andreas hier?

Er schien ihr Unbehagen zu spüren, denn er blieb stehen.

»Es ist etwas Schlimmes passiert, oder?«, fragte er vorsichtig.

Das wagte er noch zu fragen? Wollte er sie verhöhnen?

»Ich habe dich gesehen«, flüsterte Hanni und erschrak, weil ihre Stimme in der großen Halle lauter klang als beabsichtigt.

Nun war es an Andreas, irritiert zu sein. »Du hast mich gesehen?«, fragte er. Langsam, mit ein wenig Abstand, ließ er sich neben Hanni nieder.

»Du hast die Hartenstein geküsst.« Ihre Stimme kratzte, und sogleich liefen ihr die Tränen wieder über das Gesicht. Fast trotzig wischte sie mit ihrem Blusenärmel über die Augen.

»Sprich bitte nicht von dieser furchtbaren Frau. Ich hätte von Anfang an auf dich hören sollen.« Andreas rutschte ein Stückchen näher. »Kaum hatte sie mich im Saal entdeckt, kam sie zu mir hergeschwankt. Sie hatte wohl an der Bar schon einiges getrunken. Trotzdem hat sie noch zwei, drei Bier bestellt. Die konnte sich kaum mehr auf den Beinen halten.« Andreas sah Hanni an. »Ich hatte Mitleid, denn sie schwankte dermaßen, dass ich mir sicher war, sie würde nicht heil hinausfinden. Als ich sie zu stützen versucht habe, ist sie mit dem Gesicht voll gegen meines geknallt. Ich habe bestimmt eine Beule auf der Stirn.« Andreas schob seine Locken zurück.

Hanni sah ihn ungläubig an. »Da gab es keinen Kuss?«

»Nie und nimmer würde ich diese Frau küssen wollen. Du kannst dir nicht vorstellen, wie ihr Atem gerochen hat!« Wieder rutschte Andreas ein Stückchen näher. »Hanni, warum sollte ich diese Frau küssen? Die Einzige, die ich küssen möchte, bist du. Diese Hartenstein in ihrem besoffenen Zustand hat mir leidgetan. Die wäre dort glatt umgekippt. Das konnte ich dann nicht zulassen.«

Hanni schwankte zwischen Ungläubigkeit und Entsetzen.

»Warum habe ich dich nicht vor der Aufführung gesehen?«, fragte sie.

»Ich war da. Ich stand genau in dem Moment am Fenster, als Direktor Gruber hereinkam. Da habe ich mich schnell weggeduckt. Ich wollte nicht, dass er mich sieht. Was hätte das für einen Eindruck hinterlassen, wenn der Freund eines Zimmermädchens während der Arbeitszeit mit ihr herumtändelt?«

Hanni hörte Andreas zwar zu, aber ihr Hirn konnte das Gehörte nicht richtig verarbeiten.

»Hanni«, sagte Andreas zärtlich und saß nun dicht bei ihr. »Was war heute nur los?« Er breitete seine Arme aus, und Hanni ließ sich hineinsinken. Schluchzend drückte sie sich an seine Brust. Alle Zweifel und Ängste fielen von ihr ab. Sanft wiegte Andreas sie hin und her.

Dann begann Hanni zu erzählen, was ihr widerfahren war. Stockend berichtete sie, wie dieser furchtbare Mann sie gepackt hatte.

»Das ist ja schrecklich!« Andreas drückte sie fester. »Ich hätte besser auf dich aufpassen müssen, statt mich um diese Zimtziege zu kümmern.«

»Ja, hättest du«, sagte Hanni, um sich gleich zu verbessern, »nein, Andreas, das war schon richtig. Du bist hilfsbereit und gut. Da hast du Schlimmeres verhindert.«

»Sag besser, ich war dumm und töricht. Ein Bauernbub, der in seiner Werkstatt am besten aufgehoben ist. Nur diesem Jacoby würde ich gerne die Nase einschlagen.«

Schweigend saßen sie nebeneinander.

»Morgen gehen wir zur Polizei und zeigen ihn an. Ungeschoren kommt er damit nicht davon.«

Das fühlte sich gut an. Andreas' Entschlossenheit gab ihr Mut, und sie schmiegte sich eng an ihn. Nein, meine liebe Mutter, dachte sie, nicht alle Männer sind gleich.

Katerstimmung

»Was für ein Abend.« Annamirl stand in ihrem Zimmer und bürstete sich die Haare.

»Dein Auftritt muss toll gewesen sein. Wir sind mit dem Spülen gar nicht mehr nachgekommen.«

»Es lief wirklich alles wie am Schnürchen.« Annamirl drehte sich zu Hanni um, die im Nachthemd am Waschbecken stand und Zahnpasta auf die Zahnbürste drückte. »Ohne deine Hilfe wäre der Abend ein Fiasko geworden. Konrad Meister hat dich über den grünen Klee gelobt. Ohne dich und deine zupackende Art und deine Nähkünste, so meinte er, hätte es keinen ordentlichen Heimatabend gegeben. Du warst ja wirklich unser rettender Engel.«

»Das tut gut zu hören.« Das Lob und die warmen Worte freuten Hanni.

»Aber wo warst du denn gestern Abend? Ich habe wohl schon geschlafen, als du hereinkamst.«

»Ach, es war so viel los, ich musste erst ein wenig zur Ruhe kommen«, meinte Hanni leichthin. Sie wollte die gute Stimmung ihrer Freundin nicht trüben. Es war Annamirls großer Auftritt gewesen, und sie sollte die Freude darüber voll genießen können.

»Ich kann gar nicht glauben, dass ich nächste Woche schon auf dem Weg nach Amerika bin.« Annamirl flocht sich die Haare zu zwei festsitzenden Zöpfen. »Ist das nicht aufregend? Aber glaube mir, ich werde dich furchtbar vermissen.«

»Ich dich auch«, sagte Hanni.

»Jetzt, wo ich weiß, dass du hier bist und auf Andreas und auf Papa schaust, kann ich mit einem guten Gewissen losfahren.«

»Annamirl, jetzt übertreibst du aber«, lachte Hanni. »Dein Vater und dein Bruder sind gestandene Mannsbilder.«

Jetzt war es Annamirl, die lachte. »Hast du eine Ahnung! Die beiden leben irgendwie in ihrer eigenen Welt.«

Hanni spürte die Wärme in ihrem Herzen. Ihre Gedanken wanderten zurück zum Abend zuvor. Andreas und sie hatten noch lange auf der Wartebank im Bahnhof gesessen und geredet. Dann waren sie zurück zum Hotel gegangen, und Andreas hatte ihr versprochen, gleich am nächsten Morgen wiederzukommen. Beruhigt hatte Hanni etwas Schlaf gefunden.

»Jetzt müssen wir uns beeilen«, meinte Annamirl und zeigte auf Hannis Nachthemd. »Oder willst du so heute Betten machen?«

»Na, du hast natürlich recht, ich sollte mich rasch anziehen. Aber geh ruhig schon mal vor. Ich möchte nach Frau Jacoby sehen. Der ist es gestern Abend irgendwie nicht so gut gegangen.«

Es klopfte an der Tür, und Leo steckte ihren Kopf herein. »Annamirl, was für ein Abend gestern. Es waren wirklich viele Zuschauer da.«

»Mich hat am meisten gefreut, dass Vater gekommen ist«, sagte Annamirl mit einem Strahlen im Gesicht. »Nach der Vorstellung hat er allen Mitwirkenden die Hand geschüttelt und uns eine gute Reise gewünscht.«

»Hanni«, bemerkte Leo, »du bist ja noch im Nachthemd.«

»Jetzt fang du nicht auch noch damit an. Ich bin gleich fertig.«

Aufgeregt schwatzend verließen die beiden Frauen das Zimmer. Hanni war froh, einen Moment Ruhe zu haben. In ihrem Kopf wirbelten so viele Gedanken herum. Da waren der Schreck, die Angst und das Gefühl der Ohnmacht, als Jacoby sie bedrängt hatte. Dagegen standen die Wärme und Geborgenheit, die Andreas ihr gegeben hatte. Die Herren Aschauer lebten wirklich in ihrer eigenen Welt. Genau das war so schön, und Hanni freute sich, an dieser Welt teilhaben zu dürfen. Daran wollte sie denken. Das Erlebnis des gestrigen Abends durfte sie nicht in ihrem Glück behindern.

Hastig zog sie sich an, steckte das Häubchen fest und eilte nach unten. Andreas hatte ihr von dem schweren Asthmaanfall erzählt, den Frau Jacoby erlitten hatte. Furchtbar, dachte Hanni, die arme Frau Jacoby. Vorsichtig klopfte sie an die Zimmertür. »Herein«, hörte sie eine heisere Stimme.

»Hanni!«, rief Cäcilie Jacoby aus, als Hanni vor ihr stand. Ihre Stimme klang schwach, dafür leuchtete ihr Gesicht umso heller. »Wie gut, Sie zu sehen. Es ist furchtbar, was passiert ist. Sie müssen mir verzeihen«, redete sie darauflos und schlug mit der Hand sanft neben sich aufs Bett, um Hanni zu signalisieren, sich zu ihr zu setzen.

»Das ist nun wirklich nicht Ihre Schuld.« Hanni nahm Cäcilie Jacobys Hand in die ihre. »Eher mache ich mir Sorgen um Sie.«

»Nur ein Asthmaanfall«, winkte sie ab. »Der Arzt hat mich abgehört. Direktor Gruber hat gleich nach ihm geschickt. Meine Lunge ist überraschend frei. Es waren der Schock und die Aufregung, die mir den Atem genommen haben.« Cäcilie Jacoby sah Hanni fest in die Augen. »Er ist ein schrecklicher Mensch. Und ich befürchte, es ist meine Schuld. Wir hatten uns am Nachmittag gestritten. Danach hat er sich wohl an der Bar einen angetrunken. Zusammen mit Gabriele von Hartenstein. Da haben sich die beiden Richtigen gefunden. Gabriele hat schon immer mehr getrunken, als sie verträgt.«

Beruhigt nahm Hanni zur Kenntnis, dass Gabriele von Hartenstein wirklich betrunken gewesen war. Ihre Zweifel Andreas gegenüber waren unbegründet gewesen.

»Direktor Gruber hat meinem Ehemann noch gestern Abend absolutes Hausverbot erteilt. Und, meine Liebe, die Polizei wollte er auch noch einschalten. Sie werden eine Aussage machen müssen. Das ist wichtig. Gerhard darf einfach nicht ungestraft davonkommen.«

Ganz ähnlich hatte sich Andreas am Abend zuvor geäußert, und Hanni war zwar nervös, aber auch sicher, dass sie die Befragung durch die Polizei durchstehen würde.

»Etwas Unterhaltsames gibt es allerdings auch zu berichten. Frau von Hartenstein musste sich vor allen Leuten in der Lobby übergeben. Das war nicht sehr appetitlich.«

Cäcilie Jacoby zwinkerte Hanni zu. »Schadenfreude darf sein.«

Hanni lächelte. Dann wurde ihr Gesicht wieder ernst. »Wenn Sie nicht gewesen wären, wer weiß, was Ihr Mann noch getan hätte.«

»Es kamen ja noch mehr Gäste von draußen herein. Ich war eben zufälligerweise die Erste«, wiegelte Cäcilie Jacoby ab. »Manche Männer meinen einfach, ihnen gehöre die Welt. Aber sie täuschen sich. Wir dürfen es ihnen nicht durchgehen lassen.« Dann wurde ihre Stimme weich. »Darum bin ich so froh, dass Sie Andreas haben. Er hat ein gutes Herz, und er liebt Sie sehr, das spürt man. Sie hätten sehen sollen, wie er losgerannt ist, um Sie zu suchen.«

Hanni spürte, wie ihr die Röte ins Gesicht stieg. »Ich muss

los, der Dienst ruft«, sagte sie rasch. »Ich bringe Ihnen später das Frühstück herauf.«

»Bitte nur etwas Obst.«

»Nun, ein paar Leckereien mehr werde ich schon bringen. Sie müssen ja wieder zu Kräften kommen.«

»Na, wenn Sie meinen, werde ich brav alles aufessen.«

Lachend erhob sich Hanni.

»Fräulein Hanni«, sagte da Cäcilie Jacoby, »ich bin sehr froh, Sie kennengelernt zu haben.«

»Das geht mir genauso, Frau Jacoby.«

Die beiden Frauen sahen sich in großer Verbundenheit an. Dann verabschiedete sich Hanni.

Im Personalzimmer herrschte gedrückte Stimmung. Selbst die Köche, die, seit Albrecht Heinrich weg war, viel fröhlicher am Werk waren, redeten kaum ein Wort miteinander.

»Hier herrscht Katerstimmung.« Annamirl zeigte auf Peter, der, den Kopf in die Hände gestützt, auf eine Tasse Kaffee stierte. »Direktor Gruber hat den Herren am Abend noch einen ausgegeben, und das ist nicht allen gut bekommen«, erklärte Annamirl. »Nicht wahr, Peter?«, fragte sie und tippte ihm auf die Schulter.

»Nicht, Annamirl! Mein Kopf dröhnt. Die Köche und ich haben ja noch weitergefeiert.« Peter nahm einen Schluck Kaffee.

»Soll ich dir einen frischen Kaffee bringen?«, fragte Leo fürsorglich.

»Das wäre sehr lieb.«

Leo nahm die Tasse und lief in die Küche hinüber.

»Bei der liebevollen Pflege wird es dir bald besser gehen.« Annamirl tippte ihm erneut auf die Schulter, was einen lautstarken Protest von Peter auslöste.

»Hier, Peter. Aber Vorsicht, der ist richtig heiß.«

»Schwester Leo kümmert sich rührend um ihren Patienten«, neckte Annamirl ihre Kollegin.

»Das mache ich gerne«, betonte Leo und setzte sich demonstrativ neben Peter.

Ricarda hingegen nippte sauertöpfisch an ihrer Tasse. »Das ist mir hier zu viel Harmonie«, beschwerte sie sich und ging davon.

»Ricarda hat Heinzi gestern mit einem der Trachtenmädchen in der Waschküche beim Knutschen erwischt«, berichtete Leo.

»Diese Waschküche sollte man nachts besser geschlossen halten«, murmelte Hanni.

Als Portier Rieber in diesem Moment in der Tür auftauchte, sahen ihn alle überrascht an. Um diese Uhrzeit hatte er seinen festen Platz in der Lobby.

»Fräulein Hanni, Herr Direktor Gruber wünscht Sie zu sprechen.« Er warf einen Blick auf Peter. »Und wenn ich meinen Pagen endlich einmal zu Gesicht bekäme, wäre das sehr erfreulich. Wir sind heute alle ein wenig angeschlagen. Aber wer lumpen kann, kann auch arbeiten.« Selbst der sonst so akkurate Rieber war auffallend blass um die Nase.

Peter brachte seine Pagenmütze in Position und beeilte sich, Rieber hinaus zu folgen.

»Was will denn der Direktor von dir?«, fragte Annamirl, die von all den Ereignissen des vergangenen Abends nichts mitbekommen hatte.

Hanni zuckte nur mit den Schultern. Dann erhob sie sich und ging hinüber zur Lobby. Mit einem mulmigen Gefühl klopfte sie an die Tür. Hanni hörte, wie ein Stuhl geschoben wurde, und noch bevor sie ein weiteres Mal klopfen konnte, öffnete Direktor Gruber persönlich die Tür.

»Fräulein Hanni, danke, dass Sie gekommen sind. Treten Sie ein«, sagte er freundlich und unterstrich seine Aufforderung mit einer Handbewegung.

Hanni erinnerte sich daran, wie sie als frischgebackenes Zimmermädchen das erste Mal nervös und schüchtern hier gestanden hatte. Was war seitdem nicht alles passiert! Andreas ist mir über den Weg gelaufen, dachte sie und fühlte sich gleich viel besser gewappnet für das Gespräch mit dem Direktor.

»Bitte, setzen Sie sich.« Er wies auf einen Stuhl und nahm selbst hinter dem Schreibtisch Platz.

»Fräulein Hanni, mit Bestürzung habe ich zur Kenntnis genommen, was Ihnen gestern Abend widerfahren ist. Ich habe Herrn Jacoby sofort des Hotels verwiesen und die Polizei eingeschaltet. Ein solches Verhalten wird in meinem Hotel natürlich in keiner Weise geduldet.«

»Frau Jacoby hat mir heute früh schon berichtet.«

»Wie geht es ihr?«

»Meinem Eindruck nach ganz gut. Etwas schwach vielleicht, aber guter Dinge«, antwortete sie und bemerkte einmal mehr voller Staunen, dass Direktor Gruber wie aus dem Ei gepellt aussah, obwohl er sicher ebenso eine kurze Nacht hatte wie seine Angestellten.

»Fräulein Hanni, wie Sie ja mitbekommen haben, hat Fräulein Schreiber uns verlassen, genauso wie Herr Heinrich. Auch diese Angelegenheit war natürlich sehr unschön, und ich möchte mich bei dieser Gelegenheit für Ihre Diskretion bedanken.« Direktor Gruber legte die Hände ineinander. »Herr Heinrich ist ein erstklassiger Koch, das hat mich über so manche seiner Verfehlungen hinwegblicken lassen. Was Fräulein Schreiber angeht, so habe ich sie in einigen sehr guten Häusern in Köln empfohlen. Ich bin sehr zuversichtlich, dass sie eine angemessene Stelle finden wird. Ich hoffe, dass das Hotel nun, da die Hochsaison begonnen hat, in ein ruhigeres Fahrwasser gelangt.« Direktor Gruber sah Hanni an. »Frau Jacoby hat mir gestern erzählt, dass sie für Fräulein Bernadette eine kleine Wohnung gefunden hat. Das sind gute Neuigkeiten. Vielen Dank, dass Sie sich so rührend um die beiden gekümmert haben.«

Hanni nickte ein wenig schüchtern.

»Ich möchte meinerseits dazu beitragen, die kleine Wohnung auszustatten. In einem Hotel sammelt sich so einiges an.«

Hanni hatte zuerst ängstlich die Luft angehalten, als Bernadettes Namen gefallen war, und gleich darauf erleichtert aufgeatmet.

»Nun aber dazu, wie es hier im Haus weitergehen soll. Zwei Mitarbeiter haben das Hotel verlassen, und Annamirl ist bald auf großer Tournee in Amerika. Der Hotelbetrieb wird dadurch empfindlich eingeschränkt. Unser Sous-Chef Hans wird die Position des Chefkochs einnehmen, zunächst auf Probe. Ich bin überzeugt, dass er sich der neuen Verantwortung gewachsen zeigt. Was nun die Nachfolge von Fräulein Schreiber anbelangt, kommen Sie ins Spiel. Ich weiß, Sie sind erst seit Kurzem in unserem Hotel, trotzdem bin ich überzeugt, dass Sie eine hervorragende Hausdame abgeben würden.«

Direktor Gruber lächelte Hanni an, die ihren Ohren kaum traute. »Außerdem hat Herr Meister mir erzählt, was Sie vorletzte Nacht geleistet haben und wie umsichtig Sie Ihre Kolleginnen angeleitet haben. Das hat mich in meiner Entscheidung nur bestärkt.« Wieder lächelte Direktor Gruber freundlich. »Sie müssen sich nicht sofort entscheiden. Denn das hieße auch, dass Sie keine Sommermeise mehr sind, sondern ganz in Berchtesgaden leben. Wie eine Blaumeise zum Beispiel.«

Für einen Moment verschlug es Hanni die Sprache. Damit hätte sie in ihren kühnsten Träumen nicht gerechnet.

»Ich fühle mich sehr geehrt«, antwortete sie schließlich, »und würde mit großer Freude die Stelle als Hausdame im Grandhotel Gruber annehmen. Es ist eine große und verantwortungsvolle Aufgabe. Ich werde mein Bestes geben, sie im Sinne von Fräulein Schreiber zu erfüllen.«

Der Direktor klatschte in die Hände. »Wunderbar. Das ist eine vortreffliche Entscheidung! Hiermit begrüße ich Sie, Fräulein Weller, als Hausdame im Grandhotel Gruber.«

Direktor Gruber erhob sich und streckte Hanni die Hand entgegen.

Was für eine aufregende Veränderung. Hannis Herz hüpfte, und sie schüttelte dem Direktor fest die Hand.

Hausdame, dachte sie voller Stolz. Es fühlte sich richtig gut und passend an. »Dann werde ich mich gleich an die Arbeit machen. Wir brauchen umgehend zwei neue Zimmermädchen«, stellte Hanni beflissen fest. »Denkbar wäre, Simone und Maria zu fragen. Beide würden sicher gern richtig im Grandhotel Gruber arbeiten und nicht nur an den Heimatabenden aushelfen.«

»Eine hervorragende Idee, Fräulein Weller. Ich werde mich gleich an die beiden wenden. Sehen Sie, mit Ihnen habe ich die richtige Wahl getroffen.« Direktor Gruber strich sich zufrieden über seinen nicht vorhandenen Bart.

Lächelnd verließ Hanni das Büro. Ihr tat es ganz und gar nicht leid, keine Sommermeise mehr zu sein.

Im Wiesenlehen

Vom Königssee her zog leichter Morgennebel durch das Tal. Ließ er eine Lücke, konnte Hanni einen Blick auf die Gipfel erhaschen. Links erhob sich das mächtige Massiv des Hohen Gölls, blickte sie hingegen rechts aus dem Fenster, sah sie den Watzmann, an dessen Spitze sich eine Wolke festgesetzt hatte. Lächelnd erinnerte sie sich an den Spruch, den ihr Andreas beigebracht hatte: Hat der Watzmann einen Hut, dann wird das Wetter gut.

Wunderbar, dachte Hanni. Das schöne Wetter an meinem freien Tag habe ich mir redlich verdient. Die letzten Wochen hatten es in sich gehabt. In die Rolle als Hausdame eines Grandhotels, in dem internationale Gäste von Rang abstiegen, musste sie sich erst einfinden. Es galt, jeden Tag an so vieles zu denken und für das eine oder andere Problem eine Lösung zu finden. Portier Rieber unterstützte sie und stand ihr mit Rat und Tat zur Seite. Darum hatte sie ihm gestern eine gute Flasche Rotwein hinter die Rezeption gestellt, als Dank für seine Hilfe. Fast täglich traf sie Direktor Gruber in seinem Büro, und sie besprachen alles, was anstand. Hanni war beeindruckt, wie viel er über seine Gäste und ihre Vorlieben wusste, obwohl er sich im Hotelalltag dezent im Hintergrund hielt. Er wusste, welche Lieblingsblumen Hanni zur Begrüßung aufs Zimmer stellen sollte und wer gern ein Fläschchen Enzianschnaps auf seinem Nachtkästchen vorfand.

Die Arbeit machte Hanni wirklich Freude, so herausfordernd sie auch war. Vor allem jetzt in der Hauptsaison. Der Zug fuhr in den Bahnhof von Königssee ein. Hanni stieg aus und grüßte den Zugführer, als sie an der Lokomotive vorbeiging. Inzwischen kannte man sie, denn regelmäßig besuchte sie das Wiesenlehen und fühlte sich schon fast wie eine Einheimische.

Im Dorf Königssee saßen die Sommerfrischler auf den Terrassen der Pensionen zum Frühstück. Ab und zu grüßte Hanni eine der Bedienungen. Dass eine junge Kölnerin die Stelle der Hausdame im Grandhotel Gruber übernommen hatte, hatte sich in Windeseile im Tal herumgesprochen. Mit einer gewissen Genugtuung bemerkte sie, wie respektvoll man sie in den Geschäften von Berchtesgaden behandelte.

Der Weg bog zum Wiesenlehen ab. Voller Vorfreude blieb Hanni stehen. Ihr Blick glitt über die blühende Wiese hinauf zum Bauernhof der Aschauers. Aus dem Schornstein stieg Rauch. Das bedeutete, dass Andreas Kaffee gekocht hatte, den sie gleich gemeinsam vor dem Haus trinken würden. Immer mehr hatte sie ihn in all die anfallenden Arbeiten im Haus eingebunden. Denn sie sah gar nicht ein, an ihrem freien Tag für Ordnung und Sauberkeit im Wiesenlehen zu sorgen. Das hatte sie ihm einmal sehr deutlich erklärt, und seither bemühten sich die beiden Männer nach besten Kräften, das Haus ordentlich herzurichten, wenn Hanni kam. Dafür kochte sie ihnen mittags etwas Feines.

Annamirl wäre stolz auf sie, dachte Hanni. Ach ja, Annamirl, von der gab es jede Menge Neuigkeiten. Darum eilte Hanni weiter, nur um kurz darauf wieder stehen zu bleiben, um ein paar der tauschweren Margeriten zu pflücken. Denn morgen wollte Andreas das Gras schneiden, und gemeinsam würden sie es einbringen. Hanni freute sich auf ihre erste

Heuernte wie ein Kind auf Weihnachten. Wie eine richtige Bäuerin kam sie sich vor.

In diesem Moment hörte sie einen lauten Jodler. Sie blickte zum Haus hinauf. Andreas war herausgetreten und winkte ihr zu. Sofort machte Hannis Herz einen Stolperer, wie jedes Mal, wenn sie ihn sah. Mit den Blumen in der Hand winkte sie zurück.

»Guten Morgen, mein Sonnenschein«, begrüßte Andreas Hanni, und sie fielen sich in die Arme. »Ich konnte es kaum mehr erwarten.« Andreas hob Hanni hoch und wirbelte sie herum.

»Nicht, mir wird schwindlig«, lachte Hanni.

»Ja, sind wir hier auf dem Tanzboden?« Wasti war aus dem Haus gekommen und begrüßte Hanni.

»Ich muss euch gleich was erzählen. Konrad Meister hat ein Telegramm ans Hotel geschickt. Die Aufführungen in New York waren ein voller Erfolg. Allen geht es hervorragend, und nun fahren sie weiter nach Chicago.«

Wasti platzte fast vor Stolz. »Und wie läuft es im Hotel?«, erkundigte er sich.

»Sehr gut. Viel Arbeit gibt es für alle von uns. Das Grandhotel Gruber ist wirklich beliebt. Den ganzen Sommer sind wir so gut wie ausgebucht. Glücklicherweise haben sich Simone und Maria inzwischen eingearbeitet.«

»Und wie läuft es mit Ricarda? Ärgert sie dich immer noch?«, fragte Andreas.

»Ich habe sie vor ein paar Tagen wieder einmal ermahnen müssen, sorgfältiger zu arbeiten. Selbst Leo hat inzwischen die Nase voll. Sie hat Ricarda gestern die Meinung gesagt. Dass sie ihre Arbeit nicht mehr übernehmen wird und überhaupt, dass Ricarda ein faules Stück ist. Seit Leo und Peter ein Paar sind, blüht sie richtig auf. Sie ist viel selbstbewusster geworden. Und Ricarda will ohnehin nach der Saison weg aus Berchtesgaden. Das habe ihr alles nicht genug Niveau, meinte sie.«

»Eine Sommermeise halt«, stellte Wasti fest.

»Nur gut, dass meine Sommermeise bei mir bleibt«, freute sich Andreas und drückte Hanni.

»Aber lasst uns hineingehen. Der Kaffee ist schon fertig«, forderte Wasti die beiden auf.

»Ist der Ofen noch an?«, erkundigte sich Hanni.

»Ich habe gerade Holz nachgelegt.«

»Danke, dann kann ich für später, wenn Frau Jacoby mit Bernadette und der kleinen Lena zum Kaffee kommt, noch einen Kuchen backen.«

»Es ist rührend, wie sich Frau Jacoby um die beiden kümmert«, sagte Andreas. »Als würde sie zur Familie gehören.«

»Mich freut es genauso. Vor allem, dass es mit der Wohnung geklappt hat und beide nun im selben Haus leben. Manchmal geschehen doch kleine Wunder.«

»Oder große«, wandte Andreas ein und drückte Hanni rasch einen dicken Kuss auf die Wange.

»Da hast du recht. Stellt euch vor, der junge Hofbauer hat Bernadette tatsächlich letzte Woche Blumen vorbeigebracht«, erzählte Hanni.

»Da hat ihm wohl jemand ordentlich ins Gewissen geredet«, meinte Andreas leichthin.

Später stand Hanni vor dem Wiesenlehen und blickte über das Tal hinweg auf die sonnenbeschienenen Berge. Nachdenklich drehte sie an ihrem Holzring.

»Da bist du ja.« Andreas trat hinter Hanni und legte seine Arme um sie. Hanni lehnte sich zurück und atmete tief durch.

»Es ist so ein wunderschöner Ausblick«, sagte sie.

»Das stimmt.«

Schweigend standen sie eine Weile da.

»Wer hätte gedacht, dass die Holzdiebin nicht nur unser Holz, sondern auch mein Herz stiehlt?«

»Was muss ich tun, damit ich nicht mehr als Holzdiebin bezeichnet werde?«

»Mich heiraten«, antwortete Andreas feierlich.

Hanni lächelte und wusste, dass sie diesen Moment wirklich für immer in ihrem Herzen tragen würde. Dann erst sagte sie »Ja!«